来到游戏做主角

青色羽翼
著
QINGSEYUYI
WORKS

长江出版社
CHANGJIANG PRESS

上穷碧落下黄泉，
两处茫茫皆不见。

目录

CONTENTS

CONTENTS

第一章　独孤卓

苍澜山是人界尽头，这里曾有一高耸入云的山峰。相传，有高人能顺着山峰一直爬到云端上的天宫，脱胎换骨，成为上界神仙。是以，这座山峰被称之为“天柱”。

因天柱上通神人之地，乃人界禁地，世间的生灵无法在天柱附近生存，故整个苍澜山脉寸草不生，只是一条毫无生机的雪山山脉罢了。

没有人知道苍澜山脉背后是什么，也没有人知道人界的尽头之外有什么。

直到十年前，一清一浊两道剑气划破天际，天柱断裂，山崩地裂，地火冲天而起，直达上界天宫，苍澜山脉附近下了一场长达三个月的火雨，原本的天柱消失不见，千万年的冰雪消融，化作绵延万里的雾气。

一年后，苍澜山脚下出现一抹嫩绿，第一株草在这片毫无生机的土地上生出嫩芽。

三年后，逐渐有人来这里开荒，人们发现这里的土壤特别适合庄稼生长，这里缓慢地成为一个小镇。

再后来，小镇尽头出现一个茶棚，为前来参观苍澜山脉的人提供昂贵的茶水。

茶棚建在道路的尽头，再向前便是未知之地。

大多数旅人会停留在小镇，去茶棚喝一碗粗茶，遥望着天柱遗址，说一些古怪的话。这些人的话中，无数次提到一个叫“独孤卓”的人。

“都怪独孤卓，要不是他，九重天也不会……”老板为客官端上茶碗时，听到了他早已耳熟能详的对话。

老板离开桌子，不耐烦地掏掏耳朵。

关于独孤卓的故事，他听了数年，大家都是道听途说，真正见过独孤卓的人很少，众人所议论的也不过就是那几件事。

独孤卓，擎天剑宗的弟子，本是师门看好的栋梁，却做出令人发指的事情。

他贪图擎天剑宗世代守护的玄素双剑，为夺得神剑，竟丧心病狂地暗害上一任玄剑剑主，而此人正是独孤卓生父！

犯下弑父之罪的独孤卓屠戮师门，重伤另一把神剑素剑的剑主夜舟，并将其掳走。

在这之后，夜舟下落不明，而独孤卓再一次出现在人前时，已经炼化两把神剑，想必夜舟也早已尸骨无存。

手持两柄创世神剑的独孤卓踏上天柱，试图以罪人之身成神，上神震怒，将其打落人间。恼羞成怒的独孤卓祭出双剑，斩断天柱，九重天失去支柱坠落人间，神界不复存在。

人间修者再无成神可能，修真界大乱，无数修者唾骂独孤卓这个丧心病狂的魔头。

可他们也只敢在私下骂骂罢了，若真是遇到独孤卓，又有谁敢对他大放厥词？

茶棚很小，两位穿着道袍的客人也没刻意避讳，骂声不断传入老板耳中，烦得他不由得皱了皱眉。

他只是普通人，不懂仙长们的爱恨情仇。

在茶棚老板看来，若不是天柱崩塌，朝廷便不会派了一群奴籍之人来此处开荒——开垦农田可脱离奴籍。他也不可能因此成为一个有了几十亩地的农人。

客人说什么，茶棚老板不能反驳，只能装作没听到，低头盯着脚下的土地。

东风起，即便是春日，寒风还是有些刺骨的，茶棚老板见客人都走光了，收拾摊子准备回家。

这时一个头戴斗笠、背着包裹的黑衣男子走进茶棚，随后坐在角落的桌旁。

“一碗热茶。”男子将包裹放在桌上，发出轻微的“铿锵”声，显然里面有兵器。

老板不敢怠慢，忙端上一大碗热气腾腾的茶水。

放下茶碗时，老板不经意间看见这男子的容貌，不由得呆了一呆。

乖乖，这人也太好看了吧，比小镇的“豆腐西施”还好看，比春天山野里的百花还好看，比寒冬窗外雪景还好看。

也比冰雪还冷。

老板不敢直视男子，退回茶水间，只敢透过棚子的缝隙偷瞄他。

黑衣男子慢条斯理地喝光热茶，一举一动赏心悦目，显是教养极好。他放下空了的茶碗，没唤老板续茶，而是从怀中拿出一块温润的翠玉，安静地看着。

满是刀痕的掌上放着那块成色极好的玉，看起来十分不搭。

黑衣男子微皱眉头，似乎心情不佳。他的另一只手放在包裹上，金属碰撞的声音传来，茶棚老板不由得缩了缩脖子。

这时，一阵略带寒意的春风吹来，一朵早春的杏花被风吹到黑衣男子掌心的暖玉上，淡粉色的花瓣将暖玉衬得更加葱翠，这是充满生机的颜色。

黑衣男子望着掌心，轻轻地笑了，斗笠下的面部轮廓变得柔和，一身肃杀之气随着笑容消散不少。

茶棚老板忽地放下心来，大胆地从茶房探出头问道：“客官，还要续茶吗？”

“不必。”黑衣男子放下一块碎银，拎着包裹起身离开茶棚。

老板见他去的方向竟是无人敢踏入的苍澜山脉，不由自主地追出去，在后面喊道：“客官，前方是有去无回的禁地，传说灭世魔王独孤卓就藏在苍澜山脉修炼，可不能去啊！”

黑衣男子本无意理会茶棚老板，听到这话停下脚步，微微转身，抬了抬斗笠，露出大半张脸。

他的身躯仿佛与笼罩着雾气的苍澜山脉融为一体，一道看破尘世的视线落在老板身上，声音不见喜怒：“在下独孤卓。”

说罢，他压下斗笠，回身继续向苍澜山前行，不一会儿便消失在云雾中。

男子走后良久，茶棚老板才一屁股坐在地上，颤声自语：“他就是独孤卓？”

那个欺师灭祖、弑父屠神的魔头独孤卓？

“怎么会呢？”茶棚老板喃喃道。

他爬起来收拾桌椅，见独孤卓用过的茶碗旁，放着一朵淡粉色的杏花，花瓣完好无损。

“不可能啊。”

黑衣男子独孤卓此刻已踏上苍澜山，似乎是感受到脚下曾是天柱所在，独孤卓背上的包裹内发出声声剑吟。

“安静。”独孤卓低喝道。

包裹内的东西不安分地跳动了两下，独孤卓解开包裹，里面是两把断剑。

昔日创世双剑，此刻已变成四截满是锈迹的废铁。曾经斩断天柱、与九霄神明抗争的独孤卓，也丹田碎裂，时日无多。

独孤卓拿起素剑，将那块暖玉挂在断剑的剑柄上，静静地等待片刻，暖玉和断剑毫无反应。

这里也没有。

上穷碧落下黄泉，两处茫茫皆不见。

十年来，独孤卓走遍人界的每个角落，但都找不到夜舟的下落。

今生已无再相见的可能，独孤卓只想求个来世，夜舟却没有来生。

他收起断剑，握紧暖玉，坚定地向雾气深处走去。

苍澜山脉的另一侧究竟有什么，没人知晓。天柱矗立在此，无人能走出这山脉。即使天柱消失，这雾气也会让人迷失方向，或是回到山脚下，或是死在苍澜云雾中。

独孤卓现在的功力与刚入门的修者差不多，继续向前只有死路一条，但他并不打算回头，因为身后是被天命捉弄的过往，是他不堪的一生。

独孤卓坚定地向前迈步，每走一步都能感受到强烈的阻力，似乎再难前行。

可哪怕只能迈出一寸，独孤卓也要向前一寸。

他一步步艰难地前行着，云雾遮蔽他的双眼，山顶寒气冻结他的身躯。独孤卓遍身冰霜，若不是掌心的暖玉不断地向他体内输送暖流，他早已化为一座冰雕了。

意识逐渐模糊，独孤卓脑海中不由自主地回忆起半生颠沛，好似死前的回马灯一样。

恍惚间，他似乎看到了年轻的夜舟，跳跃在山林间，与几个妖兽作战。

独孤卓轻笑一下，夜舟是他的长辈，他与夜舟相遇时，夜舟已是擎天剑宗的长老，身着素白道袍立于他面前，淡漠地瞧他一眼，冷冷地道："随我来。"

初遇时，夜舟在他心中便是高大寒冷的，怎么会是个少年呢？

不过，临终前有这样的幻觉倒也不错。

独孤卓这样想着，发现眼前雾气渐渐散去，少年夜舟的身影越来越清晰。少年夜舟一袭白衣，被几个妖兽围攻也毫不畏惧，手持一柄普通铁剑，奋力击杀。

双拳难敌四手，妖兽在少年夜舟身上不断留下伤痕，夜舟面色苍白，越来越虚弱。

即使是幻境，独孤卓也不可能眼睁睁地看着夜舟受伤，他自包裹中拿起那把黑色的断剑。

这是父亲死后，独孤卓才得到的玄剑，是他一生求索、得到后却又弃如敝屣的玄剑。

独孤卓取剑时，少年夜舟灵巧地与妖兽拉开距离，取出一瓶药喝下，还自语道："以目前的血量，要对付这几个精英怪还是有难度的，幸好带的红药种类多。"

少年夜舟正服药补血，只见一个黑衣男子冲进怪兽群中，提着一把破烂铁剑，将他好不容易砍成残血的精英怪抢走了。

夜舟："……"

独孤卓经脉早已断裂，此刻强行催动玄剑，也只能使出一招而已。好在妖兽不算强，一招便可屠尽。

妖兽倒下后，独孤卓也站立不稳，只得半跪在地上，手撑着玄剑剑柄，尽力压住胸腔内翻腾的血气。即便是幻境，独孤卓也不想在夜舟面前吐血。

勉强稳住身躯后，独孤卓正要抬头看向夜舟，耳边忽然传来奇怪的声音——

【叮，您斩妖除魔，获得下品灵石三块。】

【叮，您斩妖除魔，获得秘籍《逆剑诀》。】

【叮，您斩妖除魔，获得珍贵疗伤灵药续灵草。】

【叮，您斩妖除魔，获得经验值六百，是否使用经验升级？】

这是什么？独孤卓一头雾水。

这时，一道劲风自耳边擦过，伤口不知何时痊愈的少年夜舟持剑御风前来，眉宇间满是怒意，口中喝道："居然敢抢我怪？"

剑气扑面而来，独孤卓的斗笠四分五裂，他对周遭的所有变化毫无所觉，只觉得眼前的夜舟极为真实。

独孤卓凝视着夜舟的脸，低声道："莫非我已到来世？"

见到独孤卓面容的瞬间，夜舟剑尖一歪，硬是改了轨迹，原本该刺入眉心的剑悬在独孤卓肩上，没有刺下去。

《九重天》是一款键盘网游，曾在游戏界创下无数辉煌的纪录，是许多玩家心目中的经典，又在手游时代来临后没落。沉寂十年后，《九重天》带着全新的技术卷土重来，号称世界第一款全息网游，在铺天盖地的宣发后开始公测。

玩家叶舟是《九重天》键盘时代的忠实粉丝，提前购买了全息头盔，公测第一时间就进入了游戏。

游戏第一天，大家都是新手，在全新的模式下一点点摸索玩法。

蛰伏多年的游戏公司非常狡猾，不仅想要召回老玩家，还想留住更多的新玩家，为了让大家起点一致，对游戏设定做了许多改动。

这些改动中，在游戏中隐藏玩家、小怪、NPC（游戏用语：不受玩家操纵的游戏角色）、BOSS（首领）的ID（账号）及称号是最坑人的。

《九重天》的游戏理念是主打浸入式网游，为玩家呈现出最真实的仙侠世界。在这个人仙魔妖横行的世界中，普通人根本无法辨别其他人的身份。

因为这个设定，叶舟吃了不少苦头。

例如，他接了个去野外打猎的新手任务，在用胡萝卜诱惑一只可爱幼小的白兔时，被口喷火焰的白兔一招烧死。烧死他的白兔还对他怒吼道："长没长眼睛啊，我是妖族玩家！"

再例如，夜晚他接了个村庄驱鬼的任务，他身边另一个人模人样的年轻人也一同从村长那里接下任务。两人走进村庄，叶舟向对方伸出橄榄枝，发出组队邀请，那"玩家"却阴恻恻地一笑，对他张开血盆大口。原来这所谓的"玩家"，就是村庄里隐藏的鬼。

就连去郊外采药，都有可能被人参根须抽脸，并听到人参对天怒骂道："某某游戏公司太过分了！为什么选个灵族会随机分配成人参？"

叶舟只能安慰地摸摸人参的小脑袋，并露出幸灾乐祸的笑容，暗自庆幸选择了人族，总归不算太惨。

《九重天》有六个种族可以选择，人、妖、魔、鬼、灵、异。在宣传视频中，六个种族满级账号各有千秋，人族俊朗、妖族美艳、魔族强悍、鬼族诡异、灵族缥缈、异族神秘，每个种族都有过人之处。

谁料开服后，妖族是还没修成人形的动物，灵族则是灵芝、人参、雪莲之类的灵药，鬼族见光死，魔族和异族叶舟还没见到过，但他相信这两个种族应该也各有各的苦。

人族比起其他种族还算不错，但也是各个种族中属性最平庸的，其他种族某个属性会格外高，人族则是各方面都很均衡，却也没啥亮点。

连续踩了几次坑后，叶舟好不容易摸索到一个全是小怪没有玩家的树林。他辛辛苦苦打怪升级，眼看要磨死这几个怪的，却被别人抢了先，他怎能不气。

他一剑斩下，却在斗笠破碎，见到那人的面容后及时收手，因为那人颜值实在太高了。

叶舟绝不是被那人的颜值所吸引，而是在这一瞬间对抢怪者的身份产生了怀疑。

《九重天》人族初始账号的颜值数据，是玩家原本容貌的百分之八十，升级后才有上调颜值的机会，妖族和灵族倒是先天颜值数据高，可是他们一开始连人形都没有，能表现颜值的地方充其量也就是一群小白兔中皮毛最顺滑或是一堆药材中品相最好的而已。

颜值过高，必有反常之处，要么抢怪者本人比明星还好看，要么他不是玩家！

踩过太多坑的叶舟十分谨慎，及时改变剑的轨迹，剑尖从那人头顶移至肩膀。

叶舟手腕轻轻一翻，将长剑横在抢怪者颈间，警惕地问道：“你是什么人……玩家？ NPC？”

对方并未回答，只是定定地望着叶舟。

独孤卓很想告诉少年夜舟他的名字，翻腾的血气却让他无法开口。此时若是开口说话，定会一口血喷在夜舟雪白的衣衫上，独孤卓不希望发生这种事。

他尚不清楚此刻是幻境还是来生，但能够见到活生生的夜舟，是真是幻又有什么关系。

独孤卓缓缓抬起手，握住夜舟的剑尖，鲜血顺着掌心滴下，痛感如眼前的夜舟一样真实。

少年夜舟面露惊恐之色，松开剑向后跳了几步，与独孤卓拉开距离，用吃惊的语气道：“还能这么抢装备吗？”

装备？玩家？ NPC？几个从未接触过的词汇传入独孤卓耳中，他看着夜舟松开的那把铁剑，仅是轻扫一眼，便认出这是一把还可以继续淬炼的灵剑。

独孤卓看到脚边掉落的续灵草，知道这种药草可以治疗一些简单的伤势，还可以为体内补充一些灵气，虽无法接续他的经脉，却可以压制此刻体内翻腾的血气。

独孤卓果断捡起那株药草吞下去，吸收药草内的灵气。

“喂，人族不能直接吸收药草，得去城里找炼丹师炼制成丹药，否则就浪费了。”夜舟提醒道。

转瞬间，灵气没入经脉中，独孤卓的内伤暂时被压制，他看向夜舟，缓缓开口道：“我体质特殊，没关系。”

独孤卓自然清楚灵药不能直接服用，会浪费很多药性。但他自与玄剑融合后，早已不能算是人了。

说话间，独孤卓将掌心的血液涂在夜舟那把铁剑上，即使玄剑已断，但剑主的血液对普通灵器也是大补之物。铁剑贪婪地吸收着蕴含剑气的血液，剑刃变得更加锋利。

终究是凡铁，无法承受过多的剑气，仅吸收了三滴血液便已达极限。

独孤卓拭去剑身上多余的血液，将剑还给夜舟。

夜舟却警觉地看着他，不肯接剑。

“他不记得我了。”独孤卓黯然想道。

越是不记得，独孤卓便越觉得此处是真实存在的，而非幻境。若是要命的幻境，夜舟定然如他记忆中一般，对他轻轻地皱眉摇头，看起来遥不可及。

独孤卓眼角扫过地面上几头妖兽的尸首，忆起方才夜舟所说的“抢怪”及耳边响起的获得各种灵石、秘籍、药草的声音，略有所思。

莫非夜舟并不是被妖兽围攻，而是想要获得这些东西，这才主动攻击妖兽的？

苍澜山脉的背面，竟是这样一个可以通过猎杀获得宝物的秘境吗？夜舟的魂魄，难道是在天柱崩塌的时候，来到了苍澜山脉背面？

独孤卓压下心中疑惑，抱拳道：“在下独孤卓，不知这些妖兽是你的猎物，贸然出手，实在抱歉。为表歉意，只能为阁下重新淬炼灵剑，以作补偿。”

他再次递出灵剑，同时不动声色地将暖玉握在手心，与剑柄一同送到夜舟面前。

“说话文绉绉的，要么是‘中二病’，要么是 NPC，你是哪种？”夜舟没有接剑，继续问道。

“中二病”？ NPC ？独孤卓努力分析着两个完全陌生的词语，第二种根本无可考证，第一种应该是一种疾病。

独孤卓也只能谨慎地回答：“在下确实伤病在身。”

“自己承认有病，你……这么坦诚的吗？”夜舟面露惊讶，警惕之色渐去。

独孤卓看夜舟的神色，隐约觉得自己似乎承认了某种了不得的病症，但话说到此处，他也不得不顺着回答道：“事无不可对人言，在下素来不说谎。”

“你文言文学得一定很好。”夜舟放下心来，接过那柄重新被淬炼过的剑，指尖不经意间碰到了那块暖玉。

霎时间，暖玉悬在空中，绽放出异彩。

玉佩亮起的瞬间，独孤卓体内气血翻涌，左胸处痊愈多年的伤口又撕裂般地疼痛起来。

自豁出性命摧毁天柱后，世人口中的灭世魔头独孤卓，其实并没有修真者们想象得那么风光。他经脉尽断，灵根被毁，全凭一股执念强撑，灵魂才没有消散。于是拖着一副残躯，在世间寻找夜舟散落的魂魄。

独孤卓没奢望能与夜舟再次见面，只是觉得天道不公，想为夜舟争个来生安稳。

踏遍人间每个角落却遍寻不着的夜舟，现在就在独孤卓眼前。

暖玉因找到本源而绽放异彩，玉佩中藏着的那缕残魂借此没入夜舟的眉心。

夜舟并未察觉到魂魄的回归，而是盯着暖玉问道："你这个道具是干什么用的？看起来挺神奇的。"

道具？独孤卓压下疑虑，忍住内心狂喜，用尽全力以平稳的声音道："锁魂玉，强行锁住生魂的玉佩，并非正道之物。"

"这么厉害的道具？怕不是神兵了吧！你从哪儿弄到的？"叶舟伸手一探，锁魂玉落入掌心。他瞄了独孤卓一眼，见他没有抢回来的意思，心想这人要么大方成性，要么是发道具的 NPC。

"不过是寻常灵器罢了。"独孤卓凝视着夜舟的举动，见他神色充满好奇，对锁魂玉的存在十分陌生，口中还说着一些他根本不懂的话，显是早已轮回转世，什么都不记得了。

忘记也很好，独孤卓回想之前种种，只觉得那段过往，对夜舟而言，没有任何回想起来的价值。

他唯一担心的，是眼前的夜舟魂魄是否完整。

独孤卓上前一步，向叶舟伸出手。

叶舟以为独孤卓要拿回锁魂玉，顺从地递到独孤卓面前。谁知独孤卓完全没看玉一眼，而是将手指搭在叶舟的腕间，像是在诊脉。

叶舟越来越怀疑独孤卓是 NPC 了，他身上有太多疑点，怎么看都不像是生在现代社会的玩家。

不过被游戏公司坑过的经历太惨烈，叶舟不敢妄下定论，审慎地暗中观察独孤卓。

独孤卓松开夜舟的手腕，眉头皱得死紧。

他略通岐黄之术，方才为夜舟诊脉，发觉夜舟的身体有很大的问题，从脉象来看，夜舟寿数应是二十四五，而眼前的人看起来却只有十四五岁，面容稚嫩，还是个身量尚未长开的少年。

再观其面相，面庞轮廓与骨象不符，竟像是被人为修炼了容貌，变得较为普通。

号脉时独孤卓刻意用力按压，夜舟却没有任何反应，痛感和触感远低于常人。根据脉象，夜舟是不该有这种病征的。

更古怪的是，依照独孤卓的推断，夜舟三魂七魄缺了一半。按照脉象来看，夜舟应该是个久卧病床靠各种药物续命的人，偏偏面前的夜舟瞧着十分健康。

这就像是……眼前只是一副与夜舟关联密切的躯壳，而夜舟本人并不在此。

可夜舟若是不在，玉佩中的残魂又怎会被他吸收呢？

关切之情压过重逢的喜悦，令独孤卓有些发热的头脑渐渐冷静下来，认真思索着现状。

独孤卓硬闯苍澜山脉不是无谋之举，其他人的确无法离开人界边缘，但手持清浊双剑的他是有可能的，所以这里正是苍澜山脉外，一个全然陌生的世界。

独孤卓看了看来时的方向，原本应该是苍澜云雾的地方变成了一片树林，方才他正是从林间跃出，一招夺了几个妖兽的性命。

想到妖兽，独孤卓再低头看去，就见那几具尸首化为飞灰，树林深处忽地传来窸窸窣窣的声音，两头生得极为丑陋的妖兽在林间穿梭。

“刷怪了！”叶舟忙抓一把丹药塞进口中，同时对独孤卓道，“不管你是不是NPC，再抢我怪，我绝对要开仇杀（一种特殊的游戏模式，将对方加入仇人名单后可在任何地方攻击对方）砍你！”

刷怪的叶舟扔下尚摸不清楚状况的独孤卓，挥剑击向一只妖兽。

叶舟本来只是想防御性挥剑，怎料一道剑气划过，瞬间将面前几棵树及藏在树后的妖兽劈成两半。

《九重天》的战斗特效做得非常好，剑气是一道淡青色的光芒，搭配斩击的特效音，颇有一剑划破长空的凌厉感。

“这么厉害？”叶舟不可思议地看着手中的剑，随手对另外几个妖兽遥遥挥出，结果发现之前他费尽心力都没能斩杀的妖兽转瞬间全部四分五裂。

叶舟也得到了几块灵石和药草，他现在还没学会法诀，只能弯腰一一捡起掉落的物品，并拍了拍腰带，物品便被收入储物腰带中。

他这条腰带是建号时系统赠送的，容量很小，现在已经快满了，更高等级的腰带需要十级以上才能佩戴。他目前九级，再有一点经验就可以升到十级，他打算在这里刷怪到十级。

叶舟战斗时，独孤卓怀着满脑子疑问观察着这个陌生的世界。

不，并不陌生，这片树林和妖兽，独孤卓见过。

这里是业障林，佛修信徒们经常会来此处倾诉心中苦闷，久而久之，恶念累积过度就会化为丑陋的妖兽。业障兽没有神智，只有对一切生灵的本能恶意，会无差别攻击所有生灵。

业障林是佛修门派种植的，铲除恶念却是整个正道的任务。

几乎每个大门派附近都有一处业障林，门派会定期发布清除业障兽的任务。筑基期以下的弟子会领取任务，既能提升功力，又可以从门派领到灵石或药材做奖励……

独孤卓忽然想起自己铲除妖兽时听到的声音，他腰间挂着一枚储物玉坠，用神识查探，发现玉坠中果然多了几块品相极差的灵石和几个陌生的玉简。

他必须弄清夜舟的身体状况是否与这古怪的世界有关。

见少年夜舟在业障林中寻找妖兽，独孤卓拿出一块玉简，以神识在附近查探。

玉简是修真界常用的储存知识的法宝，将适合储存神念的灵玉制成一根根竹简的样子，修者用神念将内容默录在玉简内，能够记载的内容是书籍的百倍千倍。

独孤卓本以为这块玉简内记载的应该是之前掉落的《逆剑诀》，神识探入后方觉不对，上面写着一些不明含义的文字和符号——

【姓名：独孤卓。

种族：初始人族，后转化为异族。

体力值：？

灵气值：？

防御值：？

攻击值：？

气血值：一百。

等级：三。

身份：待解锁。

背景：待解锁。

主线任务：待解锁。】

玉简上的每个字独孤卓都认识，连起来却半句也不懂。

正当独孤卓举着玉简皱眉时，叶舟已经清了一波怪，开心地持剑来到独孤卓面前道："你锻造的武器也太好用了！"

这把剑本来只是他从武器铺买的新手武器，典型的入门级武器，耐久度极差，砍几下剑刃就变成锯齿形，所以需要随身携带大量磨刀石，趁着清怪的空隙磨刀，增加武器耐久度。

锻造后，铁剑属性有了质的飞跃，威力上来看，起码是二十至三十级时佩戴的武器，现在却可以无视等级差别，不到十级的叶舟都可以佩戴，要是叶舟能升到满级，这就是一把绝世神兵了。

独孤卓如此大方地送兵器，叶舟也不好再用质疑的语气询问他的身份，干脆伸出手道："我们加个好友吧！"

只有玩家才能互加好友，加一下好友就知道对方的身份了，加得上就是玩家，加不上就是游戏 NPC。

而且成为好友之后，叶舟才有机会将自己的物品和金钱无条件赠予独孤卓。他平白拿了独孤卓的好处，多少要给点报酬的。

叶舟只等着独孤卓一点头，就发送好友申请。

怎知独孤卓面对叶舟的邀约，竟是一口咬破了中指，从指尖挤出一滴鲜血。

"歃血为盟"，这是《九重天》键盘时代就有的结拜方式，双方互取一滴心头血融合在一起，从此福祸相依，组队后暴击率提升三倍，还会根据两人的种族属性随意生成一个盟约技能。

结盟的好处很多，但解除盟约的代价却相当惨重，解除后双方等级会下跌百分之十，随机丢失一件重要装备。除非是真的反目成仇，歃血为盟的玩家绝不会轻易解除盟约。

叶舟只想简单地加个好友，没想过才认识就要建立这么紧密的关系。但是提议加好友的是他，得到高级武器的也是他，贸然拒绝好像有点不太礼貌。

这……叶舟犹豫地看着独孤卓，只见独孤卓指尖的鲜血一滴滴落入草丛中。全息游戏不比键盘网游，真实感太强烈，不像隔着屏幕的时代可以无情地拒绝。

最终，叶舟在独孤卓似乎有些悲伤的眼神下，犹犹豫豫地咬破指尖，让自己的鲜血与独孤卓的融合在一起。

【叮，您与独孤卓结盟，是否委托系统根据彼此属性分配人物关系？】

叶舟道："根据彼此属性分配人物关系？以前没有这个提示，是游戏升级后改版了吗？"

原本"歃血为盟"后，玩家无论男女都是结拜兄弟的关系，此时变成未知的，有种开盲盒的感觉，还挺有意思的。

"选'是'！"叶舟对独孤卓道，"看看新结盟会怎么分配。"

独孤卓也收到了系统提示，面前更是弹出一个"是与否"的对话选项，他不动声色地听从夜舟的吩咐，二人共同点击"是"。

一黑一白两道光芒自二人融合的鲜血中释放出来，两条太极鱼围绕他们转了一圈，最终化为一块记载着二人关系的玉简。

根据玉简记载，他们的关系被系统默认为"师徒关系"，叶舟是师父，独孤卓为徒弟，盟约技能是"双剑合璧"，需要八十级以上才能使用。

"师徒关系？为什么是师徒关系？"叶舟震惊道，"现在游戏全是低等级新手玩家，根本没激活拜师系统，我一个九级的玩家哪有条件当别人的师父？"

独孤卓望着玉简上显示的"师徒"二字，倒是觉得这已经是最好的结果了。

"难道是因为我这个账号绑定了键盘版的《九重天》？"叶舟猜测道，"你绑定键盘账号了吗？可以领取很多老玩家回归礼包的。"

"在下……"独孤卓想了想，学着叶舟的语气道，"我没有'账号'，没玩过‘键盘’。”

“那师徒的分配，有可能和键盘网游账号的绑定有关系。”叶舟认真分析道。

独孤卓则是透过“歃血为盟”时传递来的魂魄信息，念出对方的名字：“叶舟？”

与前世相似又不同。

“啊？结盟后能看到注册时的本名吗？我的ID明明是‘一叶扁舟’，游戏公司这算不算泄露玩家隐私？但你的名字还是‘独孤卓’这个ID呀？”叶舟不解道。

“独孤卓”怎么看也不像现代社会普通人的名字，大概率是网名。

听到叶舟多次提及“游戏”，独孤卓更觉不对，便谨慎地回答：“我少读了两个字。”

“原来如此，倒是我不小心泄露本名了。”叶舟拍拍自己的脑袋，有点不好意思。

结盟后，就可以查探彼此的部分属性，叶舟能看到独孤卓的等级、种族等信息，却看不到那些全是问号的隐藏属性。

他好奇地道：“你还真是玩家，但只有三级，也没有选定职业，你是怎么把我的剑锻造得这么厉害的？”

独孤卓觉得这个世界与他熟知的修真界有很多相似之处，又有些许不同，他斟酌了下道：“人族按理的确是筑基期以后才能炼丹或者炼器，但异族不同。”

“哦，异族的确是改版后的新种族。”叶舟道，“你没玩过键盘可能不知道，在原本的游戏中，异族是只有NPC和BOSS才会有的种族，改版后才增添了异族。不过建号时没办法直接选择异族，游戏公司的解释是在游戏中遇到机缘的玩家，有机会转化为异族，你是有什么奇遇才更换种族的吗？”

“我得到了一把剑，从此不属于人族。”独孤卓道。

“就是你包裹里的断剑吧，你运气还不错，那成为异族后，有什么变化吗？你的血液能够强化武器，是不是也和这把道具有关系？”

叶舟掂了掂铁剑，不由得感叹道：“不对啊，这根本不是运气好，其他玩家要是知道你的血液效果，会不会追着砍你取血强化武器？游戏公司这么坑吗？好不容易转化成特殊种族，结果下场比妖族和灵族还惨？”

他想象了一下那个画面，这怕不是要血流成河？

被系统认定为师父后，叶舟心中莫名升起一股责任感，身份的转换让他觉得自己有义务为徒弟打算一下。

“你这是被动技能还是主动技能？”叶舟问道。

独孤卓大致明白他想问什么，简洁地回答道：“被动。”

叶舟满脸愁容地道：“被动就麻烦了。如果是键盘时代，大家等级都很高，游戏里不缺满级神器和炼器宝石，玩家只要充钱买装备就好，没必要追杀一个普通玩家。可是现在，全息游戏刚刚公测，排行榜上等级最高的还不到二十级，十级以上武器都算神兵利器，游戏也没有开放现实和游戏币兑换系统，能帮武器升级的你简直就是个行走的宝藏。”

徒弟才三级，玩家们你一刀我一刀，这还怎么升级。

“在你等级变高之前，尽量不要和玩家发生冲突，平时找人少的地方刷怪，别让人发现你的被动技能。”叶舟冥思苦想，也只想到这么一个解决办法。

叶舟的话独孤卓大半不懂，但他记得重逢后叶舟说的每个字，略一思索，不慌不忙地问出一个最稳妥也最容易获取信息的问题：“‘键盘时代’和‘全息游戏’有什么区别吗？可以给我讲讲‘键盘时代’的特点吗？”

叶舟道：“区别可大了，全息真实感太强了！键盘游戏要坐在电脑前玩，时间一长腰酸背痛的，还伤眼睛，我父母早就禁止我玩电脑了。全息头盔可以躺在床上玩，他们就允许我玩了，只是每天有时间限制。”

真实感吗？与真实相对的正是虚假。

游戏、虚假、头盔、躺在床上……独孤卓抬起手，指尖划过叶舟的发尾，长发扫过手指的真实触感传来，令人难以想象这竟是假的。

“游戏里还有很多改变，太多了，很难一一说清，以后我遇到一个讲一个吧。”叶舟认真负责地说，“例如，像你这种锻造技能，键盘时代绝不可能是被动技能，屏幕上没有这么清晰的流血感和出血量，被动技能难以实现；但是在全真模拟的游戏中，服务器不知道升级了多少回，这才能够实现。”

说完叶舟也忍不住戳了下独孤卓的长发，浓密的黑发看起来十分丝滑，叶舟遗憾道：“为什么痛感调低，触感也会跟着降低啊？等我下线，我要在官网提意见。”

“对了，键盘时代是可以切换游戏界面的，可以一边挂机一边看剧浏览论坛。全息就不行了，目前头盔没有下载其他软件的功能，不能登录浏览器和各类视频软件。”

听到这里，独孤卓对眼前的世界已经有一个大致的认识。

这不是个真实的世界，更像是擎天剑派的玄虚境。

剑修不比其他修者，兵器无眼，早期弟子们尚未做到收放自如时，同门切磋很容易造成致命伤，因此擎天剑派每年都会去玄虚境，供金丹期以下弟子磨炼剑法。

玄虚境是擎天剑派世代相传的仙阵，弟子们进入玄虚境后，肉身陷入沉睡，神识来到一个由阵法构成的秘境。弟子们可以在秘境中放手与同门切磋，还能与虚假的妖兽作战，在此处能够真实地感受剑的威力。

玄虚境最大的好处是，除了耗损一些精神力外，弟子们的身体不会受伤，可以放手练剑。

这里比玄虚境更为复杂，叶舟的真身应该远在另一个他触碰不到的地方。

那他是什么呢？

为确定自己的身份，独孤卓装作闲聊般地对叶舟道：“的确很真实，你连我是‘玩家’还是‘NPC’都分不清。”

“你不知道我今天被坑了多少次。”叶舟摇头叹道，“而且你说话文绉绉的，要不是自称中二病，我真当你是 NPC。话说你以后可不要抢怪了，这种行为……虽说野怪各凭本事吧，但你这样很容易被揍。”

独孤卓顺着他的话道：“我那时也不确定你是不是‘NPC’。”

“我说话这么现代，哪像 NPC 了？”叶舟不服气地说道。

独孤卓却已经大致明白 NPC 是什么了，类似玄虚境或是幻境中的妖兽，全部是虚假的，不真实的，无法化为实体出现在现世。

而他，或许真的是 NPC。

“又刷怪了！”叶舟道，“我今天上线时间只剩下不到半小时了，得赶快刷到十级。咱们组队共享经验，你等级太低，也没什么好的武器，先在一旁看着吧，师父给你蹭经验。”

叶舟说完就跳上树梢，准备伏击一个小怪。

升级？独孤卓心念一动，神识探入方才记载着他个人信息的玉简中，见等级三旁边果然有个进度条，还有是否升级的选项。

他试着用神念按下“是”，方才杀怪的六百点经验足够他连升两级，他一下子升到了五级。

升级后，独孤卓隐约觉得自己的身体发生了很微弱的变化，破碎的丹田出现一股暖流，经脉内的疼痛也略有缓解，似乎升级能够让他的身体慢慢恢复。

这倒是件好事，无论在什么世界，实力都是相当重要的。

过去独孤卓心如死灰，不将生死放在心上，此刻找到夜舟，倒是生出了些斗志。

夜舟魂魄不全，还需要寻找散落的残魂，他必须尽快增强实力。

这时，另一边的叶舟已经飞快地除掉两个小怪，小怪倒地时，独孤卓听到了“叮，您斩妖除魔，获得一百经验”的声音。

叶舟杀一个小怪独孤卓就得到一百经验，原来这就是“组队蹭经验”，有点像是师父带徒弟斩妖除魔，出力的事情交给师父，回师门领取任务奖励的却是徒弟。

他又被叶舟照顾了，前世今生皆是如此。

独孤卓怀念地笑了笑，看着玉简中的经验进度条不断增长。

他其实不认识这些象征数字的符号，先是叶舟说出他的等级，让独孤卓记住了“三”就是“叁”，升级时又认识了“四”与“五”。随着叶舟不断地砍怪增加一百又一百的经验值，独孤卓很快记住了一到九的字符，也明白了“零”的含义——多一个“零”就是长了十倍。

会读数字后，他才发现原来随着等级增长，所需要的经验也在不断增加，他从三级升四级用了两百经验，四级到五级是四百，五级到六级就需要一千了，按照这个增长速度，升到他们可以使用合体技能的八十级，需要的经验岂不是个极为恐怖的数字？

业障林的妖兽只怕不够用，独孤卓有些忧虑地看着地面上死不瞑目的妖兽。

武器的升级让叶舟的效率大大提升，很快就清了两轮怪。

他落在独孤卓面前，长出一口气："终于到十级解锁群攻技能了，不过升级也变成四千了。这里的小怪不够用，我们明天去其他地图吧，希望下个地图的玩家少一点。我最开始在新手村做任务的时候，玩家比任务多！"

还有其他玩家？而且很多？

独孤卓说："这里只有我们两个'玩家'。"

"因为这里不好找啊，"叶舟得意地道，"我是在新手村接了一个去坛业寺买香的任务，结果看到玩家在门前抢香，我不想和他们挤，就去人少的竹林散步，不小心摸到了一个紫竹，然后被传送到这里的。你怎么进来的？"

"和你一样。"独孤卓道。

"我下线的时间到了，"叶舟道，"我家对游戏时间管得比较严，我每天不能上线太久。呃，你要不先留在这里升到十级，再去找其他地图，明天我上线找你。"

独孤卓问："明日什么时辰，怎么找你？"

"游戏时间和现实时间流速好像是一样的。"叶舟道，"我大概是上午九点上线，十二点下线，下午三点到六点，晚上不能在线。"

见独孤卓一副对游戏懵懵懂懂的样子，叶舟不放心地嘱咐："你遇到玩家尽量不要发生争执，实在不行就强制下线。千万不能暴露那个特殊技能，那群玩命升级的玩家，一人一刀就能把你吸干。你就按部就班地升级，等明天我上线给你发纸鹤传音。"

话尽于此，独孤卓说："好，我等你。"

叶舟拿出代表控制面板的玉简，弹出下线的按钮，临走前看了眼站在林子中的独孤卓，终于鼓起勇气问："那个……你现实中真是长这个样子吗？颜值调到百分之八十还能这么……"

独孤卓下意识地摸了下自己的脸，他知道，这张脸的确很出众。

有次师门大比，他与同门交战，面上留下数道血痕，还受了内伤。战后，夜舟随手丢来几瓶治疗外伤的丹药，内伤丹药倒是独孤卓自己去执事堂领的。

夜舟去后，十年风霜，独孤卓已经好久没有注意过自己的容貌了，比巅峰时期是差了许多。

“是差些。”独孤卓露出怀念的笑容。

“呃！”叶舟捂着心口下线，这样子还叫差些，他暂时没办法和独孤卓交流，生气，嫉妒！

见人凭空消失，独孤卓笑容凝固，喜悦褪去，徒留寂寞与身处陌生世界的迷茫。

独孤卓呆立在业障林中，看到脚下小怪尸首消失，林中再次传来窸窸窣窣的声音，用叶舟的话说，是“小怪刷新了”。

一头头丑陋的妖兽从林中钻出，杀光后不久还会复生，像独孤卓熟知的业障林一样，恶意总会生出无数怪物。

妖兽会本能地攻击玩家，独孤卓很快被小怪团团围住。

他刚才蹭叶舟的经验，已经升到七级，体内有真元流动，或许可以使用一些以往学过的法诀。

游戏十级才算入门级别的炼气期，独孤卓现在的等级甚至不及普通的外门弟子，体内真元根本不足以施展法诀。

但修真者感悟天道，引动天地灵气，往往能以一撬动成百上千。

他曾是踏上天柱的准神，驾驭双剑引动九天之力斩断天柱，没有人比他更懂得如何与天地沟通。

此处，天地灵气充沛。

独孤卓催动体内寥寥无几的真元，施展剑诀，业障林内的天地灵气被吸引而来，凝聚在他周身，为他所用。

“咦？这里还有个传送阵，啊，那边有一群小怪！”不远处有两个玩家忽然出现在业障林中，显然也是与叶舟一样，发现了坛业寺竹林的秘密。

他们靠近后才发现，一群妖兽中间站着一个人。

竹林里的落叶无风自动，在那人周身旋转，那人食指与中指并拢，双指轻轻点了点面前的一片竹叶。

无数竹叶立时犹如刀锋般飞出，围着他的数十妖兽瞬间被竹叶射穿身体，重重地倒在地上。一片竹叶划破那人的发髻，长发散落，于漫天竹叶中飘飞。

站在妖兽尸体中的黑衣男子侧过身，冷冷地看向两名玩家，那双眼中满是杀意。

两个玩家当机立断，掏出一张加速符转身就跑，边跑还边用纸鹤传音给队友发信息：“救命啊！坛业寺竹林里有个好看得不像人，起码五十级以上的BOSS啊！”

独孤卓不过是小试身手，看看自己的伤势和功力恢复了几成，便施展了擎天剑派初入门弟子都要修习的《五行剑诀》。

剑修有五个境界，分别是凡剑、御剑、皆剑、无剑、无我。

这五个境界与修真者的功力没有任何关系，一个修真者若是在剑之一道上没有天赋，即便已经飞升成仙，可能也只是“凡剑”境界。而剑修若是天赋极佳，才刚刚入道都有可能达到“无剑”的境界。

《五行剑诀》正是修炼剑境的心法，分为三个阶段。先是以凡间五行材料铸剑，将金剑、木剑、土剑、水剑、火剑修习到极致。

第一阶段是被剑所控，发挥出五行剑不同的威力，是为凡剑。

第二阶段则是抛却五行，择一适合的灵剑，以人御剑，令其蛰伏，成为剑主，是为御剑。

第三阶段是脱离有形之剑，修无形剑，天道五行，处处为剑，是为皆剑。

《五行剑诀》修炼至极，也不过是“皆剑”境界罢了。

独孤卓方才用的正是《五行剑诀》中的“皆剑”境界，他没有持剑，周身万物却皆可为剑。他以竹林中落叶为剑，一招“万剑归宗”屠尽业障兽。

这一招境界极高，可功力并不高深。独孤卓用区区七级的真元去催动高阶招数，真元后续无力，威力不大，也不过是在声势上唬唬人罢了。

但这声势落在两名曾接触过键盘版《九重天》的玩家眼里，怎么看都像是五十级以上才能掌握的招数。

现在整个游戏排行榜最高的玩家才不到二十级，据说正在努力爬山拜师，门派还没选定，怎么可能施展这么厉害的技能。

两名玩家以为不小心打开了五十级地图，实力差距太大，明显没办法打，吓得转身就跑，跑之前还不忘给队友发消息。

正常网游，不管是键盘网游还是全息网游，玩家是不可能听到不同频的传音对话的。

这同修真界传音入密的招数原理一致，除非功力相差太多，否则对话内容不会被察觉。

但独孤卓不仅看到了两人，更是听到了他们纸鹤传音的内容。

此二人看到了他的面孔，还误会他是什么“五十级 BOSS”，虽不明白这个词语的含义，独孤卓却本能地觉得不能让他们就这么逃走。

见两名玩家马上就要逃到传送阵，独孤卓足尖轻点，一道劲气袭出化为风剑，接连斩断两根翠竹。巨大的竹枝倒下，拦住两名玩家的去路。

“这……还带破坏环境拦截玩家的吗？新玩法？”两名玩家见状惊叹道。

独孤卓于竹林间穿梭，几个起落来到二人面前，站在被风剑劈倒的竹枝上，居高临下地望着两人。

独孤卓扫过两人的面孔，见他们脸上没有惊吓，只有惊喜，显是并不怕他，反而有种跃跃欲试的冲动。

是了，此处为玄虚境，玩家不会真正死去。他过去在玄虚境中，若是遇到强大的妖兽也不会害怕，反而更想挑战一下。

两个玩家游戏账号性别是一男一女，所持武器为纸扇和长鞭，见独孤卓拦住去路，他们拿出自己的破纸扇和皮鞭准备应战。

被五十级以上的 BOSS 杀死并不丢人，就当是为新游戏“开荒”了。

见两人不怕自己，独孤卓面色缓和，从竹枝上落下，缓缓道：“你们误会了，我也是玩家。”

“骗鬼呢！玩家哪儿来那么可怕的招数？”男性玩家对着独孤卓扔出纸扇，扇面被抛出的瞬间化为钢骨，每一片扇叶都是封喉利刃。

独孤卓微微侧身闪过，听到那名女性玩家说：“就是，正常玩家怎么可能长成你这样，除非你发本人照片给我看！”

从语境来看，照片似乎是画像一类的物品，独孤卓顺势道：“照片不能发。”

“你要他照片干吗？发了也可能是假的，不对，NPC 不会发照片，我怎么也被你带歪了，想什么呢？”男性玩家道。

女性玩家象征性地甩了下鞭子，舍不得攻击独孤卓，于是不好意思地说：“我这不是试试吗，万一呢？”

独孤卓刚想说什么，忽然察觉到身后一阵劲风袭来，他头也没回，向后伸手一探，就抓住了暗器，正是刚才被他避开的纸扇。

“闪避效果做得真好，还会空手接白刃，游戏升级后体验感太好了。”男性玩家武器被夺也不着急，头头是道地分析着，“什么时候能开直播就好了，这么好的画面，肯定有很多人买头盔玩游戏。”

他正说着，就见眼前的“BOSS”合起纸扇，一个灵巧的跳跃后就来到他面前。

这么近的距离，男性玩家以为自己要被秒杀了。谁知“BOSS”并无攻击的意图，只是手持纸扇在玩家肩上轻轻一点，将纸扇丢到男性玩家怀中，随意道：“信不信随你。”

“信，我信！”女性玩家道，“你要是BOSS，我们早就死了。”

男性玩家也收起了纸扇，问道：“你先说你为什么有那么厉害的招数？”

独孤卓回忆着叶舟之前说的话，回答道：“一次性道具。”

“这么厉害的道具，你一下子就用了？”

“尝试而已。”独孤卓简单地道。

独孤卓的目的很简单，只要两名玩家将他当作“玩家”就可以，他对二人道：“这里的妖兽适合十级以下玩家练级。”

说完他转身就要离去，看看业障林外的世界，这时女性玩家道：“帅哥，加个好友呗？”

随后独孤卓面前出现一个虚空的对话框，上面写着：【玩家轻月love请求添加您为好友，是否通过？】

原来这才是叶舟所说“加好友”的意思，而非融血为契。

独孤卓之前与叶舟重逢，生怕一别再难相见。为了不与叶舟失联，他选择了融血为契。融血后，他可以随时感应到叶舟的方位，无论叶舟在哪里，他都能找到对方。

可是叶舟下线后，融血后的感应断得一干二净，他在这个世界找不到叶舟。

独孤卓不可能满足于玄虚世界的相遇，他必须了解叶舟所在的真实世界，眼前这两人正好可以用来查探消息。

独孤卓轻轻点击“是”，收到系统提示：【你通过了轻月 love 的好友申请，当前友好度 1。】

成为好友后，就可以看到对方的基本信息，比“歃血为盟”的信息少，只能看到独孤卓的姓名、等级和门派，种族和人物状态是看不到的。

独孤卓看到对面玩家叫轻月 love，门派无，等级十一，比叶舟还高一级。

见队友加了独孤卓为好友，男性玩家也不甘示弱，发送好友申请。

独孤卓照例通过，男性玩家叫龙 @ 傲天，门派无，等级十一级。

这两人的名字像是闹着玩一般，看不懂的字符“love”“@”与可笑的文字堆砌，显然不是本名，是游戏中的代称。

“哇，你这不带符号的名字竟然没有和别人重名？”龙 @ 傲天羡慕道，“我这龙傲天换了好几个符号才注册成功。”

“那还不是你这个名字重合率高？”轻月 love 道，“太土了！”

“你的就不土吗？竟然还在名字上加英文。”龙 @ 傲天也不甘示弱。

独孤卓边听二人吵架获取信息，边用刚才杀怪获得的经验把自己的等级升到九级。

在施展了《五行剑诀》后，他体内真元被抽干，按理说，应该盘膝修炼数个周天才能恢复。但在升级后，他的真元立刻充盈，被竹叶划散的发髻也恢复正常。

看来升级有复原状态的功能，这与修真者突破境界时的样子有点相似。独孤卓用他现有的知识，一点点理解着新世界的种种现象。

龙 @ 傲天吵不过轻月 love，干脆不回嘴，转移话题，对独孤卓道：“能加好友，你倒真不是 BOSS，但是兄弟，你真的没充钱买皮肤吗？”

独孤卓只当“皮肤”是易容术、驻颜术、人皮面具一类的东西，摇头道：“游戏还没开放货币兑换。”

这是叶舟之前告诉他的信息。

“呵，是哦。”龙 @ 傲天抽抽鼻子，“长得帅有什么用，也才九级而已。”

“我的一次性道具已经用了，这里的妖兽获得的经验也不够，我打算出去做任务，你们呢？”独孤卓学着二人的语气说。

叶舟才十级，独孤卓不打算再升级，与其留在业障林中，倒不如去外界探探究竟。

这游戏世界与独孤卓原本的世界总有千丝万缕的联系，他想要适应新世界，也想查清两个世界的关系，更想知道自己和叶舟是如何来到这里的。

轻月 love 说：“我跟你一起做任务。”

龙 @ 傲天说：“我们打算看看新地图。”

两人所说的内容完全相反，显是意见不合，又掐了起来。

独孤卓只当他们是获取信息的工具，不打算等他们争吵出个结果，客气地道：“你们慢慢商议。”说罢便来到传送阵前，被传送到坛业寺。

传送时有种时空变幻的感觉，独孤卓眼前的景象也发生了巨大的变化，从一片绿意的竹林，变成香火鼎盛人来人往的寺庙。

寺庙本是清净之地，这里却像个菜市场，处处人声鼎沸：

“哎哎哎！前面插队的，没看到这么多人排队上香呢？后面排队去，有没有点素质？”

“游戏头盔不是很贵吗？为什么才公测就这么多人？”

“以前玩网游是看着拥挤，现在是真挤，我为什么要把触感调高，谁踩我的脚，好疼啊！”

这是排队做上香任务的。

“大师大师，我来完成放生任务。”

“阿弥陀佛，施主，这只猫不符合放生条件。”

“为什么不符合？隔壁葬花都算放生，我这怎么不行了？”

“施主莫要拿妖族来欺骗老衲！罗汉金身，妖孽显形！”

一道金光闪过，玩家怀里用来做放生任务的黑猫顿时倒地不起，放生林前的和尚依旧慈祥。

黑猫身体僵直，躺了一会儿原地复活，伸出爪子挠了放生玩家一下，口吐人言道：“让你拿我做放生任务，我就说不管用！”

“这不是试试吗？”放生玩家抱头逃窜，“我怎么知道这老头看起来瘦瘦的，除妖这么狠啊，这起码四十级以上吧。而且你只有一级，死了也不掉级，试一试又没有坏处。”

“让你试，让你试！我下线就销号，重新注册个人族。”黑猫舔着爪子道。

“别呀，黑猫多可爱，好不容易随机到的物种。你看隔壁那个蘑菇，那么难还坚持来做任务呢！”放生玩家指着坛业寺门前的义诊摊子道。

黑猫说：“有没有常识，那是灵芝！”

放生玩家所指的义诊摊子前坐着个慈眉善目的老和尚，正在为穷苦百姓免费治疗。

老和尚诊脉的桌子上摆着一株灵芝，老和尚每诊断一个病人，就对灵芝双手合十，道一声：“救人一命胜造七级浮屠，施主大慈大悲舍身救人，定有福报。”

他从灵芝身上抽取一缕灵气，注入病人眉心，那满脸病气的人立刻便痊愈了。

灵芝晃动下身体，有气无力地说：“别谢了，麻烦多给我点经验，升到二十级我就能变成人了，呜呜呜，灵修的命太苦了！”

旁边还有玩家对灵芝指指点点：“这就是排行榜第一的玩家啊，灵修升级真快呢！只要舍身救人就可以了。”

“哇！他救一个人就能升一级啊，这很快就到二十级了！”

“那不可能让他一直做救人任务，肯定有次数限制。”

果然如那玩家所说，就当灵芝升到十六级时，老和尚捧起灵芝道：“施主，你今日救人任务数已到上限，继续治疗下去会危及你的生命，请明日再来。”

老和尚把灵芝放在地上，又从脚边的竹篓中取出一朵雪莲，慈眉善目地对雪莲道：“救人一命胜造七级浮屠，施主大慈大悲舍身救人，定有福报。”

雪莲挥了挥叶子，道：“麻烦搞快点。”

独孤卓：“……”

真是个热闹又和谐的世界。

有好事的玩家凑到老和尚身边，偷瞄和尚脚下的竹篓，看看这和尚是不是把公测期的灵族玩家全装在里面了。

“别看了，”另一边刚完成今日任务额的灵芝说，“刚才在篓子里的时候，我还以为只有我一个，谁知道他从哪儿又拿出来一个。”

说罢灵芝上还长出一双眼睛，嫉妒地瞄了下桌子上的雪莲，这样子不仅不恐怖，还有种喜感。

那玩家不死心地凑过去看了看，果然竹篓里什么也没有，不过等雪莲完成任务额后，老和尚想必会再拿出一个灵族玩家。

挤不进上香队伍的人族玩家纷纷凑到灵芝身边打探消息：“你等级好高啊，但是以后要一直这么救人升级吗？”

“怎么可能，”灵芝翻了个白眼，“二十级以后有了人形，大概就可以做任务升级了。”

“灵族这么少，只有一个老和尚给任务，这么下去大家升级太慢了吧？”有玩家提出疑问，“还有，这边上香居然需要排队，以前键盘网游可没这么麻烦。”

键盘时代升级，玩家仅能看到自己和 NPC 的对话框，但只要服务器承载量足够，多少玩家都可以一同完成任务，根本不用排队。

另一名玩家回答道：“现在只是公测，升级难度当然高。这游戏根据等级调整颜值，就是要用等级吊着玩家。要是太容易升级，玩家很快就没兴趣，游戏公司还怎么赚钱。”

有人问门前的知客僧：“大师，如果坛业寺人太多，你们寺院装不下怎么办？”

知客僧按照游戏程序设定的对白回答道：“一花一世界，一叶一菩提，施主眼中仅看到一个坛业寺，然世间处处皆坛业，我道之所在，便是伽蓝。”

“啥意思？听不懂，谁给翻译成白话？”玩家们问道。

混在玩家群里暗中观察的独孤卓道：“三千世界，有多少个玩家，就有多少个坛业寺。”

玩家们略有所悟：“意思就是玩家数量达到一个数值后，游戏公司自然会提供快速升级免排队服务。”

独孤卓认真地听着每个人的话，飞快吸收分析着知识。

他余光扫过灵芝，见灵芝周围围着一群玩家，而他在业障林中遇到的轻月 love 和龙 @ 傲天不知何时也跟了过来，正凑在灵芝身边询问排行榜第一的玩家升级经验。

“你能动吗？”有玩家戳了戳灵芝厚厚的菌盖。

“一边去，知道你碰的是什么位置吗？我要向 GM（游戏管理员）举报你非礼了啊！”灵芝不悦道。

“那你是男的还是女的？”那玩家依旧手贱地戳灵芝。

灵族和妖族的声音皆是清脆的童音，分不出男女。

“二十级以后可以自行选择性别。”灵芝努力地挪动身体，避开手贱的玩家，但看着移动困难。

“你不能动，是怎么爬到坛业寺被老和尚拿去当药材的？”那玩家还在乱戳，气得灵芝哇哇叫。

这时一个身着深黄僧袍的武僧来到灵芝身边，一侧僧袍袖子系在腰上，露出结实的臂膀和发达的胸肌。他裸露着的手握着一根禅杖，另一掌竖于胸前念了声佛号，彬彬有礼地说：“这位施主，此灵族拯救生灵无数，请勿伤害他。”

灵芝艰难地挪动身体，凑到武僧脚下。

手贱玩家心知不妙，但仍旧不依不饶，便掐腰对武僧道：“我就是碰了怎么样？”

“施主，贫僧得罪了。”武僧双手握住禅杖舞动起来，禅杖在空中虎虎生风，口中道，“怒目金刚！”

一禅杖击下，手贱玩家整个被砸得只剩下一件装备，整个人消失得无影无踪。

“玩家‘人至贱则无敌’调戏灵族玩家，违背游戏不得对玩家进行骚扰的规定，限令其七天内不得做与坛业寺有关的任务。”武僧威严地进行全服公告。

说完规定，武僧又恢复了慈眉善目的样子，还道了声：“阿弥陀佛。”

众人：“……”

这坛业寺的和尚都是两面派吧！

有认识玩家“人至贱则无敌”的，与他联络后回来便马上告诉围观众人：“好狠啊，一禅杖把人从十二级打成九级，连降三级，还掉下一件身上最好的装备，看来游戏在防骚扰这方面卡得是非常严了，惩罚力度极大！”

“这是肯定的，”跟着独孤卓走出来的轻月 love 不知什么时候凑到人群中，“游戏玩到高等级，肯定人人帅哥美女，真有人起歪心怎么办？花大钱升级的全息网游，要是因为一些人不好的举动被封禁，那可就惨了。”

另一个女性玩家道：“就是，脖子以下的行为不允许，想换衣服都只能选一键换装。”

《九重天》在传统键盘网游时期，人物角色一个比一个暴露，衣服料子也很薄。升级成全息网游后，无论男装还是女装，全都捂得严严实实的。

即使如此，直观地接触俊男美女也比隔着屏幕看假人要强，玩家们还是乐意花重金买下游戏头盔来体验全息游戏。

轻月 love 叹了一口气，道：“我本来是奔着宣传视频中仙侠帅气的小哥哥来的，谁知花了那么多钱买游戏头盔，看到的却是一群歪瓜裂枣，等级低的玩家颜值还不如普通 NPC。”

禅杖武僧身边站着几个妹子，那剑眉星目的武僧闭紧双眼，口称“色即是空，空即是色”，周身笼罩着一层白光，玩家们不能靠近。

游戏公司的意图很明显，我们是一款健康、绿色、环保的游戏！

这时有人惊道：“排队治病的 NPC 里忽然出现一个特有气质的，是不是什么隐藏任务？”

轻月 love 是个“颜控”，她来玩这款游戏就是为了近距离接触 3D“纸片人”，一听到气质好，视线立刻从武僧身上转移到义诊摊，只见独孤卓鹤立鸡群地站在一群灰扑扑的 NPC 中。

“那不是 NPC，那是玩家啊！”轻月 love 解释道。

可惜没人听她的话，玩家们一起冲到义诊摊。

如果是键盘游戏，就可以鼠标点击对话，但这里是全息游戏，还不允许调戏 NPC，玩家们只能围着独孤卓搭话。

义诊摊前的 NPC 并不多，一直五个人，一个人被治好后，会有新的 NPC 到末尾排队。

独孤卓站到队尾，成为第六个，却没有 NPC 阻止他。

他当作没听到玩家们的话，专注地等候。

方才坛业寺内发生的事情被独孤卓尽收眼底，玩家们的试探让他了解了几个规则：

其一，玩家难以分辨别人是NPC还是玩家，但NPC可以；

其二，扰乱NPC任务，故意上交错误的物品，会被NPC惩罚（如那只黑猫）；

其三，坛业寺僧人的攻击他可以避开。

僧人两次出手，独孤卓看得清清楚楚，僧人出招并不是固定的，而是可以根据玩家的等级和玩家所犯规则的严重程度进行相应调整。

戳灵芝的玩家等级和交黑猫的玩家等级不同，武僧出手的力道也就截然不同。

独孤卓暗暗估算，武僧的攻击力和速度应该是玩家等级最高值的五成以上，他暗中御剑，加上步法，有七成的把握避开。

对独孤卓而言，七成足以冒险。

他身份一栏中还是“待解锁”，叶舟视他为玩家，身份未解锁；轻月傲天二人视他为BOSS，身份依旧没解锁；周围人将他当作NPC，身份还是没解锁。

独孤卓想知道自己是什么人，靠玩家猜测解锁是不可能了。既然如此，倒不如试试NPC。

老和尚是为NPC义诊的角色，独孤卓身受重伤，符合义诊的条件，若他是NPC，就会得到治疗。

独孤卓观察着老和尚的动作，想象出几种攻击方式，脑海中模拟着逃跑路线。他心中略微紧张，面上却从容不迫。

玩家死后可以复活，他未必。

这次尝试风险很大，但独孤卓不想退缩。他觉得，既已踏上修仙大道，就是要与天争个高下。

他在擎天剑派，一直被当成下代玄剑剑主培养，唯有夜舟劝他，要挣脱宿命，绝对不能碰触玄剑。

夜舟看到了独孤卓要背负的宿命，不断地将独孤卓推离命运的深渊，却终究没能阻止独孤卓弑父夺剑。

生父独孤岳死在眼前时，独孤卓才明白自己命中种种都是被安排好的。他像颗棋子一般，父母、友人、师门，全部从他出生那一刻就注定了。

他是天道选中的玄剑剑主，必须承受世间所有罪孽，亲手斩断所有感情，才能背负起这柄剑。

可是凭什么？凭什么天宫上的众神能够这样漠然地操纵着他的人生，只为了让他成为一把剑的剑鞘？

独孤卓从来不服天命，到了全新的世界亦是如此。

诚然，他极有可能只是一个游戏中被设计出来的NPC，用玩家的话说，NPC在服务器中只能按照程序生活，与擎天剑派中的他一模一样。

但他不会认命的。

终于轮到自己，独孤卓坐在义诊摊前，伸出手腕，让老和尚号脉。

轻月love凑到独孤卓身边，给他发去私聊："快下来，一会儿如果让老和尚发现你是来凑热闹的玩家，你就会像那两个惹事的一样被打死掉级了！"

这私聊在独孤卓耳中便是传音入密，将声音用真元锁住送入对方耳中，声音不会外泄给其他人。

这一招独孤卓也会，于是他给轻月love发私聊："我有伤在身，试试游戏规则。"

"哇，你好聪明！"轻月love这次没有私聊，而是公开说，"先把自己弄伤，再来义诊摊前排队，说不定这里可以成为玩家疗伤的地方！"

"是吗？"摊子上作为大补药材的雪莲也起了兴致，"这是不是代表，我们灵族以后可以做辅助和治疗，还能复活队友？"

"有可能！"一群玩家附和。

众人的视线集中在独孤卓身上，有坚定不疑地觉得他是特殊NPC的，也有相信他是玩家的。

老和尚缓缓伸手，搭在独孤卓的脉搏上。

"施主，你……"老和尚和蔼的目光霎时锋利起来，他一把扣住独孤卓的脉门，另一只手轻敲桌面，用排山倒海的真元笼罩住独孤卓。

这是……独孤卓根据真元的属性，察觉到老和尚要做什么。他明明可以甩开老和尚逃开，却硬是忍了下来，任由老和尚的真元将他困在其中。

周围嘈杂的声音瞬间消失，玩家们全部顿住，整个空间内能动的只有独孤卓与老和尚。

无相界，这是佛修最高深的境界，可以以真元开辟一个属于自己的小世界，小世界独立于世界，外面的时间空间在这里不会流动。

这只是个游戏，怎么会忽然出现无相界？

独孤卓正疑惑间，就听老和尚道："独孤先生，你的伤贫僧治不了。"

"你在说什么？"独孤卓冷静地问道，"你不是个 NPC 吗？"

"恩匹希为何？"老和尚双掌合十，"贫僧檀寂。"

檀寂大师？独孤卓记得，檀寂大师是修真界最德高望重的佛修，早就可以飞升上三天，却不断轮回转世，于世间度人，修来世功德。

这样一位大师，怎么会出现在网游中？

"独孤先生以身为引，借助创世神剑，击毁上三天基石，受到玄素二剑和神界反噬，你身上的神罚老衲无法破解。"檀寂大师道，"但独孤先生给下三天无数生灵一线生机，无量功德加身，正在慢慢治疗你的经脉，终有一日定可痊愈。"

"我怎么会有功德？"独孤卓问道。

"独孤先生所做之事，孽在天宫，功在千秋。"老和尚道。

独孤卓还想问什么，这时周围的人动了起来，原本眼神灵动的檀寂大师也变回了木讷的老和尚，他对独孤卓道："这位玩家请不要影响百姓治病，玩家可以去隔壁镇上的药堂诊治，二十级以下玩家不会消耗灵石。"

独孤卓被老和尚请离义诊摊，轻月 love 跑过来道："还是你厉害，一下子就问出治伤的地方，你以前是高级玩家吧？"

他没有理会轻月 love，而是以神识查探个人信息玉简，只见身份一栏已经解锁——

【姓名：独孤卓。

身份：BUG（程序漏洞）。】

第二章　遇妖族

苍澜山脉的另一侧下着春雨，一个年久失修的破庙中有两个避雨的和尚。年迈的老和尚盘膝打坐，似乎已然入睡。另一位年轻的和尚对此感到疑惑。

檀寂大师是何等人物，轮回九世的高僧啊，带着大乘期法力出生的佛修，早就摆脱了肉体凡胎，怎么会睡觉？

“师父？”年轻和尚轻声唤道。

檀寂大师缓缓睁眼，揉揉惺忪睡眼，疑惑地对弟子道：“为师睡着了？”

“嗯。”年轻和尚耿直地说。

檀寂大师手持一串佛珠，拨动几下后道：“为师做了个梦。”

“可是预知梦？”年轻和尚道。

“不是，”檀寂大师摇摇头，“为师梦到自己上山采药，带了许多未化形的灵修回来，在一个小寺庙前支了个义诊摊子，用灵修的灵力帮百姓治病，也帮助灵修累积功德化形。”

“哪有灵修愿意这么做。”年轻和尚道。

灵修皆是天生地养，好不容易熬到千年万年没被人或是兽类采摘，化形前都要避着修者和妖兽，过得战战兢兢，一般哪会主动给人修功德治病。

檀寂大师没有回答，他瞅着小徒弟的容貌，忽道：“你去捡根与禅杖差不多高的木棍，再把一侧袖子脱下绑在腰上。”

年轻和尚摸不着头脑，却还是照着檀寂大师的吩咐做了。

他剃度前曾是江湖豪士，练得一身结实的肌肉，穿着僧袍时不显山不露水，露出半条胳膊方能看到肌肉有多发达。

年轻和尚拄着一人高的木棍立于檀寂大师身前，身段不像和尚。

檀寂大师满意地点点头："这倒像了。"

"像什么？"年轻和尚摸了摸光头，不明白师父是怎么了。

檀寂大师没有回答，而是望着庙外的细雨道："今时不同往日，自天柱崩塌，九重天融为一体，原本凝聚世间八成灵气的上三天毁于一旦，灵气归还人间，如今，就连这春日细雨中都蕴含着令人难以想象的灵气。"

"是啊。"年轻和尚点点头。

"灵族较之以往更容易吸收灵气，却也更难化形。"檀寂大师道。

灵族的确是天生地养，但在开智后化形前，却很容易被其他种族盯上，往往未化形就会成为他人炼丹的药材。偶尔有修炼成形的灵族，也会因此欠下不少因果，不得不用余生来偿还，有些灵修为了还债更是功力尽毁。

天柱倒塌之后，檀寂大师一直在思考人间该何去何从，究竟该怎样才能避免灵气过剩的人间再次沦为古荒战场，以致发生民不聊生的惨剧。

方才的梦，为檀寂大师提供了一个新的思路。

"制衡。"檀寂大师道。

他冒雨走出寺庙，仰头看着破庙的匾额，春雨洗去匾额上的灰尘，露出"坛业寺"三个字。

檀寂大师望着那三个字，回想着方才的梦境，良久后，对弟子道："你我就在此处挂单吧，为师开办个义诊摊，你就待在为师身旁，维护各族秩序。"

"挂单？这里？"年轻和尚指着空无一人还漏雨的破庙道。

"正是此处，雨停后，你就随为师修整寺庙吧。"檀寂大师对弟子眨眨眼，"毕竟，我们都是恩匹希呢。"

"啥？"年轻弟子满头雾水。

《九重天》全息网游中，独孤卓看着"BUG"不语。

轻月 love 对龙 @ 傲天道："你有没有觉得刚才卡了一下？"

"好像是卡了，"龙 @ 傲天也说，"可是时间没有变化，是错觉吗？"

"游戏服务器还不算稳定吧，可能还有 BUG。"轻月 love 猜测。

独孤卓收起玉简，视线落在两个跟在他后面的玩家身上，他本来不想同叶舟以外的玩家有过多牵扯，现在看来，这两人还是有点用处的。

他来到坛业寺门前，捡了一截树枝，在土地上照葫芦画瓢，写下歪歪扭扭的“BUG”。

一步不离的轻月 love 念道：“BUG？你写这个干吗？”

巴格？原来他们刚才说的就是这个词语。

“刚才我也感觉时间停了一下。”独孤卓不露痕迹地道。

龙 @ 傲天道：“看来大家都有感觉，等我下线就找客服反馈一下。”

他这么一说，独孤卓对“BUG”一词倒是有了些理解。为了进一步确定含义，他又问：“你还发现什么巴格了吗？”

“你英文念得有点不太准，”龙 @ 傲天指出独孤卓的英文发音，“除了刚才卡那一下，还没发现别的问题，倒是你比较像个 BUG。”

独孤卓道：“我？我有什么问题吗？”

龙 @ 傲天道：“就算是一次性道具，大家都在平砍练级，你一招杀了几十个小怪，难道不是 BUG？你捡的那个一次性道具叫什么名字，发来我看看，是不是数值崩坏了。要是有问题，我就把这个道具漏洞一并举报了。”

问题、数值崩坏、漏洞……独孤卓提取着关键词。

独孤卓对 BUG 的理解是，一个超出规则掌控、规则会尽力寻找并抹除的存在，就是 BUG。

他没理会龙 @ 傲天的发道具邀请，转身向坛业寺外走去。

龙 @ 傲天快步跟上他，口中念叨着：“不要这么小气嘛，有好的道具发出来共享一下嘛，顺便分享一下从哪里获得的，就算是一次性的也不错啊。游戏刚开，这种威力的道具很值钱的。”

轻月 love 与龙 @ 傲天，一个被独孤卓容貌迷惑，一个想套独孤卓强力道具，两人像连体婴般跟着独孤卓离开坛业寺，而他们脚下还悄悄地跟着一只黑猫。

黑猫脚垫非常软，踩在地上没有任何声音，自然没被轻月 love 和龙 @ 傲天发现。

独孤卓倒是立刻察觉到一股妖气，随手拎住那只黑猫的后颈皮，把它揪起来。

“咦？这猫什么时候跟上来的？妖族？”龙@傲天道。

“哇！好可爱的小猫啊，我可以跟你玩吗？”轻月love道。

“别想碰我！”黑猫舔舔爪子道，“游戏可是禁止调戏玩家的，当然我自己玩是可以的。哎呀，我怎么这么可爱。”

黑猫用力吸了下爪子，露出沉醉的眼神。

轻月love瞬间失去兴趣，双目失神地说：“你太猥琐了，白白浪费一张可爱的脸。”

龙@傲天不是很喜欢猫，对黑猫的抵抗力很高，警惕地问：“你跟着我们干什么？”

“谁跟着你们了，我是跟着他。”黑猫扭动身体，“我看你刚才试探老和尚的时候挺厉害，不仅没有被惩罚，还得到一些线索，就跟过来问问你有没有妖族的升级方法。”

“妖族不能像我们一样做任务升级吗？”轻月love问。

黑猫沮丧地低头道：“唉，人族能做的任务我们都做不了，又不能像灵族那样治病救人换经验。等级低的妖族还打不过小怪，升级要多难有多难，你看看排行榜上妖族的等级就知道了。”

龙@傲天打开排行榜，果然看到上面所有妖族清一色都是一级。

“我就说刚才给他们信息求救，这么长时间了，怎么连个回复都没有，原来才一级啊！”龙@傲天道。

独孤卓适时道：“求救？”

轻月love向他解释：“之前我们俩以为你是BOSS，就找队友求援，信息发出如石沉大海，看来还没找到妖族升级的办法。”

“键盘时代不管哪个种族都做一样的任务，改版后变化太大了。”黑猫叹气道，“我刚才跟一个玩家达成协议，让他带我放生，以为能升级，没想到还被和尚打死一次。现在我要找其他方法了。”

独孤卓放下愁眉苦脸的黑猫，回想着以前遇到的妖族。

有些妖族潜心修炼，吸收日月精华，修炼速度会慢一些；有些妖族迷惑人类，吸收人族精气，修炼速度很快，但雷劫也会更难一些。

独孤卓对黑猫道：“妖族应该是沐浴在月光下就会增长力量，如果能得到一套修炼心法就更快了，当然也可以迷惑人类试试。”

“我倒是有一个叫‘魅惑’的天赋技能，可是对小怪不好用。还有个《拜月诀》的修炼心法，但是游戏早上八点开始公测，我还没见到月亮呢。”黑猫道。

他想了想，跳到坛业寺路边的一个普通百姓 NPC 身上，施展了“魅惑”技能，对着那人嗲声嗲气地“喵”一声。

那人顿时像丢了魂般抱住黑猫，对着猫毛用力一吸，就全身无力地倒下去了。

“咦？我升级了！一下子升到五级！”黑猫开心地说道，“原来妖族的天赋技能是吸收 NPC 的精气升级啊，我要出去找人类……”

话音未落，坛业寺门前的知客僧便不知从哪儿弄出一根禅杖，重重地砸在黑猫身上，大喝道：“大胆妖孽，胆敢在坛业寺门前害人！”

黑猫：“……”

原来不同种族升级还得挑选地段，坛业寺范围内，妖魔退散！

“喵……”黑猫原地复活，原本蜷缩的爪子舒展开，露出软嫩的爪垫。

《九重天》全息画面做得极美，就是角色死亡的画面也是精致的。人族女性角色死亡时会优美地旋转一圈倒在地面上，裙摆散开，衣角染上的点点血迹像绽开的血红花朵。角色脸上纤尘不染，静静地闭上双眼，眼角挂着一滴泪珠，像是在做一个无法醒来的悲伤的梦。

男性角色死亡画面则是少一分唯美，多一分壮烈。

而非人族，例如眼前这只猫，他死亡后四肢蜷缩，一缕不知从哪儿来的特效日光（夜晚为月光或星光）打在他小小的身躯上，让他看起来有点安详又有些悲凉。

“掉了两级，”黑猫检查着自己的等级，双目放光，“吸收一个人族 NPC 涨四级，打死一次才掉两级，这买卖，值！而且我可以找远离坛业寺的位置。我很快就能成为排行榜第一的玩家了，哈哈哈！”

他张狂地笑着跳跃起来，踩着轻月 love 和龙 @ 傲天的肩膀向远离坛业寺的方向奔去，却在路过独孤卓时，再一次被这人拎住后颈皮。

独孤卓出言提点黑猫是为了验证原本世界与游戏世界的关联，并没有打算培养出一只到处吸食人族精气的妖族。

“你干什么？放开我！”黑猫张牙舞爪地攻击独孤卓，怎奈爪子太短，独孤卓拎住的位置太过巧妙，黑猫根本无法碰到独孤卓。

“越是轻松的路代价越大。”独孤卓淡淡道。

吸食其他生灵的精气修炼确实较拜月修行来得容易些，遇到雷劫时却极有可能万劫不复。更何况，黑猫在人间肆意妄为，真当他们正道门派是死的吗？甚至等不到雷劫，黑猫就会被正道门派围剿致死了。

独孤卓没有向黑猫解释这些事情，毕竟他不确定游戏规则是否与原世界一致。他只是不希望这些玩家是由于他的建议被害，这会增加他的孽因，让他不知何时会遭到果报。

“什么代不代价的，我只要远离坛业寺就可以，放开我！再抓，小心我不客气！”

黑猫见物理攻击不能奏效，便开始研究其他攻击方式。

魅惑技能使用一次后，技能后面就出现了一段技能介绍。黑猫点开技能后发现，魅惑天赋技能的作用对象竟然不分NPC、玩家和BOSS，只要对方是人族，等级差距在十级以内，就可以无差别魅惑对手，除非对方是意志坚定的佛修或者使用了清心咒抵抗。

现在等级榜最高不过十六级，眼前这个抓住自己的人族等级大概率没有超过十级，黑猫当机立断，施展“魅惑”。

他尾巴翘起，对着独孤卓“喵”了一声，一双大眼睛显得整只猫可怜又可爱，长长的尾巴扫过独孤卓的手腕。

“魅惑”是群攻技能，一米范围内的玩家都会受到影响，距离越近影响越大，随着等级提高，这个技能的影响范围也会相应扩大。

黑猫轻“喵”一下，一旁围观的轻月love和龙@傲天也受到影响。轻月love本就喜欢猫，受到的影响极大，当下抓住独孤卓的手臂道：“你怎么可以伤害小猫，小猫那么可爱！”

龙@傲天也拿出纸扇，对独孤卓道：“放开那只猫！”

黑猫见效果极佳，顿时火上浇油地又叫一声：“喵……”

原来还能用这种方法让其他玩家保护自己，妖族还是蛮不错的嘛！

看到黑猫的样子，独孤卓冷笑一声。

剑修想要人剑合一，心志必须如同利刃般坚定。

莫说他心境远超这区区三级、尚未化形的妖族，就算是妖仙来诱惑他，他独孤卓也能纹丝不动。

龙@傲天处在被控制状态中，速度和力量减半，武器轻松被夺走。

纸扇“啪啪”两声打在轻月love和龙@傲天的额头上，二人顿时清醒。

轻月揉着通红的额头，道：“我刚才好像失去了对账号的控制权！”

“你就这么想升级？”独孤卓对黑猫道，“我成全你。”

“你为什么不受控制？”黑猫喊，“你是人族吗？你要干什么？！”

独孤卓拎着黑猫走进坛业寺，提着它进入业障林传送阵中，把黑猫丢进一群妖兽中：“这里适合十级以下的玩家，慢慢玩。”

“这是什么地方啊？这些小怪怎么长得这么可怕？”

黑猫见一只妖兽袭来，抬爪反抗，一爪抓中妖兽的额头，就见妖兽脑袋上出现一个长长的血条，显示负一。

妖族根据物种不同，初始攻击力也不同。熊妖、虎妖等妖族虽然没有魅惑天赋技能，但攻击力极高。这只猫妖在这群妖兽面前不值一提。

在妖兽的围攻下，黑猫开始掉血。

现在大家都是低等级玩家，没出过新手村，其他地图也没解锁，复活也只能选择原地复活，下线后再上线，也是原地。

独孤卓踢倒几根竹子，布下迷踪阵。不熟悉的人很难走出法阵，会出现“鬼打墙”的现象，原地打转。

“这里妖兽很多，足够你升到十级了。”独孤卓对黑猫做了个“请”的手势，随后离开了业障林。

轻月 love 和龙 @ 傲天：“……”

他们听着黑猫的惨叫声，看着他在妖兽们的围攻下变成残血状态。

“会不会有点残忍？”走出业障林，轻月 love 同情道，“下线只能原地上线，复活也没有其他复活点，魅惑对小怪无效，他要怎样才能走出这个林子？”

“夜晚到了就可以。”独孤卓抬头看天，根据太阳的方位确定时间，“现在是酉时六刻，等亥时月上树梢，妖族即可吸收灵气，功力大涨。”

轻月问：“亥时是几点？”

酉时六刻他们知道，游戏控制面板玉简右下角会显示时间，可以切换游戏时间和现实时间，现实时间显示是下午六点半，游戏时间是酉时六刻。

“子丑寅卯……”龙 @ 傲天倒是有点天干地支的基础，掰着手指头换算起来，“大概是晚上九点，两个半小时以后。”

“希望他不要气得一整晚不上线，否则就真的出不来了。”轻月love同情道。

轻月love虽然同情，却没有去救黑猫的意思，毕竟是黑猫先魅惑他们的。要不是独孤卓没有被控魅惑，现在他们三人可能会打成一团，这样的惩罚倒也不算什么。而且说起来，还是黑猫占便宜，独孤卓还告诉他一个练级的好地方呢，死几次算什么。

“你怎么说个时间还用十二时辰这种计时方法？”龙@傲天问道。

独孤卓初时还担心他们发现自己的身份，围观玩家们各种奇怪的举动后，倒是镇定下来，十分随意地说：“这样不是符合游戏情境吗？”

“确实。”龙@傲天很自然地接受了独孤卓的解释。

独孤卓道：“你倒是挺会换算时辰的，那我考考你，上午九点是什么时辰？”

龙@傲天掐指算着：“辰时末，巳时初。”

“上午十二点。”

“午时四刻。”

“下午三点。”

“未时末，申时初。”

“别问了，别问了，”龙@傲天举双手求饶，“算死我了。”

独孤卓已经根据龙@傲天的回答，将现代时间的时刻表算出七七八八，便不再折磨龙@傲天。

“我觉得你知道的事情好多，明明我们一样是低等级玩家，你怎么懂这么多？”轻月love好奇道。

独孤卓回想了下叶舟根据键盘时代推测全息游戏规则的样子，便道：“我也是根据键盘游戏猜的。”

独孤卓想去坛业寺附近的小镇看看，了解更多关于这个游戏的事情，才走出几步，就收到了系统提示——

【叮！你为民除害，正义值加1。】

【叮！你自创阵法，系统奖励空白玉简一块，已收入储物法宝。请为阵法命名并按照提示制作成玉简提交，等待游戏公司审核。审核

成功后，可将阵法以交易的形式传授给其他玩家。】

独孤卓脚步一顿，开始分析这两条系统提示。

之前斩杀妖兽时，系统提示的是“斩妖除魔”，获得的奖励也是灵石、经验、药草、没用的剑诀等物品，此刻突然出现的提示却是“为民除害”和正义值，与之前不同。

而且他现在没有做任何事，只是简单地走路，为什么会获得奖励？

除非是……

独孤卓看了下业障林的方向，那只猫应该被妖兽咬死一次了。

“怎么停下了？对了，你要去哪儿？”龙@傲天问。

“正义值是什么？”独孤卓不答反问。

“不知道，以前键盘时代没有正义值这个说法。”龙@傲天回答。

猫妖吸收人族NPC的精气，对于游戏中的“民”来说算是一害，独孤卓将猫丢到业障林中等死，算是除害，所以得到一点正义值。

至于正义值有什么用，目前还看不出来。

独孤卓暂时压下疑问，从储物法宝中取出一块空白玉简，没有看提示，而是用他熟知的方式，以神念将迷踪阵的布阵方法刻在玉简中。

一道光芒闪过，虚空中弹出“提交”按钮，独孤卓点击“提交”，等待游戏公司审核。

他带着跟屁虫轻月love和龙@傲天走出坛业寺范围，来到熙熙攘攘的小镇中，一直走到小镇边缘，见到一个很熟悉的茶棚，与苍澜山脉脚下茶水贵得要死的茶棚相差无几。

独孤卓正要走向茶棚，天空中突然响起一道声音：“公告：独孤卓因自创《迷踪阵》，经系统已审核通过，获得‘阵法师’称号。”

《九重天》经历过手游时代的冲击，曾一蹶不振，游戏公司清楚全息网游比起手游，在便携程度和时间分配上有很大缺陷，因此必须绞尽脑汁用各种方法吸引玩家，才能在市场占有一席之地。

为此，《九重天》全息网游打破传统，开启全新玩法。为了让游戏更贴近真实的仙侠世界，特别启用了人工智能作为游戏的主系统。

只要写入指令，主系统就会根据指令自行做出选择，就像市面上很多人工智能软件可以根据题目写诗、作词、编曲等，自主性很强，极大程度地减轻了程序员的负担。

玩家可以创造技能这一点，也是游戏策划设计出来的新型玩法。这种玩法让玩家自由度更高，游戏的黏性也大。

传统游戏的系统无法实现这一点，但有了人工智能作为主系统就可以。游戏策划会输入技能审核标准，只要符合标准，不超出游戏本身的难度，主系统能自行审核发布。

独孤卓上传玉简时，主系统扫描了三次他的数据，得出数据正常的结论，审核通过了他的阵法。

在这期间，主系统运算速度慢了千分之一秒，但没有被人发现。

游戏后台发生的事情独孤卓一无所知，他有些意外自己竟然真的可以将以前所会的功法写入这个世界，且没有被人发现问题。

这代表随着伤势渐渐复原，他能够施展的招数会越来越多，在游戏世界的自由度也会提高。

独孤卓看着掌心上那块记载着《迷踪阵》的玉简，又想到他之前对付业障林妖兽时曾施展过《五行剑诀》，却没有收到系统提示的情况。

两者最大的区别是，《迷踪阵》对付的是玩家，《五行剑诀》对付的是战斗类 NPC，一些虚假的、可随时复活的角色。

就算不被系统认可，他一样可以施展《五行剑诀》对付妖兽，被认可的技能有什么不同吗？

就在独孤卓深思时，游戏中的玩家已经炸开锅了：

“自行创作招数，还有头衔？这游戏可以啊，玩法这么多？”

“那个‘独孤卓’的名字前面没有提示是玩家还是 NPC，也没有显示游戏 ID，没有 ID 根本搜不到玩家。”

“能创造技能，肯定是玩家啦。”

“不显示玩家和 NPC 这个设定真是坑人，我和我朋友一起创建账号，我人族他魔族。我以为建号后和我一起出现在新手村的就是‘他’，相约一起打怪，然后‘他’一口把我咬死了。后来我才知道，那根本不是我朋友，是新手村的驱鬼任务目标！”

“查了半天找不到独孤卓，忍不了了，我下线给客服打电话。”

无数玩家退出游戏打爆客服电话，询问游戏的各种玩法，客服按照标准话术回答，多余的一句话也不说。

跟在独孤卓身后的龙 @ 傲天也挂机下线，轻月 love 看到独孤卓一脸沉思的样子，不敢打扰他。

独孤卓本在研究玉简，忽然龙@傲天生魂离体，他不得不急忙来到龙@傲天面前为他诊脉。

龙@傲天脉搏微弱，只剩一口生气吊着性命，整个人变得呆呆傻傻。

独孤卓好奇地拍了拍他的脸，没想到游戏世界竟还有离魂的情况。

“他挂机了，”轻月love解释道，“你刚才触发游戏新玩法，他猜你可能也是一头雾水，就挂机下线查资料去了。”

独孤卓戳了下龙@傲天的脑门，傲天像不倒翁一般倒地又弹起来。

轻月love也是第一次看到全息网游挂机的样子，觉得还挺好玩的，也跟着独孤卓戳起龙@傲天的脸来。

“原来全息游戏挂机是这样子的，和键盘游戏一点也不一样呢，键盘游戏都不能戳。”轻月love笑道。

独孤卓想到有人说这个游戏坑人，便试探道：“心跳几乎没有了，呼吸也非常轻，为什么会出现这种情况？”

轻月love想了想道：“大概是因为全息头盔能够读取玩家的身体信息，并在游戏中模拟出来吧。他现在摘下头盔却没有关机下线，身体和头盔分离，头盔没办法读取本人的信息。”

“或许如此。”独孤卓道。

原来全息游戏是通过某种戴在头上的法宝，将人的意识传送到这个类似玄虚境的世界中。

这时龙@傲天回来了，气呼呼地说：“客服电话太难打了，一直占线。不过逍遥打通了，他给我发了客服的回复。”

“逍遥也下线了，”轻月love道，“刚才给他发求救信息为什么不回复？”

龙@傲天道：“别提了，他是个柳树妖，就是村口那棵大树，一动也不能动，上线五分钟就被气下线了，一直在给客服打电话问怎么升级，根本没收到我的信息。”

“太惨了吧。”轻月love感慨道，“幸好我一开始选了人族。”

“没关系，我告诉他晚上能对月修行了。”龙@傲天道。

“妖族、灵族、人族可以在新手村活动，魔族呢？”独孤卓不露痕迹地插入二人对话中。

“我还有一个朋友选的魔族，他说魔族的新手村和人族不一样，在另外一边升级呢，据说升到二十级才能去主城。”龙@傲天回答。

独孤卓说道：“玉简的事情客服是如何解释的？”

龙@傲天道：“客服给了几个条件，首先必须是市面上其他游戏中不存在的技能，这是要避免抄袭问题；其次要符合当前游戏世界背景，例如炼器师不能造机甲，也不能使用魔法斗气一类的技能，要符合传统修仙文化才可以认定；最后，必须有玩家因这个技能造成伤害，技能确实可以生效，才能认定成功。”

“那认定后的技能有什么特点？”独孤卓问道。

龙@傲天说：“可以交易、传授、赠予，自主创造的技能是可以复制在其他玉简上的，复制需要消耗灵石和玩家的气血、灵力等，而且不同等级的自创技能有复制次数。低等级的技能可以多次复制，越高级的技能，复制次数越少。”

独孤卓问：“为什么会有次数限制？”

“客服解释说，根据修真界的传统，越是高深的招数，越是藏着掖着，一般秘传心法师父只会传给一两个弟子吧。对了，自创技能只能从创作者手中购买，不能二次转卖。”龙@傲天道。

独孤卓扫了眼《迷踪阵》的注释，显示可以复制一百次。

《迷踪阵》是最低等级的阵法，只能困住修者的脚步，甚至拦不住会御剑飞行的修者，在修真界随便一个术算好的弟子修者都会这个阵法，难怪可以复制这么多次。

“接下来换我问了。大神，你是怎么创造出这种阵法的？”龙@傲天毫不犹豫地称呼独孤卓为大神，他值得！

这个问题确实难倒了独孤卓，他没办法解释自己的神秘之处，只能简略地道：“我擅长术算和围棋，由此领悟出此阵。”

轻月love和龙@傲天沉默了下，听到术算立刻想到数学，便果断放弃询问创造技能的方法，而是问道：“那……大神，你的复制次数有几次呢？可以卖……卖给我们吗？”

独孤卓不甚在意地道：“足足百次，赠予你们也可以。”

“全服限量一百个，能用足足来形容吗？”轻月love捂着心口，“你知不知道，我听到限量两个字就想‘剁手’？”

傲天倒是比较冷静，一百这个数字说多不多，说少不少。似乎可以看出，游戏公司想把玩家自创技能的威力控制在一个相对特殊的范围内，既可以鼓励玩家自创技能，增加游戏黏性，又能限制其他玩家拥有数量，不让自创技能喧宾夺主，影响游戏本身设置的技能。

龙@傲天道："大神还是定个价位吧，我记得当时这个技能让黑猫走不出树林。在大家等级都低的情况下，算是个不错的技能呢，白拿我们不好意思。"

"就是，全游戏第一份呢！"轻月 love 也点头道。

独孤卓选择赠予，也是试探二人的品行。

若是二人毫无负担地收下，那独孤卓此后就可以与二人分道扬镳，再无瓜葛了。而他们表现出谢意，甚至为独孤卓考虑的情况，倒是值得结交一番了。

毕竟，他要了解这个世界，还需要从玩家身上获取信息。

"无妨，你二人提供空白玉简就可以。"独孤卓道。

轻月 love 和龙@傲天没想到，竟真的认识了脾气这么好的大神，忙不迭地跑到新手村灵器商铺，消耗下品灵石买了两块空白玉简。

这个游戏有两种钱币，一种是普通的铜钱、银两，可以购买一些生活用品，例如包子、茶水等物品。另外一种是灵石，用来购买武器、装备或是玉简、灵器、符箓等物品。

可以想象，后期银两的用处会非常小，如果游戏开通钱币兑换，现实货币能够兑换的也一定是灵石。

独孤卓将《迷踪阵》默录到两块玉简上，原版阵法的剩余复制次数变成了九十八。

龙@傲天和轻月 love 收到玉简，兴致勃勃地说："我们去砍怪试试阵法的威力吧！"

"不急，"独孤卓看向小镇角落的茶棚，"我先去喝碗粗茶。"

即使是公测期，游戏公司用邀请码控制了玩家数量，新手村还是人满为患，有拼命做任务升级的，也有到处闲逛看风景的。

茶棚作为新手村最边缘的景点，自然是人满为患。独孤卓三人来到茶棚后，就被小二塞了一张字条，让他们排号等待，前面等待的人数还有一百多个。

独孤卓："……"

他排在一百多个人的后面，听着已经排到座位的玩家闲聊：

"啊呸！说是粗茶淡饭，我以为只是个谦称，没想到这茶是真的苦啊！"

"别提了，我听说全息网游里的食物能模拟出宫廷御宴的味道，所以特别把味觉调到了最高值，结果……真是险些没苦死我！"

"这破茶卖十两银子？！老板，你这里是不是黑店？"

"黑店的话，搞不好有隐藏剧情？"

键盘时代，玩家可以点击 NPC 获取对话框，全息网游却不能对着 NPC 指指点点，一旦点错位置，NPC 要么会像坛业寺的高僧们开启战斗模式，一招干掉玩家；要么像眼前这位老板一样——

"这位客官，本店仅售卖茶水，不提供其他服务。您的行为需要加钱。"

老板话音刚落，那个狂戳 NPC 的玩家大概是听到了系统提示，大声喊道："你个糟老头子，碰你一下还要扣掉我一百两银子，账户余额变成负数，是不是太坑了？"

他气得要打茶棚老板，身边的同伴拉都拉不住，只能提醒道："碰一下就要一百两银子，打 NPC 肯定要被惩罚的。"

"我就看看是什么惩罚。"那玩家抡起拳头。

预想中的惩罚没有出现，茶棚老板抱着头求饶，店小二则是丢下手头的工作报官去了。

周围玩家不是没有反感的，但也都想看欺负 NPC 会受到什么惩罚，便袖手旁观。

独孤卓本不是爱管闲事的性子，但他见店小二迟迟叫不来捕快，无聊间视线扫过茶棚老板装银两的钱匣子，忽地想到一件事。

"扇子借我。"独孤卓对龙 @ 傲天道。

他随手拿起龙 @ 傲天的纸扇，纵身一跃，踩着排队玩家的头顶来到茶棚内，随后将纸扇对着打人的玩家轻点数下，那玩家便动弹不得了了。

"多谢这位少侠！"茶棚老板抬起头来，对着独孤卓连声道谢。

独孤卓仔细观察茶棚老板的长相，微微叹气。

游戏中的低等级 NPC 只有几种不同的长相，套上不同的衣服和发型肤色，就是一个新角色了。

这位茶棚老板的相貌，就和方才他在义诊摊前见到的一名中年男子相差无几，只是衣服和发型不同罢了。

看来这位老板并非他在苍澜山脚下遇到的那个，游戏终究是游戏。

“你多管什么闲事？”那个被独孤卓以真元禁锢住的玩家怒道。他的同伴就站在他身后，同样怒视着独孤卓。

轻月 love、龙@傲天见状也不甘示弱，凑到独孤卓身后力挺大神。倒不是他们有多义气，而是想着左右不过是游戏，为什么不义气一把？

双方一触即发时，店小二终于带着捕快赶到，茶棚老板连忙指着闹事的玩家道：“大人，就是他砸了小老儿的茶棚，还殴打我啊！”

捕快的视线扫过几个玩家，大手一挥：“闹事者带走，和他组队的也一并带走审问。”

“咦？我们什么也没做，为什么也要被带走？”闹事者的同伴喊道。

捕快们用锁链捆住几个玩家后，道：“不知道什么叫连坐吗？”

几个玩家也是十级玩家，被捕快抓住时却全身没了力气，毫无抵抗能力地被带走了。

看到他们的下场，其余围观的玩家终于确定，这个游戏是反对血腥暴力的，你可以欺负玩家，但绝对不能欺负 NPC。

几人被抓走，他们的座位空了出来，本来应该把位置给后续排号的人。谁知茶棚老板擦干净桌子后，对独孤卓等人做出一个“请”的姿势，笑嘻嘻地道：“恩公，请上座。”

“喂！按照规定该轮到我们了吧？”后面排队的玩家不悦地道。

“收费的客官才按照规定，这位是小老儿的恩公，是我请的客人，不需要付费，这顿茶我请。”茶棚老板摆出一副“我是老板我最大”的表情。

排队的玩家也没脾气，谁叫刚才老板被打时他们没出手相助呢。

独孤卓坐在破茶棚的主位上，回想着刚才发生的一切。

捕快们早不来晚不来，偏偏在他制服闹事者后才到，仿佛就蹲在旁边等着有人出手才冲出来一样。

而在捕快带走闹事者时，他收到系统提示，因惩恶扬善又得到了一点正义值。而他用来制服闹事者使用的禁制对方行动的方法，却没有出现制作玉简的提示。

之前他布下迷踪阵时也没收到提示，直到黑猫被妖兽咬死才能制作玉简，想来自创技能的条件之一是必须有玩家因技能而死亡。

思忖间，茶棚老板端上一壶清茶，还送了一些精致的茶点，其他玩家装茶的是粗陶碗，给他们的却是小瓷杯。

“好香啊！”轻月 love 嗅了下茶，露出惬意的神情。

“嗯，这个好吃！”龙 @ 傲天则是双目放光地啃着茶点。

周围玩家：“……”

他们好后悔，为什么刚才没有仗义出手？

独孤卓拿起茶盏品了一口，倒是比他在苍澜山下喝到的那碗茶的味道好多了。

他看向远方，见小镇外面雾气茫茫。轻月 love 告诉他，他们曾试着走出雾气，却只会走回原地，应该是等级不够或是条件不够，没办法离开新手村地图。

“雾气的另一边是什么？”独孤卓问道。

“这个小老儿也不知道，”茶棚老板道，“小老儿祖祖辈辈都在这个小镇中，没人走出过这片迷雾。”

看来想要查探世界的秘密并不是那么容易的。

独孤卓也不急，此刻他才九级，伤势也没有恢复，叶舟魂魄的下落也毫无头绪，只能慢慢来就是。

修真无岁月，独孤卓也是修炼了数百年才有今日的功力，他很有耐心。

他又问了老板几个问题，茶棚老板一问三不知，此时时间已经逐渐来到戌时二刻，就是龙 @ 傲天所说的晚上七点半，日头逐渐落下。

茶棚老板忽然道：“夜深了，小店要收摊。诸位排号的客官不必担心，小店每天辰时开店，明天诸位有号的客官，可按照今日的号码排序。”

“怎么天黑还要收摊？这是什么规矩？”一些排了很久的玩家有

些不满，却也不敢再伤害 NPC。况且这茶棚看起来没什么有用的线索，看着就是喝喝茶“调戏”一下 NPC 这么点乐子而已。

独孤卓等人也起身打算离去，却被老板叫住了。

“少侠且慢，这里说话。”老板低声道。

独孤卓三人来到煮茶间，老板这才从钱匣子中拿出一百两银子交给独孤卓，道：“少侠，夜深危险，戌时四刻前请务必下线或者找家客栈住店。”

“开玩笑，晚上大好时间不升级反倒去住店？八点夜生活才开始，没有不玩游戏的道理。”龙 @ 傲天反驳道。

“少侠可以选择提供聚灵阵的客栈，在聚灵阵中盘膝打坐，就算挂机也能得到升级经验。”老板回答道。

“不过那种客栈不好找，全镇只有有朋客栈提供聚灵阵，且房间有限。好在小老儿和客栈老板是亲戚，我给你们写张拜帖，他们定会给你们三间上房。”

老板说着便拿出三个信封，交给独孤卓三人，道：“太阳快落山了，少侠尽快！”语气有些急促。

这会儿龙 @ 傲天也听出些问题来，问：“这老头该不会要告诉我们，晚上有危险吧？”

独孤卓则是拿着一百两银子道：“根据你的猜测，游戏开放货币兑换后可以兑换灵石，那游戏内为什么要有两种货币呢？银两又是用来做什么的呢？”

“生活玩家吃饭游玩用的吧……”轻月 love 猜测道。

“那可未必。”独孤卓道。

三人按照老板指的方向，五分钟后来到有朋客栈，递了拜帖后得到三间上房。

一间上房需要一百两银子，老板给的感谢金只够独孤卓一个人住的。好在轻月 love 和龙 @ 傲天白天做了不少任务，两人凑了凑，掏空家底，勉强拿出一百八十两银子，只够交一间房费。

“你们还差二十两银子，出一个人跟我去后院干活抵债吧，一个小时十两银子。”客栈老板道。

龙 @ 傲天只好跟着老板去刷碗喂马，独孤卓则是来到自己的房间。

上房内墙壁上嵌着灵石，灵气汇聚之处正是客房的床上，确实只要躺在床上就可以修炼。

独孤卓查探了下灵石内的灵气，足够维持六个时辰的阵法，明天辰时即上午七八点钟才会失效。

在后院剁马草的龙 @ 傲天边干活边嘟囔："一个破游戏，说是打工还债，打工难道不是扣一点体力就可以吗？真要干满两个小时？我为什么要花大价钱住这个破客栈。"

他正抱怨中，晚上八点到了。

天色彻底暗下来，月亮慢慢爬上枝头，龙 @ 傲天忽然收到好友的纸鹤传音："哈哈哈！我能动了，你不知道我有多厉害，老子是最强的柳树妖！"

喂马的龙 @ 傲天一愣，把好友的纸鹤传音又听了一遍。

这时轻月 love 也冲到后院道："刚才小文给我发信息，她说妖族二十级以下，夜晚时可以化形，现在妖族、鬼族和魔族满大街乱晃。"

小文是轻月 love 选择了魔族以后再也没见到面的朋友。

"不是吧，那现在的人族玩家……"傲天看了看后院的墙，"上去看看？"

两人爬上墙，看到外面街上全是人，一群人族玩家到处敲门，哭喊道："救命啊，到处都是鬼怪！开门，放我进去！"

房门打开了，一只粗壮的手臂伸出来，一巴掌拍死了人族玩家。

白天城镇中的 NPC，现在从善良的居民变成了妖魔鬼怪，白天难以升级的妖、鬼、魔三族，现在可以在游戏里接任务了。

至于人族和灵族玩家，运气好的在八点前留在了坛业寺、客栈等房屋中；运气不好的，要么被 NPC 打死，要么下线明天再玩。

系统也适时地发公告——

【晚上好，欢迎玩家来到群魔乱舞的世界。】

轻月 love、龙 @ 傲天："……"

《九重天》设定中的魔族与人族是同源的，游戏背景是依据古代神话，以神话中蚩尤一族为魔族，设定魔族相貌与人族相似，头上长角，手有利爪。他们身材魁梧，力大无穷，玩家只要选择魔族，身高最高可以调至百分之一百五，这一点令不少玩家心动，选择了魔族。

夜间的妖族并没有完全化形，像龙@傲天和轻月 love 的好友逍遥，还保持着柳树的样子，只是柳树上长出一张脸，可以拔出根系行动，枝条更是能作为武器，攻击力很强。

妖族是可以吸收人族的精气修炼的，但夜晚时 NPC 就会全部变成魔族，妖族无法吸收他们的精气，只能吸收晚上没有找到藏身之处的人族的精气。

一时间骂声四起，白天时人族好不容易升到十多级，晚上却要被妖族、鬼族、魔族蹂躏，他们大骂着游戏公司，到处躲避。

有高大的魔族发现了趴在墙头上的轻月 love 和龙@傲天，抡起一把足足两米长的大刀向两人砍去，却被客栈外的阵法给挡住了。

"唉，民居不能硬闯，否则坛业寺的和尚会跑出来除魔。"那名魔族玩家不甘心地摇摇头走了。

轻月 love 和龙@傲天逃过一劫，吓得缩回墙内，龙@傲天感慨道："这游戏公司太坑了吧，我们等级这么低，玩家却能靠杀死不同种族的玩家升级，是不是过分了？"

轻月 love 道："要不我们去问问独孤大神吧，他好像早就发现晚上会有问题了呢，之前催着我们尽快进入客栈休息。"

"有道理，他搞不好是参加过内测的玩家。"龙@傲天道。

两人走到后院门前准备去找独孤卓，却被一脸阴沉的跑堂拦住，问道："你们的活干完了吗？"

龙@傲天欠客栈二十两银子，必须打工两小时还债，两个人一起干，时间倒是可以减半。

为了让龙@傲天快点完成工作，轻月 love 留下来帮他，两人齐心协力地干了一小时，客栈跑堂终于放他们自由了。

晚上九点，独孤卓在聚灵阵内修炼一小时，看了眼经验条，涨了一千点经验，此刻他距离十级就差一百点经验。因独孤卓不想超过叶舟，便停止了修炼。

这时门外传来急促的敲门声，独孤卓打开门，见轻月 love 和龙@傲天在门外一脸惊慌地道："大神，外面出大事了！你有没有出去看？"

独孤卓不慌不忙地道："是不是日间无法修炼的种族可以出来了？"

他一副早有所料的样子，龙@傲天佩服极了，连连点头道："大神，你是不是早就知道了？"

"只是略有猜测罢了。"独孤卓从容道。

日间人族和灵族优势过大，妖族备受排挤，魔族和鬼族根本见不到，这过于不平衡了。

独孤卓觉得游戏世界与他曾经所在的世界有些相似之处，便以修仙世界的常理推测了一下，一般妖魔作祟，皆是在夜间出没，白天时功力大减。游戏世界若真如此设定，想必夜间会有一些变化。

"新手村里的百姓也变成妖魔了。"轻月 love 吓得脸色发白，"他们白天是人，夜晚是魔，还会攻击人族玩家。"

"有这回事？"独孤卓微微一愣。

他原以为夜间妖魔出没，百姓会闭门不出，却没想到夜间小镇竟会大变模样。

独孤卓对龙@傲天道："以前键盘时代有这个设定吗？"

"当然没有！"龙@傲天道，"这设定简直有问题好吗？不是所有人都能在白天或者晚上固定上线，游戏公司策划出这样的设定，简直就是在赶客。"

"那倒未必，"独孤卓道，"等级高了之后，人灵妖魔皆是不惧阳光的，只有最低级的修者才会受日光或是月光限制。"

"所以游戏公司是为了增加升级难度才这样设定吗？"龙@傲天道。

"或许吧。"独孤卓皱眉，他想到坛业寺，按理说，有佛修在的地方，不该存在这种情况。但他也清楚，这是游戏，不是他原本的世界，有变化也是正常的……

想到这里，独孤卓碰了下包裹，里面装着已经断裂的玄素二剑。

独孤卓正思忖间，忽地耳边响起系统提示——

【叮，你的师父叶舟已上线。】

一般好友上线游戏是不会提示的，但歃血为盟的挚友不同，系统是会特别提示的。

独孤卓当时一无所知，在叶舟的好友申请面前选择融血，是为了日后随时可以知晓他的位置，没想到误打误撞，还真能随时查看叶舟的在线状态了。

叶舟明明说过他是上午九点到十二点，下午三点到六点上线的，现在是晚上九点多，他怎么会突然上线？

这时，独孤卓忽然想到，叶舟的下线地点是业障林，夜晚妖气大盛，业障林的妖兽功力也会倍增，而且那里还有一只被他困住的猫妖！

独孤卓猛地起身冲出房间，轻月 love 和龙 @ 傲天跟上，竟是见他一脚踹开客栈大门，立时没入群魔乱舞的夜色中。

二人面面相觑，不知大神怎么了，更不知该不该跟上。

“爸，妈，吴姨，我睡了。”晚上九点，叶舟准时躺在床上，向家人和一直照顾他的阿姨道了晚安后，闭目装作睡着的样子。

吴姨把呼叫器放在枕边，嘱咐叶舟要是身体哪里不适，就立刻按下呼叫器，她会马上赶到。

叶舟乖巧应下，等吴姨出去后，就悄无声息地睁开眼睛。

家里人一直不希望他过度劳累，他也知道自己的身体，太累会承受不住。不过今天他从《九重天》下线后，觉得身体舒服了不少。他一直以来都病恹恹的，吃口饭都觉得吃力，今天却精神抖擞，好像吃了什么十全大补丸。

叶舟借着夜灯微弱的光，看到放在轮椅上的游戏头盔。在这个游戏中，他可以奔跑跳跃。

大概就是这个原因，他的精神才格外好吧。

头盔像是有魔力一般召唤着叶舟，他实在没忍住，强撑着支起上半身，勉强够到轮椅上的头盔。

就玩两个小时，叶舟偷偷告诉自己。他设定好了游戏闹钟，晚上十一点准时下线。

叶舟静悄悄地戴上游戏头盔，载入数据后，进入游戏中。

夜晚的业障林很美，月光洒在林间，叶舟轻巧一跃，跳到树尖上欣赏月色。

游戏的晚风做得非常真实，微微泛着凉意的风吹拂在叶舟的皮肤上，他的触觉调到了最低，无法体验微风拂面的感觉，凉意却还是让他感到很舒服。

他很久没在外面看月亮了，只能坐在轮椅上隔着阳台的窗户看天。

“喵！”一声尖锐的猫叫声打破了叶舟的平静。

耳边响起凌厉的风声，叶舟没有回头，本能地侧身闪避，一道黑影从他方才站立的地方闪过。

“这是什么怪？竹林里的 BOSS 吗？”叶舟定睛望去，看到一个黑漆漆的人，好像长着尾巴和耳朵，眼睛在月色下闪着幽绿的光芒。

他发现自己的视力好像减弱不少，连忙查看个人属性，见速度、敏捷、体力、生命力等各种属性全部下降百分之十，实力大打折扣。

“你是玩家还是 NPC？”叶舟谨慎地问道，“我是玩家，如果你想打怪，那就找错对手了。”

“我没有找错，”那人在夜色中露出脸，是一个长着猫脸的人，“不管是玩家还是 NPC，只要是人族，我都可以吸收精气升级。”

“还有这种设定？”叶舟感叹道，“看来这游戏错过晚上挺吃亏的。”

猫脸人挥舞着利爪冲向叶舟，叶舟不急不缓地避开，尽管速度和眼力下降百分之十，但他还是凭借着精准的走位闪开了。

猫脸人一击不中，便立刻跳起来，飞快地变成一只小黑猫。

叶舟愣了下，道：“原来妖族真的可以变成人，白天你们明明不能变的，是夜晚来临的缘故吗？”

“喵……”黑猫的叫声变得格外甜腻，叶舟眼中的黑猫也渐渐变得可爱起来。

他本就喜欢毛茸茸的小动物，曾一度想要养只猫或者狗。但是他的身体太差了，过多的灰尘和毛发会引起过敏性哮喘，因此他的房间总是纤尘不染，也不能养宠物。

这只猫的毛发看起来好软，真想摸一下猫耳朵，叶舟不由自主地想着。他的眼神迷醉，对着黑猫伸出手，黑猫也翘着尾巴来到叶舟的面前。

黑猫白天在业障林里掉了一级，气得直接下线，一直在论坛上骂游戏公司不给妖族活路。直到晚上八点，有人在论坛上说妖族魔族鬼族快上线，夜晚这三个种族属性会提升，他这才上线，然后发现在月光下他可以变成半妖，属性增强不说，还能对月修炼，提升经验。

夜晚的他灵感特别强，竟一下子看透迷踪阵的弱点，还能反过来利用阵法杀业障兽，短短一个小时就升到了八级。

他想练到十级就离开这个破树林，刚好这时来了一个人族玩家。

月光下"魅惑"技能会增强，黑猫跳到叶舟的肩膀上，用脑袋蹭蹭叶舟的脸，对着毫无防备的叶舟张开口。

叶舟知道自己中了技能被控制了，他腰间挂着独孤卓送的那块暖玉，此刻暖玉正散发着热量，试图唤醒叶舟。他手上握着的剑也在"嗡呜"作响，只要他愿意，就可以利用剑气解除控制。

可是……

叶舟看着黑猫的耳朵，心想就捏一下，捏一下就解控。

就在他的手指即将碰到猫耳朵时，一道人影闪过。

那人一手拉开叶舟，一手拎住黑猫的后颈皮，关切地问道："你没事吧？有没有被这妖物吸收精气掉等级？"

借着夜色，叶舟看清眼前的人正是独孤卓。

独孤卓脸上有血，在月色下格外刺眼，叶舟想起徒弟的特殊技能，不由得抬起手来，指尖擦过独孤卓脸颊上的血迹，关心道："你受伤了？"

"别人的。"独孤卓随手用袖子擦掉面上的血迹。

他的衣衫上染着点点血迹，但面色红润，血条也是满的，果然全是别人的血。

随后，独孤卓拎着黑猫跳下树。

叶舟随即跟了下来，见白天的竹林里横七竖八地倒着一堆竹子，独孤卓巧妙地落在两根竹子中间，而刚刷新的妖兽在竹子外面打转。

"大神，你跑得太快了！"又有两人气喘吁吁地跟上来，从措辞来看，应该是玩家。

他们没有受竹子影响，轻松地跳进竹子中，其中一个女性玩家还说道："幸好大神给了我们《迷踪阵》，否则这阵法我们也进不来。"

"不过，这阵法没有时效吗？"男性玩家疑惑地说道，"这么久了竟然还能困住人，没有时效的阵法有问题吧？"

"你们是……"叶舟看向独孤卓，这两个玩家似乎和他徒弟很熟。

"他们是我刚认识的人，"独孤卓简单地说道，"一个叫龙傲天，一个叫轻月……"

独孤卓抿了下唇，他不知道轻月后面几个字母怎么拼。

好在轻月 love 也觉得自己的名字很幼稚，忙道："轻月 love。"

“一叶扁舟。”叶舟简单地介绍自己。

游戏里结交一个人比现实中要简单，几人互通姓名，加上好友，就算是认识了。

“你不是说明天上午九点上线吗，怎么现在就来了？”独孤卓没理会黑猫，专注地看着叶舟。

“我有点想玩，就偷偷上线了，可以玩到十一点。”叶舟道。

独孤卓想到白天为叶舟诊脉的推测，劝道：“身体不好就多休息。”

叶舟笑了：“一般人都会劝队友经常上线的，你倒是不一样。放心吧，我有分寸，今天身体好得很，这才敢偷偷上线的。”

好得很？独孤卓想起没入叶舟眉心的那缕残魂，刚想说什么，忽觉手边传来一道劲风，似乎有什么尖锐的东西袭来。

独孤卓看都没看一眼，迅速收回抓着黑猫的手。

叶舟也看到被独孤卓拎着的黑猫又变成猫脸人，他会被毛茸茸的小动物迷惑，对猫脸人却毫无感觉。

叶舟飞速转身将独孤卓护到身后，腰间长剑出鞘，凌厉的剑光划过，剑气所及之处尽毁。倒地布阵的竹枝被剑气荡开，迷踪阵不攻自破。

“哦，原来时效长是因为阵法很好破。”龙@傲天在一旁恍然大悟道，“布下迷踪阵的材料是竹子，竹子很容易被挪开或者劈开，只要破坏几根竹子，就能破阵了。”

黑猫一直没能走出来的原因是他白天身形小，等级又低，因此才无法破阵。等到晚上，黑猫可以变身猫脸人后，就很快冲出迷踪阵了。

但这并不能说明迷踪阵很容易破，用竹子布阵很好破解，其他材料就未必了。

召唤《迷踪阵》的玉简上写着，布阵材料可以是武器、岩石、草木及灵石，材料越好，阵法威力越强。

叶舟的剑在当前等级下可以算是神兵利器了，他一剑斩下，已经八级的猫妖瞬间掉了百分之六十的血，再有一剑便必死无疑。

“等下！”猫妖不想再因死亡掉级了，连忙求饶道，“别打了，我服了。你们今天把我困在竹林里，我被妖兽咬死三次，这一天我死的次数够多了，行行好，做个人吧！”

为表示自己无害，猫脸人又化身黑猫，对着叶舟摇尾巴。

叶舟可以毫不留情地攻击猫脸人，却没办法伤害一只小黑猫。况且黑猫所描述的内容也太惨了，叶舟不忍下手，收起了剑。

“他刚才想吸收你的精气升级，”独孤卓道，“此妖心术不正，当除之。”

叶舟一听独孤卓开始飚古文，心想徒弟的“中二病”可能又犯了，忙道：“除也除不掉，就算把他轮白（游戏中人物一直被人杀，直到游戏等级清零，武功和装备都没有）了又能怎样呢？他已经够白了。”

独孤卓的思维还停留在原本的世界，听到叶舟的话才想到，这只是游戏世界而已。

他方才感受到叶舟上线，想起叶舟身在夜晚的业障林，担心叶舟的安危，不管不顾地冲出客栈，一路遇魔除魔，遇鬼驱鬼，遇妖杀妖。到了业障林他才想起，叶舟身上有他强化过的灵剑，就算夜晚妖兽功力增长，应该也不是叶舟的对手。

“对啊，对啊，”黑猫顺着叶舟的话说，“我就八级，你就算把我轮白了，我也没多大损失。而且我这么可爱，你们忍心吗？喵……”

黑猫对着几人歪歪头，一双大大的眼睛里满是单纯和无辜，看起来十分可爱，他连叫声都拉长了，带着一点撒娇的声音。

“你还真是知道自己这个账号的杀伤力啊……”轻月 love 喃喃道，她明知猫妖的性格一点也不好，却还是会被黑猫的样子吸引。

叶舟的手指不受控制地动了动，他用力捏住自己想要摸猫的手，眼神飘忽地对独孤卓说：“妖族真好啊，我都想砍号改妖族了。”

叶舟玩妖族？独孤卓扫了眼黑猫，又看看少年气十足的叶舟，不由得抬起手蹭了下鼻子，这才道：“下次再敢攻击我们，见一次杀一次。”

“不敢了，不敢了！”黑猫忙道，“话说大神，你真的好厉害，白天你说的话，到晚上全应验了。”

“晚上怎么了？”叶舟还不清楚夜晚发生的事情，“白天不是听说灵族和妖族二十级才能化形吗？这只猫才八级就变成猫脸人了。”

龙 @ 傲天话多，给叶舟讲述晚上的变化，还着重点出独孤卓的智慧——在八点前找好住处，避免了在被妖魔化的镇子里受伤。

“现在好多人在论坛上骂游戏公司不想做生意了呢，”黑猫说，“我之前被妖兽咬到自闭，气得下线，后来看到论坛上说晚上妖族会变强，这才上线升级的。”

叶舟道：“这样确实不太科学，白天我就觉得这个游戏似乎对人族和灵族太友好，现在又觉得太苛刻。以后就算人族等级高了，妖魔的等级一样会提高，环境影响太大，会没办法玩下去的。”

因迷踪阵被破坏，说话间，妖兽围了过来。

叶舟举剑清怪，他和独孤卓依旧是组队状态，独孤卓被他带着，升到了十级。

【叮，恭喜您升到十级，进入炼气期。十级后，您可以选择就近拜入坛业寺，了却红尘，剃度为僧；也可以寻找离开烛龙镇的方法，在九重天中寻找适合您的门派。】

听到这个提示，独孤卓心中闪过一个念头。

他询问其他人，叶舟、轻月 love、龙 @ 傲天全部是十级以上的人族玩家，都收到过这个提示。

猫妖只有八级，为了得到妖族十级后的系统提示，独孤卓等人只得与这只猫加了好友，又组队杀怪，打了半个小时给他蹭经验，这个叫作“乌漆墨黑”的玩家才终于升到了十级。

他得到的提示是——

【叮，恭喜您升到十级，进入开智期。十级后，您可以选择拜月修炼或是吸收人族精气升级，也可以寻找离开烛龙镇的方法，在九重天中寻找适合妖族修炼的地点。】

“所以，我们真的要离开这个小镇才行。”叶舟道，“可是我白天在小镇转了一圈，完全没有发现出口，整个镇的外围都是迷雾，根本看不到出路。”

这时，独孤卓道：“这个小镇，叫作烛龙镇。”

“烛龙镇怎么了？”龙 @ 傲天问道。

独孤卓道：“上古记载，烛龙‘视为昼，瞑为夜’，而这个烛龙镇，白天为人间，夜晚为鬼蜮。”

第三章　独孤岳

独孤卓并不确定他熟知的烛龙与这个世界的烛龙是否一致，但他还是把自己知道的说了出来。

如果其他人质疑他的话，表示没有听过类似传说，他大可谎称自己记错，不会有人因为记错一个神话传说而怀疑他的身份。

他做足了心理准备，却听叶舟说：“我听过这个传说，白天升十级的时候却完全没注意到新手村的名字，你真细心。”

独孤卓道：“你也是当时没有遇到晚上的情况。”

其他人没有质疑烛龙传说，看来两个世界的上古传说相似，独孤卓更加确定，这两个世界有关联。

“键盘时代的新手村和全息游戏的不一样。”叶舟说，“我觉得昼夜区别不仅仅在种族上，更有可能是主线剧情之一。”

“主线剧情？”独孤卓看向叶舟。

叶舟当自己是他师父，耐心地解释：“《九重天》是有主线剧情的键盘网游，‘九重天’其实算是地名，九重天界各分为上中下三天，我们所在的人界属于下三天，下三天不分高低贵贱，六族在这里和平共处；中三天空无一物，其间布满六族难以跨越的罡风；而上三天是神界天宫所在。”

听到叶舟的解释，独孤卓心中无比震惊，他一把抓住叶舟的手臂，肩膀微微颤抖。

“你怎么了？”叶舟屏蔽了触觉和痛觉，并没有察觉到独孤卓此时有多用力。

独孤卓手指冰冷，用尽全部意志力才勉强保持镇定，尽可能冷静地说：“我以前好像听人说过游戏背景，连接上三天和下三天的，是不是苍澜山脉的天柱？”

“是啊，早些年手游没占领游戏市场的时候，《九重天》是非常火的，你听人提起过也正常。”叶舟毫无所觉地说。

龙@傲天也插话说：“还有两把创世神剑，是擎天剑派世代相传的。我以前也特别喜欢玩《九重天》，一直等游戏公司开启‘剑冢’主线剧情。可惜后期公司找不到新的投资，就没有继续做后续剧情。”

“两把神剑？”独孤卓下意识地摸了下包裹。

“叫玄剑和素剑，据说是在创世之初与天柱一同诞生的。”龙@傲天说，“两把剑分别有两个主人，其中一把剑的主人叫……叫什么来着？和大神你的名字好像的。”

“是叫独孤岳吗？五岳的岳。”独孤卓道。

“对，就是这个名字！”叶舟道，“他是玄剑的剑主。”

“那素剑呢？”独孤卓问道。

叶舟与傲天对视一眼，眼中皆是茫然，龙@傲天摇头道：“游戏公司只公开了玄剑的剑主，没有提到素剑，后来‘剑冢’主线剧情也没开，不知道这次改成全息游戏后，会不会开启这段剧情。”

独孤卓放开叶舟，靠在一根粗壮的竹子上，才勉强站稳。

独孤岳，是他父亲的名字，正是他从生父手中抢走这把剑，强行成为玄剑剑主的。

包裹中的玄剑仿佛感受到独孤卓复杂的心情，低吟作响，在包裹中剧烈地抖动着。

“你这包袱里是什么东西？为什么不放到储物法宝里，储物空间满了吗？”黑猫凑过来道，“还会动！”

黑猫好奇地抬起爪子，想要碰触那乱动的包裹，独孤卓眼神危险，抬掌便要拍死这不知死活的猫妖。

叶舟知道独孤卓的异族身份，也见过他包裹里的两把断剑，却不清楚那就是玄素二剑，只当独孤卓不希望别人看见这两把破剑，从而发现他异族身份的秘密，便一个闪身来到独孤卓的身边，随手拎起黑猫的后颈皮，恰巧帮他躲过独孤卓的手掌。

“你们一个个都在拎我的皮，喵！”黑猫生气地挣扎道。

“就……觉得手感很好，想拎一下。”叶舟顺势转移话题，“难道你不觉得自己这个身体很可爱吗？”

黑猫被叶舟夸得心花怒放，骄傲地昂起头说：“我也这么认为。”

叶舟放下黑猫，借着月色不露痕迹地拍了独孤卓一下，转头对几人说道：“说到这两把剑，我听说它们也是一白一黑，一个承载人间清气，可净化万物；一个容纳人间浊气，也可污染万物。我总觉得烛龙镇的情况和这两把剑有点像，所以之前我猜可能和主线剧情有关。”

龙@傲天恍然道：“有道理，搞不好游戏公司也很想重启‘剑冢’剧情，所以新游戏的新手村就与这个有关。”

轻月love没玩过键盘网游，她是被全息技术吸引来的玩家，认真听其他人讲完，她不由得道：“既然烛龙镇的情况和主线剧情这么像，我们能想到，其他玩过键盘《九重天》的玩家应该也能想到吧？我们要是能抢在他们前面过剧情，会不会得到什么好东西？”

“第一个通关主线剧情，哪怕是阶段性剧情，也肯定有不少奖励。”龙@傲天道。

“那赶快想办法过剧情啊，千万别被人抢先了。”轻月love激动道。

龙@傲天安抚她：“别急，我们现在还不知道从哪个方向找线索呢。”

此时在叶舟的安抚下已冷静的独孤卓道：“坛业寺。”

独孤卓感受了下叶舟的脉搏。叶舟的脉象说明他可能不良于行，甚至瘫痪多年，且时日无多。

独孤卓注意叶舟提到今天状态特别好，不像以往那么疲劳，而叶舟现在的脉象也确实比白天好了许多。

或许叶舟的身体不好，与他魂魄不全有关系，也许等找全叶舟的魂魄，他就可以站立起来，健康地活下去。

独孤卓曾走遍修真界的每个角落，却没有发现叶舟的残魂。

那么这里呢？这个与他的世界有着千丝万缕联系的地方，是否藏着叶舟的残魂？

还有独孤岳……

想要知道这一切的真相，大概只有升级和过主线剧情这一条路了。

独孤卓看着周围的竹林，道：“坛业寺是个见不得任何罪恶的地方。白天的时候，黑猫想要混进来被放生都被和尚杀死一次。小镇夜间妖魔横行，人族玩家被杀，坛业寺的和尚为什么不管？”

“对啊！”龙@傲天恍然道。

轻月 love 说：“说起来，我们出客栈的时候，那个盯着我们干活的跑堂告诉我们，客栈夜间许出不许进，出去就浪费了一整晚的房费。我当时还担心坛业寺也不让进，可是我们跳墙进来后，一个和尚也没见到。”

小镇里其他房屋内藏着妖魔，客栈不允许进，整个小镇唯一一个夜晚白天都可以出入的地方就是坛业寺。

独孤卓方才挂念叶舟，一心想着业障林，倒是没注意路边的情况，不知道夜间的坛业寺是什么样子的。

“反正我们都十级了，不如出去看看。”叶舟提议道。

五人组队，叶舟是最初创建队伍的人，是默认的队长。他率先走出业障林，见白天热闹的坛业寺现在静悄悄的，那些人族和灵族也不知躲到哪里去了。

“去大殿看看。”独孤卓提议道。

叶舟带着大家来到坛业寺，正殿大门紧闭，叶舟推了一下没有推开，轻轻敲了三下，问道：“有人在吗？”

门内传出一声佛号：“阿弥陀佛，白天上过香的玩家，可以去后院住一晚，其他玩家不可以。”

“哦，原来上香任务也是个救命法宝，我们好像都没去上香。”轻月 love 道。

独孤卓想了想，道：“我们不是来避难的，我们想询问关于烛龙镇的事情。大师，此处妖魔横行，坛业寺身为佛门正道，难道任由妖魔在夜间肆虐？”

门后安静了一会儿，良久传来一声长叹，正殿的门被打开，殿内佛像旁摆着的两排蜡烛自动点亮。

佛像前的蒲团上跪着个老和尚，双目紧闭，手中拨动着佛珠，背对着众人道：“施主请进。”

此和尚并非檀寂大师，而是个普普通通的 NPC。

独孤卓坐在和尚身边，双手合十，问：“人族玩家在哪里？”

“白天上过香的少侠，会有人为他们留着后面的小门。”老和尚答道。

龙@傲天说："难怪我们跳墙后没看到任何人。"

"既然是留小门，就应该有系统提示。"叶舟说，"否则一般人不会想到其他入口，看来白天有不少任务能保证人族玩家夜晚的安全。"

"有点像逃生游戏啊！"轻月 love 略兴奋地说，"白天不经意的一个任务，可能就会成为夜晚的保命符，刺激！"

独孤卓听着玩家和 NPC 的话，飞快地整合信息，注意到一件事，老和尚只说了白天上香的玩家可以从后门进入，却没有提到其他玩家。

独孤卓问："没有上香的人族玩家可以进来吗？"

老和尚放下佛珠，看了独孤卓一眼："佛门乃清净之地，夜晚坛业寺更是肩负起守护烛龙镇人族之重任，除有佛缘的少侠可从后门进入，其余人不得擅入坛业寺。"

龙@傲天奇道："那我们为什么可以进来？"

"少侠侠义心肠，愿深入险境为人间清除业障，正是老衲一直等的正义之士。"

原来他们能够从正门进入坛业寺，见到这个明显是关键 NPC 的老和尚，是因为他们曾在业障林杀怪。

老和尚话音刚落，天空中就响起系统的全服提示："正义小队：一叶扁舟、独孤卓、轻月 love、龙@傲天、乌漆墨黑五位少侠已触发烛龙镇主线剧情，欢迎广大玩家寻找剧情线索。"

不管是正享受夜生活的妖族、魔族、鬼族玩家，还是苦苦求生的人族玩家及努力吸收日月光华的灵族玩家，全部停下手边的事情。

世界上响起许多不同的声音，独孤卓的眼前忽然飘过了一行又一行的小字——

【独孤卓这个名字好耳熟啊，仿佛刚听过没多久。】

【上午那个领悟了阵法，成为阵法师的玩家。】

……

独孤卓只觉得一阵眼晕，忙在控制面板的玉简上翻找了一阵，终于找到"关闭世界频道"的按钮，关掉了信息提示，这才清净不少。

他感到奇怪，之前成为阵法师上系统的提示时，也没有看到这一连串的文字，为什么这一次不同了？

独孤卓仔细看控制面板，这才发现控制面板上多出一行字——由于游戏中百分之七十以上的现有玩家认定“独孤卓”为玩家，增加独孤卓“玩家”身份。

个人信息处，独孤卓的身份变成了：BUG、玩家。

而玩家后面还跟了一串数字，是他们说的个人 ID。

成为玩家后，独孤卓的通信控制面板上增加了陌生人私信的界面，独孤卓照例关掉了私信，免得有陌生人打扰。

只是没想到，他在这个游戏中成了玩家。

根据系统提示，是因为“游戏中百分之七十以上的现有玩家认定”，他才有了玩家身份，玩家的意识竟然可以改变系统的认知……

“你在看什么？”叶舟见独孤卓拿着玉简划来划去，似乎在操作控制面板。

“关闭世界频道，太吵了。”独孤卓道。

“是有点吵。”叶舟道，“不过世界频道会有很多交易信息，关了也麻烦，我都习惯了。”

独孤卓想了想，问道：“这个游戏不分现实玩家和 NPC，如果所有玩家都把……例如眼前这个老和尚当成了玩家，游戏系统会认定他成为玩家吗？”

“怎么可能！”叶舟抬手拍拍独孤卓的肩膀，“‘中二’是病，得治。”

所以并不是玩家的认定就可以将原本的 NPC 变成玩家，能够改变身份的，只有他自己，这又是为什么？独孤卓暗暗思忖，难道是因为他是 BUG 的身份？

他想了一会儿没找到答案，另一边两人一猫为了找线索，快把坛业寺正殿翻遍了。独孤卓深知当下线索太少，便放下疑虑，阻止他们：“别翻了，尤其是那只猫，别去碰佛像，大师已经拎起禅杖了，你们没看到吗？”

三人停下乱动的手，扭头看向老和尚。果然，老和尚不知什么时候站了起来，手中的佛珠换成禅杖，正仰头看着佛像脚下的黑猫。

黑猫连忙跳下来，躲在独孤卓脚下，露出半个小脑袋看着老和尚。

老和尚一脸慈悲地看着独孤卓：“施主乃是正道人士，为何与此等妖魔为伍？”

“正道人士？”独孤卓嘲讽地自语道，“我又哪里算是正道人士，和尚凭什么认定我归正道？”

“自然是因为正义值，”老和尚道，“少侠惩恶扬善，正义值已经有五点，是目前小镇中最正义的人。”

之前独孤卓杀黑猫得到一点正义值，救茶棚老板也获得一点，余下三点是夜晚前来坛业寺救叶舟时，随手杀掉几个吸收了人族玩家精气的妖魔得到的。

独孤卓之前就一直在思考正义值有什么用，指着黑猫问：“这只猫呢？他的正义值是多少？”

“此妖孽吸收他人精气，并非善类，除非洗去罪孽，否则老衲是不会告之诸位少侠破解烛龙诅咒的线索的。”老和尚道。

四个人族玩家顿时居高临下地俯视黑猫，黑猫吓得倒退两步，四爪着地，弓起身子，毛发竖立起来：“喵！你们要干什么？”

“先踢出队伍试试吧。”龙@傲天建议道。

游戏开荒就是要尝试，叶舟果断将黑猫踢出队伍，对老和尚道：“现在能告诉我们线索了吧？”

老和尚放下禅杖，温和地说：“老衲相信少侠们是团结友爱之人，绝不会放弃任何一个朋友。”

众人：“……”

看来因为之前他们组队接触老和尚，如果现在组队做任务，就必须带上这只猫。叶舟只得又将黑猫拉回队伍，可加上黑猫，老和尚就又拿起禅杖，一副要除妖的样子。

“这不科学！”黑猫为自己据理力争，“如果我做不了任务，那夜晚活动的三族肯定也难做任务。游戏一共只有六个种族，三个种族没办法开启主线剧情，这肯定没办法玩啊！”

叶舟道：“刚才的系统公告提到，广大玩家都可以寻找线索，说不定破解烛龙诅咒的线索不一定非要通过这位大师才能得到。”

独孤卓细细回想自己来到这个世界后发生的一切，黑与白，光与暗，几个明显对立的种族，他得出一个答案。

他于空中虚画了一个太极图，对众人道：“如果将昼夜视作这两条太极鱼，我们当前所处的位置，是黑夜中的坛业寺，即黑中唯一的白。

而将白天视作白色这一面，就代表白天的时候，应该也有一个庇护夜之种族玩家的处所，是白中唯一的黑。”

叶舟也恍然道：“所以我们白天来到坛业寺没有得到任何关于主线剧情的消息，晚上反倒有了线索。夜晚人族在外会被攻击，我们必须顶着群魔乱舞的压力，走出安全的避难所，从正面进入坛业寺，才能开启主线剧情，而这又需要在业障林打怪，条件很苛刻啊。”

“毕竟是第一个重要的主线剧情，如果不是我们运气好，恐怕要打半个月以上才能获得线索。”龙@傲天道。

轻月 love 问：“那现在老和尚不肯给我们线索，是不是等于我们要在白天找到白中唯一的黑才行呢？”

独孤卓摇摇头道：“既然猫妖的罪恶值过高，不能得到大师的认可，那么我过高的正义值，只怕也不能得到另外一个地点的线索。”

“偏偏我们还是和乌漆墨黑组队接任务……”轻月 love 本打算回头嫌弃地看黑猫一眼，谁知一转身就见黑猫正在舔爪子洗脸，顿时嫌弃变成喜爱，回头握拳道，“为什么他是一只猫？”

乌漆墨黑的性格太不讨喜了，偏偏外貌非常有诱惑力，这就是妖族的特征吗？

众人一筹莫展，独孤卓却拎着黑猫来到老和尚面前：“大师，佛祖不是号称‘放下屠刀，立地成佛’吗？他现在悔过了，不能给他一次机会吗？”

老和尚眼中闪过一抹精光，道一声佛号：“阿弥陀佛，我佛慈悲，‘放下屠刀，立地成佛’，乌漆墨黑施主，你是否愿意放下屠刀，就此走上正道？”

“怎么放下屠刀？”黑猫呆愣愣地问道。

老和尚没回答，独孤卓却道：“屠刀便是你伤人的利器，想必是你要彻底放弃吸收人族精气的升级方式，大师才能原谅你。”

“这怎么行？”黑猫道，“那我不是比其他妖族升级慢了？”

他说得也有道理，这等于让人族不能做任务获得经验，换任何人都是不愿意的。

独孤卓道：“有舍便有得，我看这个游戏讲究制衡，你放弃这种升级方式，游戏公司定会补偿另外一种。就算不补偿，日后我有升级的机会便会分你一份，绝不让你比其他人差。”

他简简单单的一句话，竟非常有说服力。

黑猫呆呆地看了独孤卓一会儿，嘴里嘟囔着：“游戏下线就不知道谁是谁，我怎么信你。”

尽管嘴上这么说，黑猫还是来到老和尚面前，摸摸胡须道：“那我要怎么才能放下屠刀？”

老和尚道：“阿弥陀佛，施主高义。”

这时黑猫面前出现了一个对话框，询问他是否同时接受老和尚净化，净化后保留“魅惑”天赋技能，但会失去吸收人族精气的能力。

黑猫爪子抖了好半天，才点击“接受”。

老和尚举起禅杖，一道佛光闪过，黑猫失去了一项能力。

与此同时，老和尚道：“施主此后便是佛门带发修行的弟子，老衲赠你一串佛珠，日后你生命垂危时，可以召唤我佛金刚，助你一臂之力。”

黑猫接过佛珠，用队友频道给几个朋友分享了一下技能。

【“怒目金刚”，玩家乌漆墨黑指定技能，当玩家血量降到百分之三以下，可召唤一名佛门金刚，攻击力无穷大，可一招秒杀对方任何一个玩家。】

“攻击力无穷大，无差别带走任何一个高手啊！终极锁血技能啊！”龙@傲天激动地摸着黑猫头道，“只要掌握好百分之三这个血量，以后带你下本对付BOSS，岂不是完全可以一波流？就算是和玩家PK，也可以一招带走对方高手，你这个招数可以啊！”

黑猫也满意地摸摸自己的胡子，道：“就是百分之三这个度很难把握，看来以后我要多带几种红药，争取练熟这个技能。”

独孤卓递给黑猫一块玉简，并道：“日后你得了什么好兵器，我会为你重新锻造。”

玉简上记载着《迷踪阵》，独孤卓复制一份给了黑猫，两人的恩怨因《迷踪阵》而起，此刻倒也因《迷踪阵》而消散。

而在众人没有注意到的时候，独孤卓借着袖子的掩饰，悄悄地塞给叶舟一块玉简。叶舟凝神一看，正是《迷踪阵》，独孤卓偷偷地把阵法给了他。

这套动作还挺神秘的，叶舟怪不好意思，脸微微红了下，收起玉简，想着以后找到什么好东西一定要先给徒弟。

解决黑猫的罪恶值后，五人重整队伍，叶舟问了老和尚关于烛龙诅咒的问题。

这一次老和尚没有回避，而是一副悲天悯人的样子，抬起眼皮道：“唉，这个镇子与其说是烛龙诅咒，倒不如说是命中注定。相传烛龙为祸人间，被古荒天帝处罚，避于幽都不出，至此幽都再不见天日，成为鬼修和魔修的乐园，而烛龙也从上古神兽变为魔兽，会被人间煞气吸引。这个小镇十年前还是个民风淳朴的镇子，直到那个孩子出生，才引来烛龙的注目，使幽都夜晚降临这个小镇。”

独孤卓问道：“那个孩子？”

老和尚叹道：“是，那个生来注定要成为玄剑剑主的孩子，带着一身浊气出生，注定要亲缘断绝，犯下弑父大罪。只要他离开这里，烛龙才不会再注视这个小镇，你们需要找到他，联络擎天剑派的人将他带走，才能让幽都与小镇分开。”

“玄剑！真的是剑冢主线剧情，《九重天》果然重启主线了，爷的青春回来啦！”龙@傲天激动地说。

独孤卓却如遭雷击。

他就是生来注定亲缘断绝的这个孩子——十岁时母亲去世。在他无依无靠之时，一个自称是他父亲师弟的男子找来，带他前往擎天剑派。

独孤卓一生经历的突变太多了，他很快稳定住情绪，询问老和尚：“你说的那个孩子在哪里？我们又如何联络擎天剑派的人？”

“这个嘛……”老和尚又不知从什么地方拿出一个木鱼，“咚咚咚”地敲起来，“贫僧想吃豆腐了，村口杨寡妇的豆腐味道最好，少侠明早可否为贫僧买来呢？”

“不是吧！事到临头你开始给我们发布收集任务？”龙@傲天听主线剧情正听得起劲儿，突然接到收集任务，一时有点上头，上前要揪老和尚的僧袍。

他刚碰到老和尚的衣襟，老和尚突然轻敲木鱼，一道光环自木鱼散发出来，将他弹到一边。

老和尚一下下敲着木鱼，口中念叨着什么经文，俨然一副“没有豆腐你们别来烦我”的样子。

“看来晚上没办法做任务。”叶舟看了眼时间，“快十一点了，我必须下线了，我们明天九点集合好吗？”

“我也该睡觉了，”轻月 love 也说，“熬夜不利于美容，我明天一整天没课，可以玩的。”

几个人约定第二天九点见面后，叶舟便下线了。

龙 @ 傲天和轻月 love 去找他们的魔族和妖族朋友，看看他们那里是否有线索，便与独孤卓解除组队状态，然后离开。

黑猫乌漆墨黑成了佛门带发修行猫，有佛珠护身，以后可以在各大寺庙自由行动，他决定跑到坛业寺屋顶吸收月光修炼去。

一时间人都走散了，只剩下独孤卓一人，他不再是组队状态。

独孤卓坐在老和尚旁边问道：“大师，我为何会来到这个世界？”

老和尚“咚咚咚”敲木鱼：“少侠想要上香，每日辰时后可在坛业寺排队购买。”

独孤卓问：“你是日间为百姓治疗的那位大师吗？”

老和尚说：“坛业寺后山有位采药僧人，想治病救人的灵族可去寻找采药僧人，他会带灵族前往义诊摊。”

灵族大都在后山刷新，可以在土地内行走，想要遇到采药僧人还是很容易的。

独孤卓又问：“那个孩子……是叫小宝吗？”

老和尚问：“少侠买回豆腐了吗？老衲饿得没力气说话了。”

不管独孤卓询问什么，老和尚只有这三种回答：帮助人族、灵族指点修炼方法和讨要豆腐。

老和尚不是白天忽然来到独孤卓面前的檀寂大师，而是一个普通的 NPC。

《九重天》内的 NPC 真实感太过强烈，一直给独孤卓一种大家全部是真人的错觉。直到此时，老和尚机械、固定、模式的回答，才让独孤卓认清，他的确在一个虚假的世界中。

坛业寺内似乎有隔音障，后院和业障林的声音无法传达到正殿内，不管老和尚敲木鱼的声音有多大，也只会在殿内回荡。

独孤卓仰头看着上方的佛像，忽然道："我小时候没有名字，母亲一直唤我小宝。"

他甚至不知道自己姓什么，直到被人带到擎天剑派，才得知父亲姓独孤。

独孤岳为他取名独孤浊，清浊的浊，这个名字似乎道尽了他的一生。

那时独孤卓还不知道名字的含义，只是机械地跟着夜舟去门派将名字录到名册上。夜舟从他指尖取了一滴血，用灵笔沾了血液，在名册上写下"独孤卓"三个字。

十岁的独孤卓虽不识字，却也看出"浊"与"卓"的形状不同，他没有礼貌地对夜舟大喊道："名字写错了，你这个坏人！"

乡野长大的孩子，大字不识一个，粗鄙之言却学了个遍。

他还想骂些什么，夜舟却竖起食指，放在独孤卓唇边，轻声道："噤声。"

夜舟的手指冷冷的，独孤卓满肚子的粗鲁之言顿时说不出来了。他无力地看着夜舟将那写错字的名册玉简摆在擎天剑派历代祖师灵牌前，点燃了一炷香，递到独孤卓手上。

"列祖列宗前不得胡言乱语，你若是想说好话，自可发声，若是想骂人，大可不必再说话。"夜舟淡淡地道。

独孤卓无法骂人，拿了香在祖师灵牌前磕了三个响头，便闷声离开。

自那之后，独孤卓整整一年没有开口。

直到他习了字，学了道理，明白"卓"与"浊"的区别，这才知道夜舟当时为他选了一个怎样的字。

"多谢师父。"那是他对夜舟说的第一句话。

夜舟却还是淡淡地道："我不是你师父。"

"夜舟说得对，他不是我师父，就算引导我入道的人是他，他依然不是我师父。"独孤卓对着什么也不知道的老和尚说。

"拜师要等十五级以后，在宣阳城佛修办事处领取拜帖，方可入佛门。"老和尚根据关键词回答着独孤卓的话。

独孤卓正是知道老和尚什么都听不懂，这才能够说起当年的事。

"现在叶舟是我师父，这就很好了。"独孤卓轻笑道，"天柱崩塌的瞬间，他魂飞魄散来到这个世界，大师，你说他的魂魄为什么会分散到这里呢？是我原本的世界让他失望了吗？”

听到“天柱”二字，老和尚的动作停下来，他放下手中的木鱼，愣了片刻，瞧了瞧四周的环境，对独孤卓道：“阿弥陀佛，施主又入贫僧的梦了吗？”

独孤卓愣了下，看向老和尚：“檀寂大师。”

“正是贫僧。”变成檀寂大师的老和尚道。

独孤卓眼看着《九重天》里模板化一般的老和尚的容貌逐渐发生改变，化为他熟悉的高僧檀寂。

这是真的！虽然不知是何原因，但他将原本世界的修道者“拉到”了全息网游世界！

“贫僧的梦里，灵气真充沛啊。”老和尚捏了捏自己的肩膀，“这是否就是贫僧期望看到的世界呢？”

“大师可知这是哪里？”独孤卓问道。

“坛业寺吧，”老和尚抬起头看看上方的佛像，“这佛像与贫僧定做的一模一样呢。”

檀寂向独孤卓娓娓道来，原来距离义诊摊相遇时，檀寂那边已经过去了五个月。

檀寂和弟子一起修整坛业寺，找俗世匠人打造佛像，到处化缘，翻新寺庙，还雇了一些流离失所的百姓开垦坛业寺附近的土地。坛业寺是佛寺，檀寂又是高僧，佛寺可拥有一部分土地。檀寂留了足够僧人种菜自给自足的土地，余下的便给了开荒的百姓。

他又游说附近那些因为天地灵气过于充足而险些被灵气撑爆了的灵修，希望他们能够帮助自己开义诊摊。

早些年的时候，下三天灵气匮乏，六族争抢灵气，生来就是天材地宝、备受天地灵气喜爱的灵修，即是其他种族眼中的大补药材。天柱崩塌后，九重天合并为九州大地，灵气复苏，随便修炼一下就有无数灵气涌入体内，灵修们也就不值钱了。

毕竟抢夺灵修还要打架，有这时间，不如自己修炼得来的灵气更快更划算一些。

偏偏灵修们不用修炼，只要躺着就有灵气进入体内，过多的灵气无法转为体内真元，一个个都是吃撑的难受状态。

檀寂找到的那棵人参，粗得像个树墩。看到檀寂来到面前，只能笨拙地挪动身躯，失去了原本的速度和灵巧。

于是，檀寂的义诊摊很快就办了起来，五个月后，坛业寺周围也出现一个熙熙攘攘的小镇，和当初的荒凉景象大不相同。

“也不全都是好事，”檀寂道，“小镇最近引来一些贪心的妖族，妖族好人族精气，这小镇居民被灵修养得白白胖胖，这正是妖族喜欢的，我们已经丢了好几个青壮年，贫僧正发愁呢。”

“已经过去那么久了吗？”独孤卓很疑惑。

明明他找寻十年，键盘网游时间也过去十年，所以他以为两个世界时间是一致的，没想到他这里刚过去五个小时，那边就已经度过五个月了。

“很久吗？”檀寂大师道。

“我这里方过两个半时辰。”独孤卓自动换算成檀寂大师所熟悉的时间。

檀寂大师想了想，道：“独孤先生，梦里的时间是可长可短的。有时一瞬便是一生，有时数个时辰过去，也不过是一瞬。”

“若是用梦来解释，那光阴就乱了。”独孤卓道。

“世间哪有一成不变的，贫僧轮回十世，看尽人间沧桑。有时人间百年如一日，日出而作，日落而息，百年未变；有时不过一年，已改朝换代三五次；有时一天就好像度过一生，时间正是这般莫测之物。”檀寂道。

“也对。”独孤卓道。

系统以玩家的意识认定他的玩家身份，檀寂用意识感觉评判时间流逝，也没什么关系。他来到游戏世界虽不过五个小时，经历的却好像比过去十年还长。

“关于妖族惑人之事，独孤先生可有想出解决之法？”檀寂大师问。

“世间六族混居，天道又以人族为主，其他种族与人族本就是对立的，这事难，除非……”独孤卓道。

“除非什么？”檀寂追问。

“除非天地分界，有以人族为主的人界，也有以妖为主的妖界，六族各有界限，互不侵犯。”独孤卓道。

檀寂摇摇头道："那可难了，贫僧没有那等大法力。"

"是啊，不过是空谈罢了。"独孤卓道。

檀寂却看了独孤卓一眼，道："贫僧没有，独孤先生未必。传说中创世双剑是盘古开天巨斧所化，有分开天地之威能。若说要让九州分界，当世之中，大概只有独孤先生你能做到了。"

"创世双剑已经……"

独孤卓话还没说完，檀寂忽然消失，老和尚竟又拿起木鱼轻轻敲击，此时外面大亮，一夜竟是这样过去了。

独孤卓走出寺庙，看看日头，竟已到辰时。

他和檀寂方才好像再次进入那个独立于两个世界之外的芥子空间，又好像进入了梦境中，仅是聊了一会儿，夜晚便过去了。

独孤卓默默推算了下时间，此时正是上午七点，距离叶舟上线还有一个时辰。

坛业寺门前已经聚集不少排队上香的玩家，这些人对昨晚发生的事情议论纷纷，大多是痛骂游戏公司不做人，仗着自己是第一款全息网游的身份使劲折腾玩家，哪有人能专门白天上线或者专门夜晚上线？根本就是坑人。不过骂归骂，也没见他们谁要放弃游戏，毕竟全息网游带来的真实感是其他游戏难以比拟的。

另有小部分玩家觉得就是钱的事情，大不了白天花钱雇代练升级，而且游戏公司肯定不可能维持这种昼夜模式，等级高了问题自然就迎刃而解了。

极少数的玩家觉得还是主线剧情的缘故，他们认为通过主线剧情，这个昼夜设定问题说不定就能得到解决。

独孤卓躲在正殿门后，听着玩家们讨论，暗中学习着现代语言，然后根据这些人的词汇，在脑海里逐渐描摹叶舟所处的现实世界的模样。

他得了解叶舟生活的环境，这才能跟这个师父有共同语言。

白天正殿门前有武僧守护，许出不许进，殿里老和尚依旧在敲木鱼。

独孤卓见殿内无人，索性盘膝打坐休息。

他全盛期是不需要休息的，受伤后却是偶尔要休息一下，虽不像常人那样要睡一整夜，但也还得调息片刻。

约一个半小时后，独孤卓精神抖擞地睁开眼。他检查了下自己的状况，发觉在坛业寺内修炼也可以增长经验，经验又涨了一千五，好在还没到升级的要求，仍保持在十级。

独孤卓离开正殿，见坛业寺门前又撑起义诊摊，还是昨日那全服排行第一的十六级灵芝在治病救人。继续这么救下去，这灵芝只怕会成为全服第一个化形的玩家。

妖族和灵族皆是飞禽走兽和草木灵植化形，区别是妖族是凡胎，以猫这种生灵为例，百万只猫中也未必出现一个猫妖，他们种群数量众多，能够化为妖族的却很少。

灵族则是天地生养的灵物，例如人参、灵芝、雪莲、麒麟等，生来便充满灵气，只要能活到足够寿数，必然会化形。

这两者界限有些模糊，独孤卓向来以妖气和灵气来分辨他们，游戏中似乎是以种族区分。常见的小动物、小植物便是妖族，传说中的神兽和灵药就是灵族。

帮助灵芝积攒功德的老和尚与正殿内的那位生得一模一样，用龙@傲天的话说是“用同一个建模复制粘贴出来的”。

独孤卓来到坛业寺门前，静静等待队友会合。

半个小时后，大家陆续上线，叶舟特意提前十分钟，八点五十便登录游戏。叶舟与独孤卓有融血的感应，上线就有系统提示，他第一个来到独孤卓身边，精神抖擞地拍拍独孤卓的肩膀。

独孤卓顺势握住叶舟的手腕，隔着似远又近的网线，通过全息游戏的模拟脉搏来确认叶舟的身体状况。

“你看起来气色不错。”独孤卓满意道。

“是啊，今早家庭医生也说我状态特别好。”叶舟开心地说。

他要是睡得太晚会失眠多梦，一整夜冷汗不止，而昨晚睡得却非常香。

以往叶舟总会听到低沉的剑吟之声，仿佛有什么在急促地呼唤着他。昨天他却梦到了和独孤卓相遇的竹林，景色宜人，因此早晨起来心情舒畅极了。

“看来总憋在家里确实容易产生心理问题，我又不能见风，没办法出门，幸好有了这款全息网游。”叶舟说。

独孤卓始终保持着分寸，没有追问叶舟的身体状况。

好不容易找到叶舟，独孤卓不希望因他操之过急的言行导致两人分道扬镳。

游戏是他和叶舟唯一的联系，他只能在游戏中行动，若是叶舟不再上游戏，他们便再无相遇的可能。

闲聊了几分钟，其他玩家也陆续上线了，轻月 love 和龙 @ 傲天还是十一级，黑猫则是变成十四级了。

众人看向这只一晚就升了好多级的猫。

黑猫打了个哈欠，道："我这不是只能晚上升级吗？我先挂机拜月修炼，睡到四点起床，又去业障林刷了三个小时怪，七点又回去睡了两个小时，要不是定了闹钟，我险些起不来。"

"昨晚逍遥他们也拼命升级，他现在也有十三级了。"龙 @ 傲天道。

轻月 love 嫌弃地撇撇嘴："逍遥升级的方式也太那个了，见人就吸精气，还得了个'小妖统领'的称号，我看他快成《倩女幽魂》里那个兰若寺的老树妖了。"

独孤卓说："他罪恶值多少？"

轻月 love 道："吸收一个玩家的精气增长一点罪恶值，他现在有一百多罪恶值……"

叶舟问："这么多罪恶值，不会红名吗？"

见独孤卓疑惑地看向自己，叶舟想起徒弟没玩过键盘网游，便解释道："以前键盘网游角色会显示 ID，杀的玩家太多名字就会变成红色，俗称红名。红名玩家死亡后失去的经验和物品都比非红名要多，大部分玩家也不喜欢红名，顶着红色 ID 容易被揍。"

独孤卓道："可是《九重天》不显示玩家姓名。"

龙 @ 傲天说："所以说是新玩法，逍遥想试试罪恶值特别高会变成什么样子。其实被吸收精气后，玩家并不会死，只是气血会降低到临界值，且整个人处于虚弱状态，失去一部分经验。我们怀疑，这个游戏最后搞不好会根据正义值、罪恶值或是种族分出阵营模式。"

轻月 love 道："本来打算和逍遥他们一起组队玩的，现在看来……种族不同不相为谋。"

几个人边走边聊，很快找到了豆腐摊。

“我就知道卖豆腐的寡妇肯定长得好看，豆腐西施是老传统了！”见到杨寡妇后，龙@傲天激动地说。

“看见美女就走不动路了是吧！”轻月love没好气地狠拍龙@傲天后脑勺，就差抡起鞭子抽他一顿了。

游戏公司在杨寡妇的建模上下了功夫，在场的四人一猫，只有独孤卓的容貌远胜杨寡妇，其余人在这位NPC面前都显得灰扑扑的。

叶舟的容貌不差，只可惜少年身量还没长开，缺些魅力。

NPC如此貌美，自然有一群玩家围在摊位前买豆腐。

好在杨寡妇没有增长经验的任务给玩家做，昨天大家也看够了，今天豆腐摊前人不多，独孤卓等人排了几分钟便排到了。

前面几个玩家买了豆腐脑就在一旁吃，边吃边道：“豆腐脑真是味道不错，要是这游戏能出个炸鸡可乐就更好了，肯定有很多想减肥的人来这里过嘴瘾。”

叶舟还是队长，带队找杨寡妇买豆腐，谁知别的玩家轻轻松松买到豆腐，面对他们时杨寡妇却哭哭啼啼地说道：“几位少侠一看就是宅心仁厚之人，能否帮妾身一个忙？妾身定当做出最好的豆腐回报诸位少侠，不取分文。”

黑猫气道：“难道不应该以身相许吗？帮你忙竟然只给一块豆腐！”

叶舟倒是早就料到主线任务不可能买个豆腐就能解决，心态很平和地问道：“什么忙？只要我们能帮，就一定会帮。”

“是我的儿子，他身体不好，已经昏睡不醒三日了，眼看着整个人瘦得不像样子。我去坛业寺义诊摊看过，大师说这不是病，是妖邪作祟。”杨寡妇哭哭啼啼地说。

龙@傲天叹道：“你们镇都这个样子了，没妖邪才怪。该不会这个任务必须让我们晚上做吧？千万别！”

龙@傲天担心的事情没有发生，杨寡妇继续道：“大师说，要破邪需要一个正午出生、阳气充足的童男的心头血，我不知道哪里有这样的人。听说门前算命摊子的卜先生知道小镇里所有人的生辰八字，你们可不可以帮我问问？”

这就是连环任务了，叶舟接了找心头血的任务，带着小队成员去寻找算命先生。

离开豆腐摊时，独孤卓注意到他们身后又排了不少玩家，其中有几个玩家看起来怪怪的，头上戴着斗笠，将脸挡得完全看不出来容貌，全身上下均用衣料挡着，只露出一双眼睛。

独孤卓问道："你们是不是还有个魔族朋友，说他白天会出现在另外一个地方？"

轻月 love 答道："对，他叫文质彬彬，我们都叫他小文。昨天他告诉我，他刚建好账号就出现在一个……像地府一样的地方。那地方特别小，又有一堆鬼族和魔族，吓得他差点以为自己穿越到恐怖片里了。"

龙 @ 傲天说："他说那里可以接一些小任务，不过增长经验很慢。有个很大的门困着他们，直到晚上才打开，他才可以出门。"

独孤卓又问叶舟："你昨天做任务时，是不是遇到一个像玩家、实际上是任务 BOSS 的鬼族？"

"是。"叶舟点点头，"那个 BOSS 伪装得太好，我当时真的以为他是玩家。"

独孤卓道："说不定他就是玩家。"

"怎么会呢？明明是任务 BOSS。"叶舟道。

独孤卓分析道："我一直在想，我们触发主线剧情需要夜间在妖魔横行的世界活动，那魔族和鬼族怎样才能触发主线剧情呢？会不会是白天在人族为主的世界活动才行？"

龙 @ 傲天道："但是他们在那个空间始终不能出去。"

"你刚才说他们可以接任务，有没有可能与叶舟接的是同一个任务。只不过叶舟的任务是驱鬼，而他们的任务是，除掉前来驱鬼、伤害他们种族的人呢？"独孤卓道。

"有可能！"叶舟回想着昨天遇到的"BOSS"，"他太像玩家了，一直到最后露出鬼族真身，我还在怀疑他是不是被控制了。"

独孤卓看着那几个在豆腐摊前排队的捂得严严实实的玩家道："所以就算是白天，小镇里也是可能会有鬼族和魔族的。"

几人并未着急去做任务，而是躲在建筑物后，观察那几个遮挡得严严实实排队买豆腐的人。

"人族、妖族、灵族三族玩家白天绝对不会穿成这样子的，除非是特殊 NPC 或魔族、鬼族玩家。"轻月 love 笃定地说。

“为什么？”黑猫问道。

轻月 love 道：“玩游戏就是玩个颜值，要不是没办法露脸，哪个玩家会把自己遮挡成那副样子？”

“玩游戏就是玩颜值？”黑猫惊道，“你玩的是换装游戏吗？”

轻月 love 捏捏自己的脸，又羡慕地看着独孤卓：“我就是被这游戏满级后的全息颜值骗进来的，花了那么多钱买游戏头盔，谁知道，破游戏的初始颜值是素颜基础上还要调低百分之八十，我每次升级都把增长的天赋技能点用到颜值上，可算是好看点了。”

《九重天》有体力、气血、灵根、敏捷、颜值、意志六种属性，每次升级后各种属性都会自然增长一点，同时系统还会赠送六点属性点，玩家可用这六点属性点自行调整属性。

属性点一旦分配完毕，就不能修改。现在游戏刚内测，属于开荒期，谁也不清楚如何分配属性，前几级只能随意分配。

像龙 @ 傲天的属性是有规划性地调整到敏捷、气血和灵根上，黑猫则是根据妖族属性选择敏捷和灵根，叶舟则是意志和灵根，像轻月 love 这样前期将属性点全部用在颜值上的玩家倒是不多见。

叶舟说：“我们假设独孤卓的推测是真的，轻月 love 说得也没错，这几个人真的是魔族或者是鬼族的玩家，那他们又是接了什么任务才能在白天出现在小镇中，又为什么会和我们一样排队买豆腐？”

叶舟加重了“排队买豆腐”几个字的语调，毕竟杨寡妇是主线剧情任务环中的一个 NPC，几个必须接到某个任务才能在白天现身的玩家，为什么偏偏来到主线 NPC 面前？

太巧了，叶舟与独孤卓对视一眼。

“我记得你之前说过，键盘网游时代的打斗有地图限制，在这种人群聚集地，玩家之间是不允许打斗的。”独孤卓问叶舟。

叶舟说：“是这样没错，不过全息倒是规定二十级以内可以无地图限制斗殴，二十级以上的玩家就有限制了，不过现在最高才……十八级？这么快！看来快出现第一个化形的灵族了。”

十八级的玩家自然是那个灵芝，目前排行榜前十的玩家全部是灵族，除灵族外就没有超过十五级的。

独孤卓对于有玩家升级速度过快的事情没有太多关注，而是说道：

“既然二十级以下可以出手，那就试试吧。”

他们一队五个人，对方也刚巧五个，倒是势均力敌。

龙@傲天拉住独孤卓，道：“等等，就算确定他们是玩家又有什么用处呢？我知道你怀疑他们也接了主线任务，可这很正常啊，一个任务大家一起做，谁抢先就是谁的。与其确定他们的身份，倒不如加快速度找算命先生吧。”

独孤卓摇摇头道：“我只是有些怀疑，不如试一试。”

龙@傲天见劝不动独孤卓，索性道：“不然这样，我们兵分两路，愿意留在这里的，就去试探那几个人，剩下的和我去做任务。”

这倒也是个办法，叶舟和轻月love决定留下，和独孤卓一起惹事，黑猫倒是想和龙@傲天一起完成任务。

黑猫是正常玩家，更想抢先一步完成主线剧情。叶舟也想过剧情，但他更担心徒弟，所以留下来助阵。轻月love的想法则十分简单，她就想看看那几个戴着斗笠的人长什么样子。

执行任务的必须是队长，叶舟把队长转让给龙@傲天，五人分头行动。

他们从杨寡妇处接着寻找算命先生的任务时，其他玩家是看不出他们的互动的。在其他玩家眼里，他们和杨寡妇的对话就是简单地买豆腐，游戏公司为了保守主线剧情的秘密，在几个人身上加了“剧情屏障”。

同样地，在独孤卓几人眼中，挡脸小队也只是正常地买豆腐。

挡脸小队神秘兮兮地买过豆腐后，几个人眉来眼去发了一会儿别人听不到的队内私聊，便离开了豆腐摊。

他们似乎没有确定接下来要去哪里，随意选了一个方向，遇到NPC就开始问东问西。

走到一个无人的小巷中，叶舟悄悄地拔出武器。这把剑很强，叶舟有信心一招弄坏几个人的衣服，让他们露出真面目。

独孤卓却按住了叶舟的手。

叶舟疑惑地看向独孤卓，说要动手的人是他，现在时机成熟，阻止动手的也是他。

独孤卓给叶舟发私聊："我想看看他们下一个任务地点是哪里。"

叶舟接受了这个解释，三人跟着挡脸小队在烛龙镇中绕来绕去，期间听到了系统的任务提示："您决定帮助算命先生烧一只最好吃的叫花鸡，叫花鸡只有城郊的乞丐长老做得最正宗。"

显然龙@傲天和黑猫已经找到算命先生，并接到了新任务。

任务就是这样，一环套一环，做起来很麻烦，为了得到某个物品，要完成无数人交办的事情。不过每个任务完成后，玩家都会获得一点经验，主线剧情的任务经验和奖励并不比打小怪和下副本少。

而另一边，挡脸小队问了半个镇子的NPC，终于来到小镇北边一个庙宇前。

叶舟道："是城隍庙，我昨天把新手村的NPC全部问了一遍，没接到与城隍庙有关的任务，这附近也没有多少人，看来人族玩家都不会接到城隍庙任务。"

挡脸小队来到这里，看来是魔族和鬼族的可能性非常高。

"如果他们也在做主线任务，为什么和我们的完全不一样？"轻月love问。

叶舟想了想，道："假设我遇到的鬼族是玩家，同一个任务两种身份，会不会他们所做的主线任务，和我们想要做的完全不一样？"

轻月love问："怎么说？"

叶舟说："我们从坛业寺接的任务，是让擎天剑派的人带走玄剑命定的主人，那他们的主线任务会不会是让别的门派带走玄剑命定主人，或者是杀了那个孩子？"

"可是这么做的话，主线任务就会有两个结果，游戏接下来的剧情要怎么走？"轻月love不赞同叶舟的猜测。

两人同时看向独孤卓，在这两天的接触中，独孤卓展现出了惊人的洞察力，对游戏的猜测也很准确，不知他对此有什么看法。

独孤卓没有回答这个问题，而是一脸若有所思的样子，看来对主线剧情任务另有猜测。

"现在不能下定论，"独孤卓道，"我去打探一下消息吧。"

轻月love问："怎么打探？"

独孤卓整理了下衣服，让自己看起来更加仙风道骨，回身对叶舟笑了下："我是不是很像 NPC？"

轻月 love 道："那你可真是太像了！"

"那我就去当一次 NPC 吧。"独孤卓道。

他趁着挡脸小队还没进入城隍庙时，直接从墙壁外跳进了院子里。

一般庙宇正殿都是有正门和侧门的，独孤卓自然知晓城隍庙的建筑结构，找到正殿的后院，偷偷溜了进去。

城隍庙不像坛业寺那么热闹，仅正殿有人在打扫。

后院更是有个紧闭的大门，这让独孤卓不禁想起轻月 love 和龙@傲天提到的他们的朋友——白天是被关在某个大门内的。

独孤卓见挡脸小队在正殿外徘徊，干脆用掌风关上了正殿大门。

扫地的庙祝惊了一下，道："少侠，正殿不允许闲杂人等进入。"

游戏里的 NPC 统称人族玩家为"少侠"，独孤卓直接道："我不是少侠。"

庙祝卡了下，盯着独孤卓，似乎认知有些错乱，好一会儿，他才对独孤卓道："城隍爷在上，闲杂人等不得入内。"

独孤卓想到《九重天》与自己身世过于相似的主线剧情，释放出一丝剑气道："在下独孤卓，玄剑剑主。"

"玄剑剑主，这……"庙祝整个人都错乱了，似乎不知道该如何分辨眼前的人，丢下扫帚，抱着脑袋，一脸痛苦的样子。

独孤卓早在老和尚身上发现，他的存在或许能够唤来另一个世界的人，同时也对这个世界的 NPC 有影响。他猜测庙祝与魔族、鬼族要完成的主线剧情有关，所以特意在这 NPC 面前提到自己的身份，不知会有什么效果。

"不对，没有独孤卓，小宝才十岁，独孤卓不应该……"庙祝语无伦次地说。

"小镇因为烛龙的诅咒昼夜分割，坛业寺希望由擎天剑派带走未来的玄剑剑主，你们呢？"独孤卓问道。

似乎是问到了什么关键词，庙祝的状态好了一点，却依旧呆愣愣地看着独孤卓道："玄剑剑主注定要被擎天剑派带走，我们要做的是让未来的玄剑剑主更加适应九欲渊的煞气。”

“怎么做到？”独孤卓捏住庙祝的肩膀。

“我不清楚，”庙祝摇摇头，“总之，现在要做的是，让玄剑剑主的母亲在仇恨中痛苦死去。”

十岁的独孤卓还是个孩童，不知道很多事情为什么会发生。

他只记得，那时母亲病得很重，偶尔清醒的时候也会自我怀疑，迷糊地说着那个男人是不是不会回来了。

她那时神智不清，临终前仿佛着魔般握着独孤卓的手说她好恨，好恨这一世孤苦等待，这一世困苦皆是那个男人和孩子带来的，若是有来生，她绝不想再遇到这两个人。

病榻上的母亲将独孤卓与他父亲视作一体，那仇恨的眼神与话语刺痛了独孤卓的心。

独孤卓没有恨过母亲，十岁前他确实过得困苦，母亲也一直被人唾弃。未婚生子在凡俗间是多么令人不齿的事情，她被父母逐出家门，来到小镇，生活累弯了她的腰，病痛让她失去快乐。

独孤卓只是觉得，若是他没有出生就好了，可能所有人都会变得更好，不管是他的母亲还是夜舟。

“你们为何要让玄剑剑主适应九欲渊？”独孤卓问道。

庙祝摇摇头道：“我不清楚原因，我只知道千百年来都是如此。但是现在想来，我们当初就该杀了独孤卓，让擎天剑派重新培养一位玄剑剑主，全世界最不该执掌神剑的人就是他。”

这个 NPC 忽然变得无比灵活，不再只是模式化地回答特定问题，神情也变得惊恐起来，他用双手抓住自己的衣襟道：“我们只是想让玄剑剑主更接近九欲渊，却没想到他做得那么彻底，不仅毁掉神界，连幽都也难以幸免，他是个疯子！”

独孤卓盯着庙祝的变化，明白他又将某个人带到了游戏中，只是这人他并不认识。

“你是何人？”独孤卓问道。

“幽都九欲渊守门人，焦炎。”庙祝道。

幽都是鬼族和魔族所在之处，主掌生死轮回，本是与人间一样有秩序的地方，偶有厉鬼和魔族作祟，幽都也会派人捕捉。

唯独九欲渊不同，九欲渊一直在吸收人间幽都九欲，邪念过多，难以净化，只能镇压。玄素二剑的其中一个使命，就是镇压九欲渊，不让九欲渊的魔气侵蚀幽都，防止幽都成为真正意义上的魔域。

断剑之时，独孤卓悲痛之余也没忘记自己的使命，天柱崩塌引得苍澜山脉大火，素剑上通天神，玄剑下至九欲。独孤卓引苍澜天火直达九欲渊，将九欲渊及其中的邪气烧得一干二净。

自此，幽都再无九欲渊，而那些溢出的邪气，也会因神界破损后人间过多的灵气而逐渐被净化。

人间会形成一种新的平衡。

大概无论神界还是九欲渊都没有想到，情况最终会变成这样。

焦炎说了这番话便消失了，又变回那个普普通通的庙祝，此时正殿外也响起了敲门声：“有人吗？我们可以进来吗？”

独孤卓当下便扒了庙祝的衣服，以“缚字诀”困住庙祝，将仅剩中衣的庙祝塞到城隍神像后面。他换上庙祝的衣服，手持扫帚，朴素的灰袍掩盖不住他出尘的气质。

换成其他玩家是无法对 NPC 做什么的，扒衣服什么的更不可能，但是独孤卓可以，在他替换庙祝的瞬间，游戏卡了一瞬。

这一瞬太快，快到所有玩家都没反应过来，包括一直维护数据的程序员，也没看到这短短一个字符的变化。

唯有《九重天》的人工智能系统在独孤卓的数据上打了个转，然后仿佛什么也没看见一般继续处理其他系统垃圾了。

“进。”独孤卓道。

挡脸小队这才敢打开正殿大门，进来后立刻摘下斗笠，取下各种遮挡物。独孤卓这才看清这几人的容貌。

其中两个摘下一个手镯，身高立刻暴涨一尺，足足达到了两米。这二人肌肉发达，头上长着两个小小的角，指甲锐利，肤色也有些发红。

这便是低级魔族了。

另外三人都是阴森森的，摘下斗笠后，其中两人地上的影子就随着斗笠一起被丢到角落里，这两个玩家本身是没有影子的，是鬼族。另外一个玩家倒是有影子，只是肤色青白，看起来应是僵尸一类的鬼族。

“憋死我了！”一个魔族说道，“这游戏不给人活路，魔族居然会怕光。”

“你怕光也不会死，我们鬼族是见光死。”鬼族甲道。

僵尸看到独孤卓假扮的庙祝，宕机了一秒后狂拍旁边的鬼族乙，说道：“快快快，快截图！”

僵尸的手臂从鬼族乙的身体中穿过，什么也没有拍到。鬼族在二十级以前是不能凝体的，只有虚影，碰不到实体。

众人被僵尸的叫声吸引，一同看向独孤卓，倒抽一口冷气。

独孤卓拿着扫帚，对几个玩家道：“不知几位少侠有何贵干？”

“我们就是来截图拍个照……不对，我们是来做主线任务的，你的相貌怎么和昨晚不一样了？”魔族乙问道。

独孤卓不慌不忙地道：“千般法相，皆为皮囊。”

“这不是白天了吗？NPC换一个也正常吧。而且我们在做主线任务，说不定有特殊待遇呢。”鬼族甲搓了搓手道。

几人根本没有怀疑独孤卓NPC的身份，对独孤卓道：“我们已经把阴气注入杨寡妇的豆腐里，接下来还有什么主线任务吗？”

原来他们不是去买豆腐，而是去投阴气。

这种注入了阴气的豆腐，常人吃了会身体虚弱，大病不起，也不知道魔族这边打的什么算盘。

独孤卓倒也不恨这几个玩家，他知道玩家们做事是不知道原因的，只是按照游戏公司的提示走，他倒是可以给这些玩家制造点麻烦。

“豆腐中加入阴气后，可能会有捕快调查此事，你们去衙门捣乱，防止他们破坏幽都大计。”独孤卓道。

昨日他在摊位上见过衙役，等级起码有二十五级，几个玩家到衙门捣乱，怕是死都不知道怎么死的。

“好的。”捂脸小队几人口中答应，却谁也不走，而是围着独孤卓打转。

僵尸感叹道：“睫毛好长啊，‘睫毛精’转世！”

鬼族甲说：“他的五官比例完美，看看这笔挺的山根、薄厚均匀的嘴唇、恰到好处的眼角、整齐的牙齿、完美的下颌……天庭、山根、下颌的是黄金分割比例，眉毛更是不用修就这么好看，眼睛……”

鬼族乙打断道："行行行，你是整形医生吗？"

魔族甲说："这建模，游戏公司在他身上下了多少功夫？这一举一动这么自然，我仿佛看到了建模师无数个加班到肝爆炸的情境。"

魔族乙说："你这也太血腥了，我都没心情拍照了。"

几人围在独孤卓身边，边拍照边念叨，还想摸独孤卓的脸。

独孤卓冷冷道："少侠，城隍之下，休得无礼。"

"哇，无礼了会怎么样？"鬼族甲仗着自己没有实体，抓向独孤卓的手臂，想要和他来一个近距离接触。

"区区鬼怪，放肆！"独孤卓默念《五行剑诀》，手中扫帚顿时四分五裂，每一根扫帚条皆化为利剑袭向五个玩家。

杀掉五个玩家后，独孤卓又收到了系统提示，斩妖除魔，获得五点正义值和足够升到十三级的经验，但独孤卓没有选择升级，以免超过了叶舟。

而同样地，他还收到了"叮！你自创剑法，系统奖励空白玉简一块，已收入储物法宝。请为剑法命名，并按照提示制作成玉简提交，再等待游戏公司审核，审核成功后可将剑法以交易的形式传授给其他玩家"的提示。

以自创的剑法杀掉玩家，果然可以获得自创招数的空白玉简。

独孤卓没有立刻录入《五行剑诀》，而是一个掌风将五个玩家的尸体丢出城隍庙正殿，关上正门，把庙祝从佛像后面拖了出来。

他换回衣服，为庙祝解开"缚字诀"，又从后门悄无声息地离开正殿。

独孤卓跳出城隍庙墙壁时，又收到了"乞丐长老让你去抓鸡"的系统提示，这些 NPC 倒是真能折腾玩家。

"你可算出来了，我真怕你露馅。"叶舟看到独孤卓出来，立刻拉着他跑了几步，来到隐蔽处才气喘吁吁地说道。

"没事，得到消息了。"

独孤卓正要说消息，叶舟抬手捂住他的嘴，小声道："等和龙傲天他们会合后再说，人家辛苦做任务，总不能落下他们。"

"好。"独孤卓轻声道。

几人与龙 @ 傲天取得联络后，终于在王奶奶家的鸡笼附近碰面了。

"这是鸡还是麻雀啊！"龙 @ 傲天指着屋顶的鸡气道，然后，他又转身对黑猫说，“你不是动作灵敏吗？身为猫，你竟然不会抓小鸡？”

“我是猫，不是老鹰！”黑猫道。

两人正满身鸡毛地吵架，独孤卓等人赶到后，只见独孤卓轻巧地跃上屋顶，随手抓了两只鸡，丢给一旁的叶舟。

他动作轻盈，飞快地抓了十只鸡，小队每人两只，照价给了王奶奶银两，终于完成了这一系列烦琐的任务。

第四章　浣衣女

“不会吧，你假扮 NPC 真的成功了？”

拎着鸡去找乞丐长老的路上，龙 @ 傲天听了轻月 love 的讲述后，一脸不可置信地说道。

龙 @ 傲天最初不同意独孤卓跟踪挡脸小队，是觉得就算挡脸小队也在做主线任务，他们只要快对方一步，就可以抢先完成。争分夺秒的时刻，哪有不做任务而去跟踪人的？

谁知独孤卓真的跟踪成功了，还忽悠挡脸小队去衙门捣乱。

“真是奇怪了，他们怎么会把你当成发布任务的 NPC 呢？”龙 @ 傲天不解道，“一般 NPC 发布任务，队友玩家不在现场也会得到系统提示，玩家在现场虽没有语音提示，但任务卷轴上都会有显示，他们连提示都没有，就去衙门捣乱，是不是太蠢了？”

叶舟说：“卷轴也是要打开才能看的，就算是键盘时代，我们不打开任务列表，也不会记得所有任务。”

“倒也是，”龙 @ 傲天还是觉得不可思议，“那原本发布任务的 NPC，你给弄到哪儿去了？”

“他们没见到 NPC，就把我当成任务 NPC 了。”独孤卓简略地说道。

这件事在这款坑人的全息游戏中倒是也可以实现，毕竟搞不清玩家和 NPC 的区别。遇到一个长得完全不像玩家的人，把他当成 NPC 的可能性是挺大的。

黑猫摸摸胡子，道：“我还以为他们和我们的任务一致，谁知道他们的任务竟然是在豆腐里放阴气，这就等于下毒吧？和我们的任务还真是两个方向。”

龙 @ 傲天说道：“这还用问吗？毒老和尚用的，老和尚让我们买豆腐，等我们买毒豆腐回去，肯定要开打了，我得多买点药。”

一般主线任务除了寻物、送信外，还会有注定的打斗环节，龙@傲天一直在想会在什么时候打斗，看来这里就算是一次。

“未必。”独孤卓想起那庙祝说的话，“先找纯阳童子血吧。”

他们跑去找乞丐做了叫花鸡，乞丐长老烤了这十只鸡，自己留下三只，送给他们一人一只放入储物法宝中，还剩下两只是给算命先生交任务用的。

叫花鸡有补充体力和气血的功效，很美味。轻月 love 听说在游戏里吃东西不会变胖，还能解馋，已经打算午餐就吃这叫花鸡了。

他们从乞丐长老那里得到了不少经验，拎着叫花鸡去找算命先生，算命先生又给了他们一些经验和银两，这一环节任务做完后，叶舟和独孤卓双双升到了十二级。

吃了叫花鸡后，算命先生掐指一算道：“是城东浣衣女家的男童。”

几人便又去找浣衣女，轻月 love 皱眉道：“取心头血，难道要让我们杀了那个男孩子吗？这任务是不是有点残忍？”

“一看就知道你不爱看修真小说，”龙@傲天说，“所谓心头血，其实就是中指尖的血，十指连心，取血的时候会很疼，不是让你杀人。”

轻月 love 松了一口气，道：“原来是这样，真实感这么强的全息网游，就算知道是游戏，我也没办法做到。”

叶舟说：“放心吧，如果游戏真的设置这样的剧情，肯定没办法过审的。既然《九重天》可以面世，那么一定做出了调整。就算我们打 BOSS，估计 BOSS 要么不是人，要么就是被收服而非杀死。”

几人边说边打探消息，终于在河边找到了正在洗衣服的浣衣女。

那是个妇人打扮的女子，生得一脸愁苦，却能够看出年纪只有二十五六，容貌其实也很好看，真打扮起来，比杨寡妇还好看。

浣衣女蹲在河边，艰难地洗着一件件衣服，初春的水还很冰冷，她的手被冻得通红。

龙@傲天正要上前询问，却听独孤卓说：“把队长给我。”

独孤卓确实比他们更适合做队长，龙@傲天毫无意见地转让队长。只见独孤卓走过去，坐在浣衣女旁边，自顾自地拿起她手中的衣服，低声道："我来帮你洗吧。"

浣衣女挥了挥冻裂的手道："这等下人做的活，不用麻烦少侠。"

"你不是下人。"独孤卓道。

他力气很大，浣衣女怕抢坏了衣服，只能由着他洗衣服。

谁也没想到独孤卓会突然帮 NPC 干活，黑猫疑惑地问："难道必须先获得 NPC 好感度才能完成任务吗？"

"谁知道呢？直觉告诉我，听他的准没错。"轻月 love 道。

独孤卓一路表现出来的实力和强大的分析能力，大家对他都很信任，完全支持他突然去洗衣服的行动。

叶舟看了眼浣衣女身边堆积如山的衣服，叫上队友："这么多衣服，他一个人不知道什么时候能洗完，我们一起帮忙。"

于是，整个小队一起用最原始的方法洗起了衣服。

玩家体力充沛，又屏蔽了痛觉，根本不会觉得水冷，几个人洗起衣服来速度飞快。

黑猫没有化形不能洗衣服，见众人忙碌自己却什么也不干，感觉有点不好意思，干脆跳到浣衣女身上，高傲地对她说："用手抱着我。"

浣衣女自然地抱住黑猫，黑猫团了团身体，用他温暖柔软的身体帮浣衣女焐热冰冷的手，昂起头道："我这么可爱，真是便宜你了。"

轻月 love 等人："……"

这猫脾气一点也不可爱，偏偏对自己的外貌自信非常，这就是变成猫的快乐吗？

大家使用了加速卷轴，不到半个小时，便把堆积如山的衣服洗完了。独孤卓将衣服一一拧干叠好放进浣衣女的篮子里，帮她提着。

"这……多谢五位少侠出手相助，"浣衣女放下猫，无措地说，"大恩大德无以为报，我……"

她抓了抓裙子，真的不知道该怎么感谢这几人。

"大神，任务！"龙 @ 傲天见独孤卓半天不说话，忍不住提醒。

独孤卓这才道："现在就可以报，我们需要取一滴你儿子的指尖血。"

浣衣女明显露出心疼的表情，独孤卓简单解释了具体情况，浣衣女听是为了救孩子，便道："那自然是要帮的，希望各位少侠取血时，下手轻一点，我家小宝怕疼。"

“竟然没有提别的要求，直接就同意了！”被寻物任务折磨得头疼的龙@傲天激动地说道，“难怪大神带着我们洗衣服，先给NPC施恩，他们就不会再提要求了，这省了多少事。”

“我们会给他买糖葫芦的，他爱吃吗？”独孤卓道。

“爱吃的。”浣衣女松了口气。

众人听到这话，翻了翻自己的任务卷轴，得到了买糖葫芦的任务。

“这……大神是不是游戏策划啊，怎么还能提前帮NPC发布任务？”轻月love疑惑地问叶舟。

轻月love觉得，这个一叶扁舟和大神看起来关系很好，应该认识很久了，肯定知道大神的事情。

“我也不知道。”叶舟摇摇头。

如果独孤卓是游戏策划，那他这个系统认定的师父算是怎么回事？

“不急着买糖葫芦，我们帮你把衣服拿回去吧。”独孤卓道。

浣衣女又要拒绝，却敌不过独孤卓强硬的态度，只好带着几人来到她那漏雨又漏风的小茅屋中。

烛龙镇看起来很富饶，浣衣女家却当真是家徒四壁，穷得连粒米也没有，只在稻草床上堆了一套被褥，这便是床了。

几人看到这么穷的家，纷纷沉默下来。

浣衣女也尴尬地道：“家里没有椅子，我这就把行李卷成垫子，你们凑合着坐一下吧。”

“不必。”独孤卓走到灶台前，看到灶台上放着一盘新做出来的豆腐。

“咦？这豆腐哪儿来的？”浣衣女见到豆腐，自己也奇道，“是小宝买的吗？小宝最近一直在帮杨寡妇磨豆浆，应该是她送的吧。”

浣衣女看着还冒着香气的豆腐，忽然眼神迷离，视线中没了独孤卓等人，她端起盘子就道：“这豆腐好像看起来很好吃的样子。”

说罢她便要去吃豆腐，却被独孤卓一把拦住：“豆腐不好吃，我请你吃叫花鸡。”

他夺过那盘豆腐，自储物法宝中取出乞丐长老送的叫花鸡，香气顿时溢满整个房间。

谁知，浣衣女却仿佛没看到叫花鸡般，一心扑在豆腐上，上前与独孤卓抢豆腐。

“不是吧，这状态不对啊，有谁会不要叫花鸡，只想吃豆腐？”龙@傲天盯着独孤卓那只鸡咽了下口水。

叶舟见独孤卓一手豆腐一手叫花鸡应付不过来，一个闪身来到他身后，夺过豆腐塞进储物法宝中。

豆腐从视线中消失，浣衣女这才恢复神智，仿佛已经忘了刚才发生的事情，惊喜地收下叫花鸡，感谢道：“多谢少侠，不用买糖葫芦了，只要有这肉，莫说放一个手指的血，就是十个手指都放血，小宝也不会叫一声痛的。”

众人对视一眼，均是心下了然。

这盘豆腐，想必就是挡脸小队下阴气的那一盘吧。

龙@傲天问：“为什么要给浣衣女送毒豆腐？是不希望杨寡妇的孩子痊愈吗？难道杨寡妇的孩子就是我们要找的玄剑之主？”

轻月 love 说：“浣衣女把闻起来那么香的烧鸡收起来了，忍着饥饿等孩子回家一起吃，我太感动了。”

黑猫说：“浣衣女看到豆腐的眼神有点像中了‘魅惑’技能的人看到我的样子，喵……”

叶舟问道：“挡脸小队不是被独孤骗到衙门去了吗？怎么还有人来送豆腐？”

小队成员看向独孤卓，等待他的推测。

独孤卓问浣衣女：“小宝什么时候回来？”

浣衣女将叫花鸡小心地放在还温热的灶台上保温，这才回答道：“杨寡妇一般是早晨磨豆腐，然后小宝去取的，他既然已经把豆腐拿了回来，应该早就回来了。小宝很乖的，他现在该是挖野菜去了吧。今天用不上野菜了，几位少侠能帮我把他找回来吃叫花鸡吗？免得到时候这么好吃的菜凉了。”

这时，众人的任务中多了一个“寻找小宝”。

接了任务后，众人走出浣衣女家，龙@傲天点开地图道：“这次挺贴心，特别指出了小宝经常挖野菜的地方，省得我们到处问 NPC 了。”

他们正想去往挖野菜的地方，带队的独孤卓却转向另一个方向。

“你去哪儿？”龙@傲天问道。

独孤卓道：“去杨寡妇家。”

“咦？可是任务给的地图是挖野菜的地方。”龙@傲天疑惑道。

叶舟恍然明白了独孤卓的意思，替他解释道：“浣衣女认为小宝去挖野菜，是因为那盘豆腐，她觉得豆腐是小宝带回来的。可万一豆腐不是小宝拿回来的呢？我们刚才不是猜豆腐有可能是那五个挡脸玩家送来的吗？”

“有道理，那这样小宝说不定还在帮杨寡妇干活，搞不好还会看到有人给浣衣女送的豆腐里下毒，搞不好会遇到危险！”轻月love发散思维猜想道。

“倒也没有你说得那么严重吧。”叶舟拉回轻月love的思绪，“不过或许真的有危险。不管怎么样，小宝在杨寡妇家的危险性更大一些，我们还是先去杨寡妇那里吧。”

几人商议好后，便加快速度，飞奔到杨寡妇的豆腐摊。

此时已是十一点，时间接近中午，杨寡妇早已收摊回家。五人分头抓NPC，见人就问杨寡妇家在哪里。

杨寡妇在镇里很有名，很多人知道她家在哪里，但龙@傲天、叶舟和黑猫均铩羽而归，只有轻月love和独孤卓问到了。

轻月love问的是个女性NPC，那NPC就如实指路了。

独孤卓遇到的NPC则是说：“少侠你一脸正气，应当不是欺负鳏寡之人，想必是有正事吧，我这便给你指路。”

“这是为什么？”龙@傲天不解道，“我和轻月love问的是同一个NPC，她没告诉我，反倒告诉轻月love了。”

叶舟道：“或许是因为性别和正义值，我刚才问的NPC对我说‘杨寡妇不是那种人，你别做梦了’。我想男性玩家询问杨寡妇家，会被NPC认为是图谋不轨，只有女性的轻月love和正义值高的独孤才能得到回答。”

龙@傲天说：“有道理，看来正义值和罪恶值都很关键啊。”

杨寡妇家离豆腐摊不远，几人没几步就找到了。这是个普通的民居，有大门和很高的墙壁，院子也挺大的，里面更是有三间房，除了主屋和东厢房外，西边还有一个很大的豆腐坊。

龙＠傲天直接就要跳墙进入，却被独孤卓一把拉住。

“黑猫先去，”独孤卓道，“妖族最擅长隐蔽，不管是 NPC 还是玩家都不会注意到你的。”

烛龙镇到处流窜着野猫，根本分不出哪个是玩家，哪个是野猫，哪个是 NPC 妖族。

“知道我的好处了吧。”黑猫舔舔爪子，轻盈地跳起来，几个起落便抵达房顶。他的动作迅捷无声，若是在晚上，当真是暗夜里的杀手。

黑猫脚踩着屋顶砖瓦，没有发出一丝一毫的声息，他先是在主屋上方看了眼，看到主卧床上躺着个昏迷的小男孩，男孩额头上放着块帕子，面色潮红，像是生病了。

黑猫如实地通过对内纸鹤传音告诉众人。

独孤卓吩咐道：“看这情形，他应该是杨寡妇生病的儿子，去其他房间看看。”

黑猫又去了豆腐坊，那里只有一头正在吃草料的驴，没有其他人。

他最后来到东厢的屋顶，脚爪轻轻拨开一块砖瓦，只发出一点点声响，就听到一个粗壮的声音吼道：“什么人？”

“喵……”黑猫不慌不忙地叫了一声。

一个戴着斗笠的高大男子从东厢房中跑出来，见屋顶有只黑猫，仔细地盯了一会儿，似乎在辨别这是猫还是妖族玩家。

黑猫舔了舔爪子，动作神态都像是一只猫。

“这……真猫吧？”斗笠男子疑惑地道。

黑猫在他逐渐打消疑虑后，当着他的面大摇大摆地跃过墙壁与躲在墙外的独孤卓等人会合。

见对方进屋，黑猫忙发对内消息：“我的天！挡脸小队五人全在屋子里，一个昏迷的小男孩躺在地上，杨寡妇拿着把刀在哭呢。”

“看来他们在我们帮浣衣女洗衣服的时候，已经发现了衙门任务是假，并接到了真正的任务。”叶舟道，“看来是要打了。”

这个游戏真有意思，主线任务的战斗环节对战的不是 NPC，而是其他做任务的玩家。

“等等，这代表主线任务有可能会出现两个结局，游戏还得准备两套剧情。我们这是全息网游，不是 RPG（角色扮演游戏）游戏，我们的每一帧、每个角色、每个特效都要花钱的，你们知道两套剧情有多烧钱吗？”龙 @ 傲天质疑道。

“别管了，我们先完成任务再说吧。”轻月 love 拍了下龙 @ 傲天。

“你们有几块灵石？”独孤卓问。

小队成员各自数了下包裹中的存货，共有一百三十六块下品灵石。

独孤卓道：“九十九块灵石就足够布下迷踪阵了，黑猫布阵。”

由于独孤卓的大方豪爽，没有拿迷踪阵赚钱，而是免费复制给了几个队友，因此队伍的五人全部会布阵，且可以在迷踪阵中自由行动。

黑猫得令，带着九十九块灵石来到院子里。

他们布阵不像独孤卓那样，按照方位摆放材料，并用灵气开启阵法。

他们有独孤卓给的玉简，玉简中记载着布阵的所有细节，黑猫只要提交九十九块灵石，点击玉简上的“确认”按钮，扣除百分之五十的气血和百分之八十的灵气值，阵法就布置成功了。

黑猫乌漆墨黑是目前唯一一个体验过迷踪阵效果的玩家，他太清楚那种在林间鬼打墙的感觉了，大脑仿佛出现了什么问题，无论怎么走都是在原地打转。

用竹子布置阵法尚且有这种效果，不知下品灵石效果会如何。

“黑猫白天的战斗力不足，你负责护阵，阵法是需要消耗灵石的，你要随时关注阵法情况并补充灵石。”独孤卓道，“其余人，跟我来。”

迷踪阵完成后，院子顿时被迷雾笼罩，小队成员在迷雾内正常视物，不懂迷踪阵的人却会看到不少幻觉。

黑猫吃了补充气血的红药和补充灵气的蓝药，趴在主屋的屋顶观察战况。

独孤卓与叶舟则是并肩飞跃而起，叶舟立于空中，高举长剑向下一斩，一剑劈开了东厢房！

众人：“……”

叶舟这把剑是不是太厉害了？要是卖出去，好像可以卖很多钱。就算目前游戏没有开放货币兑换系统，这把剑也可以私下转账交易，只是风险会比较大。

以当前游戏玩家爆出来的所谓“极品装备”来看，叶舟这把剑绝对是现在游戏中攻击力最强的神兵利器。

厢房内，杨寡妇手中拿着刀，哭泣地摇头道：“不行，我做不到。我是想救我儿子，可是也不能伤害其他孩子啊！”

“跟她啰唆好久了，要不我们帮她动手吧。”挡脸小队的鬼族甲不耐烦地道。

僵尸道：“任务就是要蛊惑杨寡妇动手，而不是我们出手。而且这游戏也不允许玩家做这种事情的，太血腥。”

魔族甲道：“我们中间要是有个妖族就好了，妖族的魅惑技能，可以直接控制杨寡妇动手。”

魔族乙道：“你这倒是提醒我了，我们可以出去找个妖族当外援吧，门口那棵柳树妖好像挺强的，我们可以借一根枝条来。”

几人正闲聊中，整个厢房忽然碎裂，一团迷雾将他们包裹住。

“什么人？”鬼族乙喝道。

尽管叶舟等人是突袭，挡脸小队的反应还是非常迅速的，魔族乙立刻拿出一个道具扔到天上，瞬间一块巨大的黑布笼罩在院子外，遮挡住了所有阳光。

战场一下子暗了下来，鬼族甲乙也隐去身形，躲在迷雾中伺机攻击。

轻月 love、龙 @ 傲天和叶舟直接对上魔族甲乙和僵尸，他们仗着对迷踪阵地形的了解，打一下就隐藏起来，走位极其巧妙。挡脸小队却是在院子里打转，还险些把队友当成了敌人。

只可惜幕布挡住了阳光，叶舟等人族玩家的攻击力锐减，而对方的防御力却提升不少，打一下掉的血非常少。

这一战有得打！

还有两个鬼族隐身后不知藏在哪里，独孤卓使用五行剑诀，于空中凝结出一把风剑。他踩在风剑之上，站在空中俯瞰整个院落。

天空上的幕布应是鬼族法宝“蔽日”，可以短暂地遮挡住阳光，让鬼族能够在白天发挥出最大的力量。鬼修达到凝体期后，这个法宝就没什么用了。

与人族修真的炼气、筑基、金丹、元婴、化神等等级相对，鬼修也分为引魂、聚魂、凝魂、凝体、鬼将等等级，凝体期相当于人族修真者的元婴期。在此之前，“蔽日”都是极为有用的法宝。

也不知这几个玩家是从哪里弄到这么好的法宝，叶舟的剑根本无法劈开“蔽日”。

好在维持“蔽日”也需要一名鬼修不断提供灵石，和他们这边用黑猫维持迷踪阵差不多。黑猫又躲在黑暗的瓦片中，与隐身的鬼修一样隐蔽。

但他们五人都修习了迷踪阵，就算黑猫被发现，余下四名也可以随时接手迷踪阵，而对方却只有两名鬼修。与其同两个魔族和一个僵尸正面硬打，倒不如抢先除掉两个鬼修比较合理。只要“蔽日”效果解除，挡脸小队在正午的阳光下根本无法形成战斗力。

只是不知，独孤卓所熟知的法宝和战斗模式，是否与这个世界一致。

这时独孤卓听到叶舟在队伍频道中说：“天上挡住阳光的是‘蔽日’，键盘时代鬼族的加成道具，只有鬼族能使用，干掉两个鬼族就行，只是不知道全息游戏有没有修改这个设定。”

原来是一样的，叶舟的话打消了独孤卓的疑虑。

独孤卓道：“可以一试，你们拖住那三个玩家，我来除鬼。”

“黑猫，把阵法的使用权转给我。”独孤卓吩咐道。

“总叫我黑猫，叫一下乌黑不行吗？”黑猫不悦地晃动尾巴，却还是顺从地暂时将阵法使用权转让给队友。

转让阵法必须满足组队和队友也掌握了这种阵法两个条件，现在刚好满足条件，只是灵石在黑猫手中，一旦独孤卓消耗过多灵气，就必须尽快转回给黑猫。

接过阵法使用权后，独孤卓运转灵气，将原本是迷雾的阵法幻象变为一个桃树林。做完这一切后，独孤卓迅速把阵法转回给黑猫道：“增加灵石。”

“不是吧！一口气用掉一多半灵气？”黑猫见九十九块灵石的灵气值全部降到百分之五十以下，有十多个已经降到百分之五，连忙更换了十八块灵石，换过之后，他手上就只有十九块灵石了。

“也就能坚持两分钟！”黑猫道，“两分钟后，我们就根本没有隐蔽能力，要在敌人的强力道具下‘裸奔’了！”

“足矣。”独孤卓道。

桃木林中，叶舟、龙@傲天和轻月love三人在阵法的掩护下与敌方展开游击战，大家等级低，没什么战斗能力，全部靠走位、体力和耐力硬拼。叶舟三人在桃树林中穿梭，不断消耗对方的体力和气血。

而魔族和僵尸仗着耐力强和气血值高，硬是抗住了攻击。

叶舟用宝剑打出一波暴击，暴击后那一下攻击力翻倍，直接打掉僵尸百分之六十的气血。

眼看就要干掉一个敌人时，僵尸却趁轻月挥出鞭子时一把扯过鞭子，连带着抓住了轻月love。

龙@傲天见状忙挥出扇子，试图砍断轻月love的鞭子，谁知僵尸竟拔出自己的两颗尖牙，丢到了轻月love的脖子上，瞬间轻月love的脖子多了两个洞，血量骤跌百分之六十，而僵尸则是满血复活。

恰好此时，龙@傲天的纸扇飞到，轻月love忙躲回阵法中。

那两颗牙随着她脱离吸血范围，已经回到僵尸口中。

“不是吧！不是你告诉我，键盘时代僵尸吸血治疗自己，必须把玩家抓住咬脖子吗？怎么改成了丢牙齿？早知道这样，我早就松开鞭子了。”轻月love捂着脖子对龙@傲天吼道。

她被抓住时并不是不能逃跑，只要松开鞭子不要这个武器就能逃离。她手中还有一根近距离攻击的玉簪，她是打算被僵尸拉到跟前时给对方一簪子，正好补上最后一刀，干掉这个对手的。

谁知游戏改版了，僵尸吸血可以扔牙，吸血距离从十厘米变成身周两米！

“大概因为是全息游戏，这么搂着脖子吸血，画面太不和谐了吧。”龙@傲天尴尬地说道。

好在他们带了不少红药，轻月love一口吃掉三四种补血药，气血值可算回到百分之七十以上。

她刚起身，就见僵尸伸出手一指：“在那里！”

两个魔族便朝着轻月love冲了过来，一人一招魔焰，幽绿色的火焰打在轻月love身上，她的血量掉到百分之十。

轻月love摸着脖子上的洞，立刻明白僵尸是通过伤口上留下的阴气发现她的，连忙喊道：“离我远一点。”

她眼看着就不行了，而队伍中又没有治疗玩家，只能等死了。

叶舟想要救援，忽然全身一冷，竟是无法控制自己的身体，一剑砍向一旁的龙@傲天。

附身！鬼族的天赋技能，可以附在玩家身上，控制敌方一名队友。

《九重天》的几个种族中，人族各方面属性是最均衡的，同样也是没有一项突出的，是前期最弱的种族。鬼族、妖族、魔族、灵族四族都有各自的天赋技能，唯独人族没有什么特色。

龙@傲天被叶舟砍中，叶舟的剑太厉害了，就算没有出暴击，也打掉了他百分之五十的血，加上之前被魔族打中受的伤，傲天的血量也见底了。

“还没好吗？”不断添加灵石的黑猫喊道，“就剩下五块灵石了！”

一直站在空中寻找隐藏鬼修的独孤卓双手施展两种不同的剑诀，风剑与木剑。

巽为风，是以风属木，五行剑诀除金木水火土五种外，还有五种衍生属性，独孤卓没办法同时使用两种属性的剑诀，但同属性的两种剑诀，是可以同时施展的。

风剑在桃树林中飞舞，无数花瓣在空中纷飞，终于在豆腐坊门前勾勒出一个人形。

桃木辟邪，鬼族可以隐身穿越墙壁，却不能穿过桃木。

“找到了。”发现那隐身鬼族的瞬间，独孤卓挥出木剑，无数桃花化为剑刃，一招万剑归宗，瞬间收割了那名鬼族的命。

鬼族甲一死，“蔽日”眼看就要掉落下来，控制叶舟的鬼族乙叫一声“不好”，立刻解除附身状态，要接手“蔽日”的控制权。

而独孤卓等的就是这个机会！风刃夹杂着花瓣在叶舟周身飞舞，鬼族刚解除附身，就被卷入花瓣化为的木剑中，顿时万剑穿心。

“蔽日”彻底落下，正午的阳光照在余下的三名玩家身上。

僵尸惨叫着挡住眼睛，还剩下一丝残血的轻月抛出玉簪，刺中僵尸的眉心，僵尸玩家立马在阳光下化为飞灰。

而叶舟和龙@傲天也趁着阳光明媚，几招收割掉剩下两个魔族。

挡脸小队全军覆灭，“蔽日”也消失不见。与此同时，黑猫再也撑不住迷踪阵，阵法解除，院子恢复了正常。

“他们没有尸体吗？”轻月love摸着脖子，上面的伤口在阳光下已经消失了。

龙@傲天道：“大概是回出生地了吧，我们的出生地就是烛龙镇，所以会有尸体留在这里。鬼族和魔族的出生地在幽都，所以尸体会回到幽都，他们也会在那里复活。”

“没想到他们有‘蔽日’这么好的法宝，这一仗打得好险，我们的队伍全是攻击性，缺治疗、防御和辅助。”叶舟道。

对方倒是除了治疗外，其余的配置都很全。

“等以后能拜师就好了。”龙@傲天道，“早期打成这样已经不错了，我们没有任何招数，全是平砍。”

“说到招数，你是运气好捡到一个宝藏吧？怎么发明《迷踪阵》的是你，刚才那神奇的招数也是你发明的？”黑猫看向独孤卓。

龙@傲天恍然大悟道：“对！我第一次见到独孤的时候，他就是用这招，一招群秒几十个怪，吓得我以为他是BOSS。但他和我们一样才十几级啊，为什么这么厉害？”

独孤卓强行使用双剑诀，真元耗尽不说，丹田内更是翻江倒海，失控的剑气正在体内肆虐，他的五脏六腑全部被剑气震伤。

叶舟知道独孤卓异族身份和奇怪的血液，倒是没有质疑。但他注意到独孤卓惨白的脸色，忙用“歃血为盟”打开独孤卓的控制界面，当即吓了一大跳，道：“你的气血怎么掉成这个样子？只剩下百分之十……不对，百分之九……还在掉？招数都用完了怎么还在掉？”

叶舟忙扶住独孤卓，从包裹里拿出气血药塞进独孤卓口中。一连喂了七八种，把他包裹里收集的所有种类补血药全部喂过一遍，但独孤卓的气血值刚升到百分之六十，又迅速掉回了百分之十。

“你这个招数的后遗症也太严重了吧？”叶舟急道。

独孤卓见他担心，低声道：“无妨，不过是内伤罢了。”

叶舟问：“这要怎么治疗，又掉血了。”

独孤卓身上好像有个血窟窿，吃多少补血药都没有用。

这时，叶舟忽然听到系统提示：“叮，独孤卓身受重伤，药石无医，继续下去会不断流血致死，是否使用‘歃血为盟’的‘连心’技能为独孤卓治疗？”

“连心技能是什么东西？他继续掉血下去会怎么样？”叶舟问道。

“会彻底从游戏中消失。”叶舟没有注意到，此时系统不再是机械地弹出对话框，而是像对话一般在他脑海中说话。

叶舟问：“销号吗？这可不行，独孤卓这个账号是个异族呢，连心连心！”

叶舟随手点击“连心”技能，瞬间五脏六腑好像被刀割一般绞痛起来。

糟了，忘了今天把痛感调成百分之五十，疼死了！叶舟的额上沁出冷汗。

而独孤卓已经停止掉血，脸色越来越好。

怎么这么疼？叶舟不想让人知道自己竟然调高了痛感，放下独孤卓，背着众人道：“我下线时间到了，先去吃午饭，下午三点见。”

说罢，叶舟便点击退出游戏，消失不见了。

龙@傲天望着叶舟消失的方向道：“扁舟走得好快啊，简直打完立刻走，他是不是逃课遇上老师下课点名了？”

虽然叶舟的游戏名字叫一叶扁舟，但名字太长，系统又不会备注读音，于是小队成员便简称叶舟为扁舟。

独孤卓之前丹田剧痛，现在倒是缓解不少。他强行施展双剑诀，实际上是有把握的，体内真气的确会乱上一阵，可包裹内的创世双剑虽断，却是瘦死的骆驼比马大，强行抽取残留剑气还是可以压制的，只是吃些苦头罢了。

最初掉血的时候确实有些凶险，但在叶舟喂他吃药之后他就已经有余力压制剑气了。可是不知道叶舟在身边做了什么，独孤卓身上忽然不疼了，体内剑气也消失得无影无踪。

加之叶舟就这样不明不白地飞速下线，独孤卓不免有些担忧。

他反复看过两人的“歃血为盟”界面，见叶舟“师父”的身份提示后面多了一个小星星的标志。独孤卓点击那小标志，系统没有给出任何解释，他完全看不懂那是什么意思。

好在不管叶舟做了什么，大概都只会作用在游戏账号上，本人不会受到伤害。

独孤卓看了眼时间，距离十二点还有一刻钟，下线时间比叶舟之前说的时间要早了一些，不知下午他的上线时间会不会有所改变。

黑猫问道：“扁舟走了，我们要不要等他？”

轻月love看向东厢房，道："先去看看小宝吧，起码把小宝带到身上，再送到浣衣女家，守护他们母子，否则我担心那几个玩家卷土重来。"

"大打一场，灵石全部被清空，还费了不少补血的药草，结果没有经验、没有装备、没有材料、没有药材，只有五点正义值，这是白打了一场啊。"龙@傲天扫了眼包裹，长长地叹气道。

"我变成有四点正义值的妖族了，之前吸收NPC精气涨了一点罪恶值，现在也全部抵消。"黑猫也道。

几人走进东厢房，见到杨寡妇拿着刀，满脸泪痕地望着躺在地上的小宝，口中不断重复着"对不起"。

小宝异常瘦弱，脑袋大身子细，长得像个萝卜头般，典型的营养不良。他身上并没有什么伤痕，却一直昏睡着，轻月love上前晃了他两下，没有晃醒。

找到小宝的瞬间，众人同时收到系统提示。

每个人得到了两万五千点经验值、一套适合玩家属性的十至二十级装备、五十块下品灵石和一百两银子。

龙@傲天惊喜道："这么多好东西！这经验足够升到十六七级了，看来寻找小宝真是这个任务中的一个重要环节，我们执行完这个任务，搞不好能升到二十级。"

"叶舟的奖励呢？"独孤卓问道。

当大家叫叶舟为扁舟时，唯有独孤卓还坚持称呼他为叶舟，有种一板一眼的感觉。

"奖励等他上线就能领取了吧。"龙@傲天奇怪地看了一眼独孤卓，"大神，你难道有下线后奖励丢失的情况吗？那一定要给游戏公司客服打电话，是能够补发回来的！"

独孤卓听他不以为意的语气，便知自己问了一些没常识的事情。

于是，尽管不知道"打电话"是什么意思，他还是镇定地说："我倒真是很少'打电话'，等下线试试。"

轻描淡写的语气让队友们根本没注意到这件事，独孤卓这才暗暗松口气，视线落在小宝身上。

穷苦人家是没有镜子的，独孤卓幼时只在河边模模糊糊地看过自己的容貌，隐约记得自己小时候并不好看，头大脖子细，对比其他孩子像是个怪胎。

至于容貌的细节，独孤卓倒是并没有细看过。

不过他记得母亲的相貌，与浣衣女一模一样，想必这个瘦成了怪胎的男孩小宝，便是幼时的他。

独孤卓冷冷地看着小宝，缓缓吐出两个字：“丑陋。”

轻月 love 蹲下身给小宝喂药，反驳独孤卓：“这一看就是营养不良瘦的。我倒不觉得这孩子会丑，浣衣女本来就很好看，说不定吃饱了养好了，会是个漂亮小男孩。”

“醒醒，游戏建模就这样，他漂亮不起来了。”龙 @ 傲天道。

独孤卓幼时受过不少欺凌，刚拜入擎天剑派时也有不少人瞧不起他。倒是夜舟发现此事后，带着当时还不服他的独孤卓上了星垂峰。

星垂峰是夜舟的道场，整个山峰都属于夜舟。他又没有弟子，在星垂峰上独孤卓倒是过了一段安静的日子。

等自星垂峰下山，在修真界百年一次的问道大会上一鸣惊人时，独孤卓已经成为擎天剑派最年轻的金丹期高手，再也没人敢轻视他，也再无人敢用这种顶撞的语气对他说话。

再到后来，夜舟以外的修真者已经不敢直视他，与他说话也只是低着头道一句“是”抑或“可能是”。

轻月 love 的语气不是轻视，也不是畏惧，而是毫不在意的平等。

独孤卓静静地看着面前几个围着小宝忙碌的玩家，一股陌生的感觉自心底传来。

“小宝怎么还不醒啊？”轻月 love 掐了一下小宝的人中，见人还没醒来，便果断来到杨寡妇身边，一把夺了她手中的刀，问道，“你是不是知道小宝就是那个有纯阳童子血的人？”

“是。”杨寡妇哭道，她生得极有风韵，哭起来也是我见犹怜。

轻月 love 说：“我们好不容易才找到算命先生问出小宝的身份，你一直在卖豆腐，是怎么知道的？”

杨寡妇哭泣道：“几位少侠走了后，衙门就有人来找我，说是抓到几个歹徒在我的豆腐中下毒，让我去认人。”

听了她的回答，众人心中一凛，没想到衙门之事竟然还有后续，难道是剧情线的自动修复？

杨寡妇娓娓道来："我去了之后，见那几个分明不是人，吓得想要立刻回家清点豆腐。谁知其中一个鬼附在我身上说，他有办法救我儿子。

"他说这话时，我便好像丢了魂般，欺骗衙门的人说我用银针检查过豆腐，里面并没有毒，又帮那几个妖魔交了赎金，带他们回家。

"他们说，我的儿子不是发烧，是阴气入体，若是早一个时辰，还可以用小宝的指尖血来救，可是现在已经晚了，只能将阴气引到小宝的体内。"

"这种事情你都同意了？"轻月 love 听得入神，激动地捶墙道。

杨寡妇进入 NPC 讲述剧情模式，并没有理会轻月 love 的话，继续凄婉地说："后来有个挡脸的妖魔一跳一跳地拿着一盘豆腐出去。我知道他可能是要害人，却还是昧着良心当作没看见。

"我按照他们教我的办法，给小宝的体内引了阴气，我儿子果然退烧了，小宝却昏迷不醒。

"而且他们还说，我儿子发烧太久，丢了一魄，要我用这把刀刺穿小宝的天灵盖，夺他的一魄给我儿子。"

龙@傲天立刻抢过刀，细细看去，才发现这并不是刀，更像是一根三棱刺，还可以查看属性。

他把这根三棱刺的属性分享到队伍私聊中，独孤卓眼前立刻弹出一个对话框——

【武器名称：夺魄刺。

武器等级：四十级。

使用限制：主线剧情专用武器，仅限杨寡妇使用。

武器效果：被刺中者会失去一魄，某方面感情缺失，变得十分极端。上一个被刺中者的姓名已无可查证，只知他曾因缺少感情，亲手杀死至亲之人。】

看到这把武器的效果，独孤卓不由得心头一震。

夜舟曾望着独孤卓长长地叹气，说他失了一魄，缺少恐惧、内疚和伦理的限制。那一魄不知流落到哪里，夜舟遍寻不至，只能暂时对独孤卓施展了素剑，以创世神剑的神力生生伪造一魄，注入独孤卓体内。

也正是因为这一魄，独孤卓日后才能够同时操控双剑。

偏偏那时他年少无知，根本不清楚自己何时丢了一魄，以为夜舟是用什么恶毒的法门折磨自己，因而曾对夜舟出言不逊。

直到现在，独孤卓也不知道他的一魄究竟被谁取走，又是为什么。

这个神秘莫测的游戏，却将当年的真相呈现在独孤卓面前。

独孤卓记得这一天，这是他生命转折的一天。

他那时在豆腐坊做帮工，每日能取些剩豆腐回家吃，难得吃了几日饱饭，非常开心。

忽然有一日，他大概是太饿了，在干活时晕倒。醒来后豆腐坊的老板娘并没有怪他，还温柔地给了他一块碎银，让他回家买点好吃的。

他拿着钱回家，就看到倒在地上痛苦呻吟的母亲，那块碎银子根本不够用来请大夫，他跪在茅草堆铺成的床前哭。

母亲被他哭醒，说了些仇恨他及他父亲的话，用力掐着他的脖子，仿佛要亲手解决这个“累赘”似的。

独孤卓被母亲掐晕，醒来后发现身边站着个仙人般的男子，那人说他是擎天剑派的人，要带他去擎天剑派找他的父亲。

而母亲已经病逝，满脸痛苦地死在茅草堆上。

独孤卓火化了母亲的尸体，同那男子前往擎天剑派。

没想到，这件事的背后，竟然还有着一群人的算计。

独孤卓望着杨寡妇，时隔多年，他早已不记得当初豆腐坊老板娘的容貌了，不知道那老板娘与眼前的杨寡妇是否生得一致。他只知道自己难以宣泄的感情在此刻爆发，他毫无感情地掐住杨寡妇的脖子，单手将她拎了起来。

杨寡妇顿时翻了白眼，艰难地叫着救命。

“大，大，大神！游戏剧情而已，只是个故事！”龙@傲天连忙抱住独孤卓的胳膊，“我知道这剧情真是气死人了，但千万别激动，你就是掐死她，她也就是个NPC，说不定明早还会继续去卖豆腐。”

黑猫跳到杨寡妇脑袋上，瞪着幽绿色的眼睛，舔舔自己的爪子，道：“之前我吸NPC精气的时候，你还管着我，让我不要杀NPC呢。”

轻月love也去拽独孤卓的手：“杨寡妇还没刺呢，她说什么也不肯下手。大神，我觉得我们来得正是时候！”

独孤卓缓缓看向轻月love。

轻月love被他充满杀意的目光看得彻骨生寒，却还是坚强地解释说："我们如果按照游戏给的地图提示去找小宝，等我们来的时候，杨寡妇可能已经刺了小宝，夺走他的一魄了。可是现在没有！多亏大神你机智，没被游戏的破地图迷惑，直接来到杨寡妇家，在她动手前赶到了！"

独孤卓的手松开了一点。

轻月 love 见劝说有效，忙道："你快看看小宝，他还昏迷着，我们得想办法解除他的阴气，浣衣女还在家等着小宝吃叫花鸡呢！"

独孤卓放开了杨寡妇，森然道："给我一份正常的豆腐。"

"好的，好的！"杨寡妇惶恐地爬起来，不顾嗓音还沙哑着，跑去豆腐坊取豆腐。

独孤卓这才逐渐恢复正常。

是的，不过是游戏，是 NPC。就算他此刻杀了杨寡妇，已经发生的事情也不可能改变。

轻月 love、龙 @ 傲天和黑猫三人凑在一起小心地看着独孤卓，见他真的没了杀气，龙 @ 傲天这才小声地猜道："大神是故意吓唬杨寡妇，好让她去做豆腐给坛业寺的大师送去吗？"

"对，咱们还有买豆腐的任务没完成。"轻月 love 附和道。

独孤卓没有解释，他现在不想说话，倚在墙边安静地等着豆腐来。

杨寡妇的豆腐早就卖光了，她现做了一批，颤巍巍地将热气腾腾的豆腐交到独孤卓手里。

"豆腐到手，我们送去坛业寺？"龙 @ 傲天问道。

"把杨寡妇送到衙门，"独孤卓道，"既然是 NPC，就按照游戏的规矩来吧。"

他不知道这么做是否有用，却也是唯一的处理方法。

队员们听令，押着杨寡妇到衙门。捕快竟真的接了杨寡妇这案子，还找大夫带走了杨寡妇的儿子，后续事情全部交给了他们来处理。

几人得到五千经验值和两点正义值，看来这个选择是正确的。

忙完这一切，已经是中午一点，独孤卓便道："等叶舟下午上线再说吧。"

龙 @ 傲天等人正好也饿了，在游戏里吃一整只烧鸡也不顶饿，大家纷纷下线，约定下午三点再见。

他们都走后，独孤卓看着那根夺魄刺，心念一动，一道极为纯净的剑气击向夺魄刺，这四十级的特殊道具竟化为飞灰。

这是独孤卓用来代替魂魄的素剑神力，有无坚不摧之力，却不能多用，用一次，他的感情就会淡漠一些。

叶舟下线后身体果然不疼了，他吓得迅速把痛感调到百分之零，就算失去触觉，他也不敢再体验那种疼痛的感觉。

他想起独孤卓掉血时脸色苍白的样子，不由得猜测独孤卓的痛感是不是调得太高。

等会儿上线后他一定要问问独孤卓的痛感值，并建议独孤卓将之调低一些。

吃过午饭，护工推着叶舟在室内的玻璃房坐着，他隔着透明天花板看了一会儿天空，便被送回房睡午觉。

叶舟做了一堆乱七八糟的梦，梦里是破碎的画面，一个高耸入云的山峰崩塌，周围一片火海，他好像听到了谁的呼喊声，嗓音悲凉绝望，梦里的他想要安抚那人，却无法发出声音。

醒来后叶舟脑子里乱糟糟的，他记得医生说过，全息网游会造成大脑疲劳，一旦出现梦多且混乱的情况，就要停止玩游戏。他的身体太弱，必须保证睡眠，睡眠质量不好超过一星期就容易生病。

叶舟犹豫地拿起游戏头盔，虽然没有睡好，不过他精神很好，身体的力气好像也比以前大了一点。

他才玩两天而已，等连续一星期睡不好再说吧。

叶舟戴上头盔登录游戏，一上线就疼得满地打滚，全身抽搐。

怎么回事，他明明已经把痛感调成零了，是他点错了吗?

叶舟想调出面板查看痛感值，却疼得手指都抬不起来。他捂着丹田的位置蜷缩着倒下去，被人一把扶住。

是独孤卓。

叶舟下线的位置是杨寡妇的院子，独孤卓简单地吃了点饭，便来到杨寡妇的院子里等待叶舟上线，他在院子盘膝休息，心里算着时间。

才下午两点半叶舟便上线了，独孤卓立刻停止运转真元起身，摆出好看的站姿。

他换上了系统赠送的衣服，是套深青色长衫，衣料柔软，衣袖宽大，风一吹便贴在身上，衬得他气宇轩昂。

他的站姿皆是模仿夜舟，虽然没有夜舟那种气质，却也勉强能看。

独孤卓小心地站在叶舟一抬眼便能看到的位置。怎奈叶舟一上线便痛苦地倒下去，他当下也顾不得形象，一把扶住叶舟。

“你怎么了？”独孤卓问道。

叶舟疼得说不出话来，他能感受到独孤卓在自己身边。

这是哪门子的痛感触觉百分之零啊，这分明是百分之百！

可是游戏中的痛感最高值也只有百分之七十，就算有自虐的玩家想调到最高值，游戏也是不允许的，再高就会超出人类的精神承受力。

叶舟正疼得不知所措，忽觉一道暖流自后背涌入体内，那股暖流在他小腹部转了一圈，疼痛顿时缓解了不少。

“哎哟，疼死了，我先下线调整一下痛感，马上回来。”触感和痛感只能下线再登录的时候设置，因为头盔需要重新载入痛觉触感数据，游戏中是没办法调整的。

叶舟勉强打开控制面板，选中系统设置界面，看到痛感触觉值竟是百分之零！

数字旁边有个小图标，叶舟用颤抖的手指点击那颗小星星，虚空中弹出一个小对话框，上面写着：连心技能已经开启，痛感触觉值共享中，数值百分之百。

叶舟：“……”

所以开启连心技能后，就算他下线把痛感调成负数，只要独孤卓不调整，他就会一直疼。

“不对啊，最高只有百分之七十，你怎么能调整到百分之百……”叶舟虚弱地说。

独孤卓此刻已经在为叶舟号脉，察觉到他体内剑气横冲直撞，竟与自己之前的症状一模一样。

叶舟不知用什么办法承担了他的痛苦！

独孤卓当下便做出决定，一把按住叶舟，不让叶舟逃走。

“你干什么？赶快下线调整数……”叶舟的话还没说完，便觉得一股磅礴的力量自独孤卓的掌心传来，涌入他的识海中。

独孤卓一只手压住叶舟的后颈，一只手紧紧抓着他，让他无法点击“下线”的按钮。

叶舟体内的剑气，在现在这种情况下，唯有素剑神力可解。

这本就是夜舟赠予的力量，此刻刚好物归原主。

磅礴的力量涌入叶舟体内，不仅吸收了那些肆无忌惮的剑气，更是将叶舟的经脉重塑了一遍。

叶舟只觉得全身时而无力，时而充满力量，这两种状态交替出现，大概交替四五十次，他就一点也不疼了。

独孤卓却捂着头退开，仿佛很不舒服的样子。

“哇，你到底对我做了什么？”叶舟检查了下身体，没什么变化。

他又打开系统界面，收到完成“寻找小宝”任务的奖励，也是两万五经验、十到二十级全套装备和五十块下品灵石。

各项数值没有什么改变，唯有种族那一栏，从人族变成了异族。

“这……你是把什么给我了？”叶舟戳了戳单手扶额的独孤卓，“我变成异族，会和你一样能用血液炼器吗？”

“不会，”独孤卓紧皱眉头，手指屈起敲了敲额头，“你的种族变化未来会体现在哪方面，我也不清楚。”

叶舟倒也不怀疑独孤卓，毕竟游戏处在开荒期，各方面设定都要玩家摸索，独孤卓不清楚也正常。

“那你的痛感百分之百也是因为异族吗？就算能调到百分之百，你也不能真调啊，游戏里刀光剑影的，碰一下多疼啊。”叶舟道。

他心有余悸地按按肚子，刚才那种身体从内部被利器撕裂的感觉太可怕了，不是正常人能忍受的。

独孤卓没有说话，他彻底失去素剑神力，又缺少一魄，也不知道少了神力压制的他会变成什么样子。他用真元检查了下身体，又以神念查看识海，发现除了魂体虚弱外，并没有什么不妥之处。

独孤卓这才道：“我以后会注意的。不过你用了什么技能，是不是分担了我的伤势？”

叶舟道：“我当时看你受伤到要销号了，系统又提示我可以用‘连心’技能救你，我也没多想，就直接救了。”

他说得很随意，并不觉得这是什么值得感谢的事情，不想让队友掉成零级销号，自己分担点痛苦倒也没什么，毕竟这只是游戏。

“连心……”独孤卓的手臂微微颤抖，他压住胳膊，缓缓地看向叶舟，见少年一脸单纯，根本不知道自己究竟使用了什么技能。

那是可以为对方承担伤痛的招数，虽说不像魂契那般可同生共死，却可以将一个人所有的伤痛转移到自己身上，叶舟到底知不知道自己做出了怎样的选择？

痛感、触感甚至是心里的感觉全部与另外一个人连接在一起，时时刻刻感受他的喜怒，这便是“连心”。

若是用蛊虫这种外物制造的“连心”，拔除蛊虫即可。可若是在“融血”基础上的“连心”，唯有一方斩血可解。

独孤卓看着叶舟，感觉脑海中的一根弦忽然断了。

他尊敬的长辈，他心中想要回报的人，此刻就在他面前。

顾虑、担忧、恐惧等感情从独孤卓内心抹去，这便是他缺少的一魄。在他将神力还给叶舟的瞬间，这些限制也消失不见了。

突然，一道黑影从两人中间飞过，黑猫道：“我刚看了一下龙@傲天和轻月 love 的状态，他们好像也上线了，咱们一起去坛业寺吧。”

说完，他又对叶舟说：“你赶快升级，大家得到经验后都十七级了，就独孤非要等你，快快快！”

叶舟这才回神道：“哦。”

他小心翼翼地看了独孤卓一眼，见独孤卓伸手探向黑猫，眼神不是很正常，忙拍了拍独孤卓的手道：“我们一起升级吧。”

独孤卓盯了叶舟一会儿，才慢慢点头，与叶舟一同升到十七级。

小宝还因阴气入体昏迷着，中午大家将小宝安置在杨寡妇的主卧中。叶舟听黑猫简单地讲述了剧情后，进房间抱起年幼的小宝，说：“你们就不该等我，应该赶快去坛业寺给小宝治疗，浣衣女还在家里等着小宝吃叫花鸡呢。”

虽然小宝和浣衣女只是 NPC，但叶舟还是觉得让他们饿肚子不太好，大概是因为游戏做得太真实了吧。

独孤卓看到叶舟把小宝抱在怀里，神色极为复杂，他的手微微抬起，似乎要阻止叶舟抱人，又有些犹豫。

“你要抱吗？给你。”叶舟抱起小宝，道。

独孤卓看了看昏迷的小宝，摇摇头道：“我不碰他，还是你抱吧。”

他倒退一步，与年幼的小宝明显隔开一些距离。

等他们抵达坛业寺时，龙 @ 傲天和轻月 love 已经等在这里了。

他们换上了系统奖励的装备，轻月是一身水粉色的裙子，外面罩着一层白色轻纱罩衣，显得格外年轻俏丽。她还把连续升级后获得的属性点全部堆在颜值上，现在已经是个清秀小美女了。

龙 @ 傲天则是灰色短打，看起来灰扑扑的，武器也从仙气飘飘的纸扇变成钢骨扇，逍遥公子的意境全无，倒像是个干练的武林人士。

黑猫还是那副样子，毛发比以前鲜亮不少，装备穿在身上也看不出来，只能等晚上化形后才知道他得到了什么装备。

“哇，你的新衣服好好看，能把白色穿出来的人真是不一样。”轻月 love 跳到叶舟身边，夸赞着他的衣服。

《九重天》中低等级玩家的衣服基本是复制粘贴出来的，全部是同一个款式，等级高了装备才能有炫酷的特效。不过在进入游戏时，每个玩家可以设定几种自己喜欢的颜色，系统在发衣服时，会特别贴心地把颜色换成玩家喜欢的。叶舟填写基本信息时，仅填了白色，系统只会发给他白衣服，想换颜色他只能后期自己花钱买了。

“你们俩的衣服料子怎么好像比我的好很多呢？”龙 @ 傲天捏了捏叶舟的衣角道。

同为人族，龙 @ 傲天的衣服明显是棉布，而独孤卓与叶舟的衣服倒像是丝绸，面料顺滑，色泽极好，看起来比龙 @ 傲天和轻月 love 的要高级。

“可能是随机选到了好料子。”轻月 love 羡慕道。

几人说了说闲话，便从坛业寺正门走进去，路过义诊摊时，见义诊摊上的灵族已经变成了三个——雪莲、人参，还有一颗蛋。而负责看病的 NPC 也增加了。

“还真的会根据玩家数量增加摊位。”龙 @ 傲天忍笑道。

几个灵族蹲在和尚们的竹篓中等待给 NPC 治病的样子，太有趣了。

“雪莲和人参我认识，那颗蛋是什么东西？”黑猫好奇地对着蛋伸出爪子。

独孤卓扫了眼：“不是蛋，是麒麟。”

“麒麟……是卵生还是胎生？胎生吧，它长得有点像哺乳动物。”轻月 love 问道。

“那不是卵，是幼生麒麟的防护法阵，外面用坚硬的岩石包裹住，保护刚出生不久的麒麟。”独孤卓道。

龙@傲天同情地道：“我以为随机成灵芝和人参的灵族就够惨了，没想到还有随机成蛋的，换成我肯定销号重新申请了。”

叶舟说道：“但是这些种族很酷，而且和挡脸小队打斗时，我发现其他种族的天赋技能非常强，倒是人族在这方面平平无奇，唯一的优点是二十级之前可以自由活动。”

“有道理，我还听说妖族修成人形后，是百分之百比人族好看的！”轻月 love 打量着黑猫，似乎在思考他化形后会长成什么样子。

黑猫后背的毛被轻月 love 的眼神盯得竖起来，他连忙转移话题：“现在排行榜最高是十九级的灵芝，他怎么一天才升三级？”

独孤卓道：“完全化形对于妖族和灵族本就是脱胎换骨，哪有那么容易。”

叶舟说：“说得有道理，搞不好十九级之后，要完成一些特殊任务才能化形。”

由于是交任务，几人毫无阻拦地走进坛业寺正殿，那老和尚还在敲木鱼，和昨晚的动作一模一样。

独孤卓取出两盘豆腐，一盘是杨寡妇现磨的无毒豆腐，一盘是他从浣衣女手中抢来的动了手脚的豆腐，问道：“大师要哪种豆腐？”

老和尚放下木鱼，先是吃了杨寡妇的豆腐，放下盘子后道：“这么好吃的豆腐，可惜……禅一。”

一个看起来就很能打、露着胳膊、提着禅杖的年轻和尚不知从哪里钻出来，站在老和尚面前道：“师父。”

“杨寡妇被妖魔所惑，险些害了浣衣女母子，她罪不至死，却也该受惩罚。你带着这株千年灵芝去救她的儿子，让她没有后顾之忧。”老和尚抱过一团肥嘟嘟的灵芝交给禅一和尚。

众人一看，这灵芝眼熟，不正是等级榜排行第一，现在刚好十九级的玩家吗？

灵芝乖巧地被禅一捧起，十分嚣张地对几位玩家说："看什么看，没见过等级这么高的玩家吗？我完成这个任务就可以化形了！"

众人："……"

是没见过菌盖这么肥的灵芝才对，难道是打了肥料吗？

灵芝被禅一带走，也算是给杨寡妇的任务一个了结了，但众人没有收到任务完成的提示。

老和尚又端起那盘被动了手脚的豆腐，道："阿弥陀佛，我已经尽力维护烛龙镇的阴阳交替，却还是有居心不良者试图暗害玄剑剑主。几位少侠，多亏你们出手，这对母子才没有走到最差的那条路上。"

独孤卓道："大师可以救他吗？"

老和尚摇摇头道："我能救他一时，却不能救他一世。带他去见浣衣女吧，就说'时辰到了'，该如何抉择，由他母亲决定。"

说罢，老和尚一掌击向那盘豆腐，豆腐里的阴气消散，坛业寺正殿佛光普照。

众人收到了"完成买豆腐"任务的提示，获得了不少经验和灵石，主线任务却没有结束。

龙@傲天脑中灵光一闪，道："老头，小宝该不会就是玄剑剑主吧？"

众人想起来，他们的主线任务既不是"买豆腐"也不是"找小宝"，而是找到玄剑命定的剑主，将其交给擎天剑派的人。

"阿弥陀佛。"关键时刻，老和尚又开始装聋作哑。

"时辰到了吗？"独孤卓喃喃道，"带小宝去见浣衣女吧。"

叶舟忽然觉得一阵心酸，这应该不是他的感情才对。

忍住古怪的心情，叶舟再度抱起小宝，与众人一起来到浣衣女家。

浣衣女没有如独孤卓记忆般晕倒，而是在家安静地等着小宝回来吃叫花鸡。众人就把杨寡妇做的事情和老和尚的话告诉了她。

"时辰到了是什么意思？"浣衣女抱着昏迷的小宝哭着问。

"你要是不知道，我们就更不知道了。"龙@傲天茫然道。

浣衣女看着儿子的脸，忽然擦擦眼泪，好像想起什么事情，翻箱倒柜地找了半天，翻出一块晶莹剔透的玉符。

浣衣女露出怀念的神色，道："我当时还不知道自己怀上小宝，但和他父亲早就定了亲，只等他来娶我。大婚前一个月，他父亲忽然消失，大婚当日，我等了他许久，也没等到他。

"我娘退了亲，把我送到乡下田庄中，说再等两年，等风头过了就接我回去，再议亲事。

"我的贴身丫鬟和嬷嬷全留在家中，田庄里只有长工和几个未嫁的粗使丫鬟。我的肚子越来越大，我和丫鬟却什么也不懂，只以为自己病了。

"爹娘很生我的气，我不敢送信求医，便躲在屋子里不见人。等母亲来看我时，才发现我已经有孕足足七个月了。

"我怕极了，连夜收拾东西逃出田庄，迷迷糊糊地来到这个镇子，就留了下来。"

轻月 love 听得入神，不由得骂了一句："这什么爹啊，怎么说失踪就失踪？生死也没个信。"

浣衣女像是没听到她的话，依旧陷入回忆："日子苦的时候，我也后悔过，是不是当初听爹娘的安排，我就不用过这样的苦日子了？

"可若是那么做，就永远没有小宝，我会一直生活在噩梦里，永远忘不了这个失去的孩子。"

浣衣女一手轻轻抚摸小宝的额头，一手用力捏碎玉符，一道紫光飞上天空，不知去向哪里。

"大概五年前，有个仙长来找我要小宝，说可以带小宝走，学习仙术，还能帮小宝找父亲。

"我没信，那仙长就留下这个玉符，说小宝十岁那年有大劫，到时候我自会把孩子交给他。

"玉符一碎，小宝便是仙家人，自此斩断尘缘，与我再无瓜葛。"

浣衣女说着说着，眼泪簌簌落下，口中说着要把小宝给出去，手中却抱着孩子不放。

独孤卓想上前告诉浣衣女，你可以不送他去，我救他，我传授他术法。谁知他的手却从小宝身上穿了过去。

他无法碰触小宝，因为那是过去的他，他永远无法真实地碰到自己的过去。

很快，一个背着剑的英俊剑修出现在茅屋前，对着浣衣女伸出手：“把孩子给我。”

浣衣女哭着问道：“你真的可以救他，让他不再吃苦，让他可以好好活下去？”

英俊剑修道：“他将是擎天剑派的首席弟子，未来也是无上长老，修真界数一数二的人物。”

“我不求他大富大贵，只希望他能好好的。”浣衣女颤抖着双手把孩子交给英俊剑修。

英俊剑修接过孩子时，独孤卓纹丝不动。

他不是不想动，而是不能动。命运在这一刻正式交错，他无法改变自己的命。

龙 @ 傲天几人倒是在一旁对着英俊剑修讨论，疯狂拍照截图：

“好帅啊，好帅啊！比独孤卓就差一点！”

“看起来好厉害的样子，我将来能不能像他一样酷。”

“喵，精气很足的样子，要是还能吸精气就好了。”

三个玩家坦然地说着话，叶舟则不由自主地看向独孤卓的方向。

英俊剑修又与浣衣女说了些话，用法力驱散了小宝体内的阴气。见小宝脸色变好，浣衣女把那只一直温热着的叫花鸡包好，递给剑修。

剑修道：“不必，我自会让他吃好喝好。”

“可是……”浣衣女连忙将叫花鸡塞到小宝怀里，但她话还没说完，剑修便抱着孩子飞上天空，离开了这个小镇。

浣衣女痴痴地望着天空，轻声道：“我还想和小宝一起吃一顿好吃的，好好向他道别呢。”

也不知她强行塞过去的叫花鸡，小宝能不能吃到。

随着剑修的离去，系统公告在全服务器中响起：“独孤卓、一叶扁舟、龙 @ 傲天、轻月 love、乌漆墨黑，五位玩家完成主线任务一：托孤，解除小镇烛龙诅咒。今夜零点至五点，游戏关服维护。维护后幽都地图正式开启，以小镇北侧为边界线，昼夜分开，开启永昼区和永夜区，人族、灵族玩家可在永昼区练级，魔族、鬼族及部分妖族，可在永夜区练级。

“永昼永夜区开放一个星期后，游戏将正式开服，广大玩家可以通过购买游戏头盔的方式登录游戏，届时会开放货币兑换系统。祝各位玩家在《九重天》内有一个愉快的仙侠之旅。”

“哇！这个玩法好新鲜啊！”玩家们纷纷感叹道。

在整个游戏为系统公告沸腾时，独孤卓却凝视着自己的双手。

系统宣布主线剧情完成的瞬间，他缺少的那一魄，凭空恢复了。

第五章 庆功宴

因为小宝没有被杨寡妇的夺魂刺刺中，没有丢失那一魄，所以他的过去被改变了吗？

独孤卓还未来得及细想，就见浣衣女对着他轻轻地笑了。

周围的一切仿佛静止下来，唯有浣衣女可以走动。她来到独孤卓面前，仔仔细细地将他从上到下看过，发出一声满足的喟叹，轻声道：“你长大了。”

“你……”独孤卓想说什么，却发不出声音。

浣衣女再没说什么，只深深地看了眼独孤卓，随后轻轻仰头。一道纯白的光芒从她身上飞出，没入正在和龙@傲天等人讨论系统公告的叶舟眉心。

叶舟腰间挂着独孤卓送给他的锁魂玉，白光没入他体内时，锁魂玉微微发亮。

这是一缕叶舟的残魂，为什么会在浣衣女体内？

等叶舟完全吸收白光后，周围又“活”了过来，龙@傲天和叶舟在讨论游戏的设定，轻月love则是十分感性地说：“唉，这个剧情……浣衣女不是抛弃孩子，她是没有办法了。当年她逃离家中是为了小宝，现在亲手把小宝送出去，也是为了保护他。”

“她不会恨小宝吗？”独孤卓问道，“因为这个孩子，她失去了优渥的生活，穷苦一生，最后可能也会因病痛而死，她的一切悲剧源自小宝，不该恨吗？”

轻月love道：“有些人是会恨的，可是你看她，恨吗？”

浣衣女已经失去了方才的灵魂，变成一个普通的游戏NPC，她看着小宝和剑修离开的方向，静静地流着眼泪。

“你恨小宝吗？”独孤卓问道。

浣衣女说：“日子苦的时候，是恨过的，不过不是恨小宝，是恨他那个消失得无影无踪的父亲。小宝是个乖孩子，从来不吵闹，饿肚子或生病也只会小声地说句‘不舒服’，在外面被欺负也不会告诉我，那么小就会帮我干活。

“这样的孩子，有谁会恨呢？心疼还来不及。我恨他的父亲，就不能在大婚后再失踪吗？这样，至少小宝也是个有父亲的人。”

独孤卓轻轻地握住浣衣女的手，深埋心底的伤口缓缓消失。

当年若不是有心人作祟，用怨气控制他的母亲，母亲也不会在临终前攻击他，也不会饱含怨念地死去。

而且即使怨气缠身，母亲还是在最后关头捏碎了玉符，让人来带走他，救下了他。

独孤卓不明白这游戏为何与他的过去息息相关，在真实与虚幻中来回切换。但他清楚一件事，这的确是曾经发生过的事情，只是将他毫不知情的一面展现在他面前。

是谁做的这件事呢？

独孤卓最后看了看已成为普通 NPC 的浣衣女，然后来到叶舟面前，静静地看着他。

叶舟正和龙@傲天、黑猫侃侃而谈，但仍然感觉到了独孤卓的视线。

一个人若是失去恐惧、内疚等情感，伦理道德在他心中将毫无意义。当时独孤卓便是处在那样的状态下，几次想要杀了坏事的黑猫，若不是知道游戏里是杀不死人的，他定会将那只黑猫碎尸万段。

现在，魂魄完整的独孤卓已经可以直视叶舟了。

“怎么了，有脏东西吗？”叶舟也不自觉地揉揉眉心。

“没事。”独孤卓轻笑，“就是想起你说身体不太好，最近有没有觉得好一点？”

除了多梦外，身体倒是愈发健康了，叶舟说：“最近身体很好。”

“我看看。”独孤卓握起叶舟的手腕。

“一个全息游戏，你怎么总号脉？”叶舟说，“这能号出来什么啊？”

“游戏不是可以全真模拟心跳和脉搏吗？”独孤卓浅笑道，“我是学医的，一直缺少实践经验，游戏中正好可以练习一下切脉。”

“哦，中医吧，中医讲究望闻问切，你光切脉也不行。”叶舟口中别扭地说，却没有抽回手，任由独孤卓诊脉。

夜舟与独孤卓不同，独孤卓是丢失了一个完整的魄，夜舟的魂魄却是四分五裂，不知碎成了多少份。

方才没入叶舟眉心的残魂，只是很细小的一缕，少得可怜。

独孤卓试着用游戏中的百分比换算了下，当初他那块碎魂玉中的残魂，大概是百分之三，叶舟这具身体中的魂魄，有百分之四十左右，而浣衣女身上的残魂，大概是百分之一，加起来还不到百分之五十，少得可怜。

偏偏就是这么少的魂魄，令叶舟保持清醒，神念没有任何问题。

这代表那百分之四十五左右的魂魄，全部被用来维持叶舟的神念，舍弃了功力、身体机能、过去的记忆等事物，换叶舟这副身体能苟延残喘数年罢了。

独孤卓给叶舟转移的神力，可替代百分之十左右的魂体，或许能让叶舟的身体状况好一点。

“你不爱吃饭？”独孤卓问道。

叶舟吃惊道：“你号脉还挺准的，是胃口不太好。”

实际上不仅是胃口不好，他已经快变成吃露水的“小仙男”了，只能吃一点流食，大部分营养和能量全靠输液获取，脚踝上埋着留置针，每天早晚都要输液，只有中午勉强可以吃一点糊糊。

“说不定胃口会慢慢变好。”独孤卓道。

他松开叶舟的手腕，对几个队友道：“为了庆祝我们是全游戏第一个闯过主线剧情的团队，不如在游戏里大吃一顿吧。”

轻月 love 第一个举双手赞成：“好呀，好呀。我为了减肥，中午只吃了代餐，好难吃啊！”

“我虽然中午吃得很饱，但非常馋那个叫花鸡。”龙 @ 傲天也道。

黑猫不知什么时候竟然跳到了浣衣女的肩膀上，道：“喵，我吃不了一整只鸡，可以分给浣衣女一只鸡腿。”

黑猫的举动倒是令众人惊讶，他很少会主动把自己的东西送给别人，尤其这个“别人”还只是 NPC。

“看什么看？她那只叫花鸡不是给小宝带走了吗？总……总该吃

一顿吧？”黑猫侧过脸道。

轻月 love 斜了眼黑猫，问道：“乌黑，你是不是那种平时看起来十分冷漠，但是回家后看电影会哭的人？”

“喵！”黑猫大叫一声，后背上的毛竖了起来。

龙 @ 傲天摸了把猫毛，道：“你这样的，我遇见一个打一个，没成年吧？”

《九重天》因为是全息游戏，有实名保护机制以及防沉迷系统，必须年满十八岁才能无限制地玩，低于十八岁的孩子一天只能上线两小时。

叶舟见黑猫快被两位队友调侃到社会性死亡，连忙打圆场道：“好了，我们把四只叫花鸡全部分了，大家一起吃，好不好？”

“好！”队员们齐声赞成。

他们干脆搬来一块大石头当桌子，在石头上铺一些干净的荷叶，在浣衣女的院子里露天聚餐。

“哎，真好吃啊！”轻月 love 不顾形象地撸起袖子，“游戏就是这点好，生活里当淑女，游戏大口喝酒、大口吃肉！”

龙 @ 傲天道：“下次我们再买点酒。”

独孤卓递给浣衣女一只鸡大腿。

也不知是不是知道了独孤卓的身份，浣衣女用慈祥的眼神看看他，笑着接过了，口中道：“小宝知道心疼我了。”

她的声音很小，也只有坐在她旁边的独孤卓听到了。

庆祝时，大家不由自主地聊起游戏内容，轻月 love 道：“系统刚才公告的永昼区和永夜区是什么意思？”

龙 @ 傲天说：“应该是几个种族的新手村不一样了，以小镇北郊为分界线，一部分是永远的白天，人族就算是半夜上线，也是白天。另一部分就永远是黑夜，魔族就算正午十二点上线，也是黑夜。”

叶舟说：“等到二十级后，昼夜对玩家的影响就没有那么大了，游戏也一定会出现像挡脸小队之前用来遮挡太阳的道具，帮助我们减轻昼夜影响。”

黑猫说：“为什么会变成这样？游戏在设计地图的时候，完全不考虑吗？”

龙@傲天说：“别问，问就是烛龙背锅。”

轻月 love 说：“那烛龙睁开眼睛是白天，闭上眼睛是黑夜，那分割昼夜，难道是它一个眼睛睁着，一个眼睛闭起来，像这样？”

轻月 love 说着，眨了眨右侧的眼睛。

龙@傲天说：“有画面了，哈哈哈哈哈哈！”

独孤卓听几人猜测，出言解释道：“永夜区应该是幽都在人间的投射，人间灵气充足，可以支撑幽都在人间显形，让世间游荡的孤魂野鬼有个归处。

“永昼区……如果游戏想给出个合理的解释，大概会用天火一类的原因吧。”

叶舟说：“人族和灵族肯定要选择永昼区，魔族和鬼族必须永夜，那妖族该怎么办？”

黑猫抬了下爪子，道：“我刚才看了眼基本信息，我的出生地点被改到永昼区了，连拜月心法都改成了拜日诀。”

龙@傲天忙拿出一只纸鹤，道：“我去问问逍遥和小文。”

过了一会儿，他笑着说：“逍遥昨晚吸收太多人的精气，罪恶值快爆表了，直接被分到永夜区。他那棵树生长的位置是永昼区，他正在努力往永夜区挪呢。”

黑猫好奇地问：“怎么挪？”

龙@傲天说：“慢慢地蹭，哈哈哈！”

游戏出了各种各样的玩法，等晚上更新后，小镇外肯定会有新地图，大家十分期待，纷纷畅想自己升级后会有多厉害。

独孤卓看了眼叶舟，问道：“之后还会有主线剧情吧？”

轻月 love 说：“肯定有，小宝才十岁呢，等我们等级够了，就能触发新的主线剧情。”

龙@傲天说：“不过我们这次运气好，第一个通关主线剧情奖励丰厚，接下来就不知道会被谁抢走了。”

完成“寻找玄剑剑主”任务后，他们又得到很多经验、二十到三十级的全套装备、灵石和银两。他们商量了一下，打算等游戏更新后再升级，说不定到时升级会有新的特效什么的，现在升级可惜了。

主线剧情吗？独孤卓看了眼叶舟，叶舟的第一缕残魂隐藏在主线剧情中。这是不是说明，他的其余残魂也分布在游戏内，而且极有可能在主线剧情内？

轻月 love 问：“我们过了主线剧情之后，别人还能过吗？我看浣衣女好可怜的样子，要是别人也能过，那她就会一次又一次地失去自己的儿子了。”

龙 @ 傲天摇摇头道：“你这感慨真是多余，一个 NPC 而已。按理说主线剧情应该是官方的剧情任务，是所有人都可以做的任务。但是这个全息游戏有没有改版我就不知道了，已经过去这么长时间了，小宝也没有重新刷新的意思，浣衣女还能跟我们一起吃叫花鸡，也不知道接下来会怎么样。”

众人沉默了下，全息版的体验感和键盘版不一样，比电影还要真实，他们不太希望浣衣女重复悲剧。

正惆怅时，一个捕快来到浣衣女家，拿了个县官的令牌来。

原来杨寡妇认罪后，被县官判了杖刑三十和劳役三年。杖刑可用银两抵消，杨寡妇将豆腐坊上交充做银钱，县衙则是将豆腐坊赔偿给受害者浣衣女，让她去做豆腐。

至于杨寡妇年幼的儿子，已经被送到坛业寺，交给和尚们抚养教导。等三年后杨寡妇服劳役完毕，就可以接回儿子。当然，那个时候她儿子要是想出家，这就不归衙门管了。

浣衣女欢欢喜喜地收拾行李去往杨寡妇的豆腐坊，日后以做豆腐为营生。浣衣女这个小茅屋，从此就空了。

见浣衣女瞬间年轻十岁，容光焕发地准备去做豆腐。

轻月 love 指了指浣衣女道：“两个重要 NPC 都没了，别人还怎么过主线剧情？”

龙 @ 傲天说：“这……一次性的？太奢侈了吧！”

独孤卓却是放下担忧，望着已经成为新“豆腐西施”的浣衣女，心中祝她日后能越过越好。

哪怕是虚假的游戏，她也得到了一个相对完美的结局。

正当大家感慨游戏公司豪爽时，系统又发布了全服公告：“玩家胖嘟嘟晋升至二十级，成为第一个化形的玩家，奖励‘肚兜’一个。”

众人：“……”

胖嘟嘟就是那棵灵芝，他一直是排行榜第一的玩家，第一个化形很正常。但是，“肚兜”是什么奖励？他到底化形成什么玩意了？

独孤卓说：“灵修与妖修不同，妖修除非吃了什么灵丹妙药提前化形，否则一旦化形均是青年男女；灵修却是三岁娃娃，所以才有人参娃娃一类的说法。”

众人：“……”

龙@傲天说：“你知道的传说还挺多。”

叶舟说：“键盘游戏时可没这个设定，游戏公司是仗着全息往死里坑玩家吗？”

轻月 love 与黑猫对视，同时露出坏笑：“闲着也是闲着，看热闹去啊！”

他们的经验已经足够升到二十级，却不着急升级，剩下的时间就是悠闲地体验游戏，并耐心等待游戏更新，的确是非常闲。

黑猫看热闹不嫌事大，一马当先地冲向坛业寺。

之前捕快说了，杨寡妇的儿子由坛业寺收养，灵芝又被派去救这男孩，所以这位排行榜第一的玩家，大概率在坛业寺。

此时坛业寺门前已经被围得水泄不通，挤都挤不进去，几人恍惚以为回到了火车站。

白天的寺庙有武僧守着，你敢跳，人家就一棍子打死你。

“你怎么知道会被打死？”轻月 love 问黑猫。

“就被打死过呗……”黑猫用爪子捂住毛脸，感觉很没面子。

独孤卓说：“现在就未必了。”

黑猫说：“喵？”

独孤卓说：“你可是坛业寺带发修行的弟子。”

黑猫眼睛一亮，冒着承受“怒目金刚”招数的风险，弓身一跃，轻盈地落在墙上。

他踏上墙壁的瞬间，一个原本被玩家包围的武僧便腾空而起，禅杖上笼罩着一层佛光，大喝：“何方妖孽，吃小僧一……师弟？”

黑猫已经做好跑路的准备，却见那年轻武僧露出如春风般的微笑，将禅杖往地上一丢，弯腰抱起黑猫，顺顺它竖起的猫毛，和蔼地道：“师弟想回坛业寺何需跳墙，给知客僧看一眼佛珠，自会有人带你从角门进入。”

挤在坛业寺门前的玩家大都是来看二十级玩家的，毕竟是第一个化形，大家都想增长见识，因此队伍排得很长，后来的人根本挤不进去。

见到一个明显是妖族的黑猫被武僧带进去，玩家们开始大呼“有黑幕”，开始抗议。

轻月love见黑猫被武僧抱走消失得无影无踪，忙给黑猫发信息：“你进去了，我们怎么办？”

很快就收到黑猫的队伍传音：“喵……我去把角门给你们打开。”

坛业寺偌大的寺庙，自然不可能只有一扇正门，香客走的正门、干杂活的长工走的后门及一些贵客用的角门应有尽有，他们有黑猫接应，得以避开所有玩家，顺利地来到坛业寺内。

就算是挤进大门的玩家也没见到玩家胖嘟嘟，毕竟坛业寺是给玩家上香用的，不是围观用的。

黑猫得意扬扬地说：“我问过禅二师兄了，他说灵芝正在寺内闹呢。”

叶舟问道：“禅二？师兄？”

龙@傲天说：“我记得之前带着灵芝去救人的和尚叫禅一吧？当时我还以为是‘禅意’二字，没想到真是‘一二三四五’的‘一’，坛业寺给NPC取名都这么随意吗？”

轻月love说：“你这副说‘我师兄’的样子，看起来有点欠揍。”

一行人说笑着来到后院偏殿内，据说这里是和尚们做早课的地点，面积比正殿小一点，门朝东。

他们一进门，就见一个胖嘟嘟的三岁娃娃身上披着僧袍、肚子上裹着个红肚兜，一边在地上打滚一边闹：“我不管，我这个样子以后还怎么出去见人、怎么打怪？坛业寺要对我负责！”

禅一和尚双手合十，对胖嘟嘟道：“阿弥陀佛，女施主，寺庙里不留女客，请尽快离开吧。”

大家瞬间笑弯了腰，灵芝变成三岁娃娃也就算了，竟然还是女性。还好坛业寺的和尚给了她一件僧袍，否则真是衣衫不整了。

“你是女性玩家啊？”轻月love蹲在灵芝面前，戳了戳这奶娃娃的脸。

“不是啊！”灵芝一脸悲愤，“我是用我姐的身份证注册的游戏账号，选择了无性别的灵修，本来以为可以在化形的时候选择性别，谁知道化形的性别是按照本人性别分配的！”

“哈哈哈，喀喀喀！”龙@傲天笑得直咳嗽。

黑猫表面上悠闲地摸了把胡子，内心却是在暗自庆幸自己用的是年轻男性的身份证。

胖嘟嘟悲愤地说：“玩女号倒也无所谓，当个漂亮小姐姐也挺好的。可是，我现在是漂亮小姐姐吗？我这样子走路都走不动，我还打怪？我还升级？我用什么升级？”

独孤卓是在场唯一没有笑的人，他平静地道：“灵修可木遁和土遁，速度极快，功力相同的修真者根本无法抓到灵修。”

“嗯？是吗？”胖嘟嘟羡慕地盯着独孤卓衣袍下那修长的腿，“我遁遁试试。”

他（按照本人性别称呼他）原地坐了几个屁股蹲，然而并没有成功，他一脸不开心地瞪着独孤卓。

“坛业寺内有阵法护持，没有大乘期的实力，无法施展遁术。”

独孤卓在禅一感激的目光中单手拎起灵芝娃娃，带着他进入业障林，小队的几个人跟着去凑热闹。

业障林已经不像第一天那般安静了，不少玩家发现了这个打怪的地图。现在这里玩家比怪多，一群玩家在林子里跳来跳去等着刷怪。

“试试吧。”独孤卓把灵芝娃娃丢下去。

一落地，灵芝娃娃就消失不见，下一秒，他从约十米外的竹子上露出一个脑袋。

“咦？好好玩！”灵芝娃娃兴奋地说，“身边的岩土有点像3D投影，一点压强都感觉不到，我还能透过厚厚的土地看得到你们。”

龙@傲天激动地道：“灵修也很好玩嘛，速度怎么样？”

灵芝娃娃钻回竹子中，众人却还能听到他的声音：“那可是太快了，我刚才查了下数值，敏捷那一栏变成了一百，天哪，我平时的敏捷数值只有五十！”

“你没化形之前不能吗？”叶舟问。

“做不到啊，我只能在土里一步一步地挪。”灵芝娃娃忽然在叶舟等人的脚下露出脑袋，还调皮地碰了下叶舟的小腿。

“我本来以为灵族只能做治疗，现在看来，完全可以当刺客啊！”黑猫蹲在地上说。

“就是呢。”灵芝娃娃又在黑猫身边出现，拽了下他的尾巴。

“喵！你别太过分啊！”黑猫爹毛道。

“你打不着！”灵芝娃娃瞬移到五米外，对着黑猫吐舌头。

“有点欠揍。”被摸了小腿的叶舟低声道。

独孤卓耳朵动了动，手掐剑诀，地面上瞬间出现无数把土剑，土剑化成一个牢笼升起，将灵芝娃娃困在其中。灵芝娃娃不服气地挣扎，但每碰一下笼子就要被剑气割伤。

独孤卓操纵笼子来到自己面前，手指捏住灵芝娃娃的后颈，土剑随后变回松软的土壤落下。

他将灵芝娃娃递到叶舟面前：“可以揍。”

叶舟倒是有些心虚，道：“算了，有种虐待儿童的感觉，不好。”

“也对。”独孤卓又将灵芝娃娃放到黑猫面前，“可以挠。”

大人打小孩不好看，猫和三岁娃互掐画面就十分和谐了。

“别别别！”灵芝娃娃看见黑猫露出锋利的爪子，连忙求饶，“大神，你太厉害了，一下子就说中我的技能，还能使出那么厉害的招数，我以后当你小弟……小妹，你就饶过我这个不听话的熊孩子一次吧。”

叶舟说：“对啊，你这个厉害招数已经用好几次了，怎么学到的？”

独孤卓对玩家用了三次《五行剑诀》，系统也提示三次，要求他提交剑法。不过独孤卓不想总是上系统公告，想做个低调地守护叶舟的人，便一直视系统为无物，并没打算录入《五行剑诀》。

“你想学？”独孤卓问道。

“那当然，多酷的剑法，特效真好看。”叶舟并拢食指中指，做出一个指挥万剑的姿势，“帅死了！”

独孤卓面无表情地将灵芝娃娃丢给龙@傲天，随口嘱咐：“别让他碰到土和草木。”

他取出那块系统赠送的空白玉简，将《五行剑诀》录入。有过经验的几人知道独孤卓又要自创技能，顿时紧张起来，屏住呼吸等待着。

新技能可是要经过系统审核的，这么厉害的招数要能复制给他们，那可真是太好了。

《五行剑诀》比《迷踪阵》复杂得多，这次系统审核的时间更长，几人等了足足一个小时。

龙@傲天等人无聊地蹲在地上画圈圈，灵芝娃娃也跟着仰视独孤卓，等待奇迹的出现。

一直到下午六点半，已经超过叶舟规定的下线时间，马上护工就要来给他输液了，白衣少年焦急地围着独孤卓转圈，这时系统公告响起来——

【公告：独孤卓自创《五行剑诀》，系统已审核通过，独孤卓获得“剑法宗师”称号。】

【公告：《五行剑诀》被系统认定为上品剑诀，仅剑修可以学习。】

【公告：独孤卓已获得“阵法师”“剑法宗师”称号，如再获得一个步法称号就可以开宗立派，在游戏中自立门派，自行收玩家或者NPC为弟子。】

一连串的公告吓到了游戏中的玩家，一时间大家不约而同地问出同一个问题：“独孤卓是何许人也？”

玩家们因公告内容变得沸沸扬扬的，已经没人关注首个晋升二十级并获得装备“肚兜”的灵族玩家，大家纷纷在世界频道讨论独孤卓，密密麻麻的字忽然出现在眼前，吓得叶舟等人飞快关闭公共频道的弹窗提示。

独孤卓早就屏蔽了这些东西，毫不在意系统公告，专心查看玉简的内容——

【名称：《五行剑诀》。

品级：上品剑诀。

学习条件：三十级以上，有使剑经验的剑修（经验值越高，使用成功率越高）。

特殊条件：金系异族可无等级限制学习该剑诀。

复制次数：十次。

备注：剑诀熟练度达到一百的弟子可复制剑诀，上限三次。】

最后的备注十分引人注目，代表独孤卓若是将剑诀传授给叶舟，等叶舟多次使用剑诀，熟练度足够后，就可以再复制三次，以交易的形式转送给他人。

另一边“剑法宗师”的称号也给出了解释，由于阵法、剑诀等技能会被系统评定为下品、中品、上品、极品四个等级，相对应地就有阵法师、阵法大师、阵法宗师、阵法祖师和剑法师、剑法大师、剑法宗师、剑法祖师四个称号。

称号的提升可以影响复制次数，例如独孤卓要是再获得“剑法祖师”的称号，《五行剑诀》的复制次数就可以提升到三十次，他的徒弟复制次数依旧是三次，最大复刻次数能够达到九十次。

开宗立派吗？他向来没什么野心，倒是没什么必要做那些事。独孤卓暗暗想道。

几名队友眼巴巴地望着独孤卓，期望独孤卓能够把剑法传授给他们，他们可以花钱的，他开个价就好！

“这独孤卓用外挂了吧？”突然一个声音响起，是业障林中的其他玩家。

不显示 ID 的坏处是，玩家、NPC 傻傻分不清楚，好处则是所有人都在找独孤卓。独孤卓从无数玩家的面前路过，玩家们却不认识他。

“就是啊，哪有阵法是他设计，剑法也是他设计的，他是什么人？程序员吗？”另外一个玩家附和道。

“就算他是武学世家传人，是武术冠军，咱们这也是个修仙游戏吧？他是道家传人吗？”

“还有一个可能性，他是写小说的，哈哈哈！”

“外挂，一定是外挂！我下线就要去举报他。”

“举报你得有游戏 ID 啊，你找得到他吗？”

“你别太激动，他就算厉害，能设计技能，也肯定比不上游戏本身的技能。现在他看起来比较厉害，是因为我们等级低，等游戏更新，开放新地图，玩家拜师，咱们就会比他厉害了。”

“开宗立派？呵，就算他建立门派了，有谁会加入？”

业障林内的玩家公开闲聊时，小队成员均是缩着脖子不敢吭声。听他们不再讨论这件事，黑猫才小声说：“要不，我找我师兄借一个僻静禅房说话，行不？”

轻月love说："你没必要这么小声，咱们现在是在队伍频道聊天，他们听不见。"

几个人像做贼般跟在身姿笔直的独孤卓身后，蹑手蹑脚地向传送点走去。

不一会儿，大家迅速通过传送点，并在黑猫的帮助下回到普通玩家无法进入的地方。

这个过程中，叶舟想说话，独孤卓阻止他道："再等我一刻钟，不，十分钟就好。"

叶舟犹豫了下，点点头道："十分钟可以的。"

偏殿内，独孤卓将《五行剑诀》的复制次数和等级要求告诉大家，众人不在意条件，反正升到三十级也只是时间的问题，真正的麻烦是复制次数只有十次，和之前可复制一百次的《迷踪阵》完全不同。

亲身体会过《五行剑诀》可怕之处的灵芝娃娃觉得，这剑诀恐怕比游戏的招数还厉害，他非常想要，却捂着脸道："限量十次，我肯定买不起。"

龙@傲天、轻月love和黑猫自认与独孤卓关系好，也不敢开这个口。

叶舟倒是不缺钱，想说"开个价吧"，但对上独孤卓的眼，却什么也说不出来了。

他隐约觉得，如果他和独孤卓谈钱，独孤卓可能会很伤心。

独孤卓道："目前可以修习剑诀的，只有叶舟。"

众人疑惑道："扁舟不是只有十七级吗？"

独孤卓深知自己就算偷偷把剑诀给叶舟，日后组队众人也能看出来。他又不想暴露叶舟异族的身份，便随意选了个借口道："我和叶舟'歃血为盟'过，系统认定我们是师徒关系，可以传授。"

说罢，独孤卓毫无保留地将一块复制玉简直接交给叶舟。

"收下吧，"独孤卓道，"日后你找到好东西，记得分我一份就是。"

叶舟这才接过玉简，迅速扫了眼内容，看到上面并没有"师徒关系可传授"的字眼，倒是有个金系异族可无视等级学习的提示。

独孤卓仔细地观察着叶舟的反应，见他很喜欢的样子，不由得满意地翘翘嘴角，随后转向其他人，刚想安抚他们，谁知一扭头，就看到三根手指和一个猫爪摆在他面前。

“卓神，歃血为盟不？给钱的那种。”大家齐声道。

独孤卓礼貌又疏离地说：“我和叶舟私下是认识的，所以才会一上线就结盟。”言下之意，我并不想与你们融血为誓。

见到众人满脸落寞，独孤卓又安抚道：“游戏未来不知会更新出什么门派和技能，你们过早绑定成为剑修，不觉得可惜吗？”

“这倒也是，我想加入一个能让自己变得更漂亮的门派。”轻月love道。

她的话让其他人也动摇了。

独孤卓又道：“而且也不必提钱，我不在乎钱。只要我们关系好，你们又适合学习，我自然愿意传授给你们。”

龙@傲天道：“我也想说出‘我不在乎钱’这种话。”

他们竟是无一人怀疑独孤卓的话，这个“玩家”通身充满了贵气，在人群中更是鹤立鸡群，孑然独立。独孤卓说自己有钱，那就是有钱。

几句话巧妙地哄住几个队友，不让他们心生龃龉。

毕竟是一同见证过小宝的过去、救过浣衣女的人，独孤卓对他们的感情有些微妙，不太希望和他们反目成仇，也不希望他们对叶舟生起嫉妒之心。

十分钟一晃即逝，叶舟真的不能再待，便向众人告别，约好明天上午九点一起闯新地图就下线了。

他走后，独孤卓的视线逐渐冷漠，扫向这里唯一的外人灵芝娃娃。

灵芝娃娃心中一惊，忽然意识到他自己不是这个队伍的成员，却发现了“独孤卓”的身份，顿时觉得自己像一头被狼群围住的羊。

灵芝娃娃顿时屈起藕段般的小短腿，看不出是坐还是跪：“卓神，我是一个人玩游戏的，没有队友，特别希望加入某个强大的帮派，所以……你看，我是不是可以投诚一下？”

独孤卓有无数种束缚人的魂魄、让他们不敢乱说的法门，但那又怎样？就算玩家在游戏中不说，也可以下线后在论坛说。

当然，这不代表独孤卓没办法控制住该玩家。

独孤卓从容地道：“我不在乎身份是否暴露，不过多些麻烦而已，其他玩家又能给我造成什么困扰呢？而且区区《五行剑诀》算什么，我相信自己以后还会创造出更多技能。”

“什么？”灵芝娃娃惊呆了。

独孤卓淡淡地看了龙@傲天一眼，龙@傲天立刻像个小弟般狗腿地对灵芝娃娃说：“你不知道吧？卓神最开始自创那个《迷踪阵》，已经全部免费送给我们整个小队的人了，连猫都有。”

黑猫适时地骄傲仰头，仰到一半忽然想到这有什么可骄傲的，于是维持着脑袋半抬不抬的样子，看着脖子有点累。

“他真的这么豪爽吗？”灵芝娃娃难以置信地问。

“当然啦，第一个主线任务也是我们老大发现的。”龙@傲天道，“呵，我现在觉得吧，当初在业障林惊鸿一瞥，从此跟随老大真是我游戏生涯最明智的选择，这才是真正的仙侠游戏啊，爽！”

龙@傲天真是个合格的捧哏，转瞬间，灵芝娃娃的思路已经从“独孤卓给我好处我才加入他们”变成了“错过独孤卓的队伍是我的损失”。

“那……您看，我是全服等级第一的玩家，我有资格加入您未来可能创立的门派吗？”灵芝娃娃积极地推荐自己。

独孤卓悠然道：“那倒要看看你的资质了。”

灵芝娃娃立刻毛遂自荐：“我能治疗，我还能开瞬移！小队多一个灵族，有利于实现各种族大团结啊！”

独孤卓说：“倒也说得过去，日后游戏若是开放帮派或是其他组队玩法，自然有你一席之地。”

灵芝娃娃受宠若惊。

独孤卓又道：“等日后你表现好，这《迷踪阵》送你也是可以的。”

“游戏一更新，我就要发挥灵族的天赋！”灵芝娃娃拍胸脯保证。

轻月love：“……”

她目瞪口呆地对独孤卓和龙@傲天竖起大拇指。行啊，这么快就把全服等级排行第一的玩家忽悠成小弟了？

叶舟照常输液按摩，然后在房里听一些舒缓的音乐放松心情，他需要尽快让大脑平静下来，不被游戏影响到夜晚的睡眠。

听了会儿音乐，叶舟的肚子“咕噜”一声，他没当回事。

又过了一会儿，肚子连续叫了几声，叶舟皱皱眉，他不会是饿了吧？

一想到“饿”字，食欲便如潮水般涌来，叶舟顿时非常想吃食物。

他食欲向来不好，很少有这种表现。

偷偷吃一点没关系吧？

叶舟按下自动轮椅上的按钮，乘坐室内电梯来到一楼厨房。厨房里没有做好的食物，他翻出一根黄瓜和一个西红柿，囫囵吃了起来。

但他吃完后胃不仅没有难受，反而更加饥饿了。

叶舟找到煎蛋机，给自己煎了一个鸡蛋，正要吃时，被家里的保姆发现了。

“你在做什么？”保姆惊恐地说道。

叶舟只能吃流食，而且晚上绝对不能进食，这个放了不少油的煎蛋会让他胃疼一整晚。

叶舟见被人发现，当下迅速地把煎蛋放进口中，虽然还有点烫，不过没关系，只要他吃得快，别人就不能从他嘴里抢走食物。

保姆知道自己劝不了叶舟，而且食物已经吃进去了，也不可能再抢回来。保姆当机立断给司机打了电话，随后一行人飞快地将叶舟送到医院。

“我没事，真的没事。”叶舟无奈地道。他心中有种莫名的感觉，总觉得吃下这些食物不会有什么问题。

他被送到急诊室，加急做了检查，检查结果是一切正常，没有任何症状，胃部像普通人一样工作着，积极地消化着食物。只是由于太久没吃正常食物，他的胃动力有点差，最好少吃多餐，然后一点点恢复胃动力。

忙碌一番，回家后躺在床上，叶舟还是觉得有些不可思议，他的身体好像真的在一点点变好。

夜晚来临时，游戏还没有更新，小镇又变成妖魔鬼怪横行的样子，人族和灵族玩家也不逗留，飞快地下线了。

黑猫留了一会儿，想试试自己能不能修炼拜月诀，他对着月亮翻来覆去晒月光，确定月光下自己一点经验也没办法获得后，就下线了。

妖魔鬼怪也不再像昨夜那般狂欢，大家最后逛了逛小镇，随后纷纷赶到永夜区。

轻月 love 等人的朋友柳树妖逍遥还趁机吸收了几个还没来得及下线的人族玩家精气，给自己增添一些罪恶值后，这才安心地来到永夜区。

这一夜，游戏内是安静的，论坛上却是热闹的。

不能上线的玩家们纷纷在各种游戏论坛发表自己的观点，有吐槽游戏公司的，有总结各种族玩法的，甚至代练和游戏商人们已经开始为自己打广告做宣传了。

独孤卓则是来到浣衣女的豆腐坊，她的容貌正在一点点发生改变，系统似乎在调整 NPC 的状态。

看见她容光焕发的样子，就算清楚她只是个 NPC，独孤卓却好像还是被安慰到了。

他又前往坛业寺，以一撮黑猫毛发为证，打开了侧面角门，走进正殿，看到那正在敲木鱼的老和尚。

独孤卓说道："大师，我本以为走上绝路，未料想绝路之后才是生机。"

找到了叶舟，得到收集叶舟残魂的线索，取回自己失去的一魄，明白母亲临终前对他的爱意……这一切的一切，令独孤卓那颗被世界抛弃的心，渐渐活了过来。

老和尚像是没听到他的话，独孤卓也不在意，他只是要一个倾诉对象罢了。

"只可惜，有些命中注定的事情没办法改变。"独孤卓的神色又黯淡下来。

母亲或许在主线任务完成的瞬间，真的借助夜舟残魂的力量来看了他一眼，了却一桩心事。可是已经逝去的人无法复生，她终究是在痛苦中离去了。

"阿弥陀佛，独孤先生，佛家是修来世的。"老和尚放下木鱼，对独孤卓道。

对于 NPC 时不时就变成原本世界的人这件事，独孤卓已经完全适应了，之前还得提起"天柱""创世双剑"一类的词语才能让 NPC 发生变化，现在似乎已经不用了。

望着眼前的檀寂大师，独孤卓隐约有种感觉，这些人之所以会一个接一个地出现，是因为他的希望。

第一次檀寂大师出现，是独孤卓想要确定自己的身份，想知道两个世界是否有联系，檀寂才在义诊摊的和尚身上觉醒。

第二次是他心有疑惑，需要一个答案，于是发问时，檀寂又来了。

第三次城隍庙焦炎的出现，一定是因为独孤卓渴望知道自己的过去，才有相关的幸存者在 NPC 身上觉醒。

这一次则是独孤卓在空无一人的游戏中，前路未知，需要解惑。

檀寂大师双手合十道："独孤先生，我们又见面了。"

"大师方才说来世，是何意？"独孤卓问道。

檀寂大师道："老衲恍惚间做了个梦，梦到独孤先生与生母有些误解，原本两人都有遗憾，却在夜舟长老的帮助下和解了。"

"什么样的梦？"独孤卓已可以平静地面对这大和尚。

檀寂大师说："梦中老衲仿佛是个只会敲木鱼的和尚，引导独孤先生与母亲相遇，夜舟长老做了什么老衲不清楚，只记得，梦里有他。"

"是吗？死后才去解释误会，有什么用吗？"独孤卓问道。

"自然是有的，令堂饱含怨气离世，魂魄不肯入轮回，迟早会魂飞魄散。她心有挂念，就算强行引她入轮回道，来世她也会怨气缠身，酿成新的悲剧。此刻她对你说出想说的话，能助她顺利轮回，她定会有个圆满的来世，悲剧至此终止。"

独孤卓轻笑一下，道："修来世不是和尚坑信徒的说法吗？"

"信则有，不信则无。"檀寂道。

"罢了，至少听你这么说后，我心情不错。"独孤卓道。

檀寂见独孤卓眉宇间的困惑渐去，宽了下心，又想起自己身边发生的事情，不由得道："上次老衲在梦中曾对独孤先生说过分六界，现在距离上次已过月余，近日却见幽都正在发生变化。"

"什么变化？"

檀寂道："大概是天柱崩塌，早已与人界分开的幽都在人间出现了一个入口。不过这入口很怪，被苍澜山脉的雾气围住，妖魔鬼怪许进却不能轻易出，人族灵族许出却不能进。之前困扰老衲的妖魔，大部分迁往幽都，小部分顽劣的，也被老衲那弟子超度了。"

"永夜区……"独孤卓喃喃道。

“是了，幽都可不正是永夜，有苍澜山脉的迷雾在，一丝阳光也照不进去。永夜界，这名字倒是不错。”檀寂大师道。

独孤卓问：“有永昼吗？”

“那倒没有，又不是十日当空的古荒时期，哪里会有永昼。”老和尚道。

看来游戏与他原本的世界有相似之处，却又有不同，像是有一股力量，借助游戏世界的力量，在一点点改变着他的世界。

“幽都出现得古怪，创世双剑已毁，又有何人能够控制苍澜山脉的世界屏障引渡幽都呢？”檀寂大师摇摇头道，“说起来，幽都不过是鬼族居所，魔族算是靠着强横的体魄暂居幽都，妖族更是勉强找个安生之处，灵族总和人族混居也不是个办法……”

独孤卓盯着檀寂大师，出言打断他的话：“大师，你现在就像一个给我发布任务的 NPC。”

“恩匹希究竟为何呢？”檀寂大师露出好奇的目光。

“你不用知道。”

檀寂大师便按捺下好奇心，和蔼地笑了笑。

随着“阿弥陀佛”的一声佛号，檀寂大师又变回了 NPC 老和尚。

独孤卓也了然地看向外面，天光大亮，更新结束。

不知不觉中，竟已接近巳时，叶舟很快就要上线了，独孤卓来到昨日分离的偏殿，等待叶舟上线。

说来也巧，他刚到偏殿叶舟就登录了游戏。一睁眼便看到独孤卓，叶舟朝气蓬勃地跃到独孤卓面前，语气轻快地说：“早上好。”

看到他的笑脸，独孤卓的心情也跟着舒缓：“早上好，你今天气色不错。”

“当然了，早晨吃了个饱！”叶舟满足地摸摸肚子，“小笼包堪称人间美味，我好多年没有吃肉馅包子了。”

“你胃口好了？”独孤卓问道。

“是啊，突然就能吃饭了。”叶舟美滋滋地跃上房梁，随后坐在房梁上，“人啊，只要还能吃进去东西，就觉得生活有希望了。”

独孤卓也跟着跳上去，道：“以后一定会越来越好的。”

“哪敢想那么多。”叶舟实在开心，不由得用肩膀撞了下独孤卓。

独孤卓坚定地对他说：“会更好的。”

叶舟跳下房梁，正色道：“我们去看看游戏更新后变成什么样子了。”

独孤卓心满意足，跟着跳下了房梁，与叶舟一起探索更新后的游戏。

《九重天》最大的改变是每个任务点的门前都增加了一个 NPC，例如坛业寺上香的地点前面多了个知客僧，想要做上香任务，点一下知客僧，就会弹出“施主想去哪个正殿上香”的对话框，后面还跟着“正殿 1（已满）”“正殿 2（已满）”“正殿 3（有位置）”的选项，前一个正殿满了，就会立刻出现新的正殿选项，玩家再也不用拥挤地排队了。

同理，业障林也是一样，传送进去时，会弹出“业障林 1 已人满为患，业障兽苦不堪言，是否进入业障林 2、3、4、5……”的对话框。

其他人多的地点也是如此。

游戏公司称这更新为“三千世界”，服务器容量无限扩大，一个服务器能够承载无数玩家。

也是因为此次更新，《九重天》决定暂时不开放新的服务器，全部玩家在一个服务器中玩游戏，要打造出一个热闹的修真界。

两人在坛业寺闲逛时遇到了同样刚上线的黑猫和灵芝娃娃，四人前往无数玩家好奇的永昼区和永夜区。

烛龙镇已改名为朋来镇，小镇最北侧出现两块巨石，一块是白色的，一块是黑色的，两块石头周围皆有迷雾环绕。

轻敲白色石头三次就可以进入永昼区，同样地，敲黑色石头三次就可以进入永夜区。

龙 @ 傲天和轻月 love 也上线了，正在永昼区逛街。

这是个普通的小村子，村子里住着拜日一族的后裔，这里常年阳光明媚，还有不少升级任务和练级地点，玩家可以去山林里打野猪野鸡等小野兽升级。

轻月 love 问过好友逍遥，永夜区就是幽都一角，居民们也很奇怪，胆子小的玩家非常不建议选择永夜区。当然，这里也是恐怖片爱好者的乐园。

永夜区也有练级的地方，冥河内盘踞着无数冥界兽，可以打怪升级。

小镇则是彻底恢复平静，成了一个过渡区。二十级以前，永昼区的玩家白天可以去小镇逛街，永夜区的玩家则是夜晚才能进入。

围住小镇的迷雾变成围墙，东侧和南侧的城墙开放，玩家只要超过十级就可以离开小镇。不过有刚到十级就迫不及待出镇的玩家不到五分钟就死了回来。据说小镇外面有强盗劫匪和未化形的妖兽，低于二十级的，离开小镇就是找死。

而想要升到二十级可不容易，玩家再努力升级，都会卡到十九级。

除非完成永昼或永夜区的满级副本，或者像灵芝娃娃和独孤卓小队一样，完成了特殊任务才能升级。

几人没有升级限制，经验也攒够了，正巧游戏又更新了，便一同升起级来。

每升一级，玩家身上就会被一个漂亮的光圈裹住，光圈散去后，玩家的容貌就会发生一点点改变。

连升三级，轻月 love 的容貌更胜以往，她毫不客气地将属性点全部加在颜值上，又像变身一般转了个圈，瞬间换上了系统赠送的衣服。

而叶舟则是长高了不少，从十五六岁的少年身量变为青年男子身高，身高足有一米八，容貌也逐渐长开。

他换上二十级装备，一袭白衣如高山冰雪。

独孤卓二十级的衣服是件湖蓝色长衫，衣衫柔软，勾勒出他本就完美的身形。他如瀑般的长发直达腰际，头顶简单地加了一个发饰，让过于茂密的发丝不被风吹散。

其他人的容貌或多或少发生了改变，唯有独孤卓依旧是那与普通玩家格格不入的俊逸。

叶舟之前矮独孤卓一个头，这次升级后，他的个子长了不少，与独孤卓只差半个头，也不知是不是视线高度与以往不同了，他总觉得升级后的独孤卓气质更加出尘。之前独孤卓略平易近人，现在却是锋芒尽显，宛若出鞘的利剑，笔挺锐利，让人被剑芒吸引，又不敢直视那过于锋利的光芒。

升级后依旧平平无奇的龙 @ 傲天抢过轻月 love 的镜子，对着镜子中的人左看右看，满意道："我真是越来越帅了。"

轻月 love 面无表情地抢回镜子，道：“除了系统给你增高了五厘米外，容貌上完全没有变化，有时候我都不知道你的自信是哪儿来的。”

龙 @ 傲天抗议道：“大家都没有太多变化，我这变化已经很大了。”

“没——有——变——化？”轻月 love 气道，“擦亮你的眼睛看看，这三位从上到下都闪着光芒的各色帅哥。”

她手指一指，道：“首先，乌漆墨黑同志，你看看他黑亮的头发，带着一丝野性的眼睛，优雅的下颌线，修长纤细的身姿，猫一般轻盈的步态，外加十二三岁少年的体形。猫小弟，你保持现状就好！”

手指一转，她指向叶舟，道：“这位的气质介乎成熟与青涩之间，简简单单束起的长发尽显剑修的潇洒……你还可以更帅。”

最后，轻月 love 隆重地双手摆出一个“请看”的姿势，指向独孤卓，道：“他的容貌和之前确实没有太多变化，但通身气度已经让人无法再像从前那样直视他了。以前我们看到他的第一反应是，帅哥！现在我看到他的第一反应是，大神，求带！”

轻月 love 用天花乱坠的词汇将叶舟夸得不好意思，他几次想打断，又很想听关于独孤卓的描述，便勉强忍了下来。

“看看这三种气质各异的帅哥，再看看你自己……”轻月 love 正在打击龙 @ 傲天的过度自信，忽觉有人在拽自己的裙角，低头一看，一个奶娃娃正仰头期待地看着她。她随意地拍拍灵芝娃娃的头，“等你以后长成大美女姐再夸你。”

本来对自己的改变还挺满意的龙 @ 傲天一脸木然，他不理会轻月 love，转头对独孤卓说：“卓神，我们已经二十级了，有必要去试试那个二十级副本吗？现在副本首杀可没人拿下呢。”

想要升到二十级，就必须通过二十级副本，而已经满二十级的玩家，过不过这个副本就很随意了。

“没兴趣。”独孤卓道。

“可是我们还没见过全息副本是什么样子，我对游戏开的第一个副本还挺好奇的。”龙 @ 傲天道。

“二十级相当于修真者的筑基期，永昼区二十级副本，无外乎是些关于天劫、心魔一类的考验，永夜区那边应当是与天雷相关的副本。”独孤卓猜测道。

越了解这个游戏世界，独孤卓的猜测就越准。

“可是，抢个首杀奖励会很丰厚啊。”龙@傲天还是不死心。

独孤卓说：“你可以留下过副本，我想尽快找到下一个主线剧情。”

听到主线剧情，龙@傲天神色一变，连声道：“对对对！副本随时可以打，没有首杀也没关系。但主线剧情是‘日抛’的啊，错过了就再也没机会体验了，还是主线剧情重要。”

轻月love道：“我猜主线剧情肯定会应在小宝身上，也就是擎天剑派，所以我们要尽快离开新手村，去开启新地图。”

其余人也点头同意。

《九重天》中一个队伍最多可加入六个人，独孤卓便将灵芝娃娃也纳入队伍中，现在刚好满员，独孤卓便带着众人离开了小镇。

黑猫走了一会儿觉得人形没有兽形方便，干脆变回小黑猫，在屋顶和人头上移动着。灵芝娃娃则是在地下潜行，速度比众人快多了，往往走一会儿还要停下来等他们。

众人已经筑基，依独孤卓的常识来看，筑基期就可以祭出法宝飞行了。可是游戏里的玩家空有一身实力，却没有接受过正规的门派教育，根本做不到飞行，只是跑的速度快些罢了。

独孤卓是可以御剑飞行的，系统赠送的二十至三十级装备也是一把剑，玄剑虽断，但系统赠予的武器倒是能够用一下。

然而众人都不会飞，独孤卓也不好过于高调，他连续自创阵法和剑法的事情都无法向队友解释，还好队友们将自创技能一事当作他的游戏秘诀，不敢轻易问出口，他也省得编谎话。

此时再御剑飞行，他怕是要被怀疑了。

于是独孤卓也只能耐着性子陪着队友用人间轻功前行，好在一路上景色不错，与叶舟共赏山水，也是不错的体验。

叶舟望着远处的山，露出如愿以偿的笑容，道：“我早就想出门旅游，可惜身体条件不允许，好多景色只在电视上看过，能在游戏里看看大山大河，也是不错的体验。”

轻月love道：“山树花草我倒是看过很多次了，我主要是想看海。”

叶舟也点点头道：“我也是，不知道海有多么辽阔。”

独孤卓道：“北海有鲲鹏，制服后可乘其直上九天，亦可深入海底。

你若是喜欢海，待等级高了，哪日我们去北海找鲲鹏。”

叶舟当他在开玩笑，道：“游戏里哪有北海这个地图啊，以前键盘的时候没有，鲲鹏就更没有了；倒是有个海，也不知道这次游戏能不能刚好做出来。”

一行人闲聊着赶路。

只可惜这是游戏，怎么可能让玩家单纯赶路，时不时就会刷新出来几个二十级的强盗，也难怪那些不足二十级、急于出城拜师的玩家，会连滚带爬地跑回来疯狂练级。

不过，对于一支已满二十级的六人队伍而言，这些强盗只是现成的经验罢了。

不用独孤卓出手，其余几人只需平砍几次，就能让强盗滚蛋。

黑猫施展魅惑技能，一只小猫把强盗们迷得神魂颠倒，仿佛看到了什么倾世美人。叶舟一波《五行剑诀》中的土剑群攻，轻月 love 和龙 @ 傲天收人头就够了。

灵芝娃娃一开始是准备充分发挥他的治疗技能的，谁知这几人根本不给他机会，丝血未掉就解决了战斗。

这么快干掉一群小怪，龙 @ 傲天还不满意，道：“这要是能布阵就好了，到时候能杀更多怪。”

大家一路说说笑笑，终于来到朋来镇附近最大的城市——九川城。根据键盘时代的经验，九川城内会有为玩家介绍门派的 NPC。

龙 @ 傲天见到高高的城墙道：“可算到了，键盘时代这段路一分钟就能走完，全息时代生生走了一个小时，玩家的时间不值钱啊。”

轻月 love 说道：“可是这一段路走得很开心啊，就当免费旅游了，现实中还得花钱才能进呢。”

叶舟说道：“可这是在玩游戏，时间久了，任谁也受不了。”

独孤卓告诉他们：“达到元婴期，御剑飞行可瞬息万里。”

“总之还得升级，啊，门派，我来了！”黑猫对着九川城大门搓搓手。

九川城是仿照西京建立的，四四方方的一座城，城墙极高，墙外有护城河，城门前有卫兵守护，必须提供路引才能进城。

玩家满二十级时，系统会自动发放一个路引，供大家在游戏内行动。

一行人顺利进城，叶舟和龙@傲天根据键盘时代的记忆，查找方位，在一个茶馆里找到了门派介绍人。

游戏并没有在拜师这件事上卡玩家，门派介绍人看了他们的路引，就热情地说：“原来是与擎天剑派有渊源的少侠，请坐。”

众人听到“擎天剑派”这个名字，顿时精神起来，傲天问道：“我们为什么和擎天剑派有关系？”

“各位的路引上有擎天剑派的印记，不过这位胖嘟嘟……小少侠，他的路引是坛业寺的，坛业寺也是佛门重地。如果不是路引上有大门派的推荐，我是不会告诉普通人各门派事宜的。”门派介绍人说道。

叶舟道：“看来路引上的印记同我们升二十级的方式有关，我们是过主线剧情，与擎天剑派有了瓜葛。胖嘟嘟是帮坛业寺救杨寡妇的儿子才升级，所以是坛业寺的路引。”

黑猫道：“看来那些没有升二十级的玩家，就算打赢了强盗，来到九川城，也一样要回去过副本，在路引上加印记。”

轻月 love 问：“有没有能让人越来越漂亮的门派？”

门派介绍人道：“自然有的，《九重天》内有五族，每一个种族都有两个门派。”

人族的两个门派是玄天宗和血炎盟，前者一听就是正道门派，后者就不像什么好地方。

灵族是昆仑奇谷和古荒遗迹，也是一正一反，昆仑为正，古荒为反。

妖族为断缘门和彼岸书院，竟是断缘门为正，彼岸书院为反。

鬼族是清凉峰和北邙山，自然北邙山为反。

魔族则是九黎城和九欲渊，九欲渊为反。

门派一旦选定，阵营也就定下来了。

“就这几个门派？哪个都不像是能变好看的。”轻月 love 道。

门派介绍人道：“女侠别急，还有两个门派是不限种族的，一个是素女派，只收女性，而且要求颜值必须高于六十才可以加入。

“另外一个是无量寺，属于佛修，同样不限种族，但只收男性。”

几个人围坐在一起商量着选门派，叶舟等了半天没见门派介绍人再提起其他门派，不由得道：“擎天剑派呢？他们不收人吗？”

门派介绍人道：“擎天剑派是修真界各门派魁首，不广收弟子。

各位少侠想要进入擎天剑派，必须通过门派精英考核，才能前往擎天剑派藏经阁选一门心法修习。”

叶舟道：“看来主线任务也不是那么好触发的，条件很多。”

独孤卓在意的却是另外一件事，他问：“你只说了五族，为何没有提到异族？”

门派介绍人笑道：“少侠，普天之下异族犹如凤毛麟角，哪里建得起门派，故异族无门派可收。”

叶舟呆住了，他已经从人族变成了异族，独孤卓也是，如果没有异族的门派，他们要去哪里学习技能提升实力？

见叶舟愣愣的样子，独孤卓低声道：“无妨。”

此时几人已经选好门派，轻月 love 自然是素女派，她玩游戏本来就没想成为大杀四方的侠士，只想成为天下第一美女罢了。

龙@傲天当然是选玄天宗，这大气的名字配得上龙@傲天这个名字。

灵芝娃娃选择昆仑奇谷，他早就和坛业寺绑定，不是很想去反派阵营的门派。

黑猫在妖族的两个门派间选了半天，最终一爪子按住无量寺，大概是下定决心想做个和尚了。

几个人解散队伍，让门派介绍人带他们去各自门派的传送阵，开启新的故事。唯有叶舟和独孤卓坐在茶馆内，看着面前早已冷掉的茶。

“我……要不要销号重玩？”叶舟问，“我们这样根本没办法升级。”

独孤卓坚定地道：“没有门派就开宗立派，天下之大，总有你我容身之处。”

第六章　御剑行

叶舟没有回应独孤卓的话，不死心地问：“素女派和无量寺不是不限种族吗？异族连那两个门派都无法加入？”

门派介绍人道：“不限的是公开可选择的五个种族，不包含异族。”

对，玩家建号时只能选择人、灵、妖、魔、鬼五个种族，游戏官网介绍上也说了，异族极其特殊，能否成为异族，全看玩家自己的机缘。

“到底什么是异族？”叶舟问道。

独孤卓道：“原种族中掺入神力的种族，统称为异族。因为体内含有神力，是以其他门派的心法教不了我们。”

叶舟忙把对话调成私聊模式：“神力？哪里来的神力？”

独孤卓也用传音入密回答道：“有的是意外得到神人传承，有的是偶然与古荒神兽的遗骸融合，有的则是融合了神器，你我便是融合了神器。异族的五行同神力属性一致，你我是神兵利器，所以是金系异族。”

叶舟听得思绪纠缠成一团乱麻，问出一连串问题：“神器？我什么时候和神器融合了？你什么时候和神器融合了？什么神器？”

独孤卓想到玄素二剑为创世神剑，属于游戏主线剧情的一部分，不知该不该告诉叶舟。

他是个BUG，玩家身份还是靠百分之七十以上玩家认可才得到的，他不确定自己的身份若是被其他玩家知晓后，会不会影响到身份认定。

更重要的是，他并不希望叶舟回忆起前生的事情，前生种种最好成为烟云，他一个人记得就好。

有些事，叶舟最好永远不知道。

于是，独孤卓道：“我不想骗你，我也不能说。”

“啊？哦。”叶舟有点失落地低下头。

他和独孤卓认识时间不长，人家的秘密他不方便探听，可是……

独孤卓道：“你之所以成为异族，是因为我将一把神器的神力注入你的身体内，为你镇压剑气。”

叶舟想起“连心”技能后他腹中如刀绞的痛楚，心有余悸地说：“也是为了救我，那我为什么会那么疼？是因为你融合神器吗？”

“差不多。”独孤卓道。

叶舟不良于行，家里的环境要尽量做到无菌，室外风尘都会让他大病一场。他从小习惯了不能出门、不要好奇、不要多问的生活，尽管心中疑惑还有很多，但既然独孤卓不愿意说，他也就不会刨根问底。

“那我们要怎么开宗立派呢？”叶舟问道。

独孤卓道：“获得一个步法称号。”

“怎么获得？你之前的自创技能都是怎么做到的？”叶舟问。

“我用阵法困死黑猫自创《迷踪阵》，用剑法杀死挡脸小队得到《五行剑诀》，自创技能的关键是要作用在玩家身上。”独孤卓答道。

“可是步法要怎么伤人？我理解的步法……应该就是闪避的技能吧？”叶舟问道。

独孤卓看了看他，忽然一笑：“要试试吗？步法。”

“怎么试？你要用我自创技能吗？”叶舟问。

“当然不是，我们走。”

独孤卓说罢便带着叶舟走到九川城外，说道：“九川城是人族聚集地，生灵无数，为了避免人族被魔族或者鬼族所害，几大修真门派一般会在大城镇布下阵法。九川城内，就算是大乘期修者也无法飞起来，筑基期以下在城里打一架倒是可以，但等级越高，越无法在九川城内斗法。”

“这些都是新设定吧？你是怎么知道的？”叶舟问。

独孤卓笑笑没回答，拔出系统赠送的那把名叫“精钢剑”的剑，伸手将叶舟的手搭在自己肩上，轻声道：“抓紧我。”

叶舟不知独孤卓要做什么，只能照做。待叶舟抓紧，独孤卓便随手打出几个灵诀，轻叱一声：“起！”

那把二十级的精钢剑竟是凌空飞了起来，独孤卓带着叶舟纵身一跃，跳到了剑上。

那把剑“嗖”地一下直入云霄，在空中向朋来镇的方向飞去。

“天！”

“呼呼”的风声在叶舟耳边吹着，惊得叶舟睁不开眼。

“莫怕，”独孤卓的声音响起，“有灵气护体的，不会掉下去。”

叶舟这才小心地睁开眼向下看，见独孤卓竟像是踩在平地上般踩着那柄剑，他的脚比剑身要宽，却不会失去平衡。

而叶舟的脚也一样踩在剑上，他吓得腿抖了抖，却发现脚下非常稳，根本不像是踩在窄窄的剑上。

即使心里知道这是游戏，不会有事，但透过云层看到脚下的山河树木变得越来越小，叶舟还是腿发软。

独孤卓的手掌扣在叶舟的手腕上，察觉到他脉象虚浮，知道叶舟是真的吓得不行，便转过身来，拍了拍叶舟的肩膀以示安慰。

独孤卓还记得，他第一次跟随夜舟上星垂峰时也是如此，之前几次飞行他都在昏迷中，头一次清醒着飞，还飞得那么高，他怕得要命。

他那时十分讨厌夜舟，甚至有些恨这个清冷的男子。他不肯抓住夜舟的衣服，惨白着脸站在剑上，嘴巴紧闭，一声也不吭。

当时独孤卓觉得自己要死了，就算夜舟不推他，他也会站立不稳摔下去，砸在哪个山头上尸骨无存。

就在独孤卓以为剧烈跳动的心要把胸腔撑破时，夜舟微一抬手，独孤卓便被什么白茫茫的东西围住了。他感受不到极速飞行带来的烈风，也看不到脚下，瞬间不害怕了。

等他恢复视力，就发觉已经抵达星垂峰。

后来他才知道，当时罩在他身上的，是夜舟那件白色的长袍，修真界有名的法衣，可挡住大乘期高手全力一击。

“别怕。”独孤卓道，“我在这里。”

他没有法衣，只能用这种办法帮助叶舟缓解畏惧之情。

独孤卓同时操纵精钢剑降落，速度也慢了下来，叶舟感觉到独孤卓在安抚他，又听到身边的声音小了不少，便缓缓睁眼，见他们正立在三米高的空中，脚下是几个聚集过来却拿他们没有丝毫办法的强盗。

“我还好，第一次知道自己胆子原来这么小。”叶舟道。

独孤卓道：“是我一下子太快了，没有给你准备的时间。”

“不不不，我还是很……很喜欢飞的。”叶舟回忆起刚才发生了什么，害怕的情绪渐去，眼睛慢慢亮了起来。

独孤卓安静地看着他。

叶舟试着把脚探出去，踩到精钢剑上方的空中，发现也能踩实。

“这是什么原理？”他不由得问道。

独孤卓道：“这是御剑飞行，把自己的真元注入法宝中，在剑身上形成一道无形的灵气屏障，就可以毫无阻碍地在天上飞了。不过灵气屏障会让飞行速度变慢，等级高了之后，还会有更快的飞行方式，几乎可以瞬息万里。我不确定这算不算步法，不算的话，还有各种遁术。”

“再……再飞一次好不好？”叶舟道，“这一次慢慢提速，一点点来。”

“好。”独孤卓手指一抬，精钢剑慢慢飞起来，不太高，先以普通人奔跑即可达到的速度飞。

见叶舟没有不适的感觉，独孤卓稍稍提速，又用真元在叶舟周围添加了一个护罩，让他不会听到过大的风声。

叶舟渐渐适应，时不时催独孤卓加速。两人在空中自在地飞了一会儿，很快来到朋来镇。

“去的时候走了那么久，回来……只用了十分钟？”叶舟看了眼时间道，“最快可以多快？”

“修者若是达到大乘期，自可瞬息万里。”独孤卓道。

“难怪游戏的两个地图之间没有传送阵，这是要让玩家自己学飞啊！”叶舟兴奋地说。

和键盘游戏里买个坐骑慢吞吞地飞不一样，这可是玩家亲身体验飞行的感觉，胆子大的大可以全真体验，胆子小的也可以调低五感数值，沿途看看风景也是好的。

“太好玩了！”叶舟兴奋了一会儿，想起自创步法的事情，“系统提示你可以审核步法了吗？”

“没有。”独孤卓道。

“真要杀玩家啊？”叶舟道，“无仇无怨的，心里有点过意不去。”

独孤卓道：“我去永夜区看下，你在镇里等我。”

“啊，这……”叶舟有点担心他，大白天一个看起来像人族的玩家走到永夜区，那不得被魔族鬼族群起而攻之？

独孤卓没说什么，把叶舟送到一个酒楼，留下“等我”二字就走了。

既然叶舟不希望他主动攻击其他玩家，那就由玩家攻击他好了。

独孤卓来到黑色岩石前，抚起衣袖，十分有礼貌地轻轻敲击三下。

永夜区虽说是魔族和鬼族的出生地，却并不会阻止人族玩家入内，这同檀寂大师口中的幽都永夜界略有不同。那边的世界人族是不能进入的，游戏里却欢迎玩家参观，只要你不怕死，完全可以亲身体验一把什么叫作百鬼夜行。

永夜区入口打开，独孤卓一进去就看见脚边蹲着一团马赛克，他微微皱眉，问：“这是什么？”

马赛克是红色的，旁边飘来一个鬼族白衣小姐姐，撩开头发，对独孤卓说：“这家伙把自己搞得太恐怖了，系统审核不过，只能打码。”

“好好一个永夜区，原本可以切身体会百鬼夜行，可现在不让有红色的血液，不让身体破碎得太厉害……这样的永夜区是没有灵魂的！”马赛克的声音是个很清爽的男声。

“你别说了，再说我就要销号重建一个人族账号了！”白衣小姐姐捂住耳朵，一脸害怕地说。

鬼族还会被自己吓到，独孤卓觉得眼前这两个玩家有趣，对他也没有敌意，便决定放过他们，另外选个好勇斗狠的玩家。

永夜区与独孤卓一开始想象的不同，他对游戏第一个夜晚群魔乱舞、人族逃命的景象印象深刻，认为只要进入永夜区就会遭到攻击，他便可以想办法干掉几个不长眼的玩家，达成开宗立派的条件。

谁知永夜区还挺和谐，形形色色的鬼怪玩家想着用各种办法逃过系统的马赛克，除了精神上略刺激外，还蛮平静的。

第一个晚上，魔族和鬼族之所以暴揍人族，也是有嫉妒心理存在的。

大家都是一起进入游戏的，凭什么你们白天玩得那么开心，又是上香又是喝茶，还可以围观灵芝割菌盖喂 NPC，他们却要被困在一个黑乎乎的小地方，抢为数不多的几个出门扮鬼做 BOSS 的任务？

轻月 love 和龙 @ 傲天的朋友逍遥更难受，魔族、鬼族好歹还能在黑暗区域移动，他却是一棵树，还要眼睁睁地看着玩家们在树下玩耍，更是亲眼见到一对玩家在游戏里莫名其妙地处出感情，在大柳树下约会，想要做些事情，好在游戏和谐机制阻止了这件事的发生，否则他就要被气炸了。

沉默使人爆发，白天憋得太狠，晚上的魔族、鬼族终于得到解放了，这才会无差别地攻击人族，立志要让人族在夜间和他们白天一样惨。

现在永昼区和永夜区开放，大家有自己的区域，随时可以练级，魔族和鬼族也就平静了下来。

除了逍遥这种为“孽妖之王”称号努力的玩家外，很少会有主动攻击人族的了。

更何况，有谁会把独孤卓当成玩家呢？

独孤卓与队友们在一起时，玩家们看到他普普通通的玩家队友，自然会推测他是玩家。可当独孤卓独自一人时，被当成 NPC 的概率还是很高的。

白衣小姐姐就将独孤卓当成了 NPC，还以为他是什么特殊任务，就飘来飘去地说：“你是哪个门派的仙长？”

独孤卓没理会她，而是扫视永夜区，想要找到几个看起来不好惹的玩家，要是能遇到当初的挡脸小队就更好了，仇人相见分外眼红，绝对有正当理由打起来。

白衣小姐姐却把独孤卓当成了有特殊任务的 NPC，心想这不知消耗了程序员多少头发的建模人物，必须是重要 NPC，说不定还是游戏主线剧情的最终 BOSS！

想要触发剧情，必须说出正确的关键词或做出正确的举动才行，白衣小姐姐不知如何才能触发，便尝试与独孤卓搭话。

“我是凌晨五点更新后第一时间上线的，看到有个扫大街的 NPC，长得有点像之前豆腐摊上的‘杨寡妇’。

“小镇郊外的‘茶棚老板’卖茶太贵了。

“你住过镇里最豪华的‘客栈’吗？我们鬼族可穿墙而入，却没办法进入坛业寺和那个‘客栈’。

“坛业寺义诊摊的老和尚换成年轻和尚了，有人问过其中一个的名字，据说叫‘禅三’。”

独孤卓捏了下拳头，思考着言语打扰算不算挑衅。

另一边的马赛克玩家已经恢复了正常，是个长相阴沉、脸色泛青的少年。

“你烦死人了。”少年对白衣小姐姐道，“NPC 没掐死你是他脾气好。”

“我这不是用关键词试试运气吗？”白衣小姐姐眼睛一亮，忽然露出一个诡异的笑容，“你说我要不要试试从他身体里穿过去，或者用附身功能？”

少年擦擦自己眼角流下的黑色液体：“你还说我把自己变成马赛克吓人，你自己呢？想的都是非常恐怖的事情！”

“这才是鬼族的正确玩法。”白衣小姐姐露出阴森森的笑容，整个人飘起来，“我来啦。”

独孤卓看着她道：“我也算是自保了。”

独孤卓不太明白系统所说的“步法”是什么意思，自然地将其理解为御风诀、祭出法宝飞行等遁术，在带叶舟转了一圈后，系统没有丝毫反应，这或许是因为他没有杀死任何玩家，也有可能是因为他理解错误。

或许步法并非是指遁术，而是……

既然有人送死，就拿她试试吧。

独孤卓运转真元，二十级后达到筑基期的他，已经足以仅凭真元站立半空了。在白衣小姐姐扑过来，想要穿过他时，独孤卓足下步伐变化，按照特定的方位在空中行走。

除了遁术外，还有一种术法可以称之为步法，那便是修真者以天地为棋盘，在棋盘上按照特定的位置行走，将每一个脚印视作一个“棋子”，以“棋子”引动星辰之力，称之为《天罡步法》。

相对地，还有引地下灵脉之力的《地煞步法》。

天罡和地煞两种步法各有千万种变化，如何利用天地之力，就看修真者自己的理解了。

独孤卓暂时查探不出永夜区的地底灵脉，此处也不是什么灵脉特别充足的地方，于是他舍弃了地煞，改用天罡。

“哇！飞起来了，是 NPC 吗？长得真是……”旁边一个魔族玩家正在感慨，就见独孤卓凌空走了几步，每一步都十分用力，每一步都好像在空中留下了一个“点”。

若是白天，独孤卓可引太阳星辰之力，哪怕他此刻功力低微，只能引一丝太阳真火，也可让这些玩家灰飞烟灭。

可惜永夜区没有阳光，只有月亮与星星，以独孤卓目前的实力，无法引动太过复杂的星辰之力，只有太阴星和北斗七星可以利用，独孤卓选择的是太阴星。

永夜区永远是满月，太阴星力最胜，独孤卓方才踩过的位置泛出点点光芒，天上的月亮看到这光芒，变得越来越亮。

独孤卓左手指月，右手飞快地绘出《天罡步法》的图案，双掌一合，顿时月光大盛，与他步法留下的光芒连接在一起，他脚下出现一轮圆月的倒影。

“月亮！有人摘月亮了！”白衣小姐姐丝毫不知危险，疯狂拍那少年，“快快快！愣着干吗，截图啊，拍视频啊！”

永夜区内的其他人自然也注意到这边的动静，早有机警的人打开了截图和录视频的功能，但他们发现，这些功能在这一刻全部无法使用。

就算有人在独孤卓开始走天罡步法前就因为他好看而截图了，截图此刻也消失得无影无踪。

论坛也好，聊天软件也好，都不会出现独孤卓的截图，像是有一股无形的力量，删掉了所有关于独孤卓相貌的影像，不让他的容貌流传到游戏外面。

白衣小姐姐呆呆地看着脚踏太阴的独孤卓，却见那轮圆月离自己越来越近，将她与还在翻找截图键的少年笼罩。

柔和又清冷的月光洒在两人身上，一瞬间，两个鬼族好像发自内心地明白了如何更好更充分地使用拜月诀升级，明白了如何在月光下增强技能攻击力。

这种感觉令他们不想躲避太阴星力，只想沐浴在这清美的月光之下，永远不要醒来。

于是，他们真的就没有再醒来。

独孤卓的功力无法维持太长时间，月光散去，两个鬼族身形消散，若是真正的鬼族早已身亡，但这两个玩家都只是因死亡掉经验和装备、灵石、银两而已，不会真正死去。

而沐浴过太阴星力又侥幸不死的鬼族，日后修炼也会事半功倍。

总体来讲，他们反倒是得到好处了，也是独孤卓手下留情了。

果不其然，两个玩家死亡后，独孤卓收到系统提示可以上传步法，并得到了空白玉简。

独孤卓转身离开永夜区，想和叶舟一起刻录玉简，上传等待审核。

他刚走，两个鬼族就原地复活。

白衣小姐姐道："我们刚才是不是看到了天神降世？"

"是，还打了我们一顿。"

白衣小姐姐问："我们多少级了？"

少年道："十九级，你说二十级副本不好打，不想去开荒，想等有人打赢出攻略再去挑战。"

白衣小姐姐眼神坚定地说道："现在就喊人组队去打满级本，十分钟之内，我要站在阳光下，知道这个 NPC 的全部资料。"

少年道："你霸总小说看多了，别说十分钟，二十级副本一天只能过一次，你十天都不一定过得去！"

两人组队时，独孤卓飞快地赶往酒楼。

已经快到午时六刻，叶舟十二点（午时四刻）就会下线，也不知道还有没有等他。想到这里，他几步踏上二楼包厢，刚走进去，就见叶舟点了一桌子菜，正撸起袖子啃猪蹄。

见独孤卓回来，叶舟尴尬地放下猪蹄，满是油的双手不知道放到哪儿好，有些不好意思地说："我也享受一下游戏里随便吃的感觉。"

独孤卓的仪态非常好，之前吃叫花鸡时也是斯斯文文的，叶舟此刻却是一副狼吞虎咽的样子，所以十分不自在。

独孤卓则是神态自然地道："我担心你下线了，还好。"

他坐到叶舟对面，随手施了个净身诀，一道水光闪过，叶舟手上的油就消失了，随后他对叶舟道："你想吃什么，我帮你挑好。"

他暗暗运转《五行剑诀》，干脆利落地分解了那只猪蹄，骨头与肉完美分开，每块肉和肉皮都切成刚好夹起入口的大小。

独孤卓将这样的猪蹄装进一个空碟中，放在叶舟面前。

叶舟想说啃着吃的猪蹄才是有灵魂的猪蹄，但看到切割得如此完美的猪蹄，只能道了声谢。

“你下线的时间要到了，是在等我吗？”独孤卓看着他。

其实是想多吃两口……叶舟咽下猪蹄，小声说：“有一部分原因。”

尽管很想让叶舟一直留在游戏里，但独孤卓还是说：“午睡不能少，你尽快下线。如果你想吃东西，我今天下午陪你吃三小时。”

“倒也不用吃那么长时间。”叶舟快速吞掉碟子里切好的猪蹄，“你成功了吗？”

“当然。”独孤卓平静地说。

“太好了，上传了吗？”叶舟问。

“没有，我想和你一起等审核结果出来。”独孤卓道。

“可是我马上就要下线。”

独孤卓道：“那就等你明天上线。”

叶舟站起来道：“我这就下线，立刻睡觉，下午准时上线。”

他走后，独孤卓一个人安静地坐在桌前，望着空荡荡的座位，然后叫来店小二，吩咐他把冷掉的菜撤下去，重新做一桌新的拿手菜，等申时（下午三点）送上来。

桌子被收拾干净了，独孤卓打开身边的窗子，手臂搭在窗户上，衣袖被风轻轻吹起。

另一边叶舟回到现实，毫无灵魂地吃了午饭，被人放在床上准备午睡。

他的视线落在自己没有任何知觉，即使每天有人按摩也逐渐萎缩，细得不成样子的腿上。

叶舟安静地闭上眼睛，果然只有在游戏里他才能像个正常人。

下午叶舟上线，小二新上了一桌菜，两人边吃边等系统审核。

《天罡阵法》比《五行剑诀》的审核时间更慢，一直到下午五点，系统才慢吞吞地发出公告——

【公告：独孤卓自创《天罡步法》，系统已审核通过，获得“步法宗师”称号。】

【公告：《天罡步法》被系统认定为高级步法，所有玩家均可学习。】

【公告：独孤卓已获得“阵法师”“剑法宗师”“步法宗师”三个称号，符合开宗立派的条件，可在游戏中自立门派，收玩家或者NPC为弟子。】

这次公告后，游戏内的玩家倒是没有那么激动了，连续的公告让他们麻木，甚至有人悄悄在论坛上写以独孤卓为主角的、修真者重生到NPC身上的小说了。

其实这期间早就有人给客服打电话举报独孤卓开外挂，但是客服查证后给出的结果是一切数据正常，这让不少人偃旗息鼓。

当然，最重要的是，玩家们认为游戏拜师后学到的技能未必比独孤卓自创的差，而且，目前独孤卓除了获得称号外，根本没有什么实质性的奖励。说是能开宗立派收徒，可是玩家一样可以收徒弟，大帮派的人数一样多如牛毛，似乎当宗师的好处也不多，没什么可嫉妒的。

倒是有不少好战分子希望等级高了之后能与独孤卓一战，看看他自创的技能威力如何。

叶舟问：“要怎么才能开宗立派？”

独孤卓皱了下眉头，道：“系统控制面板中出现了一个创建门派的界面，上面显示我除了自创三种技能外，还要满足以下几个条件。

“第一，找到适合作为山门的领地，要有数座山峰，地下要有灵脉，保证山门的灵气充足。

“第二，要有足够的银两去人界衙门购买这片土地，银两上千万，数量非常可观。

“第三，要有一个拿得出手的镇派法宝，起码要是元婴级别的法宝，日后宗主等级若是提高了，法宝等级也要相应提高。

“第四，需要数不尽的高品级灵石，在山门外布下阵法，防止外敌入侵。

“第五，要有一个护山神兽，神兽只能是灵族。

“第六，建派时，要有不低于三名玩家申请，一名是掌门，一名是长老，一名是首席弟子。”

叶舟听着一大串的条件，瞬间头疼，建立一个门派真是太难了。

独孤卓倒是觉得自建门派仅需要这些条件，倒还容易。

他说道：“这些条件是应该有的，开宗立派没有一个山门肯定不行。法宝、灵石、阵法甚至神兽，皆是一个门派应有的东西，至于三名弟子，你我再随便加一个就够了，我是掌门，你是长老。”

“我？我是弟子才对吧？”叶舟道。

“怎么会呢？系统认定你是我的师父，你自然就是我们门派的无上长老。”独孤卓自然道。

叶舟深吸一口气，问：“那我们该怎么找到这些东西？系统有没有发布任务？”

以前的键盘游戏中，想建立帮派或者家族，就要完成系统的一系列任务，每次任务过后，帮派领地就会扩大一点点，所以大帮派建立前期帮主和几个核心成员都会很辛苦，每天昼夜颠倒地做任务，还要把在游戏中赚的钱全部砸进帮派中。

光这些还不够，帮主还会自掏腰包充钱，还要找代练做任务。

即使如此，还是有很多人喜欢创建帮派，就是喜欢那种经营一份事业的感觉。

独孤卓看了看系统面板道：“山门这里是有一个任务。”

“什么样的？是任务链，或者采集一类的吗？”叶舟问道。

他想象中的获得山门是完成一系列任务后，终于获得 NPC 的好感度，愿意将一座快要破产的矿山卖给他们，或者干脆发布一些采集任务，让玩家人工造一座山。

谁知独孤卓说：“选择以下有合适山脉的副本，取而代之。”

“什么？！”叶舟揉了揉耳朵，怀疑自己听错了。

独孤卓道：“这里给出的副本有一百级苍澜天火副本、九十级万妖雾灵副本、八十级天都龙脉副本、七十级……”

“等等！”叶舟让独孤卓打住，“系统让我们打这么难的副本？”

独孤卓道：“不是，是让我们把副本中所有的 BOSS 打到服气并收到麾下为止。这倒是个不错的办法，到时我们连护山神兽都有了。”

“系统给出的等级最低的副本是哪个？”叶舟问。

“四十级妖灵虎牙副……”独孤卓的声音猛地顿住。

“四十级倒还好，可是四十级之前我们没有门派，升级会不会太难了？”叶舟愁得想要撞墙。

“就做这个副本。”独孤卓的神色忽然坚定起来。

他拿出一块玉简放到叶舟手中，道：“这是《天罡步法》，威力也不小。待会儿我传授你御剑之术和御风诀，我们要尽快提升实力。”

“你的御剑之术没有被认证为自创技能，我要怎么学？”叶舟接过《天罡阵法》的同时问道。

独孤卓微笑：“你资质好，一定能学会。”

游戏里人太多，他们需要一个僻静的地方修炼。黑猫不在，他们无法进入坛业寺，独孤卓想了想，干脆在那可以修炼升级的客栈开了一间双人的客房，一夜两百两银子，方便叶舟打坐修炼。

叶舟：“……”

《九重天》这款游戏之所以能够让玩家有一个真实的仙侠剧般的体验，据说是运用了最先进的脑电波连接技术。

玩家某个特定的指令可以与游戏设计出来的动作结合到一起，玩家大脑发出指令，游戏中的角色就可以做出跳跃、翻滚等动作。而技能也是，将游戏的特效与技能名称组合起来，玩家大脑想到这个技能名称就等于发出指令，游戏角色就可以施展技能。

这其中的原理很复杂，叶舟也没兴趣弄懂。

总之，游戏中的修炼根本不是修真小说中的修炼，而是指令与技术的结合。他的游戏角色没有学习这种技能，不管大脑如何发出指令，都不可能做出动作。

“不不不，绝对不可能。”叶舟拒绝，盘膝坐在床上。

“你可以的。”独孤卓道。

夜舟是擎天剑派的长老、素剑认定的主人，其在练剑一道上的资质远超常人。传闻他十岁就可以筑基，只是因筑基期后修真者容貌不再改变，为了等身体长到成年，夜舟才一直压制功力，到十八岁才筑基。

随后他一鼓作气，在两年内突破金丹期，十年突破元婴期，是千万年难得一遇的天才。

叶舟拗不过独孤卓，听他的话盘膝。这盘膝要求还特别高，需要五心朝天，即双手心、双脚心和头顶心要向着天空，据说这是最容易让真元在体内流转的姿势。

现实中盘腿后双脚心朝天可太难了，需要把左脚放在右腿上面，把右脚放在左腿上面。幸亏这是游戏，游戏角色拉伸到位，这个动作很轻松就完成了。

“接下来怎么做？”叶舟问道。

独孤卓坐在他身后，双掌贴在他的背心上，吩咐道：“我将真元注入你的体内，你用心感受就好。只要感受到丹田内有真气，就可以按照我修炼的方法，让真气在体内循环了。”

说罢，独孤卓运转真气，叶舟竟真的感到一股热流自后背进入身体，在体内循环起来。

这不科学！

虽然心有疑虑，叶舟还是闭上双眼，在独孤卓的引导下感受体内真元。很快他就感觉到丹田内热乎乎的，他想象着丹田内有股真气，引导真气在体内运转，没过一会儿，就进入入定状态了。

独孤卓收回手，他就知道以叶舟的资质绝对可以学会。

“第一次运转真气只要完成九个周天就可以。”独孤卓道，“你的等级已经到筑基期，九个周天并不难。”

确实不难，叶舟轻轻松松运转六个周天后，就听到耳边响起“嘀嘀嘀”的声音。

这是保姆在叫他，其实游戏头盔是可以像键盘网游一样直接拔电源下线的，《九重天》设计全息游戏时就考虑过突然断线断网的可能性，所以除了眼前画面改变外，并不会对精神造成什么影响。

不过叶舟身体不好，保姆不敢突然摘他的头盔，怕他被环境剧变吓得心跳加速、呼吸困难，所以就在游戏头盔上安装了闹钟，当需要他下线的时候，保姆就会按闹钟提醒他时间到了。

可是修炼还差一会儿，叶舟太喜欢这种真气在体内游走的感觉，干脆屏蔽了五感，任由闹钟响，硬是做足了九个周天。

叶舟一睁眼就慌慌张张地说：“已经七点半了，难怪保姆催得那么急。我晚上不一定上线，明天见。”

打过招呼后，他便匆匆忙忙地下线了。

叶舟以为修炼不过是几天的事情，只要能够感受到“真气”的存在，就可以事半功倍，飞快地升到三十级、四十级。

谁知接下来的日子就是无止境的上线、修炼、下线、吃饭、晒太阳、按摩、睡觉、再上线、再修炼……无限循环。

他想象中在游戏内看尽大山大河的日子没有了，一连几天都被困在小小的客栈房间中，对着独孤卓修炼修炼再修炼。

修炼还是很修身养性的，闭眼运转真元三十六周天后，叶舟全身上下舒服了不少。

叶舟虽然被照顾得很好，但身体沉重，整个人没有精气神，皮肤惨白，经常没精打采的。

现在在游戏中修炼，也不知是不是大脑得到了养护，加上这几天能够吃下饭，叶舟的脸色都红润了不少。

可是这样下去，他升级的速度太慢了！

修炼对获取升级经验一点帮助也没有，哦，还是有的，修炼一下午三个小时，真气运转三十六个周天后，能够得到两百点经验。而在这家客栈内休息是可以获得经验的，一个小时一千，挂机也可以得经验，每天最多可获得一万经验，挂机超过十小时经验就不会再涨了。

他现在每天修炼只能获得四百经验，还不及上线六小时系统送的经验多。

十级以前，一千经验已经很多了，但是二十级以后，一千经验可以说是九牛一毛。

光是二十级升到二十一级就需要十万经验，等二十九级升三十级的时候，游戏经验更是要增长到可怕的二十万。

叶舟看着自己每天加一千、加一千、加一千、加两百……的经验提示头疼。七天，整整七天，游戏已经全面开服，超过之前十倍数量的玩家一窝蜂地购买游戏头盔涌进游戏中，游戏公司更是开放了货币兑换系统，而他一共获得了七个六千四，也就是四万四千八的经验，不到二十升二十一级所需经验的一半。

他忍不住问独孤卓："这么修炼，到四十级岂不是要玩两三年？"

独孤卓此时正坐在桌边给叶舟摆菜，这些天他一直叫店小二把饭菜送到房间中，让叶舟在游戏里品尝美食。

听到叶舟的话，独孤卓不紧不慢地说："我去九川城询问了下修真灵器行的老板，他告诉我，四十级相当于修真者的金丹期，从二十级筑基到四十级金丹仅用两年时间，已是不世奇才了。"

独孤卓眉眼淡然，似乎一点也不着急，仿佛一个游戏从二十级到四十级用两年时间是再正常不过的了。

叶舟想说“我还是销号重练吧”，但独孤卓是异族，这个号与独孤卓又是“歃血为盟”又是有“连心技能”，独孤卓显然没有销号重玩的意思，誓要将异族玩到底，他要是重练一个号，独孤卓岂不是只能自己玩了？

“你什么时候去的九川城？”叶舟问道。

独孤卓道：“你下线后，我会在目前开放的地图中走一走，和每个 NPC 聊一聊天。我记得你们说过，这个游戏藏着掖着，完全不公开设定。这么闲逛一圈后我发现，游戏的设定全部隐藏在 NPC 身上，只要与 NPC 对话，就能得到很多情报。”

“说说。”叶舟感兴趣地道。

独孤卓道：“二十九到三十级不会卡等级，但三十九到四十级，是晋升金丹期的关键时刻，不仅要过四十级副本，还要过心魔劫和天劫，这是门派介绍人所在的酒馆的说书先生告诉我的。”

“这么好玩吗？真的就像拍大片一样，好想尽快升级啊！”叶舟搓了搓手，又萌生了出门练级的想法。

独孤卓道：“你知道现在等级最高的玩家是多少级吗？”

“起码有二十五级了吧？”叶舟这几天一直在修炼，都没有打开排行榜，听到独孤卓一说，立刻点开排行榜，见上面最高级竟然是一大排二十级，“没人升级？”

不是吧，整整七天一级也不升，连修炼速度最快的灵族都卡住了，为什么？

独孤卓道：“你可以问问我们之前的队友。”

叶舟之前有点嫉妒心理，嫉妒大家有门派可以练，担心被队友们落下，所以没有主动联络队友们。看到排行榜的等级数字，他这才发现，有了门派似乎也没那么容易升级，便给几个队友群发消息，询问众人的现状。

此时正是下午五点，在线玩家多了起来，队友们很快就回复了信息。

轻月 love 道：“素女派真是太好了，完美符合我对游戏的期待。我现在每天在素女派学习呼吸吐纳、站立行坐躺等动作以及化妆技术，经过一星期的培训，我在现实中也按照游戏内师父的教导要求自己，感觉现实中的我颜值也提高了不少呢！”

对话后面还发了一个游戏内的录频，是轻月 love 正在看书的样子，好像是比之前有气质多了。

她完全没有提练级的事情，似乎沉浸在了变美的教程中，根本不在乎等级了。

龙 @ 傲天道：“我正在玄天宗山脚下抓蟾蜍，又迷路回不了山门了。蟾蜍，我跟你们势不两立！”

灵芝娃娃胖嘟嘟道：“灵族的修炼方式就是躺着晒太阳、晒月亮和种花种草，用自己的灵气滋养下一代灵修。你看看我养的多肉，可爱不？”

黑猫的回答更是令人摸不着头脑：“阿弥陀佛，如是我闻，一时佛在舍卫国……”

叶舟正在疑惑，黑猫发来第二条语音：“我的天！我为什么要选无量寺，去当个正经妖族不好吗？每天背佛经、背佛经、背佛经，背一部经书涨十万经验，繁体字默写十万经验，梵文默写五十万经验。我现在一行都没背下来！我上学的时候都没这么勤奋！”

叶舟：“……”

这游戏的升级方式太神奇了，就不怕玩家摔头盔不玩了吗？

独孤卓道：“当然不会，别看他们向你抱怨修行很苦，但门派中的生活非常有趣。”

他拿出几块传讯玉符，这是系统专门用来录制影像，在游戏内部发送的玉符，能够播放简单的画面，需要用玉石购买。

独孤卓原本的修真界也有类似玉符，所以他用起来很熟练。他将真元注入玉符中，一幅幅小型全息投影画面就出现在房间中。

画面中，素女派门人领着轻月 love 去了一个房间，房间内全是各种美丽的衣服，一个媚而不俗的 NPC 告诉轻月 love，只要好好修炼，完成门派考核，就可以免费选取一件衣服，轻月 love 的眼睛在闪闪发亮。

龙 @ 傲天在师兄带领下，骑着仙鹤遨游九天。师兄说，抓一千只蟾蜍可以体验五分钟骑鹤。龙 @ 傲天现在是骑鹤五分钟，抓蟾蜍一整天，像极了为一块大饼辛苦奋斗的打工族。

灵芝娃娃则是随着一条银龙来到蓬莱仙岛，在海洋中潜行，享受着大海的滋润。

黑猫……黑猫被一群和尚抱着梳毛，他翻身露肚皮的样子，像极了被按摩而身心舒适的客人。

叶舟：“……”

行吧，游戏公司真的很懂玩家心理，总是会用一些方法吊住玩家让他们耐心地做任务，这也是全息游戏才能做到的事情。换成键盘游戏，哪个玩家会因为电脑内的角色被和尚按摩就心甘情愿地去背佛经啊！

“那我呢？”叶舟看向独孤卓，“独孤掌门，我修炼七天了，是不是也该有个体验券了？”

独孤卓没听过“体验券”这个词，却也明白叶舟的意思。他笑道：“让你修炼不是为了累积真元，这游戏经验大概就等于真元，想要获得真元（经验）的方式有很多，当然不会用这种方式攒经验。我是为了让你熟练真元的运转方式，好学习各种法诀。”

“那我现在……”叶舟指着自己道。

“差不多了。”独孤卓透过窗子看看天色，“不过已经快到你要下线的时间了，明天吧。”

“修行一个灵诀需要多久？”叶舟问道。

“以你的资质，简单的灵诀一两个时辰即可。”独孤卓道。

“那我今晚其实可以偷偷上线的。”叶舟对独孤卓眨眨眼，“我最近几天身体好多了，今早抽血化验，各项指标非常正常，医生都觉得惊讶，说下个月再抽血化验，如果数据还这么好，我就可以到室外晒太阳了！”

独孤卓每日给叶舟号脉，自然知道他自从修炼后，身体虽无复原的可能，原本散碎的魂魄却凝聚起来，就算是残魂，也不会出现魂体不稳导致身体生病的情况，偶尔晚睡一两次是可以的。

于是，他允诺道：“最多一个时辰。”

“我晚上八点就可以上线，十点下线，不会熬夜的。”叶舟对独孤卓比画了一个“OK”的手势。

有了独孤卓的承诺，叶舟吃晚饭时魂不守舍的，才七点半就嚷着困了，要去睡觉。保姆和护工不敢打扰他，把他抱到床上，将呼叫器放在床头，嘱咐他不舒服一定要按呼叫器。

叶舟做出装睡的样子，在他们走后，他立刻够到放在床头柜上的头盔，不到七点五十就登录上了游戏。

他还保持着在床上盘膝的样子，上线后跳下床，兴奋地对独孤卓说：“我们去哪里练习灵诀，总不能在客栈房间里吧？”

“我找到一个好地方，人少，灵气充足，还能获得不少经验。”独孤卓笑道。

叶舟以为独孤卓从 NPC 那里问到了关于练功房或者练功地图的信息，便信任地跟着独孤卓走。

只见独孤卓带着他一路来到永昼区和永夜区的分界，敲了敲永昼区的石头，带他走进去，和一个 NPC 对话几句后，他们被传送到另外一个空间。

同时叶舟也听到了系统提示：“你已经进入永昼区拜日族副本中。”

叶舟：“……”

“人少，灵气充足，还能获得不少经验”的地方，是二十级升级副本吗？

过了七天，早就有锲而不舍的玩家打过了二十级副本，有一部分通关玩家在论坛上整理了副本过关秘籍，当然花钱才能看。还有一部分工作室代练会带玩家过副本，也是收费的。

叶舟下线的时候，偶尔也看一看论坛，听说过永昼区和永夜区二十级副本的事情。

永昼区这边，副本的背景似乎是拜日族制造出来的。拜日族是夸父一族的后裔，有古荒神人血脉。

夸父一族对太阳的追求是刻在血脉中的，夸父追日而死后，他的手杖变成一片桃林，他的后人在桃林附近安家。古荒时期，夸父的后裔都是具有神力的，他们在桃林中找到夸父残留的力量，领悟了时光之法，将这一片区域的时间永远留住。

在永昼区，早晨七点太阳从东边升起，晚上七点从西边落下后又马上升起，像是一段十二个小时的视频倒放般，太阳从西边又走回东边，第二天一早又从东边升起，日复一日，年复一年，这就是永昼区的由来。

拜日族人也因此创办了拜日教，族中成年已婚男女均为拜日教教众。

而永昼区的拜日教副本是从一个拜日族少年开始的。岁月流逝，上万年过去，拜日一族体内残留的神力越来越少，快要维持不了永昼区的时光逆转了。

拜日族的少年认为，他们一族必须走出永昼区，拥抱黑暗和寒冷，才有真正的未来，否则有朝一日，等永昼区彻底消失，没有见过黑夜的拜日族就会覆灭。

但是拜日教的长老却不认同少年的想法，他觉得阳光永远属于拜日一族。

少年想说服长老，但他一个人的力量不够，于是他向永昼区勇敢的少侠们（玩家）求助，希望他们可以帮自己通过长老的考验。

通过副本后，长老就会委托少侠们带少年走出永昼区。为表示感谢，长老会送给玩家一颗筑基丹，玩家吃后就可以筑基晋升二十级。

当然，少年是不会真的被玩家带走的，他还要继续留下来引导其他玩家进入副本呢。

副本里不会出现同样闯关的玩家，只有一队闯关者，人很少。

问题是这是个六人副本，人少倒是也可以进入，反正副本内的小怪数量有限，杀死小怪获得的经验是一定的，人越少，玩家获得的经验就越多。

前提是能打过。

六个十九级的玩家组队来过副本都会被打得满头包，每个小怪都有二十级的实力，三个守关 BOSS 更是强到变态，两个人进入副本，可能不到五分钟就会被打死出来。

死亡会掉物品掉经验，叶舟修炼七天才得到那么一点点经验，他真的舍不得。

引导两人进入的少年对独孤卓说：“前面就是夸父大神手杖化为的桃林，长老说，我想要离开这里，就必须先通过夸父大神的考验。”

第一关，进入桃林，桃林中的树木会变成怪物，数不尽的枝干攻击玩家。树的血量异常多，很难打死，它们的枝条抽人特别狠，被抽一下就会掉约百分之三十的血，一棵树有七根枝条，桃林共有三十棵能够变成怪物的桃树，打起来简直是地狱难度。

最令人生气的是，拜日族少年也会加入战斗，他的血极少，被抽一下就去了半条命，两下直接没命。少年死亡，副本结束，玩家自动被送出去。

玩家们只能在一次次死亡中不断试错，找到枝条挥动的规律，尽量避免被抽中，还要保护非要冲上去挑战桃树怪的少年，实在是心累。

这个关卡既考验配合，又考验玩家的闪避能力，无数玩家死在了第一关。

听了少年的话，叶舟拽了拽独孤卓的衣袖，道："我们打不过。"

独孤卓对少年道："我只是想借用一下这里的环境，并不打算闯关。"

说罢，他施展曾经对庙祝用过的"缚"字诀，困住少年，少年顿时一动不动，像个木头人。

叶舟："……"

独孤卓道："我之前进来过，本是想知道游戏是如何解释永昼区设定的，却意外触发了二十级副本，发现了这个极好的修炼地点，不仅不会有其他玩家打扰围观，环境也很好，桃园的景色十分迷人。"

叶舟灵巧地躲过一根抽击过来的枝条，道："你确定这里很'安静'？保护好那个少年，他死了我们就要被弹出副本了！"

"放心。"

独孤卓一手抓住叶舟，一手扛起少年，他飞得高度极高，桃树的枝条根本达不到这个高度。独孤卓直接越过桃树林，把少年放在了桃树的攻击范围外。

桃树林另一侧是副本的第二个关卡，有一个人睡在桃树林外，他是前代拜日教大长老沉睡的灵魂。一旦守护他的桃树林被打败，这位大长老就会苏醒，直接一个群攻打得玩家半死不活。

千辛万苦干掉桃树怪的玩家们若是清楚这个设定还好，能够及时躲开群体攻击，但这是开荒期，玩家们哪里知道才出虎穴又入狼窝，往往第一时间就被打得晕头转向，很快就会全军覆灭。

但，大长老苏醒的条件是，桃树怪被打败。

现在桃树怪根本没有攻击到独孤卓和叶舟，大长老完全不会醒，独孤卓干脆将少年放在大长老的脚下。

大长老和桃树林之间有一段距离，这里草木旺盛，一片油菜花田盛开，非常养眼。

叶舟落入油菜花田中，不由得暗叹一声："好美。"

"我猜你会喜欢。"独孤卓道，"我之前算过，在副本中逗留一个时辰还没过关就会被弹出去，这个时间刚好用来修炼灵诀。"

还挺合理的，就是对副本的作用好像有点误解。叶舟偷看了独孤卓一下，有点开心。

他连日来都憋在客栈的房间中，忽然来到这环境优美的地方，自然是心旷神怡的。

只要无视旁边甩来甩去的枝条就好了。

一只蝴蝶在油菜花田中翩翩飞舞，叶舟伸出手指，那五彩斑斓的蝴蝶竟然落在他手指上，叶舟轻轻地笑了。

"谢谢，这里真的很美。"叶舟道。

"你若是喜欢，日后我们可以每天来这里修炼两小时。"独孤卓道，"要是这里的景色看腻了，我们就去永夜区，那里的魂归幽冥也很美。"

独孤卓的语气太自然，让叶舟不禁产生了"副本就是用来旅游"的错觉。

叶舟被自己的想法吓到，敲了敲脑袋，惊走手指上的蝴蝶。

"怎么了？头疼吗？"独孤卓问道。

"不是。"叶舟摆摆手，"我们开始修炼吧，不过我真的能练会灵诀吗？"

"当然可以。"独孤卓非常有信心地说。

他先教叶舟认穴，在叶舟身上几个位置轻轻点了几下道："记住这几个穴位，一会儿要控制真元走过这几个穴位。"

叶舟记忆力一向很好，只认一遍就记住了，并且能够轻松地在独孤卓身上找到这些穴位。

"这几个穴位有什么用？"叶舟问道。

独孤卓道："修真者是感悟天地之力，化天地之力为己用，想做到这些，首先要能够与天地沟通。阵法、步法甚至是剑法，全部是与天地沟通所用的'语言'，而灵诀则是连接"语言"和我们自身的桥梁。

"简单的法诀是不需要'语言'的，只要使用灵诀就好。你打出灵诀时，让真元通过这几个穴位，就可以减少大地对你的束缚然后飞上天空，这就是凌空诀。”

叶舟倒是听明白了独孤卓的解释，问道：“你不会真是修真者吧？”

独孤卓没有否认，而是说道：“你把我刚才说的理解成游戏中早就设定好的‘程序’，我将这些‘程序’重新整合，就可以自创出技能。”

这么说叶舟倒是接受了，说不定独孤卓是个黑客大神呢。

由于前几天闭关修炼，叶舟对真元的控制已经很熟练了。记住独孤卓教会的灵诀后，叶舟便开始练习一边施展灵诀一边释放真元。

这并不简单，要在手指舞动的同时运转真元，而且每做一个动作，真元都要恰好经过某个特定的穴位，错一次就会失败。

叶舟练了几次没能成功，不过他并不气馁，而是颇有兴致地继续练下去，一次比一次好。

大概一个小时过去，精神已经有些疲累的叶舟忽然有种茅塞顿开的感觉，他不需要再强行记住每一个环节，而是自然地施展灵诀，真元又恰好经过特定穴位，整个过程一气呵成，十分流畅。

当身体缓缓从地上飞起来，叶舟感觉自己好像听到了大地的声音，也感受到了天空的脉动。他知道怎样运转真元才能让大地不再束缚他的脚步，也知道怎样沟通天地才能让天空托住他的身躯。

“我真的能飞了！”叶舟惊喜地道，他太喜欢这种自由的感觉了。

他太开心了，忘记隔壁还有桃树怪虎视眈眈，稍微飞得低了一点，就要被两根枝条狠狠地抽中。

两根枝条最多打掉百分之六十的血量，他并不是很害怕。只是这几天为了修炼，他早就把痛觉和触觉调到了最高的百分之七十，这两下若是打在身上，那可是要疼死的。

正在这千钧一发之际，一道剑光划过，斩断了这两根枝条。

独孤卓拉住叶舟，带着他向上飞了一些，远离那些枝条的攻击范围。

“谢谢”这两个字叶舟已经说腻了，再说就显得生疏了。

“这就是御剑吗？”叶舟看向那把剑，正是独孤卓的精钢剑。

“你也可以，不过今天要学起来时间不够，你今天把凌空诀练好就足够了。”独孤卓道。

叶舟看着下方的桃树，忽然产生一个想法，道：“我们要不要用这种方法尝试过副本第一关，在天空上打怪，你用精钢剑，我试一试《五行剑诀》。”

“当然好。”独孤卓道。

两人慢慢靠近桃树林，在枝条刚巧打不到的位置停下，叶舟取出《五行剑诀》的玉简，点击“使用”。

《五行剑诀》不像《迷踪阵》，它属于高品级剑法，想要施展需要剑法熟练，而叶舟的熟练度远远不够。

然而就好像天生知道该如何使用《五行剑诀》一般，叶舟瞬间明白该如何化风为剑，数十道风剑在桃林中卷起，割断了无数根枝条。

白衣叶舟立在空中，俯瞰下方。他表情肃穆，身上似乎有了些独孤卓熟悉的影子。

独孤卓原本欣赏着叶舟动作流畅地攻击桃树怪，此时见叶舟气质大变，他连忙上前，伸出手拍了拍叶舟的肩膀，破坏了叶舟清冷的表情。

“你干什么？”叶舟脸上肃穆尽去，瞪着眼睛看着独孤卓。

“没事。”独孤卓的心放了下来。

他对现在的生活非常满意，可他一点也不希望叶舟变回以前的夜舟，更不希望叶舟想起前生的事情。

这样就好。

拜日教副本是独孤卓专门找来给叶舟练习灵诀用的，他根本没打算闯过这个副本。

叶舟也没想过能只靠两个人打过副本，他也不敢把桃树怪全部杀死，毕竟桃树怪死后大长老就会复活。叶舟便留下一两条桃树怪的枝条，如果他们十分钟内没有清理完所有的桃树枝，整个桃树林就会复活。

这对一心想闯过副本的玩家是个噩梦，对于叶舟和独孤卓来说，却是可以一直练习技能的永动机，真是再好不过了。

桃树怪被这不按常理出牌的二人组欺负了很久，好不容易挨到副本限定时间，系统迫不及待地将两人丢了出去。

两人猛然被弹出副本，忽然出现在永昼区的大街上，自然被很多玩家看到。

拜日教副本失败率极高，玩家们对这种情况已经见怪不怪。只是第一次看到就弹出两个人的情况，永昼区的玩家们不由得议论纷纷：“看啊，有两个傻子想靠区区两个人的力量闯过二十级副本，这不，被弹出来了吧？哈哈哈！”

独孤卓不在意玩家们的非议，他一生承受了太多的流言蜚语，这种等级的嘲笑无法影响他的心神。

叶舟却不服气，挡在独孤卓面前，生气地看着那些玩家，心想：你们不知道独孤卓有多厉害，我们没过副本是为了玩够两个小时，你们是两个小时也打不过！

见到叶舟气鼓鼓的表情，独孤卓将手按在他的肩膀上，传音道：“不必在意。”

叶舟瞪了周围看热闹的玩家一眼，私聊道：“等我们建立门派后，一定要成为全游戏第一的门派，让所有玩家都知道你的厉害！”

独孤卓望着叶舟，只觉得叶舟与记忆里的夜舟正在逐渐重合。

那时独孤卓修成金丹，参加修真界百年大比，他也是不世奇才，本可在大比中大放异彩，却由于一些原因惨败于某个邪道修者之手。

那时，整个擎天剑派都在嘲笑独孤卓，其他门派也纷纷指责独孤卓在关键决斗中输给了邪道，导致正道颜面无存，还输掉了一件重要的法宝。

成为众矢之的的独孤卓站在人群中央，听着众人对自己的指责，满腔怒气，险些要解开束缚大闹会场。

这时，一道纯白光芒射入会场中，独孤卓与那名邪道修者中间多出一把杀气冲天的剑。

那是夜舟惯用的法剑“宁折”，剑名取自“宁折不弯”一词。素剑是神剑，夜舟就算身为素剑之主，非到关键时刻也不会使用素剑，寻常时候他还是会用这把宁折剑。

宁折剑分开独孤卓与邪道修者，大乘期修者展现出来的实力让全场安静下来。

各门派长老所处的观战台上传出一道清冷的声音：“此次是吾派输了，败军之将不足言勇，本座没什么可辩驳的。但，三年后，在场任意一个嘲笑吾派弟子的各门派英杰，大可现身与独孤卓一战，人数不论，生死不论，如何？”

与独孤卓决斗的那名邪道修者狂妄地笑道："那若是我们整个门派的参赛英杰全部对战独孤卓一人呢？你不怕你们门派的小弟子因车轮战力竭而死吗？"

"没必要车轮战，贵派大可一拥而上。"那清冷的声音清晰地传入在场每一个人耳中，"三年后，化神期以下，独孤卓再无敌手。"

这话太嚣张，几乎惹恼了在场的所有门派，参赛的弟子们不敢与这明显是大乘期实力的高人争辩，各派长老却不肯答应。

他们当下便与擎天剑派立下约定，三年后，独孤卓再战。

而三年后，没等到约定时间，独孤卓便只身前往那邪道修者的门派，以一人之力剿灭对方满门，救下二十三名被那门派抓走的无辜女子，从此凶名远扬，成为修真界一尊杀神。

在那之后，再无人敢提起当年约定。待到约定之日，夜舟主动向当时约定的门派发放拜帖，只换来无数张认输的帖子。

夜舟将那些帖子丢给独孤卓，帖子如雪花般散落在独孤卓身侧，夜舟背对着独孤卓淡淡地道："你赢来的。"

夜舟的态度并不好，不过长大的独孤卓已经明白夜舟长老的苦心。

在夜舟走后，独孤卓捡起地上的一封封帖子，珍重地收入自己的储物法器中，这是夜舟送他的礼物。

一个玩家指着独孤卓和叶舟大声笑起来："你们该不会两个人去过副本了吧？是不是傻子？"

这话将独孤卓从思绪中唤醒，他看到叶舟气得手掐灵诀，就想上前揍人，忙一把拉住了他。

"这次你听我的。"叶舟却不再听独孤卓的劝阻，冲上前对那人道，"有没有这个实力，打一场不就知道了？"

那个玩家上下打量了下叶舟，嗤笑一声："你？算了吧，我早就二十级了，回永昼区带新人过副本而已，你打不过我。"

"你就说你敢不敢接吧？"叶舟骄傲地昂起头。

那玩家回头看看自己的队友，对他们说："给我点时间，分分钟灭了他。"

叶舟也对独孤卓道："我等会儿再下线，你别拦着我。"

独孤卓无奈地看看叶舟，小声道：“把剑给我。”

独孤卓之前为叶舟重新锻造过的剑等级太低，耐久度也不够，磨损很严重，叶舟早就换上了系统赠送的二十到三十级的标配精钢剑。独孤卓原本要帮叶舟升级精钢剑，但叶舟觉得他们很快会升三十级，到时还要换武器，这把剑用不了多久，不想让独孤卓放血。

现在独孤卓想临场帮叶舟提升一下装备，叶舟立刻猜出了他的意思，摇摇头道：“不用！”

他拔出剑，开了比斗模式。

永昼区内是允许玩家决斗的，不过同样限制在二十级，二十级以上的决斗只能去游戏指定的比斗场和野外进行了。

对面玩家接下叶舟的挑战，拿出一杆长枪，枪头闪着寒光，不像二十级的武器，应该有三十级或者更高等级。

游戏中的隐藏彩蛋很多，这玩家显然是得了个好道具。

对方先出手，挥舞长枪，枪头寒光化为一条银蛇，隔空向叶舟袭来。

周围看热闹的玩家说道：“我知道了，他就是第一个通关二十级副本的玩家绝世神将，那把长枪是完成副本首杀后系统送的。”

“我也听说了，首杀还送了一个极品材料蛇魄玉，绝世神将好像把长枪和材料融合在一起，打造出了一杆新枪。”

“我朋友花钱找他带过副本，也见过这杆长枪，那条银蛇有冰冻和控制的效果，被银蛇扫中一点都会全身冻结，十秒内失去反抗之力。还有，银蛇吐出的冻气有毒，会让对手的攻击力和速度下降一半。”

“长枪作为长兵器，攻击范围广，速度也比剑快，哪个玩家这么不长眼睛，敢和绝世神将打？”

“可不是不长眼睛吗？两个人就去打二十级副本，挑战全服副本首杀的高手也挺正常的吧。”

这些谈论的玩家是公开聊天，话语全部落入独孤卓耳中。

素来不在意旁人言语的独孤卓，此刻却不由自主地捏紧了拳头。这一刻，独孤卓忽然明白了叶舟宁可推迟下线也一定要挑战对方的理由——他们两个都是极为护短的人啊。

银蛇的动作远比一般玩家要快，如闪电般猛地袭向叶舟，叶舟则是不慌不忙，熟练地打出灵诀，在银蛇即将碰到他的瞬间飞到天上，俯视着对手。

叶舟本想用《五行剑诀》或者《天罡步法》，这剑法与步法有技能玉简，只要点击就可以使用。

可就在他想要拿出玉简时，脑海中忽然闪过独孤卓施展御剑术时使用的灵诀，好像无师自通一样，他手掐灵诀，暗道一声“起”，那把精钢剑便飞起来，对着银蛇疾射而去。

银蛇的速度哪里比得上剑，躲闪不及，被精钢剑穿喉而过，身形消散了大半。

银蛇的冻结和削弱作用对象全部是生命体，比如玩家或者是小怪，对上似精钢剑这般不怕冻也不怕毒的武器，效果不佳。

即便如此，精钢剑剑身上也蒙着一层冰晶，速度减慢不少。

叶舟本打算让精钢剑一举穿透银蛇和绝世神将，却因精钢剑速度减慢，被绝世神将用长枪挡了下来。

只这一挡的空隙，叶舟已经取出《五行剑诀》的玉简，点击选择使用了“土剑”。绝世神将注意力放在腾空的叶舟身上，却没有注意到脚下的危险，等到队友发现提醒时，已经来不及了。

数十柄由岩土凝聚而成的土剑重重打在绝世神将身上，土剑不够锋利，但胜在打击力强。绝世神将一口气被几十柄土剑砸中，就算每一下的伤害都不大，但是几十下也很难受了。

他的血量很厚，连番攻击下来还剩下百分之二十的血量，绝世神将经验丰富，这种情况下还能拿出一把补血药全部往嘴里塞。

但是叶舟没有给他补血的机会，十秒已过，精钢剑身上的冰晶融化，速度恢复正常，自绝世神将身后袭来，一剑穿胸，在他吃下补血药前，了结了他。

几个大招下来，叶舟的灵气维持不住凌空诀，从天上掉落下来。

独孤卓上前一步，接住掉下来的叶舟。

独孤卓落地站稳后便放下叶舟，叶舟也只好撑着灵气不足的身体对着绝世神将的尸体道：“就是要让你知道，我们两个人一样可以过二十级副本，今天副本次数已经用过了，明天就过给你看！”

第七章　致富经

就在叶舟这边想着明天要如何靠着两人过副本，堵住对方嘲笑的嘴时，绝世神将原地复活，对叶舟吼了一句：“谁要和你比，走！”

他是接单带人过副本的，就算很生气，却也还要敬业地服务客户。

绝世神将就这么走了，没有放什么狠话，倒也是个能屈能伸的人。

周围人见热闹散了，也就不再围观独孤卓与叶舟。

叶舟则是回到客栈房间，与独孤卓告别后下线休息。

他走后，独孤卓就离开了客房。

这段时间，叶舟下线时独孤卓也没有闲着，几乎走遍了《九重天》目前开放的所有地图，想要找到新的主线剧情任务。

如果主线剧情与他的过去息息相关，那么接下来的剧情是独孤卓绝对不希望叶舟参与的。《九重天》的主线剧情完成后就不会再出现，如果由他一个人完成，其他人就不会知道那段过去。

只可惜，这段日子他走遍了朋来镇、永昼区、永夜区和九川城，甚至连朋来镇到九川城路上的强盗劫匪都拷问了一遍，却始终没有发现有关主线剧情的线索。

这可能是因为条件不足，也可能是游戏有很多地图还没开放，主线剧情的线索还没放出。

叶舟修炼的速度太快了，很快就能学会最基本的术法，接下来他一定想要去二十级以上的副本升级，不能再拖了。

果然如独孤卓所料，叶舟又修炼了不到一个星期，就完全掌握了凌空诀、御剑术、五行符术法。准备妥当后，他和独孤卓两个人全副武装地去挑战拜日教的副本。

他们已经不需要筑基丹了，拜日教副本赠送的筑基丹又仅限玩家本人服用，不可售卖。闯过这个副本对他们来说其实用处不大，至多得一些经验。但是副本的经验对二十级以前的玩家还算多，对于二十级以后的玩家，这点儿经验还不如去野外找强盗黑吃黑来得更快一些。

这是独孤卓趁着叶舟不在时，去野外打强盗验证出的。

独孤卓为了打探消息，先是在被强盗围攻时手下留情，放走一个强盗，而后跟着那个强盗一路来到强盗们的山寨。

山寨中有无数银两、下品灵石和药材，被强盗们杀死的玩家掉落的物品，会自动出现在山寨库房中。

独孤卓扫荡了山寨，除了获得经验和正义值外，还得了足足十万两银钱。他与叶舟这段时间住客栈的费用，全是从这里来的。

独孤卓想到开宗立派需要的千万巨资，想着可以靠打劫强盗来发家致富，这么抢个上百次就有钱了。

第二天他如法炮制，跟踪一个复活的强盗回到山寨，却见山寨穷得揭不开锅，强盗头子正在煮野菜吃。

看到独孤卓，强盗头子直接跪了下去，说："大侠，今天生意不好，我们没砍死几个路过的少侠，真没钱了，如今只能靠西北风度日呢！"

独孤卓："……"

山寨的军师，一个生得尖嘴猴腮的NPC也跪下道："大侠，要不这样，等我们明天打劫了路过的少侠，得了银钱再双手奉上？"

独孤卓："……"

等这群强盗抢劫玩家，倒不如他亲自去抢更快一点。

独孤卓发家致富的路就这样被断了。

但他很快又想到了一个赚银钱的方法，这个办法需要通过拜日教副本后才知道是否可行。于是，独孤卓表面上说这副本没什么价值，其实心里是十分想通关的。

拜日教副本其实并不难，只是非常考验玩家的游戏操作。

制服桃树怪后，在大长老连续群体攻击前躲到他的攻击范围外，接下来闪避他的单体攻击，只要走位灵活，磨都能磨死大长老。

唯一的麻烦是，大长老的血量非常厚，防御也相当强，他们的武器很难对大长老造成伤害。

《五行剑诀》和《天罡步法》的威力确实大，但相当耗费灵气，以他二人目前的等级，剑法和步法若是同时使用，灵气立刻会被清空，变得毫无战斗力，连最基本的凌空诀或者御剑术都维持不了。

而且《五行剑诀》和《天罡步法》还有冷却时间，使用一次后，十五秒内不能再用第二次。

两人商议了下，决定一人施展剑法后立刻退下吃丹药补充灵气，这时另一人上前施展步法，如此，几轮之后他们终于把大长老给熬死了。

大长老死前发出了不甘心的吼声，他并不弱，只是输在了不会飞上。

接下来的关卡是比较老套的真假问答，他们面前有两个门和两个守门人，两个人一个说真话，一个说假话，玩家只能对一个人提一个问题，并根据线索找到真正的门。

找对了就可以通过正确的门到达拜日教的大殿内，找错了就要和拜日教的神兽打一场，赢了才能离开这扇门重新进入正确的门。

以独孤卓的智慧自然可以猜出哪一扇是正确的门，但他听到"神兽"二字时，想起自己的门派还需要一个护山神兽，便有些心动，特意选择了错误的门去会一会那只神兽，说不定能抓回去当自己门派的神兽。

独孤卓本以为像拜日教这种宗教，神兽应当是类似三足金乌这样与太阳有关的生物，最差也该是个动物吧。谁知，门后竟然是一排向日葵！

别看向日葵们长得不起眼，战斗力却是极其惊人的。

向阳背阴的属性让它们对光线十分敏感，只要有一丝光，就能随时捕捉两个人的位置，射出一堆葵花籽攻击。

这葵花籽可不是能吃的瓜子，它们每一个都是个小炸弹，击中玩家后就会钻进血肉中再炸开，伤害极大不说，还能因为打中手臂和腿脚等部位，影响到玩家的速度和攻击力。

加之葵花籽的数量极多，密集得像雨点一样，就算独孤卓和叶舟的闪避能力极强也绝不可能完全躲开。

独孤卓倒是立刻想到解决之法，与叶舟对视一眼，叶舟立马领会意思，先行抵挡一阵，然后独孤卓趁此机会准备画符。

偏偏就在这时候出了意外，他们忘了还带着一个拖油瓶拜日族少年，这个少年就是游戏公司设计出来给玩家添乱用的。每一个关卡遇到困难时，他就会喊着"这是长老对我的考验，我要面对困难"冲上去，送死速度飞快，玩家拦都拦不住，多少玩家被这少年坑得尸骨无存。

独孤卓之前一直用“缚”字诀困住少年，单手提着少年到处走，携带方便，倒也没碍什么事。

但这一关的向日葵可是拜日教的神兽，生来就是守护拜日族人的。进入这扇大门后，拜日族少年就在神兽的力量下冲破了“缚”字诀的束缚，趁着独孤卓专心画符时，掏出自己身上背着的一把小刀就杀了上去，口中喊道：“神兽大人，请考验我吧！”

叶舟正苦于同时使用御剑术和《五行剑诀》抵挡葵花籽，风剑守护之下他倒是没受什么伤。

见到拜日族少年突然冲上去，叶舟情急之下分出几道风剑去保护拜日族少年，防守一下出现漏洞，被一粒葵花籽打入肩膀。葵花籽炸开，叶舟的血量顿时减掉百分之二十。

掉血事小，叶舟的痛感可是调到最高的，他痛得精神一松，无法继续维持风剑强度，无数葵花籽顿时向他袭来。

与叶舟连心的独孤卓也察觉到肩膀的疼痛，他过去一直被伤痛所困，疼痛阈值比较高，忍耐力很强。

见叶舟被围攻，独孤卓在千钧一发之际拦在叶舟面前，向天空中抛出一张明光符。

顿时室内一片大亮，明光符发出耀眼的光芒，所有的向日葵不由自主地抬起花盘，“看”向明光符，葵花籽自然也就全部射向明光符的方向，暂时不再攻击二人。

独孤卓旋即丢出第二张烈焰符，熊熊的火焰燃烧起来。借助这些火焰，独孤卓施展了《五行剑诀》中的火剑。

烈焰之下，向日葵们无处可避，全部被烧死。

这一战二人打得有些惨烈，灵气耗尽，叶舟又受了伤。

好在向日葵五分钟后才会复活，他们可以在这个房间内稍作休整。

两人都不会治疗，独孤卓掀起叶舟的衣服，用真气逼出埋在他血肉中的葵花籽碎片，再内服外敷补血药。游戏中的补血药效果都是立竿见影的，叶舟立刻恢复过来。

“哎呀，疼死了！”叶舟捂着肩膀道。

独孤卓十分自责，若不是他执意要抓住“护山神兽”，叶舟也不会吃这种苦。

“抱歉”二字还未说出口，叶舟就笑着说：“你自责什么呀，挑战一下错误的门不是正常操作吗？

“我以前玩游戏的时候，无聊时会把游戏中一些隐藏的关卡打了，这也是一种乐趣。就算你故意走错门，我也会进来看看拜日教神兽的。

“我刚才还截图了，等下线就发在论坛上，让其他玩家也看看这个副本的神兽！”

他轻描淡写地将独孤卓的内疚化解了。

见独孤卓正盯着自己的肩膀，叶舟忙起身穿上衣服，若无其事地站起身道：“你要不现在多画几张符，下一关我们就要打最终 BOSS 了，多做点准备没错的。”

独孤卓看着叶舟道：“你再上线，一定要把痛感调到零。”

虽然施展了“连心”技能，叶舟可以感受到独孤卓受伤时的疼痛，但只要痛感为零，至少叶舟自己受伤是不会疼的。

“嗯嗯，”叶舟敷衍地说，“画你的符去。”

独孤卓转身去画符，叶舟背着手仰着头心虚地吹哨。

才不要调，叶舟背着独孤卓口是心非地想着。

为了在 BOSS 战中尽量避免受伤，独孤卓画了很多张符，还用物理手段（绳子）将拜日族少年捆成个粽子，两人这才离开房间，重新选择了那道正确的门，走进拜日教神殿。

拜日教的现任长老看到他们，不怀好意地笑道：“经历了这么多场考验，你还没明白？”

叶舟闻言，心道不好，那败家少年可能又要坑玩家。

拜日族少年听了长老的话后，顿时全身赤红，从身体内部冒出火来，一瞬间烧毁了独孤卓绑他用的绳子并冲破“缚”字诀的束缚。

他双目燃火，直接向两人扑去。

同时叶舟与独孤卓也听到系统提示：“拜日族少年被长老控制，打败长老救出少年吧，请玩家不要伤害少年！”

最后一句提示非常重要，叶舟看到拜日族少年开始释放火球攻击他们俩时，拳头已经硬了，非常想狠狠地揍这个一路上立志给玩家当绊脚石的副本引路人。

他们已经被拜日族少年坑过一次，独孤卓绝不会允许这样的事情再次发生。

在少年喷火的瞬间，独孤卓身上忽然出现无数符文，他口中不知默念着什么，少年顿时不能动了。

“这是什么？”叶舟问道。

独孤卓道：“定身咒。”

他现在的实力不足以直接施展定身咒，只能用符咒辅助，于是他提前用朱砂在少年身上绘出下定身咒时所需的符文，以备不时之需。

少年被长老控制后力量大增，可以挣脱绳子和简单的“缚”字诀，但定身咒的威力极强，能够短暂地定住与自己实力相差无几的人。

独孤卓估算过，二十级副本中的BOSS，最多也不过是二十五到三十级，还没到金丹期，被他控制的少年力量更不可能太强，筑基期的定身咒足够了。

只见少年立在原地，口中还能喷火，却无法移动，只要叶舟和独孤卓战斗时远离少年，就不会腹背受敌。

独孤卓知道的术法太多，叶舟已经懒得问他是不是系统成精了。

“系统提示定身咒只能维持三分钟，速战速决。”独孤卓道。

比起之前的大长老，拜日教现任长老除了攻击力和防御力更强一点外，还有一个控制技能，每三十秒就会释放一次，随机控制一名玩家。

好在这个技能是可以闪避的，只要玩家走位灵活，就能避开。

拜日教长老边打还边对玩家说一些话：“拜日一族是无法离开阳光的，我绝不允许你们带走我年轻的族人。”

“即使最终和这个时空幻境一同消亡，我也要坚持到底。”

“你们……你们照顾好他……”

最后一句话是拜日教长老即将被打败时说的，其仅剩下一丝残血，独孤卓一招《天罡步法》召唤太阳星力，一道烈焰自天空而下，将拜日长老最后的血量烧得一干二净。

烈焰过去，拜日教长老的身体消失，一棵向日葵出现在他原本的位置上。

“长老！”拜日族少年也恢复了神智，看到长老的样子，他惊呆了。

这时定身咒时效刚好解除，拜日族少年冲到向日葵身前，抱住那棵向日葵："长老，你怎么会……"

叶舟也惊呆了，他花钱买来的攻略中并没有提到这个画面，应该是打掉长老的血条后，长老就会重新变得和蔼起来，鼓励少年走出去，并送给玩家筑基丹。

攻略中还给出了找出正确的门的方法，特别提示绝对不要过错误的门，错误的门后的神兽根本打不过。至于是什么神兽，攻略根本没提。

没想到拜日教长老死后竟会变成向日葵，向日葵不是拜日教的护山神兽吗？

叶舟看了独孤卓一眼，两人心中同时产生了一个猜想，该不会迄今为止通过副本的玩家，走的都是正确的门吧？

永昼区至今开放也只有半个月，玩家们为了尽快升到二十级，前往新地图拜师，大都会选择通关难度低的模式。毕竟副本一天只能过一次，如果在护山神兽这个环节失败，就要等到明天才能再次挑战。

有耐心挑战困难模式的玩家，面对向日葵几乎无死角的攻击和少年找死的行为，大概也很难过关。

所以他们两个是误打误撞打出了副本另外一个结局吗？

这时向日葵虚弱地挥动了下叶子，道："你是个好孩子。"

拜日族少年哭道："长老，你怎么变成向日葵了？"

向日葵说："这就是使用时间逆转之法的代价，你刚才是不是打开了那扇关着护山神兽的门？那些'神兽'就是拜日教的教众。我们一代代向先祖夸父祈祷留住太阳，最终也会变成这种朝向阳光生存的植物。"

"可是，我爹娘全都是拜日教的成员，他们每天会给我做早饭晚饭，会……"少年露出害怕的神色。

"时光正常流转，太阳东升西落时，我们是正常的。但当夜晚来临，时间逆流时，我们都会变成向日葵。这个时间，只有身在神殿的我不会变。"向日葵艰难地说。

"你们为什么要这么做？"少年哭道，"大家一起走出去不好吗？"

向日葵长老道："因为害怕黑暗，渴望光明。每个已婚生子的拜日族人都要加入拜日教，为我们部落的太阳贡献力量，村子里只有未婚的年轻人是人族。”

少年抱着向日葵大哭起来。

向日葵则是对两人道：“勇士啊，是你们将勇气借给我们年轻的族人，让他能够面对真相。希望未来的日子里，你们可以继续给他勇气。”

叶舟听得极为感动，连连点头道：“我们会的。”

“谢谢你们，这个送给你们。”向日葵摊开一片叶子，叶子上放着两个筑基丹。

两人拿走筑基丹，向日葵又说：“还有……那个房间里的东西，也请你们一并拿走吧。”

长老指了指正殿旁边的门，从方向上看，应该是他们刚才与神兽们战斗的房间。

两人推门走入，看见向日葵们站成两排，静静地看着他们。

向日葵的尽头有一个小盒子，叶舟打开盒子，看见里面放着一粒金黄色的珠子。

“这是什么？”叶舟点击查看珠子的功效。

【幻心珠：拜日教长老赠予的神奇宝珠，代表着副本 BOSS 对玩家的感谢。使用后可增加副本 BOSS 对玩家的好感度，好感度达到一定数值，BOSS 甚至有可能视玩家为至交好友。】

叶舟问：“这是什么古怪的效果？好感度可以让 BOSS 停止攻击玩家，或者出暴击的概率降低吗？”

他向下翻介绍，效果中没有提到攻击减弱，既然没提到就不会有。

“如果不能在打副本中取得优势，那我们努力提高 BOSS 好感度有什么用呢？辛辛苦苦打出副本困难模式的结局，就只给这样一个东西吗？高级装备呢？材料呢？像绝世神将那样的兵器呢？通通没有吗？”叶舟质问道。

他话音刚落，就被弹出副本，同时系统发出全服公告：恭喜玩家独孤卓、一叶扁舟通关拜日教副本困难模式。

只有首次通关副本系统才会发出全服公告，公告中往往会提到玩家得到了什么好的装备或者材料，但这则公告中什么也没有提。

“一个两个，一个两个，一个两个……我对着公告数了三次，确定只有两个玩家。”

“两个玩家通关二十级副本的困难模式？开玩笑呢吧！”

“我记得前几天有人和绝世神将打了一架，扬言说要两人闯副本，不会就是他们吧？真行啊。”

“一看你们就是开服后新注册的玩家，看见这个姓名了吗？独孤卓，他身上发生什么事情我都不稀奇，系统公告的常客了。”

“等等，首杀困难模式的奖励呢？”

“好像没有……”

“真的没有，系统公告完全没有提。”

“我的天！普通过关都会有奖励，他们完成首杀，还是困难模式，却什么也没有，是运气太差了吗？”

“运气未必差。”就在玩家热议的时候，独孤卓从叶舟手上拿起那颗宝珠道，“还记得我们开宗立派的任务吗？选择山门，需要抢夺一个副本的地盘，这颗宝珠，会不会与这个任务有关？”

叶舟道：“有道理，之前系统发布任务的时候，我觉得那是在坑人，游戏副本的领地怎么可能被玩家占领。不过这颗幻心珠的出现，能够增加 BOSS 好感度，难道好感度达到一个程度，就能把地盘拱手相让吗？”

要开宗立派的是独孤卓，叶舟对他说：“你快使用这颗珠子吧，看看好感度能涨多少。”

独孤卓点击使用幻心珠，宝珠化成一道光芒没入独孤卓眉心，同时独孤卓收到系统提示：请输入需要提升好感度的副本名称。

“千辛万苦打出来的珠子还不是所有副本都适用，只能选一个副本？”叶舟觉得有点不划算。

“毕竟抢夺山门并非易事。”独孤卓输入四十级的妖灵虎牙副本。

【叮，妖灵虎牙副本内的白虎对你的好感度为八十，使用幻心珠后增加五点好感度，目前好感度为八十五。】

独孤卓：“……”

原本只有八十好感度吗？说好的至交呢？

之前系统提示妖灵虎牙副本是可抢夺的山门，独孤卓根据这个名字，一下子想到了他这一生唯一的好友，一头灵族虎妖。

这头白虎是灵族与妖族的孩子，父亲为上古四圣兽白虎的后裔，母亲则是一头普通的虎妖。父母去世后，他被妖族和灵族两族排斥，便自己跑到一个山头上修炼。他无意占山为王，不过他实力强大，山上的其他妖族都默认他为山主。

因夜舟与无数修真界高手约定三年后再战，独孤卓为了不辜负夜舟的期待，在比斗大会之后踏上了历练之路。

他在那时遇到白虎，帮白虎解决了一个麻烦，两人从此成为好友。

独孤卓还带受伤的白虎去见过夜舟，夜舟身上素剑的神力格外吸引灵族，因此白虎喜欢夜舟喜欢得不行，甚至甘愿翻起肚皮让夜舟挠，只为蹭一缕神力。

夜舟表面上没说什么，但他似乎并不喜欢白虎。白虎在星垂峰上时，夜舟曾数次凝视白虎并伸出手，好在他从未出手，每次都会及时收回来。

独孤卓深知，夜舟这是为了他才会忍受白虎的存在，等白虎的伤好后，就带白虎下山了。

后来，这头白虎……

“一颗幻心珠能换多少好感度？”叶舟的话打断了独孤卓的思路。

独孤卓说：“五。”

“五……好感度最高值是多少？”叶舟问道。

独孤卓看了眼八十五后面的最大值：“一百。”

“一百？那岂不是要首杀二十个副本的困难模式才行？整个游戏现在也没有二十个副本好吗？”叶舟简直要喷血，“这个首杀太亏了！”

其实也不用二十个，再有三个就够了。独孤卓扫了眼八十五这个数字，既然早就有八十好感度，代表这副本的BOSS当真是他那好友白虎，可是为什么好感度只有八十？是不是有点低了？

“船到桥头自然直，不用担心。”独孤卓关掉信息界面，安抚叶舟。

正当叶舟郁闷时，一个人站在他们面前道：“两个人过副本困难模式的就是你们吧？你们谁是独孤卓？”

这人正是那天被叶舟打败的绝世神将。

“正是在下。”独孤卓道。

“是你？不是你啊？”绝世神将看向叶舟。

之前叶舟以绝对碾压的姿态战胜绝世神将，这人还以为叶舟就是《九重天》内的风云人物独孤卓。

“我什么时候告诉你我是独孤卓了？”叶舟道。

绝世神将脸抽了抽，他看着真正的独孤卓，有点痛心地说：“你实力这么强，拿到主线剧情和副本困难模式的首杀，自创无数技能，为什么要浪费自己的属性点，把属性全部点在颜值上？”

独孤卓和叶舟：“……”

“我知道你现在的长相很招小姑娘喜欢，但是……”

独孤卓听绝世神将说起自己的容貌会拈花惹草，不悦地打断他的话：“废话少说，你有什么事情？”

“就是，要打吗？奉陪！”叶舟拔剑道。

绝世神将看着之前他嘲笑过，又结下了梁子的两个人，表情一下子变得有些为难，似乎在酝酿什么难以启齿的话。

见对方憋了半天没吭出一个字来，叶舟看了眼时间道：“快六点了，我该下线吃饭去了，不要浪费我的时间。”

看到两人转身就准备走，绝世神将憋红了脸，终于喊道：“多少钱？”

独孤卓正在为如何赚钱买山而头疼，对诸如“钱”“银子”一类的词语格外敏感，几乎是反射性地转身道：“千万纹银。”

“告辞！”绝世神将顿时拱手拜别。一千万两，整个游戏目前有没有掉落这么多银子都是个问题！

“等等！”叶舟叫住绝世神将，“你要买什么，漫天要价就地还钱，这不是正常的吗？”

他拽了拽独孤卓的衣袖，示意由他来谈价格。

“你们通过护山神兽那一关的攻略。”绝世神将道，“那个副本的困难模式我打过三次，都死在向日葵那里，葵花籽的攻击简直防不胜防，你们是怎么闯过去的？”

“你不都已经过关了吗，问这个干吗？”叶舟问道。

“我带客户过关，就是有客户要加钱过困难模式。”绝世神将道。

看样子，他是个专业的游戏代练，一切以客户为先。

叶舟说：“我们通过护山神兽那一关用的不是技巧配合，而是特殊道具。”

叶舟看了眼独孤卓，他们过关用的是明光符，这是独孤卓绘制出来的，也是自创技能的一种。只因独孤卓一直没有对玩家使用，这才没有被记入系统中。

并不是不能想办法成为自创技能，只是独孤卓和叶舟觉得他们上系统公告的次数太多了，担心再这么下去，游戏GM就会调查独孤卓。独孤卓深知自己是个BUG，经不起游戏公司的调查，便决定低调一些。

“特殊道具可复制吗？可租借吗？”绝世神将问道。

独孤卓道：“是符咒，可售卖，你能出多少两银子？”

绝世神将道：“我带过一个副本收一百块，一个玩家二十，困难模式我打算定价一百五，一个玩家三十，多赚这五十块钱我们五五分，给你二十五块，怎么样？”

二十五两银子吗？是不是太少了一点，还不如再抢一次强盗。说起来，副本里的BOSS不能抢吗？他们每次死亡都会掉落银两，身上一定有不少钱吧？独孤卓认真地想着。

叶舟见独孤卓深思的样子就知道他想歪了，忙道：“我们不要现实货币，要游戏里的银两，你看二十五块钱值多少银子？”

“游戏官方没有开放货币和银两的兑换系统，目前是一块钱等于十个下品灵石，银子这东西没法定价。而且你们要银子干吗？现在买道具、买装备消耗的都是灵石，银两只是玩家用来吃饭、住店、坐马车的，这些不太费钱，打副本掉落的银子就够用了吧。”绝世神将问。

“你别管那么多，我们不要灵石，只要银子。”叶舟道。

“那这……你等我算算。”绝世神将道，“我只能给你两千五百两银子，先验货后给怎么样？”

“五千两，先给钱。”叶舟道，“否则免谈。”

“五千两太贵了！”绝世神将道，“我现在也没有那么多银子。”

独孤卓道：“一万两，否则免谈。”

“怎么还能继续往上抬价啊？四千两，不能再多了。”绝世神将道。

“也只能这样了，卖吗？”叶舟看向独孤卓。

独孤卓也不清楚物价，他只知道绝世神将这人还不及强盗有钱，便随手抛出一张明光符，简单地说明了用法和效果。

绝世神将全身上下只有五千两银子，这还是多次下副本打出来的。他和独孤卓开了交易模式，数出四千两银子给了独孤卓。

为了以后长线交易，独孤卓的好友列表中多了一个绝世神将。

独孤卓想了想，把绝世神将的名字备注成“比强盗还穷”，显然他对这四千两并不满意。

交易过后，叶舟放心下线，独孤卓则是拿着那颗从副本中得到的筑基丹回到客栈内。

幻心珠是意外之喜，筑基丹才是他决定过副本的真正原因。

独孤卓想知道这个世界的丹药与他熟知的是否一致，若这颗筑基丹无论是效果还是药材炼制手法全部和修真界一样，他就可以开炉炼制丹药了。

独孤卓的道法是夜舟传授的，但他在擎天剑派的执事堂中的名册里，却是被记在父亲独孤岳名下的。

独孤岳门徒无数，亲传弟子、内门弟子、外门弟子很多，执事堂分给独孤岳弟子的丹药根本不够，便每月统一由一名弟子领取，拿回去他们自己分。

独孤卓虽是独孤岳的亲生儿子，但擎天剑派皆知他们父子没有任何感情，若不是担心有心人会利用这唯一的血脉至亲暗算独孤岳，独孤岳是不会认下独孤卓的。

是以独孤岳门下弟子并不会给独孤卓留洗髓易经的丹药，独孤卓也抢不过他们。夜舟也不可能放下身段和这些小辈争抢丹药。

夜舟没有徒弟，一个人居住在星垂峰，执事堂知道他不需要低辈弟子的丹药，便也不会分给星垂峰。

那时独孤卓年幼不懂事，恨死了独孤岳和夜舟，就算夜舟出面向执事堂要，独孤卓也不会用，还对夜舟大吼“用不着你虚情假意”。

于是，夜舟丢给独孤卓一本《丹经》，留下一句：“既然你如此能耐，就自己炼丹吧。”

独孤卓当时不服气，一心想炼制出丹药给夜舟看。星垂峰很大，夜舟日常闭关修炼不出门，独孤卓边学《丹经》边上山采药炼丹，炸毁了无数个丹炉后，倒是成了门派中炼丹技术最好的人。

现在想来，他哪里是什么都靠自己，分明是夜舟罩着他罢了。

那一次次炸毁的丹炉从何而来？星垂峰属于夜舟，山上药材皆是夜舟以神力滋养生长出来的，如果没有夜舟允许，独孤卓哪里能反复练习炼丹？

而且炼丹很危险，火候稍差一点就会炸伤人。他那时仅靠一本《丹经》，像无头苍蝇般乱试，没被炸死绝对是夜舟在暗中相护。

独孤卓想着幼时发生的事情，心里泛起一丝带着苦涩的甜，然后他服下了那颗筑基丹。

丹药入体，独孤卓并未运功吸收药力，而是用真元包裹住丹药，以神识探入，分辨其中的药性。

他一点点辨别丹药的成分和炼制手法，的确是与原本世界的方法一模一样，只是加入了一缕属于他的真气，旁人无法服用。这真气应是他在副本中打斗时被系统吸收走的，只有这样才能让副本获得的丹药只能由玩家本人服用，对别人不起效用。

独孤卓用真元催化了丹药，他已经筑基，筑基丹对他没什么效用，也没什么伤害。

果然系统提示：【您已经筑基，无须筑基丹，是否将丹药中的能量转化为经验？】

独孤卓选择“是”，得到了五万经验。

他看着经验条有些头疼，这些日子叶舟不在线时他做了各种尝试，获得了不少经验，尤其是洗劫强盗山寨后，一下子得到十多万经验。以他现在的经验，升到二十五级绰绰有余。

但叶舟只有二十级，独孤卓等着叶舟，就一直没有升级。

这些经验也不能换钱，真是无用。独孤卓暗叹道。

朋来镇和九川城内都有药草店和天材地宝店，用低品灵石就可以购买，九川城更是有灵石兑换店，一百块低品灵石可以兑换一块中品灵石，至于上品灵石，目前开放的地图中根本没有售卖的。

以当前玩家的等级，低品灵石就足够用了，待等级高了后，莫说中品灵石，高品灵石都不够用，需要仙品灵石才行。

当然这是未来的事情。

筑基丹的药材在九川城的药店即可买齐，不需要花费太多灵石。

由于扫荡山寨发了一笔横财，独孤卓储物腰带内的灵石多到快要塞不下去了，买起药草来异常豪爽，将店里所有的药材全部买了一百份。

他想起朋来镇有几味九川城内没有的药草，便返回朋来镇买下那几种药草。

储物腰带虽然少了些灵石，却又多出无数药草，于是独孤卓又去衣饰店买下一个普通的十级储物手镯，勉强将药草塞了进去。

炼丹除了药草外，还需要丹炉。独孤卓找到铁匠铺，但这里没有售卖丹炉的，也不肯给他定制，因为这里只能打造十级以下的武器。

独孤卓倒是会炼器，可是苦于买不到炼制丹炉的材料。他犹豫了下，打开系统面板，选中千里传音。

千里传音就类似以前键盘网游的世界频道，使用千里传音说话，整个游戏的玩家都能看到。当然，屏蔽了世界频道的玩家除外。

上一次更新后世界频道不再是突然弹出来，搞得玩家眼花缭乱了，而是每个玩家的储物法器中会出现一个卷轴，想看世界频道的内容时，只要打开就能看到。如果有比较在意的事情，玩家可以预先输入关键词，世界频道上有人说出和关键词有关的内容，才会弹出对话框。

独孤卓在千里传音上说："有人知道哪里能买到丹炉或是炼制丹炉用的上好黄铜吗？"

千里传音会象征性地扣除玩家一点点灵气值，但这点灵气，只要打坐休息很快就能恢复，独孤卓自然不在意灵气消耗，一口气连发三条。

世界频道上发信息是显示玩家游戏姓名的，由于独孤卓之前多次登上系统公告的表现，不少人将"独孤卓"设置为关键词，因此他这一下千里传音，直接让游戏炸开了锅。

【卓神？卓神是不是第一次在世界频道发言？】

【什么卓神，他在游戏的哪个排行榜也不是第一啊，各门派内部排行里也没有他的姓名。】

【有第一的，人间财富第一，十万两银子呢，够去酒楼吃好多顿了。】

【这游戏谁拼银两啊，大家都用灵石！】

【卓神要丹炉干什么？是打算开始炼丹了吗？我可以预定一颗上公告丹吗？我也想体验一次被系统点名的感觉。】

【他自创阵法、剑法、步法，这是还要炼丹吗？抱歉，没见游戏出炼丹系统，不过我倒是在永夜区副本里见到过一个丹炉。】

【永夜区副本我也过过，哪里有丹炉？】

【那个下油锅的大铜鼎啊，有本事把那玩意儿抢来啊，哈哈哈！】

很好，独孤卓无视玩家酸溜溜的语气，在看到大铜鼎的回复后满意地点点头，收起卷轴，决定前往永夜区副本。

刚来到永夜区入口的黑色巨石前，他就收到了黑猫的私聊："卓神，你该不会真打算去永夜区副本抢大铜鼎吧？"

和好友组队时间超过十个小时，就能看到好友的在线状态。轻月love、龙@傲天和灵芝娃娃这时都不在线，只有黑猫一人的状态显示为在线，他显然看到了独孤卓在世界频道上发布的问题。

"正是。"独孤卓简短地回答道。

他倒是想等叶舟上线再去刷永夜区副本，但是前些日子带叶舟去看魂归幽冥，叶舟显然被永夜区的画面吓到了。独孤卓为他号了脉，发觉他的脉象像是受了惊吓。

今天知道永夜区副本的困难模式中可能有幻心珠，叶舟也没提出抢先去试困难模式的建议，显然对永夜区副本十分抗拒。

独孤卓不会让叶舟为难，打算趁着叶舟晚上不在时，偷偷把永夜区副本过了。

虽然以他现在的实力，独自一人过永夜区副本相当吃力，只能多带些有助于驱鬼的符咒了。

"卓神，我出师了，师父吩咐我下山超度亡魂，我本来就打算去永夜区，马上就到！"黑猫道。

有个帮手倒也不错，最起码遇到攻击时可以拿猫抵挡，独孤卓想道。

只可惜黑猫与白虎不同，白虎身躯庞大，皮糙肉厚，多少攻击都能挡下来，黑猫就只能挡住要害部位了。独孤卓心中有些遗憾。

独孤卓在巨石附近等候，这里进进出出的玩家有很多，他的相貌有些显眼，因此总有人盯着他。

独孤卓想了下，趁黑猫还没到，去衣饰店买了个斗笠遮挡容貌。

游戏的斗笠还真有些其他用处，独孤卓得到提示，等级低于二十五级的玩家戴上斗笠有隐藏姓名的效果，即使在世界频道上发消息也是匿名的。

独孤卓见到斗笠的功能后有些后悔，恨没早些买斗笠。他抱着精钢剑又在巨石前等了一会儿，没见到黑猫。

黑猫道："卓神，我在入口处等你五分钟了，你不是早就在这里吗，怎么没见到你？"

独孤卓道："我就在巨石旁，没看到你。"

黑猫道："奇怪，你那么显眼，我怎么找不到你呢？我挥挥手，你来找我吧。"

独孤卓四下看了看，见一个身着灰色僧袍、脖子上挂着一大串佛珠、手持一根禅杖、留着长发的少年僧人举起空着的手挥来挥去。

独孤卓："……"

他走到带发僧人面前，微微抬起斗笠露出下颌道："黑猫？"

"这目中无人的语气……卓神？"带发僧人疑惑道。

时隔半个月再见，黑猫的变化真是太大了。

独孤卓不是叙旧的性格，点点头，什么也没说，就要进入永夜区。

黑猫却是个藏不住话的性格，凑到独孤卓面前，指着自己说："我们这么久没见，看到我改变这么大，你难道不惊讶吗？你不打算问问我的僧袍哪里来的吗？不想知道这根禅杖和这串佛珠的故事吗？不好奇我在无量寺学习了什么功法吗？"

独孤卓言简意赅地道："不。"

黑猫挫败地垂下头："你这个人真是太让人没有成就感了。"

两人组队进入永夜区，黑猫被独孤卓气得不想说话，一手持禅杖，一手拿着佛珠，满脸严肃的样子，像极了真正的和尚。

一个进入幽都永夜区的和尚。

永夜区的玩家和 NPC 都不少，看到黑猫这副样子，纷纷停下手上的事情看向他。

一个身量极高、手长脚长，但身躯却柔软纤细的男子拦住二人，充满敌意的眼神落在黑猫身上，他摸了摸下巴道："和尚为什么进入永夜区？来超度自己吗？"

这男子在永夜区似乎是个颇有名气的人，皮肤极白，从外貌上看不出是玩家还是 NPC。

黑猫也不知在无量寺学了什么，此刻戏精附体般地回道："阿弥陀佛，小僧不入地狱，谁入地狱。"

“哟？”男子笑了下，“和尚怎么不剃头啊？该不会是个动了凡心的和尚吧？”

“施主莫要妄言。”黑猫垂下眼睑，眼睫毛有点长，神色看起来安详又宁静。

独孤卓压了下斗笠，警告地说：“莫要节外生枝，正事要紧。”

自服下筑基丹获得五万经验后，独孤卓就想试试他炼制的筑基丹能否有同样的效果，若是有，他就拼命炼丹喂给叶舟，好让叶舟的经验尽快变多，尽早到达四十级，好一起去过妖灵虎牙副本。

男子不知好歹地拦住独孤卓，眼中闪过一丝幽绿的光芒，笑得如春风拂面，声音中带了丝柔软：“等等，怎么还有个藏头盖脸的？你们到底是玩家还是 NPC？”

这话一出口，独孤卓两人就知道这人是玩家了。这人的声音有点古怪，每个字都像一片春日里的嫩叶，扫在人的心上，让人觉得心痒痒的。此刻再去看这男子，便会忽然觉得他的容貌竟是这般好看。

这正是妖族的天赋技能——魅惑。

区区小妖也敢在我面前放肆？独孤卓斗笠下的眼中满含杀气，掌化灵诀，脑海中闪过一万种除妖的方法。

就在此时，黑猫僧人上前一步，挡在独孤卓身前，手指拨动佛珠，悲天悯人地道：“一切有为法，如梦幻泡影。施主魅惑众生，殊不知自己也不过是一副臭皮囊罢了。”

话音刚落，一道金光从黑猫僧人身上发出。细长男子忙倒退几步，手臂却还是被金光扫到一点，化为长长的柳树枝条。

独孤卓能看出此人为草木妖族，却没辨出究竟是何种草木。此刻见到那条化为柳树枝的手臂，忽然觉得有些熟悉，好像听说过这个妖。

柳树妖按住枝条手臂，运了几次气都没能让手臂复原，只好掏出药草吞下去，枝条这才缓缓化为手臂。

“和尚好本事，我还一直没会过坛业寺的和尚，听说那里的和尚不让妖族入内，公测第一天就把一只零级黑猫打死两次。和尚也算和我们妖族有仇，来打一场啊！”柳树妖道。

这话却是彻底让黑猫爹了毛，他那副和尚样子再也维持不下去了，学着师兄们抡起禅杖就道：“妖孽，谁告诉你黑猫的事情的？”

柳树妖骄傲地拍拍胸口："我的两个铁哥们，主线剧情首杀的那五个人的ID你还记得不？轻月love和龙@傲天就是我兄弟，永昼区永夜区就是他们分出来的。怎么，你还想找他们算账不成？他们可是你打不过的大佬。"

黑猫："……"

他高举禅杖对准柳树妖的脑袋，本打算用师兄们传授的招数直接一招将对方打回原形，谁知听到了这样的话，他这禅杖就悬在半空，不知到底还要不要砸下去了。

这时，独孤卓开口了："一梦逍遥？"

"你听说过本妖王？"柳树妖一梦逍遥得意扬扬地道，"是不是之前被我吸收过精气啊？"

他还嘚瑟地左右摇动了下腰，看起来真的非常柔软。

独孤卓暗叹一声，吩咐黑猫道："可以打。"

那就是先不管轻月love和龙@傲天的情分，先报了挑衅的仇，等柳树妖拉人过来群殴他们的时候，再搬出轻月love和龙@傲天和解。黑猫心中暗暗想道。

朋友的朋友，未必是朋友。

于是他将禅杖挥得舞舞生风，重重一下砸在一梦逍遥头上。身为猫科动物，黑猫拥有天生的敏捷，又怎是一棵柳树能够躲得开的！

然而柳树妖天生血厚，雷劈不死，火烧不绝，还能扎根大地自动回血，不管受多重的伤，只要还有一根根须在泥土中，就绝对不会死。

黑猫一禅杖将柳树妖的头劈成两半，虽然招数凶残，却没有出现需要屏蔽的画面。因为柳树妖的头部在被打中的瞬间化为树干，这一下只是将他一根比较粗壮的树干劈断了。

一梦逍遥深知自己的速度不够，根本没想过躲避黑猫的攻击，而是要等黑猫接近他的时候出招。

他的双手化为无数根枝条疯狂生长，将少年僧人紧紧地缠住，其他数十道柳条狠狠地抽向僧人，这真是一个既可群体攻击又可以集中攻击的招数。

这么几十根枝条抽到身上，黑猫不死也要掉半条命。独孤卓微微动了下手指，忽然又意识到了什么，便收回了手指。

密密麻麻的柳条遮挡住众人的视线，一梦逍遥大笑道："哈哈哈！枝条太多都看不见你的剩余血量了，我可真是太牛了，让我看看……"

他的枝干上长出一对眼睛，眼珠转了转，还没仔细看，就见一道小小的黑影从树枝中穿梭而出，四道利爪划破柳树妖的眼睛。

一只黑猫脚爪轻轻地踩着柳树妖的枝条在空中飞跃。他在空中翻滚一圈，又化为那相貌俊俏的小和尚，于空中取下那串佛珠，丢到柳树妖身上。

黑猫口中喃喃念着什么佛经，但额上沁出汗珠，心中十分紧张，这招数可不好用，佛经是一个字也不能背错啊，希望他不要背错。

就在黑猫紧张得快想不起来佛经内容时，独孤卓使用私聊模式传音入密，提醒他卡壳的地方。

虽然黑猫念的声音非常小，独孤卓还是听到了内容，知道黑猫念的是什么经。以前他与佛修切磋时曾在藏经阁中看过几天佛经，以他的神识，自然是看一眼便记住了，现在刚好能用上。

在独孤卓的帮助下，黑猫顺利地念完佛经，佛珠泛出佛光，逼得柳树妖变回人形。柳树妖几番挣扎，却被佛宗心法克制得死死的，佛珠越勒越紧，每紧一寸，柳树妖的血量就降低一些，而他已经脱离地面，根本无法吸收地下灵脉补充血量。

最终，佛珠把柳树妖勒成了数段木材，一梦逍遥的血量在此刻也走到了尽头。

黑猫收回佛珠，捡起禅杖，对柳树妖的尸体道："阿弥陀佛，小僧乌漆墨黑，曾与轻月、傲天一同组队打过主线剧情，说起来，我们还是朋友的朋友。"

一梦逍遥："……"此时的他十分想大骂一句脏话。

装够儒雅和尚的黑猫兴奋地对独孤卓道："卓神，系统给了我五十点正义值，这小子的罪恶值到底有多高啊，突然觉得打得值！"

独孤卓想起自己清缴了山寨也不过得了三十点正义值，看来轻月love和龙@傲天的这位朋友一梦逍遥，真是向邪道的路上一去不复返，迟早会成为一代邪魔。

独孤卓不喜欢擎天剑派等大门派，这些门派人太多，即使是修真者，人多也会滋生很多问题。擎天剑派有着极其严苛的规定，但还是架不住有些人的贪念。

化神长老、元婴中流砥柱、金丹筑基内门弟子、炼气外门弟子……每一个层级有每一个层级的烦恼，欺凌弱小、党同伐异这些事情从来没有少过。唯有夜舟的星垂峰超然于世，因为夜舟的实力足以让任何妄念在他面前偃旗息鼓。

即使正道门派的问题如此之多，也比邪道要强。

邪道屠村炼丹，四处抓药人，人为制造怨气十足的婴灵炼制邪道法宝……若说正道门派中的斗争是规则无法顾及的腐败，那邪道便是无可饶恕的罪孽。

独孤卓一生不知屠戮了多少邪道门派，与邪道修者势不两立，还是第一次遇到朋友的朋友是邪道修者，且这名罪恶值极高的邪道修者，竟是毫无邪念之人，只是这人说话做事的方式很想让人打死他。

与修真界不同，这里的邪道仅是一个阵营选择而已。

独孤卓问黑猫："关于永夜区二十级副本，你知道些什么吗？"

黑猫道："不知道啊，我哪有钱买攻略，最近玩游戏玩得我每天靠方便面度日，快吃出胃病了。我还指望跟着大神你混，多得到点首杀奖励什么的，好卖钱度过下半个月。"

独孤卓进过永夜区副本，却没深入过，不太清楚铜鼎在哪里，更不知道怎样才能触发困难模式。

这时一梦逍遥原地复活，幅度极大地扭扭腰，虽然很生气但还是忍着问黑猫："那你认识独孤卓是吗？那个自创技能的人。"

"当然认识。"黑猫僧人昂起头，"我们一起过的主线剧情！"

一副他认识什么大人物的模样。

"那他在线吗？在线叫过来认识一下呗。"一梦逍遥道。

黑猫上下打量逍遥，问："你怎么不找轻月和傲天介绍？"

"这不是想叫上兄弟们试试独孤卓的身手吗？有朋友在不好动手，你介绍的我可以两个一起打，哈哈哈！"一梦逍遥大笑道。

这时。黑猫脚下忽然生出无数树根，缠住他的双腿，几条根系用力抢走他手中的禅杖，将其丢得远远的。黑猫的脚被捆住，根本没办法拿回禅杖。

见碰到禅杖的几条树根立刻枯萎，一梦逍遥惊叹道："你这禅杖真是个宝贝，不是二十级武器吧？”

“你太卑鄙了，已经输了还打？”黑猫气道。

“这不是卑鄙，是决斗二点零，没人规定一局定胜负吧，三局两胜。”一梦逍遥道，“你可以把独孤卓叫过来，我也再叫一二三四五个人，组队打团战。”

黑猫被这不要脸的话语震惊到了。

这时黑猫身边那戴着斗笠的男子道：“一梦逍遥，你去过永夜区副本吗？今日进副本了吗？”

一梦逍遥自然还记得这人，上下打量对方后道：“爷都二十一级了，当然通关了！我今天刚上线，打算挑战困难模式，正在组队呢。

“你看起来和乌黑和尚很熟，刚才又叫出我的名字，你就是那个一叶扁舟吧？咱俩还都是‘一’字姓的呢，一家人。”

斗笠男子听到这话，微微撩起斗笠看向一梦逍遥，仅通过露出的下颌，一梦逍遥就能够看出他似乎轻蔑地笑了下。

“你虽然毫无作恶多端之人的眼神，但也确实欠教训。”斗笠男子看了看，见到无数戴着手铐、脚镣等刑具的恶鬼 NPC。

这里毕竟是幽都。

斗笠男子道：“《五行剑诀》可以天下五行之物为剑，木土水火四种剑的攻击力相差无几，在恰当的时候使出来各有优缺点，唯有金剑不同。剑本就是利器，以金为剑，便是无坚不摧。”

一梦逍遥道：“那个独孤卓创造的剑法是吗？别吹得太过了。”

戴着斗笠的男子抬手，手指飞快变幻灵诀，口中道：“你不是要见独孤卓吗？我就在此处。”

他双指并拢指向一梦逍遥，顿时无数厉鬼身上的锁链、幽都地摊上的铁器……方圆百米内，所有不属于玩家的金属全部化为利剑飞向一梦逍遥。

千百把利剑刺穿一梦逍遥，独孤卓那把精钢剑更是混入其中，没入地下，瞬间割断柳树妖深深扎在地底的无数根系，黑猫的腿也随之脱困。

“不是吧！这什么啊？”一梦逍遥想跑，却被无数利剑穿身而过，根本没办法跑。

黑猫则是捡起禅杖，对着一梦逍遥道：“你这妖孽！”

“且慢，我留他有用。”独孤卓拦住黑猫，向满身窟窿的柳树妖丢出一张符咒。

符咒贴在仅剩一丝残血的柳树妖身上，他本在缓慢恢复的伤口忽然停止自愈，独孤卓之前没有除净的根系也与土地断开。

“怎么了，我怎么不回血了？”一梦逍遥此刻终于慌张起来，他最大的依仗就是血厚打不死，还从未遇到这种将他克制得死死的情况。

独孤卓却是单手横着拎起那两人多高、树干与人类腰部差不多粗的柳树，轻轻掂了掂，满意地道：“够大了。”

此刻的柳树妖身躯比白虎还庞大，且速度慢好掌控，做个肉盾再合适不过。

独孤卓取下斗笠，对一梦逍遥道：“我们组队去挑战困难模式吧。”

说罢向一梦逍遥发出组队申请，并对黑猫说：“盯着他，不组队就打，死了复活后再打。”

“这要求太适合我了。”黑猫举起禅杖。

“等等！”一梦逍遥还没有弄清楚状况，“能和独孤卓组队去过副本当然好了，我……”

“那就接受。”独孤卓如夜色般深沉的眼中写着不容抗拒。

一梦逍遥也不知道怎么回事，心中想着死也不会加入你们，我这就发私聊叫人群殴你们，身体却非常诚实地点击了“接受入队邀请”，成为了小队中的一员。

一梦逍遥想，他这不是没出息，独孤卓上过那么多次系统公告，跟着他说不定也能出次风头呢，这是权宜之计。

但加入队伍他就后悔了，大叫道：“这队伍就三个人，你是打算三个人去闯关吗？会被团灭的！”

独孤卓试着把柳树妖挡在自己和黑猫面前，见他足够挡住两个人，便点点头道：“足够了。”

一梦逍遥本能地察觉到哪里不对，继续叫道：“我想起来了，永夜区副本人族是进不去的，你们不能去！”

“谁说我是人族？”乌漆墨黑收起禅杖，化成一只小黑猫，跳到柳树妖的枝干上，“刚才还挠你眼睛呢，这么快就忘了？”

“你真是妖族？我以为刚才是什么变化的技能，你……你和我同是妖族，你去无量寺？人家收你吗？”柳树妖觉得自己的世界观被眼前的两个人颠覆了。

黑猫被独孤卓按头加入坛业寺时还挺委屈的，现在却翘着尾巴得意扬扬地道：“谁叫我是无量寺人人喜爱的小师弟呢？”

一梦逍遥觉得黑猫的样子惹人嫌，转而对独孤卓道：“他是妖族能进副本，那你呢，你肯定是人族吧？”

独孤卓没理会一梦逍遥，来到永夜区副本的入口——一条藏着无数怨魂的黑色河流，拎着柳树妖纵身一跃，身体没入河水中。

河水阴冷，就算将痛觉调成零，也会感到背脊发寒，这是游戏的设定，无法屏蔽。

河中漂着无数透明的人形，看不清面孔，但就是能够触发人心底的恐惧，这就是怨魂。

怨魂们见有活人进入水底，纷纷涌了上来。“望乡”“望乡”的声音不断传入三人耳中，他们被透明的怨魂包围，拖入水底漩涡，那里便是永夜区副本。

一阵眩晕后，三人来到一个平原上，面前是一条银灰色的河流。他们身上没沾一滴水。幽都冥河的水不是真正的水，而是各种感情的汇聚。

平原上无数光点像星辰般闪烁着，有些缓缓坠入银色的河流中，有些则是从河里升上天空。星星点点的光芒照亮黑夜与人心，这便是魂归冥河。

黑猫瞪大幽绿色的眼睛，眼球像晶莹剔透的水晶，倒映着点点光辉。

他抬起小爪子向着天空挥了挥，感叹道：“真美啊。”

“很美吗？”银灰色的河中浮起一个透明的身影，身影离开河水就化出人形，是一个穿着血红色衣服的女人。

女人皮肤极白，头发却是极黑，黑白红三种极为纯粹的颜色交织着，拼凑出一幅触目惊心的画面。

这便是魂归冥河副本的引路人了。

“妖族、妖族、异族……”女人看着三人，有点失望地说，“没有鬼族吗？你们再叫个鬼族来吧，非我族类，我不相信你们。”

“啊？必须要鬼族吗？”一梦逍遥震惊地问道。

黑猫道：“你才是我们中间唯一闯过副本的，你问我，我问谁啊！”

“我每次来的时候，队友里都有鬼族，她也没问过我们啊！”一梦逍遥用树枝拼凑出“冤枉”二字，用来代替表情。他本是想拼凑“无辜”的，但是“辜”字太难拼了。

独孤卓倒是来过，可那时他是来看风景的，这女人才从河里浮上来，他就一道驱鬼符把女人镇住了，根本没给她说话和吓唬叶舟的机会。

“那怎么办，我们都进副本了，还怎么叫人？”黑猫问女人。

红衣女子上岸，抱膝坐在岸边，低着头闷闷地道：“我可以等你们一刻钟，一刻钟后，就请离开吧。”

黑猫焦急地道：“她的意思是可以叫鬼族朋友来，我马上……我没有鬼族朋友啊，我在这个游戏里，除了认识和尚，就认识你们几个！”

独孤卓亦是如此。

于是，两人看向一梦逍遥。

“我就说三个人肯定不行，我马上多叫几个人来。”一梦逍遥认识的人似乎不少，迅速发私聊，让能赶来的朋友赶紧过来。

等了一会儿，他说：“人到用时方恨少，就两个人能过来，六个人满队，这队伍还是不够啊，要不我再叫个魔族……”

“不用。”

独孤卓的话一出口，一梦逍遥瞬间闭嘴。

要加队友进入副本，需要在对方跳入冥河被拖入漩涡之前发出组队邀请，都在冥河内，距离是足够组队的。如果不是组队状态，对方会进入一个新开启的副本中，不会来到他们的副本。

独孤卓将队长暂时转让给一梦逍遥，撕掉他身上的镇妖符，柳树立刻长出根系深扎入泥土中。

一梦逍遥舒出一口气，道：“你贴我身上的是什么道具？还挺厉害的。”他飞快地给好友发消息，并掐准时间发送组队邀请。

那边也配合默契，独孤卓和黑猫很快看到组队列表中多了两个人，一个叫白衣飘飘，一个叫提头来见。

看到这两个名字，独孤卓眉梢微微一挑，总觉得这两个名字很形象，形象到他脑海中甚至出现了两个身影。

组队后不到三十秒，一个白衣小姐姐和另一名少年浮上水面，白衣小姐姐还阴森森地道："我看见队伍列表里有独孤卓，哇，自从上次他一招拍死我之后，我真的好想再见他一次啊！"

"是啊，好想再见一次啊。"少年眼中流出了黑色的液体，像石油一般。

黑猫："……"鬼族都是这么刺激的吗？

黑猫小心翼翼地凑到独孤卓脚下，仗着原形小，毛发颜色与环境融为一体，躲在独孤卓腿后偷偷看这两个鬼族玩家。

一梦逍遥帮他们引荐，挥舞着树枝道："喏，这位就是独孤卓，那只猫是乌漆墨黑。咦？猫呢？独孤卓你什么时候又戴上头套了？"

"那叫斗笠！"白衣飘飘咬着牙道，"这么帅气的装扮，隐藏在斗笠下若隐若现的容貌，你能别说得像银行抢劫犯一样吗？"

她飘到独孤卓面前，温婉地说："您好，又见过了，真是有缘分呢。"

她友好地对独孤卓伸出手，独孤卓没接，冷冷地道："废话少说，做任务。"

没有握到独孤卓的手，白衣飘飘尴尬地收回手。

"不是还有猫吗？哦，在这儿。"提头来见视线落在下面，看到了黑猫的两只眼睛。

"啊，咪咪，好可爱啊。"白衣飘飘蹲下身对小黑猫伸出手。

黑猫倒退一步，警惕地盯着白衣飘飘。

白衣飘飘长相很甜，一笑还有两个酒窝，她友好地说道："你的毛发好光亮啊，看起来就很顺滑，真是我见过最好看的玩家了，比独孤卓还好看。"

黑猫是没有别人吹捧他都要对着湖水自吹自擂的性格，此刻听到白衣飘飘的话，得意地走出来，站在白衣飘飘面前。

柳树妖扎根半天，终于恢复了百分之八十的血量，对白衣飘飘说："你可真是能演，难得大佬今天带着我们过困难模式，赶紧去问问发生了什么剧情，人家不是鬼族不接待。"

白衣飘飘终于收起了假笑，对独孤卓说："我后来打电话给客服，问为什么我死了之后你自创的步法就上系统公告了，经过他们的解释我才知道，原来我成了‘步法宗师’的磨刀石。你今天最好让我见识一下你的步法威力，否则我觉得自己死得不值。”

她走到红衣女子身边，很熟练地说：“冥河里的姐姐，你好像有烦恼的样子，发生什么事情了吗？”

红衣女子抬起头，看到白衣飘飘和提头来见是鬼族，抬手指了指冥河：“冥河底部被污染了。”

她将手探入河水中，竟从水里取出一支鲜红的蜡烛。红衣女子点燃蜡烛，双手拿着蜡烛置于胸前，用讲鬼故事的阴森语调告诉众人这里发生了什么事情。

冥河里没有水，是由无数怨魂构成的。从人间来的怨魂在进入幽都前，都要先跳进冥河中洗净怨气，这才能重入轮回。

怨魂进入冥河后，怨气被冥河纯黑色的湖水吸收，魂魄本身却被湖底漩涡带走，进入冥河的另一面，也就是独孤卓等人所处的地方。

冥河一面纯黑，一面纯银。

来到冥河另一面，怨魂就会重新化为纯白无垢的灵魂，成为点点星光，又落回银色的河流中。于是，就有了眼前这种光点不断出入银河的魂归冥河美景。

如果某两个灵魂不经意间在冥河黑色面有接触，那么来生就有可能是死敌。若是在冥河银色面有过短暂相遇，来生则有可能是挚爱亲朋。

红衣女子看着冥河上灰色的痕迹，悲伤地道：“看到那些灰色的怨气了吗？冥河两面正在不断渗透，总有一天，冥河会再无净化怨魂的能力，届时冥河水溢出污染幽都，世间将再无无怨无恨的灵魂。这些饱含怨气的魂魄若是转世，生出来的婴儿则会天生充满恨意。长此以往，人界将亡。”

正当白衣飘飘要按照剧情问出“那我们该如何净化冥河另一面”时，另一个声音响起：“冥河应是流入九欲渊的。”

红衣女子方才说了那么多，却没提到冥河吸收的怨气最终流往哪里，由哪里吸收。独孤卓却是知道的，冥河流向正是九欲渊。

冥河并不是一条循环的河流，而是源自人界与幽都的交界处，终止于幽都最深处的九欲渊。多年来，这些怨气全部被九欲渊吸纳，所以九欲渊是世上最黑暗最邪恶的地方。

红衣女子原本眼里只有白衣飘飘和提头来见两人，根本不理会其他人，此刻听了独孤卓的话，猛地飘到独孤卓面前，手中烛火明暗不定。

“的确是九欲渊。”红衣女子道。

“如果冥河的另一面被污染，会不会是因为九欲渊出了问题？”独孤卓问道。

柳树妖疑惑地问道：“咦，这就开启困难模式了吗？九欲渊是什么？”

白衣飘飘道：“这剧情不对啊，我记得接下来应该是她告诉我们哪里哪里是问题的发源地，让我们带她去找。然后路上我们遇到一些没能完全净化的怨魂，再打几个厉害的冥界兽，就会找到不断地把怨气输入到冥河银色面的人，打赢他我们就通关了才对。”

提头来见道：“这个副本的难点是身为小怪的怨魂可以附到鬼族以外的玩家身上，或者用怨气污染鬼族玩家，要注意不能被控制。”

柳树妖道：“还有那个红衣女的蜡烛是安抚冥河用的，不能灭，灭了，小怪和 BOSS 会瞬间狂化，直接把玩家打得支离破碎。我以为灭掉蜡烛就是困难模式，现在……难道不是吗？”

三个玩家你一言我一语地说着魂归冥河副本的攻略，黑猫竖起耳朵专心听他们讲。

红衣女道：“九欲渊怎么可能出问题？冥河水一直流往九欲渊，从未出过差错。”

独孤卓道：“九欲渊吸收的怨气又去往何处，你可知道？”

独孤卓想起之前的主线剧情，控制挡脸小队暗害他和母亲的正是九欲渊守门人焦炎，而挡脸小队则是来自幽都的魔族和鬼族，手持“蔽日”这样的高等级法宝。

当时若不是参与主线剧情的人是独孤卓，普通人族玩家绝无可能战胜挡脸小队。

说起来，永昼区的拜日教副本与主线剧情没有任何关系，反倒是永夜区竟出现了九欲渊这种极强关联剧情线索的地方。

幽都不在修真界内，但若是幽都有难，修真界的人定会出手相助，然而前生他却从未听说过冥河被污染的事情。

虽然这只是游戏，可独孤卓还是忍不住想，会不会冥河水之所以被污染，与九欲渊没有害他母亲有关？

独孤卓将他的人生想象成两条线，一条线是被九欲渊所害后已经历过的一生，一条是目前正在经历、改变了一点的人生。

独孤卓正思索时，听到红衣女令他遍体生寒的回答："九欲渊的怨气最终会由玄剑吸收并粉碎，玄剑是一柄纯黑的剑，与冥河水的颜色一模一样，不是吗？"

认真听故事的队友们不知独孤卓心中此刻是如何翻江倒海，斗笠下他的脸色又是多么难看，他们仍在轻松地讨论剧情。

柳树妖狂拍树枝，道："玄剑！我们该不会碰到主线剧情了吧？"

白衣飘飘更是激动得满脸通红，然后看着独孤卓道："原来跟着你真的能遇到主线剧情，你这到底是什么体质啊？"

提头来见认真地说："我觉得是时候考虑和独孤卓握手言和了。卓神，您需要一个腿部挂件吗？"

黑猫毕竟是经历过莫名其妙就触发剧情的玩家，是在场唯一有经验的玩家，他用不屑的眼神傲然环视众人一圈，然后道："你们清醒一点，主线剧情零到二十级只有一个，下一次主线肯定是二十到四十级的，怎么可能在新手村触发？这最多是剧情支线。"

"支线也行啊。猫啊，幸好刚才我看你不顺眼挑衅了一下。"柳树妖一把抱住黑猫，顺手摸了把猫毛。

"你放开我！"黑猫挣扎道。

玩家那边热闹，独孤卓却是愈发心寒，他试探红衣女："玄剑怎样才能吸收九欲渊的怨气？"

红衣女道："玄剑剑主由天定，出生时九欲渊就会有感应。九欲渊会派人在剑主入道前，夺其一魄，在其体内注入阴气，并留下令他痛苦终生的刻印。待玄剑剑主持剑后，缺少的魂魄、过重的阴气和痛苦刻印会让他渴求饱含痛苦感情的怨气，怨气注入玄剑内，再由素剑剑主净化。自玄素二剑现世起，世间一向如此，周而复始，从未改变。"

独孤卓抓紧手中的精钢剑，问："所有玄剑剑主都会如此吗？"

"无一例外。"红衣女恍然大悟，"难道这一次的行动失败了吗？"

独孤卓还没说话，完成过主线剧情的黑猫就忍不住跳了起来，一爪子抓向红衣女：“我呸！你们就这样把全世界的怨气全部推给小宝，还要不要脸？”

想起小宝和浣衣女那相依为命的样子，彻底沉浸在剧情中的黑猫气炸了。

▶▷▶ 第八章　玄剑出

一梦逍遥道：“哎哎哎？你激动什么，别碰那蜡烛，别碰！”一梦逍遥特性是高防御、高血量、低速度，以他的速度根本拦不住黑猫。

白衣飘飘和提头来见也冲上去阻止黑猫，他们没有肉身的束缚，速度倒是不慢。白衣飘飘更是有附身能力，她想附身黑猫，却被一道佛光弹出，反而受了伤。

黑猫一爪之下，红衣女脸上出现四道闪着佛光的伤痕，那根蜡烛也随之熄灭了。

“唉！”柳树妖长叹一口气，“完了，等着被恶鬼啃成枯藤老树昏猫吧。”

“安魂灯灭了。”红衣女的眼睛空洞无神，她两根手指微一用力，手中的蜡烛缓缓融化成一摊黑色的血水流下。

她转身看向冥河，双膝跪地，双手虚握置于嘴唇处，轻声吟唱出一首悠远又宁静的歌。

提头来见流着泪说：“完了，我跟你说，这个红衣女是引渡者，负责守护冥河，不让怨气侵入到冥河反面。她手中的蜡烛是安魂灯，用来安抚冥河反面被污染的灵魂，你现在把安魂灯弄灭了，我们马上就要看到百鬼夜行了。”

白衣飘飘道：“要不这就退出副本吧，真的过不去了。”

柳树妖道：“一会儿怨魂就会聚集起来把你啃成秃毛猫，你就不用剃度了，直接当和尚就好。”

黑猫就不是会道歉后悔的人，当初被独孤卓困到业障林死了好几次，也一样不会向独孤卓低头。

他昂着脖子道：“不是要过困难模式吗？我开启困难模式有什么

不好？”

“那起码也要等怨魂群殴那一关过了再熄灭啊！”有经验的柳树妖道，“你没见过被成百上千的怨魂围住的样子，太可怕了。”

白衣飘飘解释：“是这样的，蜡烛一开始没那么容易熄灭，就算用力吹也不会灭。我们猜蜡烛和困难模式有关，但肯定也不是用在第一关，而是用于后面对付最终 BOSS 前的选择关卡中。”

魂归冥河是红衣女带着玩家沿着冥河走，寻找污染冥河的源头。和拜日教副本一样，也要战斗三次，选择一次。

第一次战斗是透明魂魄们拉住玩家，不让玩家继续向前走。这里的魂魄们比较温和，只会努力将玩家推入冥河内。而玩家只要掉进去，就会被移出副本。在这期间，红衣女也会被推，但她一直很安静，不会自己冲到魂魄堆中，比拜日教的找死少年强太多。

第二次战斗是冥界兽，挣脱魂魄们的束缚后，玩家会遇到三头冥界兽，实际上这三头冥界兽是一头兽的三个分身。这时红衣女会告诉玩家，冥界兽是幽都的怪兽，不该来到冥河内部，是有人故意放冥界兽进来的，需要击败冥界兽开启下一步。

打败冥界兽后玩家将会面临两个选择，他们面前会出现一黑一白两条路，其中一条路正中间有一口铜鼎，鼎内是烧滚的油，正是地府传说中有罪孽的鬼魂会被投入的油锅。

红衣女是冥河引渡者，油锅内有无数受刑的魂魄，她看见油锅就会哭泣道：“都是我的错，是我没有守护好冥河，让这些怨魂受苦了。”

说完她就抱着蜡烛舍身投入油锅中，释放铜鼎内的怨魂，怨魂们会直接包围玩家。目前没人打得过这一关。

正确的路不分黑白，关键是红衣女的表情。选择油锅路的时候，一直面无表情的红衣女会虔诚地笑一下，玩家若是看到她笑了，只要立刻反选，就可以选中简单的道路。这条路上有一个小船，乘船渡过冥河，就能找到罪魁祸首，开始最后的战斗。

白衣飘飘道：“铜鼎里只有二十多个怨魂，虽然个个狂暴，但还是有希望打过的，现在……你自己看吧。”

银色河流上的灰色痕迹中冒出无数魂魄，张牙舞爪地向玩家冲来。

提头来见沮丧地点开控制界面道：“要不还是下线吧，再上线就会被弹出副本了。”

黑猫倒退一步，倔强地扭头看向独孤卓，后背的毛竖起来，强撑着说：“我……我就是太心疼浣衣女和小宝了……我错了吗？”

“没关系，”独孤卓弯下腰探出手，轻轻按了下黑猫的脑袋，声音不像以往那般冷漠，反而温和，“我并没有生气。”

“那下线明天再闯关怎么样？”黑猫见独孤卓真的没生气，建议道。

“不必。”一道清风将独孤卓托起，他丢开手中那把精钢剑，迎着怨魂们走了过去。

“他该不会以为自己能够一口气打赢这么多冤魂吧？”白衣飘飘震惊道，“我承认他很厉害，《天罡步法》的威力我也见识过，可是想要打败这些怨魂，我觉得起码要到六十级才有希望。”

独孤卓就算厉害，等级差距也太大了，而且他还将武器丢掉，只是从储物腰带中拿出一把锈迹斑斑的断剑，这一场要怎么打？

一梦逍遥等玩家均是摇头。

那把断剑自然是断裂的玄剑。

二十级以前，独孤卓一直用包裹背着玄剑和素剑。二十级后，筑基期的他有足够的实力把断剑收入储物法宝中，玄素二剑就被独孤卓塞到物品堆底部，一直没有拿出来。

听到红衣女的话，独孤卓明白了九欲渊为何要对自己和母亲下手，最初的震惊过后，他竟是变得出奇平静。

没有必要悲伤或是震怒，毕竟在毁掉天柱之前，白虎陨落，夜舟魂飞魄散，那时独孤卓就明白了，神剑不是无上的荣耀，而是常人难以承受的重压。

天道是否公平，命数是否无常，这些与独孤卓已经毫无关系。此刻他不是在那残破的修真界内，而是在全息网游《九重天》里。这个世界里有叶舟，也有会为小宝和浣衣女生气的玩家。

黑猫的一爪让独孤卓心中产生了一股快意，前生所有人都在告诉他，你背负神剑，这是你的宿命。而这里不同，这是一个可以肆意妄为的世界。

孽障缠身的邪道妖族可以眼神清澈，怨气冲天的鬼族一心只想变成马赛克吓唬人，妖族能变成和尚，口称“阿弥陀佛”，灵族会为人族舍身献出灵气治疗，人族也可以取“傲天”这种名字……

被成百上千怨魂包围住的独孤卓道：“我似乎不该太压抑自己。”

断剑微颤，“嗡嗡”剑啸长鸣，压过了红衣女安魂的轻吟。

“九欲渊的怨气最终是被玄剑吸收吗？”独孤卓道，“那么你们的怨气，是否该归属于玄剑？”

独孤卓以断剑割破食指，血迹没入剑身中。他松开手，以血为引，以气为剑，唤醒了这把仅剩一丝神力的剑。

冥河之中所有灰色的怨气全部向独孤卓涌去，原本灰色的雾团随着怨气的加重变成黑色，岸边的队友根本看不到独孤卓了。

“掉了百分之一的血，”白衣飘飘通过查看队员信息分析战况，“这应该只是开始，马上他就要血条狂掉，瞬间死出副本了。”

“我们要不等他死了再下线退出副本吧，等等他。”一梦逍遥道。

“行吧，不差这一会儿了。”提头来见关掉退出界面。

黑猫心知独孤卓不可能获胜，可内心还是抱有期待，万一赢了呢？

“加油！”他小声地说。

“奇怪，黑雾范围越来越大，独孤卓的血量还是只掉了百分之一，他是怎么坚持这么长时间的？”白衣飘飘抬起头，“冥河底部没有月亮和星星，在这里他没办法再使用《天罡步法》召唤大月亮吧。”

众人学着白衣飘飘点开队友状态，只见独孤卓的血量迟迟不降，而黑雾中忽然出现一道移动极快的黑光。

黑色是不反光的，他们之所以能够看到这道黑色的移动轨迹，是因为这道黑光比黑雾的颜色更深更浓，是最纯粹的黑色。

“这是……”红衣女停止吟唱，盯着黑雾看了一会儿，深深地低下头。

“这是什么呀？你看到什么了？”黑猫听到红衣女的话，凑到她身边焦急地转来转去。

就在此时，这道黑光的速度变得更快，以肉眼难以捕捉的速度在黑雾中幻化成残影。一声怨魂尖锐的嘶鸣后，黑雾“嘭”地散去，独孤卓毫发无损地立于冥河之上，一把黑色的剑悬空立在他身边。

原本困住独孤卓的黑色怨魂化为银白色光点，散在独孤卓周身。

“回去吧。”独孤卓握住黑色的长剑，也不知道在对谁说话。

伴随着独孤卓的话语，那被净化为光点的魂魄围着独孤卓转了一圈，安静地飘落在银色的冥河中。

如星辰坠落，瑰丽又凄美。

独孤卓凌空走到岸边，取下斗笠，俊美的容颜在银色魂河的映照下竟是有那么一丝柔和，与他手中散发着恐怖气息的剑形成鲜明对比，仿佛不是一个世界的产物。

独孤卓对红衣女道："趁着我现在状态好，带路。"

"是。"红衣女恐惧地低下头。

她的手指朝河面点了点，一条小船浮上来，红衣女道："各位少侠，请上船。"

"咦？我们过关的时候不是走着的吗？"柳树妖问道，"你这是不是有点区别对待了？"

红衣女道："我是引渡人，自然有船，只是河水中有怨气，船无法漂浮。"

众人上船，一路漂流而下。独孤卓却没有乘坐这条小船，他脚踩在黑色的剑上，跟随众人前行。

路上遇到那三头冥界兽，还没等冥界兽游过来，独孤卓便隔空御剑，远远地一剑刺穿了三头冥界兽。

"遇到有铜鼎的地方，为我取来铜鼎。"独孤卓吩咐道。

"是。"红衣女垂下头，一点也不敢反抗。

坐在船上的三个玩家偷看独孤卓的身影，凑在一起小声地讨论。

提头来见道："你不是说，想要干掉那么多怨魂最少要六十级吗？他是不是有问题？"

白衣飘飘道："我觉得有问题的不是他，是那把剑。那把剑好邪门啊，你不觉得看到那把剑就眼睛疼吗？"

一梦逍遥道："我们不是已经把痛感调到零了吗？你为什么眼睛还会疼，是这里太暗的关系吗？我这里有个道具灯笼，要不要点一下？"

白衣飘飘道："你是不是傻？我这是心理上的眼睛疼，明白吗？"

提头来见道："可能他和咱俩种族不一样，我刚才仔细盯着那把剑看了一会儿眼睛是有点不适。"

一梦逍遥长臂化作枝条卷起小黑猫，将猫抱在怀里顺了下毛，"你说你当初要是这个模样进永夜区该多好，都是妖族，我肯定拉拢你入伙，还把你宠上天，干吗搞个和尚的样子，看着就不顺眼。”

黑猫立马就从一梦逍遥的怀里跳出来，说：“别乱摸。”

“我碰的是脑袋和后背吧，”柳树妖满脸无辜地道，“就算你是人形，我拍你后脑勺和后背也不会触发和谐机制的。”

提头来见道：“我倒是没觉得眼睛疼，但那把剑对咱们俩的伤害确实很大。”

白衣飘飘道：“说起来，我们都是怨魂。”

提头来见道：“我是还没成年就被人满门抄斩，也是个不肯入冥河的怨魂。”

柳树妖听到他们的对话，道：“所以独孤卓会这么厉害，是因为他弄到了那把宝剑？而宝剑只对怨魂有伤害，对我们无效？”

白衣飘飘道：“我只能确定对怨魂伤害特别大，简直是天敌，提头来见隔着这么远看一下眼睛都会不适。但我不确定这把剑是否伤害不了你，要不你让他砍一下试试？”

柳树妖摆摆树枝：“我才不试。”

提头来见到红衣女面前说：“你现在态度这么好，是不是因为那把剑？那是什么剑？专门克制怨魂的吗？”

红衣女什么也没说，依旧是那副悲天悯人的引渡者的样子。

柳树妖此时也想起一件事：“对了，你之前说我们中间有个异族，人族是不能进入永夜区副本的，独孤卓却昼夜两个副本都能进，他不是人族，是异族对吧？”

红衣女微微点头。

“所以异族到底是什么？我建号的时候也没有异族的选项啊？”白衣飘飘问道。

见红衣女依旧没反应，柳树妖说：“算了，她是真没拿正眼看过我们。不过这游戏什么都有可能发生吧，还有变成和尚的猫呢。小猫，你是怎么变成和尚的？”

黑猫简略地讲述了下接到主线剧情时在坛业寺发生的事情。

几人听得目瞪口呆，柳树妖道：“这游戏自由度也太高了，看来游戏里有很多隐藏的彩蛋，独孤卓应该是有奇遇，才能这么厉害，他不会是捡到了什么绝世高手的宝藏了吧？”

提头来见道：“也有可能是充钱，游戏公司现在公开卖藏宝图，一张两百，十张一千八，说是藏宝图中隐藏着进入秘境小世界的通道，我看有很多人买呢。”

柳树妖问：“抽中秘境的概率如何？”

“百分之一吧，一万八千块抽一个秘境入口。”

包括黑猫在内的四个玩家默认独孤卓是个烧钱玩家，当他们再看向独孤卓时，只觉得他全身上下都闪耀着金钱的光芒。

就这样说笑着，几人很快来到黑白道路的选择点。

他们现在乘坐着小船，其实已经不用选路了，红衣女在独孤卓的吩咐下特意靠岸，只为那尊铜鼎。

选路这件事三个邪道玩家都很熟练，他们根据红衣女的表情找到了铜鼎。

红衣女毕竟是NPC，就算在玄剑的威压下表现有些异常，可在固定的环节还是非常有职业操守的。看到铜鼎，就算手中的蜡烛早就熄灭了，红衣女还是敬业地跳进铜鼎中，那义无反顾的样子像极了信仰之跃。

怨魂自铜鼎中溢出，几人纷纷做好战斗准备。

四个玩家知道独孤卓一个人就可以干掉这些怨魂，但他们跟着进副本不是蹭经验的，而是要亲自闯过困难模式。

之前黑猫抓灭蜡烛是突发事件，由独孤卓解决倒也可以接受。但踏上这条路时，他们就是闯副本的玩家了，如果是喜好“划水”的玩家，从一开始就不会挑战困难模式，既然进了副本，就一定要亲自战斗。

白衣飘飘道：“我真的不爱和怨魂战斗，大家都是同一个种族，战斗方式差不多，对方也不会被我吓到，太没意思了。”

说归说，她还是积极应战，衣领处飘出一条白绫，想必这就是她的武器了。

黑猫要上前，被柳树妖拦住：“先等白衣飘飘控场。”

白绫飞上天空，变得越来越薄，如薄纱般罩住从铜鼎中爬出来的怨魂。一瞬间，怨魂们好像无法分辨方向，开始胡乱攻击。

她封住了怨魂们的眼睛、鼻子、耳朵，让他们无法锁定玩家，玩家却可以灵巧地攻击他们。

白衣飘飘双手举起来道：“快！我的灵气只能撑三十秒。”

柳树妖知道她的招数，早就配合默契地变成一棵巨大的柳树挡在众人前面，无数枝条伸展着捆住怨魂。

提头来见掌心出现了一个与身材完全不搭的狼牙棒，举着狼牙棒就冲向怨魂群。

黑猫也不甘示弱，摇身一变，在白衣飘飘和提头来见震惊的目光中变成一个带发和尚。他拽下一条袖子绑在腰上，学着师兄们露出肌肉并不发达的肩膀，挥舞禅杖。

黑猫口中念着大悲咒，一圈圈佛光从他身上荡漾而出，加上虎虎生威的禅杖，怨魂们的力量被削弱不少。同样地，白衣飘飘的白绫也缩短不少，柳树妖开始掉叶子。

“我的天！为什么同队还会被自己队友招数克制？”柳树妖大喊道，“和尚你别放群攻，你这是把队友一网打尽啊！”

“我们不是一个阵营的，原来罪恶值和正义值在这里等着我们呢。”白衣飘飘脸色不好，她本来能控制怨魂三十秒，黑猫这么一念佛经，技能时间瞬间缩短到二十秒了。

黑猫只能收了大悲咒这种最有效的手法，改为用禅杖一个一个打。但这怨魂真的太难打了，就算被封住眼耳口鼻，动作还是非常灵活，而且血量非常充足，在场也只有柳树妖的血量能与怨魂们一战。

即使如此，黑猫与提头来见二人还是在白衣飘飘控制结束之前打死了七个，怨魂共有十八个，还剩下十一个。

“好像还蛮好打的，不至于没人闯过吧？”黑猫道。

“控制时间结束了，我们完了。”白绫落下，白衣飘飘气喘吁吁地说。

她可以吃药补充灵气，可群体控制技能只有这一个，剩下的全是单体控制，她没办法一下子控制十一个怨魂。

“怎么会，我们五个人，就算他们速度快一点、血量厚一点，也不至于团灭我们吧。”黑猫道。

“不是五个人哦……”原本和黑猫背靠背作战的提头来见忽然阴森森地道，“是四个！”

他突然飞起来，一口咬向黑猫的脖子，要不是黑猫项上有佛珠的佛光挡住了提头来见的攻击，这一口能咬掉黑猫半条命。

“嘻嘻，不是四个，是三个。”方才落在地上的白绫又飘起来，白衣飘飘的眼神也变了。她与提头来见混入怨魂群中，毫无违和感。

“就是这么回事。”唯有柳树妖的神智还算正常，他说，“这个副本必须有鬼族才能闯关，但是鬼族一定会被这些怨魂同化，而且……”

“而且什么？”黑猫忽然感觉有什么东西在碰自己的脚，他惨叫一声。

“而且，罪恶值高的人也容易被同化，我们上次来闯困难模式，六个人里五个被怨魂同化，唯一一个罪恶值较低的魔族被我们联手揍了一顿，哭着说再也不会挑战困难模式了。”柳树妖的眼神也变了，他放开那些被枝条绑住的怨魂，反而去捆绑黑猫。

“独孤卓！卓神！”黑猫一边拨动佛珠，用佛光保护自己，一边狂奔向还在研究如何带走铜鼎的独孤卓。

若是其他玩家这会儿早就被生吞活剥了，唯有黑猫一身佛光，怨魂们暂时动不了他。即使如此，他的灵气也是有限的，这种全方位无死角的净化模式他撑不了太久。

黑猫不是没有撒手锏，他还有坛业寺老和尚送的锁血技能，血量低到一个阈值可以召唤金刚罗汉来帮助他。可是现在对手变成了三个队友，不解除同化的话，那三个人也会被干掉。

他们队伍里没有可以治疗复活队友的玩家，一旦这三人死了，他就要和独孤卓两个人去打最终 BOSS 了，万一打不过怎么办？

“救命啊！”黑猫小和尚对着独孤卓呼叫。

独孤卓随手掏出三张醒神符丢给黑猫道：“贴在他们头上即可。”

“收到！”黑猫接住醒神符，一个转身化为猫咪，一爪子把符咒贴在他身后的提头来见脑袋上。

这个最容易贴额头，因为提头来见一直在用脑袋攻击黑猫。

“咦？”提头来见瞬间清醒，摸摸自己眉心的符咒。

“别撕！”黑猫四爪并用，一口气蹿到白衣飘飘面前，躲过白绫的攻击，一爪子也为她贴上醒神符。

最后是柳树妖，柳树身躯庞大，黑猫只要及时闪避就不会被伤到。

爬树是猫的天赋技能，他很快就爬上了树梢。

在树上转了一圈后，小黑猫绝望地喊道：“柳树的额头在哪里啊？”

正在此时，柳树妖的树枝和几个怨魂的攻击一同砸向小黑猫。

白衣飘飘及时用白绫卷住黑猫，在攻击抵达前把猫抱在怀里。

“你们头上的醒神符不能撕！”黑猫提醒道。

“有点阻挡视线，”提头来见道，“不过还好了，至少现在不会攻击队友。”

“看来跟着独孤卓走果然有攻略，这符咒哪儿来的？简直是过困难模式的神器。”白衣飘飘吹了下额头上的字条。

黑猫道：“我也不知道。卓神，柳树妖救不回来怎么办？”

“那就别救了。”独孤卓道。

“问题是他很碍事啊！”黑猫喊道。

独孤卓单手按在铜鼎上，鼎内热油还在翻滚着，他望着铜鼎若有所思，忽然道：“白衣飘飘的技能冷却时间过了吗？”

“托被控制的福，不仅冷却时间重置，我的灵气也被补满了，老大有什么吩咐？”白衣飘飘道。

大概是为了给闯关的玩家制造麻烦，被控制后的玩家会立刻满血满状态，所有技能冷却时间全部重置，且进入狂化状态中，暴击率提升两倍，非常难打。但同样地，如果能够在此时解除控制，玩家也算是得到一次治疗和技能恢复。

独孤卓道：“再次控制怨魂，最好能把他们绑在一起。”

“我可做不到绑在一起，只能让它们晕头转向。”白衣飘飘道。

黑猫又摇身变回小和尚，举手道：“只要它们躲避速度降低，我可以用佛珠绑住他们。”

提头来见道：“一梦逍遥怎么办？找不到他的头。”

独孤卓毫无感情地说：“一起绑了。”

三人不知道独孤卓要做什么，不过还是决定无条件地听从他的吩咐。

白衣飘飘再次大范围抛出白绫，将包括柳树妖在内的对手全部笼罩在白绫下，剥夺他们的视觉、嗅觉、听觉。

小和尚则是用力丢出佛珠，并默念佛经，那串佛珠在空中越来越长，长到足以将所有怨魂捆住。

黑猫耗费灵力，终于将这些无头苍蝇一般的怨魂捆住，气喘吁吁地对独孤卓说：“我的佛珠除妖是单体攻击，对付柳树妖倒是可以，现在捆住这么多怨魂，我没办法一次性干掉他们，只能困住十秒。”

“够了。”独孤卓道。

白衣飘飘和提头来见都看向独孤卓，想看看他打算如何破局。

只见独孤卓仿佛不怕热般握住滚烫的铜鼎，手臂一用力，那巨大的铜鼎竟被抬了起来。

白衣飘飘猜到了独孤卓要做什么，不可思议地说：“不是吧。”

独孤卓喝道：“让开。”

三人顿时躲得远远的，黑猫更是变回原形，生怕自己体积过大，被殃及池鱼。

独孤卓扛着铜鼎高高跃起，真元自丹田运至掌心，劲力一吐，不知多重的铜鼎被他推动，对准被捆住的怨魂和一梦逍遥倒扣下去。

一梦逍遥：“……”

无数滚烫的热油“哗啦啦”迎头而下，怨魂们发出凄厉的鬼哭声，听得一旁三人忍不住同情起小怪来。

独孤卓却是心冷如铁，油倒净后就一把将铜鼎狠狠砸下，把怨魂们最后一丝残血也砸没了。

怨魂消失，怨气自动没入玄剑中，一梦逍遥也因此被解除了控制，但此刻他的血量只剩下百分之四。

一梦逍遥没有恢复人形，而是翻出一堆补血药，疯狂地塞进嘴里，并把树根深深地扎入土壤中，吸收养分回血。大概恢复了百分之六十的血，柳树妖才变回人形，一屁股坐在地上，长叹一声道：“爽！”

白衣飘飘道：“我已经录制视频了，等放在网上后，我一定强调，危险举动，小朋友绝对不可以模仿。”

提头来见扯下身上的醒神符，符咒自动燃烧消失。他来到铜鼎前，敬畏地戳了戳鼎身道：“独孤卓真乃神人也，不走寻常路啊。”

柳树妖也拍掌道：“还是卓神思路广，我们怎么就没想过用铜鼎。其实仔细想想，我们只要招两个力气大的魔族，白衣飘飘可以控制怨魂，我再用树枝捆住这些怨魂，然后魔族把铜鼎扛起来倒油砸鼎就行了，这招真神啊！”

“所以困难模式的解决办法早就给出来了，只是我们一直没有发现。”白衣飘飘看向独孤卓道，“老大，我这次对你是心服口服了。”

不是特殊道具，也不是可以自创招数，而是独孤卓此人的思维异于常人，想常人不敢想，实在是太厉害了。

“不过醒神符是哪儿来的？”柳树妖问道，“卓神，你该不会是捡到一个宝藏吧？”

几个玩家一起看向独孤卓，想要得到一个答案。毕竟游戏开放到现在，独孤卓所表现出来的实力已经远超一个普通玩家了。

独孤卓对着叶舟不愿说谎，但并不代表他不会编故事。他把药草敷在被铜鼎烫焦的手掌上，缓缓地道：“我以后说不定还会成为某个副本的BOSS。”

“哈哈哈！你真是会说笑。”一梦逍遥大笑起来，笑了一会儿，见独孤卓表情严肃，一点开玩笑的意思都没有，顿时尴尬地闭上嘴。

“是真的？”白衣飘飘道。

独孤卓想了下，现在怀疑他的人的确太多，倒不如把一切推在好友白虎身上吧。

“我曾误入四十级妖灵虎牙副本，由于还没到触发副本攻击的等级就认识了那头白虎，意外地得到他抢来的修炼功法和符咒绘制图形，就拿来试了试，没想到竟是有用的。”独孤卓道。

“为什么你会误入四十级副本，你不会是在编故事吧？”白衣飘飘质疑道。

“因为我在朋来镇……哦，不，是当初的烛龙镇中，找到了这把剑。”独孤卓指了指玄剑，“这是那头白虎至交好友的剑，所以我才会被卷入副本中。”

“有这么一把好剑吗？这能一剑干掉所有怨魂的剑是不是有点太厉害了？”提头来见问道。

“其实也不是不可能，”黑猫抓抓耳朵道，“当初玩家都不能进的坛业寺，我可以随便出入，里面的和尚NPC还叫我师弟呢。”

“说起来你也是个奇葩，你那禅杖和佛珠是二十级武器和饰品吗？不是吧！”柳树妖质疑道。

“这个是金丹期才能发挥全力的武器，我下山的时候师父借给我的，我只能发挥百分之三十的能量，而且等任务结束要还的。”黑猫解释道。

金丹期等于四十级，黑猫也算是一只有奇遇的猫了。

有黑猫分担，独孤卓身上的嫌疑少了很多。他把一切丢给黑猫解释，又去关注那铜鼎。他方才就试着将铜鼎塞进储物法宝中，一直无法做到，现在却有种可以做的感觉。

独孤卓心念一动，铜鼎便被收入储物腰带内。

是因为把热油倒出了吗？不对。

独孤卓看着自己正在痊愈的手掌，方才他被铜鼎灼伤，血肉似乎印在了鼎上。

系统【队伍】：独孤卓获得【铜鼎】。

系统是在队伍频道内发布的，队友们可以看到铜鼎的属性，几人看到提示就顺手点开，见到上面写着——

【铜鼎：上好的黄铜炼制的铜鼎，可承受元婴期等级的丹火，防御等级强。使用方式为倒扣铜鼎躲进其中，可抵挡住元婴期级别的攻击，但对方若是能够抬起这尊铜鼎，防御力则为零。】

众人："……"

一梦逍遥道："这个铜鼎，很有用吗？"

"没用。"白衣飘飘果断地道，"你能扛着鼎和人打吗？你躲在鼎里别人不会掀开鼎吗？"

提头来见道："打过了困难模式关卡，只获得一个没用的鼎吗？"

黑猫道："也不一定没用吧，说不定未来哪里能用到呢？就像卓神那把剑，一开始不也是锈迹斑斑，像个破烂一样吗？"

白衣飘飘道："哦对，你是不是因为爱好捡这种破烂，才会有这么多奇遇？"

独孤卓淡淡地道："或许。"

干掉怨魂们，红衣女便原地复活，说道："感谢各位少侠帮我超度了这些受苦的怨魂，我这就带各位上船。"

一梦逍遥说："她确定那些怨魂被超度的时候不是受苦吗？"

提头来见道："这点你最有话语权。"

一梦逍遥想起方才被淋头浇油的感觉，打了个哆嗦，不再说话了。

一行人随着红衣女上船，继续上路。

接下来的副本就比较简单了，全是众人经历过的，红衣女带着他们找到正在释放怨气的人，几人一拥而上，不用独孤卓出手，就把这人制服了。

原本的剧情是被制伏的这人会烟消云散，打过困难模式后，红衣女没让众人补刀，而是来到最终 BOSS 面前问道：“你为何要将那尊铜鼎放在那里？”

那人一身黑甲，生得倒是极为硬朗，他看了眼红衣女说：“那是流入九欲渊的怨魂，我将它们送上来。”

“怎么会有怨魂进入九欲渊，这不应该啊！”红衣女惊道。

“玄剑剑主没有失去一魄，九欲渊结界破裂，不少怨魂偷溜进去，而怨气也在不断溢出，现在只是进入冥河内，很快整个幽都都会遍布怨气。”黑甲男人道。

“怎会如此？”红衣女不由得流出眼泪。

黑猫最见不得这个，忍不住插嘴道：“那你们也不该害小宝那么可怜乖巧的孩子啊！”

黑甲男人道：“全天下的怨气全部归于九欲渊，九欲渊又有何罪？我们这些守门人，自出生就被挑选到九欲渊守护阵法结界，终生饱受怨气折磨之苦。玄剑剑主尚且有素剑可净化怨气，我们呢？你同情玄剑剑主，我们就活该可怜吗？”

黑猫不知道说什么了，词穷地挠挠耳朵，说不出话来。

“上三天将浊气通过中三天流入下三天，下三天又把浊气化为怨气导入幽都和九欲渊，九欲渊的怨气则由创世双剑化解，万年来一直都是如此，我们只是遵循天道而已，这样有错吗？”黑甲男人质问道。

“错的不是你们，是上三天，是这万年来不变的秩序。”独孤卓持剑站在黑甲男人面前道。

“你是……”黑甲男人看到独孤卓，满脸震惊，想说什么，话却堵在喉咙中无法说出口。

正因为看破这天地，独孤卓才会决定摧毁天柱，将上三天一直以来享受的世间清气全部释放。

清浊共生，怨气由世间灵气缓慢化解，这才是世界该有的模样。

吸收了无数怨气的玄剑轻轻嗡鸣，它只是一把断剑，不像当初那样可容纳天下怨气，现在仅吸收了这么一点就无法容纳了。

独孤卓重新戴上斗笠，想要将怨气吸入体内。他不能再将怨气放回冥河底部，已经净化的魂魄，就让他们进入幽都静待轮回吧。

他现在魂魄完整，又有前世修炼的境界和庞大神识做支撑，这些怨气不会对他造成过多损伤。只要他潜心修炼一段时间，耗费些真元，就可以让这些怨气自然消散。

换到这个游戏世界中，耗费真元大概就等于消耗经验净化怨气。旁人可能会掉等级，但他如今的经验多得令他有些忧愁，如此消耗一下倒也不错。

怨气的冲击会让神识稍稍吃点苦头，例如听到一些没有意义的痛苦嘶吼之类的声音，还会让他的情绪暴躁起来。不过以独孤卓目前的意志，是可以坚持下来的。而连心技能是承受身体上的痛苦，这样精神上的痛苦，独孤卓有把握压制下来，不会牵连叶舟。

不过怨气猛然入体，表情势必会扭曲起来，是以独孤卓戴上斗笠，防止队友看到他不适的样子。

他刚要吸收怨气时，系统忽然发出公告：【恭喜玩家一梦逍遥、白衣飘飘、提头来见、乌漆墨黑等通关魂归冥河副本困难模式。】

这条公告发出后，玄剑内的怨气忽然好像被谁抽走一般，那把黑色充满怨气的剑又变回之前普普通通的断剑。

独孤卓看着锈迹斑斑的玄剑，心中升起一丝疑惑，怨气呢？

与此同时，独孤卓的储物腰带内，另外一把断剑——素剑有气无力地弹了一下，随后趴在储物法宝中一动不动，像是耗尽了力量。

“这就完了？”一梦逍遥道，“快，摸怪！大神你别动，你的运气不好，我看你上这么多次系统公告，一次好东西也没得到，我们来。”

“摸怪”是指打到副本 BOSS 后，玩家上前触碰 BOSS 尸体，有概率在 BOSS 身上找到一些武器或者材料。

白衣飘飘上前翻黑甲男人的衣兜，边翻边疑惑道：“为什么系统提示上没有独孤卓？他好像是乌漆墨黑后面的那个‘等’字。”

“斗笠的遮名效果吧，戴上斗笠系统不会提示姓名，真是偷袭暗杀的好道具。”一梦逍遥道。

白衣飘飘从黑甲男人身上翻出一对月牙形的回旋镖，发给众人，道：“看看属性怎么样？”

“二十级武器，六个种族皆可使用，是长距离攻击武器，但攻击力不是很高，佩戴后可提升玩家速度。”一梦逍遥看过后有些心动，他血厚却速度慢，正适合长距离武器。

《九重天》装备的分配和传统键盘网游一样，通过摇点数，数字高者获得。

一梦逍遥摇出六十三点，不高不低，不是很有优势。好在没人同他抢，其他人放弃摇点数，他就得到了新月回旋镖。

白衣飘飘又翻了翻，找到一块宝石，发出来后发现是一块很好的炼器材料，被提头来见摇点数摇到了。

黑甲男人身上的黑甲是一件很好的防御装备，就算几人都不想穿，卖出去也是一笔不小的钱。这个黑甲上衣被白衣飘飘拿到，下衣则属于乌漆墨黑。白衣飘飘给了乌漆墨黑一千下品灵石，把下衣也换到手，凑齐了一整套。

分配完毕后，红衣女双手捧着一颗金黄色的宝珠要送给众人，正是困难模式首杀奖励幻心珠。

见到幻心珠，独孤卓将怨气凭空消失的事情暂且放在一边，收玄剑入储物法宝。之前的装备独孤卓没有同众人抢，这颗幻心珠既然他想要，队友们自然拱手奉上。

独孤卓拿到幻心珠后立刻使用，收到了系统提示：【叮，妖灵虎牙副本内的白虎对你的好感度为七十五，使用幻心珠后增加五点好感度，目前好感度为八十。】

独孤卓道：“什么？”

他还记得白虎对他的初始好感度是八十，用了一颗幻心珠后变成八十五，现在怎么又回到八十了？那十点好感度是什么时候掉的？

他翻了半天系统公告也没找到答案，只能按下疑虑，等日后见到白虎再问个究竟吧。

原本红衣女应该给几人一人一颗筑基丹的，不过筑基丹一个玩家只能得到一颗，二刷副本就不会再获得筑基丹。独孤卓、一梦逍遥、白衣飘飘和提头来见全部得到过筑基丹，只有黑猫没闯过二十级副本，于是红衣女送给他一颗筑基丹。

几人被弹出副本，这一次战斗获得不少经验，小怪身上也掉了不少灵石和银两，几人算是收获颇丰。

黑猫吃了筑基丹更是额外得到五万经验，当下就在永夜区升级了。升级时他发现自己已经完成了师父交办的驱鬼任务，又领取了一大批经验，一口气升到了二十二级。

一梦逍遥和白衣飘飘等人之前都是二十一级的玩家，现在也到了二十二级。

唯有独孤卓还是二十级。

“你的经验还不能升级吗？应该够了吧。”一梦逍遥问道。

独孤卓没有说话。

一梦逍遥已经有些适应独孤卓这冷冷的样子了，也不再追问等级的事情，而是问道：“卓神，醒神符卖不？”

“你不是已经想到困难模式的攻略方法了吗？”独孤卓问道。

“我用醒神符不是想过困难模式，我又不带小号过副本。我要醒神符是觉得这种能解除控制状态的符咒挺有用的，想买一点备用。”一梦逍遥道。

独孤卓正缺银子，想了下道：“一万两银子一张。”

一梦逍遥：“大哥，太黑了，一万两够我在客栈开一百天房了，咱这游戏又不能用现实货币买银子，全是做任务、过副本、打小怪时掉的，存货真的不多。”

独孤卓道：“一万两银子两张。”

“就不能要灵石吗？”一梦逍遥无奈地道，“你怎么就专门喜欢买不到的东西呢？”

“四千两一张，我买两张。”白衣飘飘忽然道。

“成交。”独孤卓立刻卖给她两张。

一梦逍遥没办法，也委委屈屈地买了两张。独孤卓的小金库总算是丰厚了一点，只可惜距离千万两白银的目标还是遥遥无期。

“卓神，你要银子吗？”乌漆墨黑翻了翻自己的衣兜，“我这里有六千多两，给你六千两，剩下的零头我留着吃点游戏里的美食。”

黑猫倒是越来越听话了，独孤卓不想白拿他的钱，随手给了他三张符，醒神、镇妖和驱鬼，两千两一张，算是给队友打五折了。

此刻已经快到丑时，接近凌晨一点钟，队友们熬不动，纷纷下线睡觉，独孤卓则是寻了个灵气充沛、光线明亮的僻静地方炼制丹炉。

符合这个条件的地方自然是拜日教副本。

过了午夜十二点，副本次数就会重置，而拜日教少年也已经不记得独孤卓是什么人了。

独孤卓照例把少年捆绑了丢在昏睡的大长老旁边，然后拿出铜鼎。

想把铜鼎炼制成丹炉需要熔化后重新炼制，可是铜鼎能够抵挡元婴期的丹火，以独孤卓目前的实力，很难重新炼制。

不过没关系，这里是拜日教副本，永昼区，太阳真火最强的地方。

独孤卓使用《天罡步法》引太阳真火，正常来讲，太阳真火可让天下一切事物化为灰烬，独孤卓若真的引动太阳真火，这铜鼎也不用重新炼制了，会直接消失的。

好在独孤卓功力不高，以他目前的功力引来的太阳真火并不纯粹，只是一缕太阳真火加上无数驳杂的三昧真火和一些人间凡火，这样的火焰去锻造铜鼎再适合不过。

独孤卓脚踏太阳星官的星位，唤来一个大火球，勉强操纵大火球入铜鼎内，铜鼎果然开始缓慢熔化。

独孤卓立刻手掐灵诀，打出无数道真气，将铜鼎变成他想要的样子。

就这样煅烧了将近两个小时，直到拜日教副本的油菜花田全部被烧光时，终于挨到副本时间到了，系统将独孤卓和他刚刚炼制成的丹炉全部丢出副本。

独孤卓本来还想在拜日教副本中试验一下新的丹炉，不承想竟用了这么久的时间。他没有道场，炼丹时间又长，客栈的阵法根本不足以维持炼丹的灵气，那么去哪里炼丹好呢？

独孤卓在夜晚的朋来镇转了一圈，自从永夜永昼区分离出来后，朋来镇的诅咒解除，夜晚不再是群魔乱舞的样子，百姓安居乐业，白天才能行动的玩家晚上也都会在永昼区练级。

独孤卓走着走着，不知不觉来到坛业寺门前。

晚上坛业寺大门紧闭，更新后独孤卓还没有进入过这个寺庙中，不知道还能不能像之前那样跳墙进入或者从角门入内。

独孤卓决定试一试，纵身一跃，竟然真的跳进去了。

坛业寺的正殿和偏殿灵气皆充足，且不管白天黑夜都没有玩家打扰，这里真是炼丹的好地方！

独孤卓正谋划着霸占坛业寺的房间时，叶舟却在做着噩梦。

自从跟着独孤卓修炼后，他每天睡觉前也忍不住用独孤卓教的呼吸吐纳方式入睡，睡眠质量一天比一天好，很少做梦了。

但是今天，他忽然梦到无数怨魂把他包裹住，围着他发出各种各样的尖叫声，吵得他魂魄都快离体了。即使是在梦中，叶舟都能感到自己心情的烦躁，内心深处藏着一种想要破坏整个世界的戾气。

他不断梦呓，甚至吵醒了保姆和护工。他们忙闯进叶舟的卧室，见他被噩梦魇住，想要叫醒他，却不管怎么呼唤都喊不醒他。

就在管家想打电话叫医生给叶舟注射镇静剂时，叶舟梦中忽然出现一把银白色的剑。

那把剑划破长空，将围着叶舟的怨魂一剑驱散。怨魂们慢慢消散在空中，叶舟这才虚弱地醒了过来。

独孤卓逐渐发现自己和普通玩家是有不同之处的。

《九重天》虽然自由度高，NPC 们活灵活现，但面对玩家和独孤卓时的态度还是有微妙差距的。

就像之前副本的红衣女，面对玩家，只会说一些程序规定的话。而当独孤卓展露出玄剑的威压后，红衣女对他就有些畏惧。

这里的 NPC 太灵活了，稍微重要一点的 NPC 就像真人一般，不过他们的前后态度变化其他玩家自然是发现不了的。

身在其中的独孤卓却深有感触，按理说，主线任务结束后，夜间的坛业寺应该无法入内了，胆敢夜间偷偷闯进来肯定会收获“怒目金刚”的禅杖大礼包。

可独孤卓来到坛业寺后，不知是禅儿的守夜和尚恶狠狠地跑过来，看到来人是独孤卓之后，便收起凶狠的表情，非常有礼地称一声“施主”后就靠在墙边假寐，仿佛什么也没看见。

在玩家眼中他是玩家，在 NPC 眼中，他似乎又是另外一种身份。

他找了个偏殿推门走入，没有人阻止他。

独孤卓知道这偏殿平时没什么和尚来，就大声朝空中说了句：“借用一下。”

没人回应独孤卓，但也没人出面赶走他。

独孤卓便默认和尚们同意了，取出丹炉，想先炼制一炉筑基丹试试。

毕竟是第一次在游戏中炼丹，独孤卓不是很有把握，只放了一点药材，大概够炼制九颗筑基丹的。

虽是够九颗丹药的材料，但一般丹药成丹的概率极低，这些药材最终能出四颗丹药已经是炼丹者手法极佳了。独孤卓也是第一次在这个世界炼丹，毕竟是试验，他觉得这一炉能出一颗丹药就很好了。

炼丹也是需要灵诀的，用真元点燃丹火后，使用灵诀引天地灵气入丹炉，若是周围有聚灵阵效果会更好。

坛业寺内设有聚灵阵，灵气充足，按道理七七四十九天就可以成丹。

独孤卓不清楚在网游中炼制丹药是否也要这么多天，他觉得应该没有那么长，毕竟他从零级到筑基期也只用了几天时间，说不定炼丹时间也会缩短。

打出灵诀后，独孤卓靠坐在门边守护丹炉，他想着再快怎么也得三五个时辰的时间，便盘膝而坐，打算休息片刻。

毕竟现在已是寅时（凌晨三点）了，独孤卓才刚筑基，没到无须休息的境界，一天怎么也要休息一两个时辰。

打坐时刚好蹭一下坛业寺的聚灵阵。而独孤卓的真元刚在体内运转一个周天，他便觉出不对，坛业寺的聚灵阵极其强大，真元运转一周天怎么会只吸收这么一点灵气？

独孤卓忙从入定中惊醒，只见周围的灵气全部被眼前的丹炉吸收了，而本该七七四十九天才能成丹的丹炉，现在眼看就要成丹了！

炼丹有三个重要环节，一是刚开始时要引燃丹火，并打出正确的灵诀，施展灵诀的速度、姿势和真元大小都不能出半点错，错一点便无法成丹。

二是炼丹期要一直注入稳定的灵气，多不得少不得，丹炉是需要人一直照看着的。所以神话传说中，擅长炼丹的太上老君会有一个炼丹的童子。童子自然不是生柴引火的，而是不断地维持聚灵阵，为丹炉注入灵气的，往往一看守就是数月数年。

三是最后丹成的收丹时刻，丹药内蕴藏着药力和天地灵气，收丹必须用正确的术法压制住丹药的力量，将丹药用真元牢牢锁住，放置到早就准备好的丹药瓶中。

这瓶子也非寻常之物，需要在上面刻一些阵法纹路，防止瓶子内的药力散出。

这还是普通丹药，若是仙丹神丹，更是要有天劫临头，稍有不慎，炼丹者也要遭难。

独孤卓扫了眼时间，距离他引燃丹火竟是只过了五分钟，这炉丹药就要成了。再不收丹，刚抢来的丹炉就要炸了！

他忙收了丹火，以术法打开丹炉，取出一个瓷瓶。这个瓷瓶是在拜日教副本中获得筑基丹时系统赠送的，刚好适合装筑基丹。

丹炉一打开，一颗丹药就飞了出来，想要逃出这间屋子。

独孤卓施展术法，稳住这颗丹药，将它收进瓷瓶内。

随后又出了第二颗、第三颗……直到第九颗丹药，材料全部成丹！

独孤卓待丹药灵性全部溢散，不会再到处乱飞后，从瓷瓶中拿出一颗丹药，用神念查探一番，发现这的确是成色极好的筑基丹，比二十级副本中系统赠送的还要好。

他吃了一颗自己炼制的筑基丹，很快系统提示他已经筑基，是否将丹药转化为经验，独孤卓选择是，获得了六万经验。

独孤卓：“……”

这个世界玩家升级极快，且全民修真，想必世界中灵气充沛已到一个不可思议的地步，所以炼丹的成功率才会这么高，这么一来，他真的可以大规模炼制丹药卖钱了。

丹炉能够出丹的数量有限，独孤卓将适合炼制筑基丹的药草分成三份，连续炼制三批丹药，一批四十九颗。

丹药太多，他一时找不到储存的容器，便拿来坛业寺偏殿内用来装饰的大瓷瓶，以朱砂画上防止药力溢散的阵法，临时用大瓷瓶收丹，并打算日后再多买些丹药瓶子。

十五分钟后，独孤卓得到了一百四十七颗成色极好的筑基丹，把这些丹药放入大瓷瓶后，独孤卓心中还有一丝不真实的感觉。

他也算是炼丹大师了，却没见过一炉出这么多筑基丹，时间还这么短。若是修真界筑基丹数量这么多，擎天剑派的弟子也不至于为了一颗丹药撕破脸皮。

时间还早，独孤卓干脆把身上的药材全部拿出来。炼制筑基丹的药材已经用光了，但他还可以炼制一些补血的丹药、补充灵气的丹药和驻颜、换颜丹。

游戏里虽然有补血、补充灵气的药材，但沿用了以前键盘网游的模式，是药草的形式，药草也极为仿真，连苦味都做了出来。

大多数玩家为了享受美食把味觉调到百分之百，真到吃药时就一脸苦不堪言，表示这种啃生草的感觉太恶心了。

不过玩家们也知道，游戏中一定会出现简易、快速的补血药的，不过这些都是在键盘网游后期才出现的，现在大家的等级低，因此还没有出现这种药。

独孤卓又一连炼制了两百颗补血丹和补气丹。这两种丹药的炼制比筑基丹容易多了，数量也多。另有驻颜丹和换颜丹，按理说是提升颜值和改变容貌的丹药，具体效果没试过就不清楚。

独孤卓一口气折腾出十五炉丹药，时间也不过才过去一个半小时。他见天色还早，心想要不要去永昼区或者永夜区的药店再买点药材，炼制新的丹药。

朋来镇夜间是宵禁的，但是永夜区和永昼区不会，那里也有药店，不过品种不是很全，不够炼制筑基丹和驻颜、换颜丹，好在炼制补血丹和补气丹的药材倒是够的。

独孤卓正要去买药，刚转身就见一个老和尚双手合十站在偏殿门前，身后跟着一排手持禅杖的和尚，大概是禅一到禅十。

见到这阵仗，饶是独孤卓也觉得心虚，不过还是面不改色地说："今日借贵寺偏殿一用，多谢大师海涵。"

老和尚道："阿弥陀佛，上天有好生之德，若是施主居无定所或是被妖魔攻击，能帮助施主是坛业寺的造化。可是施主在寺内炼丹，炼了一炉又一炉，一炉又一炉，一炉又一炉，一炉又……"

独孤卓听着这老和尚絮絮叨叨地重复了无数次"一炉又一炉"，耐心已经快要告罄，老和尚才继续道："坛业寺虽灵气充沛，却也不是这么耗费的。施主这十五炉丹药炼完，我们坛业寺今日的灵气也被消耗得差不多了。"

独孤卓本来十分内疚，但听到老和尚说"今日"，不由得道："只是今日的吗？明天呢？"

老和尚道："不管白天消耗多少灵气，每日子时四刻，坛业寺的灵气就会恢复如初。"

原来如此，独孤卓暗暗点头，对老和尚道："那我今日就不来了。"

等明天午夜灵气重置后再来。

唉，没有山门就是麻烦，要寄人篱下。独孤卓有些悲凉地想道。

独孤卓收起丹炉，扛着坛业寺的大瓶子就要离开，老和尚微微一笑，身后一排武僧拦住了独孤卓的去路。

独孤卓看向老和尚道："大师有事吗？"

老和尚道："施主借宿坛业寺，难道不该布施一些香火钱吗？"

说话间，老和尚还不断用眼神示意那装丹药的大瓶子，显然他要的"香火钱"不是真正的银钱。

独孤卓道："和尚用丹药做什么，卖给玩家吗？寺庙可以卖东西吗？这等铜臭之物，岂不是污了佛祖？"

"倒也不会流入各位少侠手中，贫僧不过要些补血补气的丹药，放在义诊摊上，给意外受伤的百姓罢了。还有筑基丹，老衲寺庙中还有些没有筑基的弟子，近日来上香的少侠越来越多，坛业寺人手不够，也是要培养些新弟子的。"老和尚道。

不管坛业寺要用在哪里，只要不是给玩家，从而影响他的赚钱大计就都好说。

最终独孤卓被老和尚收走了百分之十的补血、补气丹和筑基丹，驻颜丹和换颜丹老和尚没要。

不过独孤卓也不算白给，毕竟老和尚每拿一种丹药，就会告诉他这丹药的属性。

"这筑基丹品相极佳，就算已经筑基也可以充作经验，只是等级达到三十级就不能再服用了。

"补血丹可一次性补充四百点气血量，冷却时间二十秒，没有等级限制。"

目前二十级玩家最高的气血量才八百，补血丹能够一次性补充百分之五十以上的血量，是目前最好的补血丹药了。

"补气丹可一次性补充三百点灵气值，冷却时间二十秒，没有等级限制。"

玩家的最高灵气值比气血值稍微低一点，目前最高大约七百点，补气丹补充的灵气值虽然不到百分之五十，但也是极为有用了。最重要的是，有治疗技能的玩家只能恢复队友的气血值，目前除了吃药没有其他恢复灵气值的办法，市面上卖的草药，一次最多只能补充一百五十点灵气值。

“驻颜丹……老衲虽不常用这个，却也知道这可以在战斗时提升少侠们的颜值百分之十，效果为十五秒。平时也可以服用，持续时间与丹药品相有关。

“换颜丹，这个……似乎是在战斗时，可以短暂变成同种族对手的模样，迷惑对方，只能维持十秒。”

老和尚把丹药用法一一说了，独孤卓心中勉强平衡了些。

九川城夜晚是不宵禁的，独孤卓连夜扛着大瓶子来到九川城，在买炼器物品的店铺买了许多丹药瓶，终于不用扛着大瓶子了。

时间还早，独孤卓干脆来到强盗们的山寨继续炼制丹药，可惜山寨的灵气不及坛业寺充足，炼出的丹药品相不好，筑基丹只能增加四万经验。独孤卓炼了一炉筑基丹后，就嫌弃地离开了。

强盗们自然不敢逼独孤卓留下百分之十的丹药，只能哭哭啼啼地双手奉上最近洗劫的银钱，才七千两，独孤卓勉为其难地收了。

炼制了许多丹药，独孤卓想和叶舟分享，辰时起就在叶舟昨日下线的地方来回踱步，等待叶舟上线。

有了筑基丹，他就可以给叶舟吃药升级，这样他们两人的经验就不会差太多。

等叶舟攒够升到三十级的经验，独孤卓便把筑基丹售卖出去，至于怎么卖……找那个比强盗还穷的人，他应该有门路。

随后独孤卓戴上斗笠，耐心地等叶舟上线。然而到了九点，叶舟没有上线。独孤卓像尊雕像般等，等到中午十二点，到了叶舟下线的时间，但叶舟还没有上线。

叶舟和独孤卓有盟约，他上线系统会有提示，独孤卓完全没必要在叶舟下线的地点苦苦等待，大可以去做别的事情，过副本、打怪、炼丹或者是做些别的什么，等叶舟上线后再来找他就可以。

但对于独孤卓而言，他这不知算什么存在的BUG、NPC或玩家，在这个游戏世界里唯一的关联只有叶舟，叶舟若是忽然不上线，他的等待也会变得没有意义。

已经十二点半了，独孤卓一直站在原地，已经引来了无数玩家侧目。

就在独孤卓以为要这样枯等到下午三点，或者明天上午九点，或者要等更久时，“叶舟”上线了。

他在叶舟昨天下线的地方出现，独孤卓一个箭步冲上去，刚要打招呼，就看见了“叶舟”的眼睛。

这不是叶舟。

独孤卓一眼便认出此人的眼神不属于叶舟，现在这副身体像是被什么人附身了一般。

“你是什么人？你不是一叶扁舟。”独孤卓冷冷地道。

他握住精钢剑，脑海中思考着各种不伤害叶舟的身体又能将附身的灵魂逼出去的方法。

“你是谁呀？”对方用叶舟的身体、叶舟的声音不耐烦地说，“松手！竟然还有触感，小舟怎么不调痛感值？”

独孤卓强迫自己冷静下来，回忆着叶舟和其他人给他讲述的游戏规则，想起游戏中有“代练”的说法。玩家在游戏内只是个虚拟账号，也可以让别人顶替登录，只要做好账号安全保护就行。

在网络游戏中，你不知道自己的对面是谁。

“你怎么用了一叶扁舟的账号？”独孤卓尽可能镇定地问道。

那人道：“你和小舟是游戏好友？那你告诉我一下独孤卓在哪里，我没玩过《九重天》，不太会操作游戏账号，不太明白这个纸鹤传音怎么发，我有事找独孤卓。”

“我就是独孤卓。”独孤卓道。

“是吗？这么巧吗？刚上线就碰到要找的人？”那人怀疑地看着独孤卓，“你怎么藏头露尾的？摘下斗笠我看看，小舟说，独孤卓的游戏形象好看得不像正常人，一眼就能认出……”

那人正说着话，独孤卓便果断摘下斗笠，那人的声音瞬间止住。

从这人透露的话语来看，他似乎在现实中与叶舟很熟，应该是叶舟委托他登录游戏账号的。

那人用叶舟的眼睛露出惊艳的神色，呆愣了一会儿才道：“还真是一眼就认出来了，这游戏里人物形象这么好看吗？难怪游戏头盔那么贵都有人买，我要不要也买一个玩玩？”

“一叶扁舟是有事要你转告给我吗？”独孤卓问道。

那人道：“哦对，是这样的，小舟这几天身体不好住院了，医生让他尽量别太伤神，少看书、看剧、玩游戏，所以家里人把他的游戏头盔没收了，他拜托我上线告诉你一声，他可能得一周后才能出院。”

“他得了什么病？”独孤卓的眉头深深地皱起来，他每日见到叶舟的第一时间就是为叶舟诊脉，确定叶舟的身体状况。

随着修炼开始，独孤卓便发现叶舟的身体越来越好了，昨天他为叶舟检查身体状况时，脉象显示一切正常，他不明白为什么叶舟今天会突然发病。

“也不是什么大病，就是昨晚做噩梦，叫也叫不醒。医生说他可能玩游戏过久，大脑太疲劳才会出现这种情况，家里人查了他的游戏记录，发现他根本没按照规定的时间上线，经常半夜偷偷上线。现在他父母气得不行，完全不让他碰网络了。”那人倒是很详细地解释道。

噩梦？为什么会做噩梦？他教给叶舟的心法分明有养神静气的效用，在游戏上比卧床休息还要养神，不可能伤神。

独孤卓猛地想起一件事，抓住那人的肩膀问道：“他是昨晚几点做噩梦的？是不是丑时……凌晨一点左右？”

“这我也不太清楚，我是他的堂哥，就知道他昨晚被救护车送到医院。今天他借护工的手机给我打电话，让我上线跟你说这件事，别的也没多说。”

那人上下打量着独孤卓，满脑子的疑惑。

“是吗？多谢你。”尽管失魂落魄，独孤卓还是礼貌地向叶舟的堂兄道谢。

“对了，小舟还让我把他的手机号告诉你。”叶舟堂哥道，“他家里下午会给他一个不能上网只能接打电话和发短信的老年机，你有什么问题就给他打电话吧。”

叶舟的堂哥报了一串数字后道：“你该玩游戏就玩去吧，我用他的账号看看这游戏，还真挺好看的。”

叶舟堂哥一脸兴奋地望着游戏中形形色色的人，对独孤卓摆摆手，示意他离开。

独孤卓没走，一直跟着叶舟的账号。

堂哥在永昼区买东西，独孤卓跟着；堂哥去朋来镇酒楼吃饭，独孤卓跟着；堂哥去参观坛业寺，独孤卓也跟着。

“你跟着我干吗？赶快去给小舟打电话啊，这会儿手机应该也送到了。”叶舟堂哥气急败坏地道，“你要是不想打电话，拿这个手机号加小舟微信也行，他的微信号就是手机号，等他能用网络了就可以回复你的信息了。”

独孤卓深知自己没资格阻止叶舟堂哥使用叶舟的账号，但他有些无法忍受别人用叶舟的身躯在游戏里晃来晃去，只能沉默地跟着。

“你这人……”叶舟堂哥无奈地看看独孤卓，忽然灵光一闪道，“你是不是害怕我用小舟的账号去找别人组队啊？”

独孤卓没说话，只是用审视的目光看着叶舟堂哥。

“你……行，我也不用人家账号，我这就去买新的游戏头盔。”叶舟堂哥说罢直接下线走人，留下独孤卓一人站在坛业寺的门前。

说独自一人其实不太对，这段时间其他玩家一直不断地给独孤卓发信息。

轻月 love 和龙 @ 傲天纷纷表示自己学会了师门的一些基本技能，询问独孤卓还愿不愿意带他们过副本打怪，他们已经变强了，绝对可以成为卓神的左膀右臂。

两人更是提起了一梦逍遥，一梦逍遥昨夜组队后对独孤卓赞不绝口，嘱咐两位好友，日后一定要争取让大佬多卖他一点打折符咒。

灵芝娃娃胖嘟嘟也发来信息，说他养了一堆小灵芝，已经发芽了，原来他的技能就是这些小灵芝。小灵芝没有灵性，是没有感情的真菌生物，他可以用小灵芝复活队友，还能以自身的药性为队伍补血，是一流的治疗玩家。

黑猫更是中午上线就连连呼叫大佬，说要跟着独孤卓去打一次拜日教副本，想看看那些射葵花籽的向日葵。

另有一些才认识的玩家发来简短的信息——

绝世神将（比强盗还穷）：明光符非常好用，我收了些银两，三千两一张买十张，卖不？

白衣飘飘：九川城外发现二十五级副本，要不要尽快升级后去拿一个副本首杀？

提头来见：大佬，求带。

一梦逍遥：哈哈哈！我达成了吸收五百人精气的成就，罪恶值全服第一，我早晚会成为全游戏第一的邪道老祖，哈哈哈！

独孤卓一条信息也没回复，而是回到在客栈包下的那间客房，安静地坐在桌子前。

他从包裹中取出素剑问道："昨晚突然收走玄剑中怨气的是不是你？"

素剑没有回应，但这是独孤卓唯一能够想到的原因。

昨夜怨气消失得蹊跷，没有任何征兆就消失得无影无踪，那时他就觉得奇怪。

而且系统公告提示完成副本的时间也不对，应该是在他们搜索过黑甲男人尸身、红衣女赠送筑基丹和幻心珠后再提示，提示后便直接将他们弹出副本。

而他所经历的副本却是在他与黑甲男人对话后，准备吸收怨气时，系统仿佛是急着发布公告，并让怨气消失的。

另外，还有一件事。

独孤卓打开好友消息记录，白衣飘飘的组队邀请前面还有一条信息。

白衣飘飘：昨晚我录的你一剑灭魂的视频全部消失了，上次你使用《天罡步法》的视频也不见了。我给系统发信息反馈这个 BUG，它只回复我系统正在调试中，气死我了。

而龙 @ 傲天第一次遇到他的时候，也曾在业障林截图拍照，还给一梦逍遥发信息，但图片根本没有发出去。傲天也说那张图找不到了，他好像一时手滑清理内存时删掉了。

一次是巧合，次次就绝不是巧合了。

独孤卓猜测，他是没办法出现在玩家录制的图音影像中的，这是为什么？仅仅因为他是个 BUG 吗？

叶舟也说过，如果他被过多玩家举报使用外挂，就算游戏系统查不出来，游戏公司也会派管理员登录账号来调查他。

但他在游戏中这么长时间，却没有管理员来调查。

仿佛有一只无形的手在暗中替独孤卓掩饰他 BUG 的身份，替他清理玄剑中的怨气。

玄素二剑在天地一片混沌时本是一体，盘古开天辟地后太极生两仪，混沌之气化为清浊之气，玄素二剑自此诞生。

它们原本就是一体的，也只有素剑可以毫无征兆地吸收走玄剑内的怨气，速度甚至超过他这个玄剑主人。

但身体在外面的叶舟还没有重新收服素剑，是什么人暗中控制素剑吸收了怨气？

像过去一般，只要玄剑中的浊气超出负荷，素剑就会自动为他化解。

而这个过程中，素剑剑主会承受怨气反噬带来的痛苦。若是功力高深还好，至多是头疼数日，可若是魂魄不全的情况下，素剑剑主就会怨气缠身，昏睡不醒，直到浊气被清气彻底抵消。

独孤卓曾见过夜舟经常坐在星垂峰的峰顶巨石之上。他微微屈膝，用手肘撑着腿，手背轻轻抵在额头上。高山上的风很大，吹得夜舟的衣袖纷飞。

独孤卓爬上那块巨石，站在夜舟身后，被衣角扫过脸庞。

他问夜舟在看什么？

夜舟说，没事，只是有些头疼。

他问头疼为何还要坐在山顶吹风？

夜舟说，看天地之浩荡，就会觉得自己渺小的烦恼不值一提。

那时年幼的独孤卓不懂夜舟的苦，只觉得夜舟是认为坐在山顶吹风的姿态很好看，特意爬到风口处耍酷。

此时的独孤卓回想起那幅画面，终于明白夜舟当时在看什么了。

夜舟在看这个人间值不值得他为此饱受怨气折磨之苦。

昨夜叶舟的病症，像极了被怨气所折磨的样子。可是叶舟并未收服玄剑，那么当时吸收怨气的人是谁？

现在独孤卓看到的那副身躯中，叶舟的魂魄只有百分之四十五左右，剩下的百分之五十五大概隐藏在游戏的主线剧情中。

可现在想来，第一段主线剧情才得到百分之一的魂魄，接下来还有几段主线剧情？听说是二十级一段剧情，满级一百级，共五段剧情，这也不过是百分之五而已。

余下的一半魂魄在哪里呢？是什么人能够不动声色地控制在他储物法宝中的半截素剑？答案似乎呼之欲出了。

叶舟曾对独孤卓说《九重天》之所以可以容纳这么庞大的数据，除了过硬的服务器外，还因为主系统使用了人工智能。人工智能控制NPC，调整游戏剧情，大大缓解了程序员们的压力。

玩家的反馈和举报也全部是先经由人工智能处理，人工智能无法解决才会转交给人工客服，递交给游戏公司解决。

而独孤卓所创造的所有技能，也需要递交系统审核才能被认可。

叶舟说，《九重天》的人工智能主系统用的是跨时代的科技，一个可以处理这么多数据并能做出自主判断的人工智能，实属前所未有。

是啊，那是一个手握神剑、神念已经强大到足以与上三天神人抗衡的修者，他一半的魂魄隐藏在游戏系统中，那人工智能自然远超其他人造科技。

夜舟就在这里，是叶舟，也是这游戏《九重天》。

他无处不在，却依旧用自己的方式，默默地守护着独孤卓。

独孤卓轻轻抚摸素剑的剑身，低声问："是你带我来这里的吗？"

越过不可逾越的天堑苍澜山脉，来到有叶舟的世界。

第九章　我陪你

叶舟躺在病床上，差点没把那老年手机从上到下看出个花来。

五天，整整五天过去了，除了父母打电话问候，堂哥叶舰询问过一些关于游戏账号注册的问题，再没人给他打过电话。

他无数次问堂哥，是不是把电话号码给了独孤卓，是不是记错了一两个数字，是不是不会用纸鹤传音，把号码发给别人了。

叶舰每次都是一样的回答：给了，绝对没记错，叶舟的号码他倒背如流，没有发纸鹤传音，当面说的，没认错，给了人群里长得最好看的那个玩家。

那他为什么还不给我打电话呢？

叶舟盯着手机的黄绿色小屏幕，心中有些难过。

要不是这次突然发病，他不会想到把自己三次元（即现实生活）的联系方式给独孤卓。他们在游戏里才认识不到一个月，关系没那么好，总得……总得认识两三个月再给电话号码吧？

可是这次是突发状况，他担心独孤卓怀疑他不玩了，忙找人替他上线告诉独孤卓他的情况，还留下了电话号码。

他拿到老年手机时，心里想象着独孤卓的声音，不知道独孤卓现实中的声音是否与游戏中的一致。

然而独孤卓没有打来电话，叶舟的心情从期待变成失望，再到自我怀疑。

他本以为，他跟独孤卓起码是游戏里的好朋友吧？身为好朋友，私下交换一下联系方式也没关系吧。

叶舟忍不住想，难道他误会了？独孤卓所谓的“歃血为盟”只存在于游戏中？独孤卓是不是把现实和游戏分得很清楚，并不希望两个人的关系涉及现实？

他一直闷闷不乐的，进食变少，又不得不依靠输液补充能量和营养。

医生忙为叶舟做了各方面的测试，确定他的胃肠并没有什么疾病，会出现食欲不振的情况与心理因素有关。常年卧病在床的人，心理健康尤为重要。

叶舟的家人与医生商议过后，意识到过度玩全息网游的确会造成大脑疲劳，但一刀切式的做法也是不可取的，完全不让叶舟接触一些娱乐活动，他只会逐渐枯萎。

一周后叶舟出院，父母归还智能手机，他也重新获得上线的机会。不过这一次护工会严格把控上线时间，除了九点到十二点、下午三点到六点这两个时间段，其余时间都会没收他的游戏头盔。

重获头盔的叶舟并没有露出欣喜若狂的神色，他放下头盔拿出智能手机，点开微信只能看到一些公众号的推送消息，他没有新的好友申请。

他变得更沮丧了，甚至不想玩游戏，把好不容易失而复得的头盔丢在一旁，懒懒地靠坐在椅子上。

这时堂哥叶舰发来消息：拿到游戏头盔了吗？来上线啊，我这几天已经升到十九级了，卡在满级副本这里。我不想找代练过副本，你已经通过二十级副本了吧？快上线带我过！

看到叶舰的信息，叶舟的视线才缓缓地移向桌子上的游戏头盔。

叶舰的信息给了他回归游戏的理由，他郑重地戴上头盔。

因为身体不好，他很少与亲朋好友相聚，这次也是游戏给了他和堂哥一起玩的机会。

现在是上午十点，叶舟登录游戏。一周前，叶舰用他的账号在坛业寺门前下线，所以他再上线的地点也是坛业寺。

叶舟一上线，就看到一个头戴斗笠的人像雕塑般站在坛业寺门前，正凝视着他上线的方向。

见到叶舟，那人几乎是瞬移到他面前，摘下斗笠，轻声道：“你回来了？”

是独孤卓。

一周不见，独孤卓好像憔悴了一点，颜值还是那么高，只是多了些风霜，眼神中藏了丝哀伤。

叶舟也不知该说什么，直接问为什么没给我打电话或是加微信好像有点不妥，就只能轻轻点头道："嗯，之前，有点事。"

"你堂哥告诉我了。"独孤卓顺势轻握叶舟的手腕。

叶舟有点抗拒，轻轻挣了一下，却发现独孤卓在用力。

"精神不振，食欲减退，是因为心中郁结吗？"独孤卓诊脉后问道。

"没事，就是不能玩手机有点闷。"叶舟简单地道，"我一周没上线，你现在等级应该很高了吧？我可能跟不上你的进度了，你先去升级吧，我尽快练级赶上你。"

"我还是二十级。"独孤卓道。

"怎么可能……"叶舟点开好友信息查看。

他们曾经的队友已经二十六级了，排行榜目前最高更是达到三十级，是个叫一梦逍遥的妖族玩家，而独孤卓真的只有二十级。

"你怎么没升级？是这段时间现实中有事发生，所以没时间上网或者打电话发微信吗？"叶舟眼睛微微一亮，自动给独孤卓找理由。

"我想等你一起升级。"独孤卓如实说道。

"那你……"

似乎是知道叶舟想问什么，独孤卓道："我没办法在……你们称呼世界为三次元吧，我没办法在三次元联系你。"

叶舟一下子开心，一下子又失落，低着头问："那你就是游戏和现实分得很清楚了。"

独孤卓语气坚定地道："但在游戏里，我会一直等着你。"

叶舟又抬起头看向独孤卓，发现他那双眼睛中好像藏着很多故事。

说的也是，游戏里大家都是俊男美女，功力超凡，可现实中每个人都有自己的烦恼。

叶舟在现实中是一个半身不遂的人，根本不可能出门见人，独孤卓或许也有自己说不出的理由。他可能人在国外，也可能外债缠身，根本不敢联系别人……

而且，就算独孤卓联系他，甚至不远万里来看望他，又能怎样呢？他难道还能与独孤卓一起出去吃饭、逛街吗？

他与独孤卓的联系似乎只有这款游戏，一旦哪一方放弃了游戏，他们就再无瓜葛。

这一刻，叶舟想得很清楚，也放下了一些小小的念头，释然道：“嗯，游戏里我也一直是你的队友。”

两人似乎达成了什么默契，又好像什么也没变。

这时叶舟收到好友申请提示，是叶舰，他之前登录过叶舟的账号，知道叶舟的游戏ID，他通过搜索ID的方式添加叶舟为好友。

叶舟通过好友申请后告诉独孤卓：“这个扬帆￥远航就是我堂哥，他也建了一个账号，是个人族。他现在卡在十九级，希望我帮他过一下拜日教副本。”

“我陪你。”独孤卓道。

“谢谢。”叶舟道，“你这些天没升级，那在游戏里都做些什么？”

独孤卓道：“炼丹。”

“炼丹？筑基丹那种丹药？”叶舟道。

“你可以吃一颗试试。”独孤卓递给叶舟一颗筑基丹。

叶舟忽然想起来，道：“啊！我上次下线之前闯过拜日教副本获得的筑基丹还没吃，你吃了吗？有什么效果？”

独孤卓道：“已经筑基的玩家会获得五万经验，不过我炼制的筑基丹品相更好，有六万经验。”

叶舟听了独孤卓的解释后，先吃了一颗筑基丹，果然获得五万经验。

“可以重复吃吗？”叶舟抬眼问道。

“三十级以前都可以靠丹药升级，所以你不用担心等级落下过多的事情。”独孤卓道，“三十级以后也不用担心，我会找到其他方法帮你升级。”

“那真是太好了，我还可以和大家一起玩。”叶舟欣喜地说。

他现在就可以通过吃药一口气升到三十级，不过若是等级太高就没办法带叶舰升级了。

等级差距大一样可以组队，可若是他们两人三十级，而叶舰只有十九级，三人一同组队，副本怪物难度会提升到三人的平均等级，也就是二十六级的怪物。

二十六级的怪物对于十九级的叶舰来说，基本上是被桃树怪的枝条扫过就会死人的程度，到时候叶舰会和拜日教少年一起成为他们的绊脚石。

两人来到与叶舰约定的地方，是永昼区和永夜区的交界处，在两块巨石旁边。

一个油头粉面的男子来到叶舟面前，道："小舟，是我！"

独孤卓一见那人，瞳孔紧缩，一把将叶舟护在身后，精钢剑出鞘抵在那人的喉咙上，低喝道："你是什么东西？"

"我是他堂哥啊！我们之前见过的，就算我换了账号，你也不用一下子这么对我吧？"游戏名为扬帆￥远航的叶舰立马举起双手道。

"是他。"叶舟拍了拍独孤卓的后背说。

独孤卓却没移动分毫，说道："你要过的是永昼区拜日教副本吗？"

"我什么时候说我要过永昼区副本了？"叶舰不知从哪儿掏出一把扇子扇了扇，"小舟，你看到我是人族就顺势认为我是永昼区的玩家了吧？不是！我是永夜区的！我是不是全游戏最独特的人族玩家？"

叶舰满脸写着"我真厉害"。

"他怎么回事？"叶舟也傻眼了，低声问独孤卓。

独孤卓道："他身上阴气冲天，虽是人族，却是邪道修者，而且，修的更是邪道也不齿的采补之术。"

叶舟："……"

"说！你如何得到的邪门心法，又是如何修习的采补之术？"独孤卓厉声道。

叶舰抗议道："什么采补之术，怎么说得这么难听？我就是在做任务的时候买到一幅画，画里全是美人，我可以进入那幅画里修炼，也就是点击一下画轴，我周围的环境一变，到处都是马赛克，然后就提示我，说我已经修炼几个人了，接着我等级就提升了。这个游戏好有意思，怎么修炼的次数还按人头算吗？"

独孤卓："……"

叶舟："……"

结合独孤卓的话，叶舟瞬间明白了堂哥修炼了什么心法。

他面上不动声色，私下里悄悄给独孤卓发私聊："这游戏刚宣传的时候，号称新手村有无数彩蛋，走上怎样的修真之路全看玩家自己的造化和机缘。我玩了这么长时间，没看到谁得到意外传承，我都以为是噱头了，没想到原来是真的。”

过魂归冥河副本时，独孤卓也是用这个借口搪塞一梦逍遥等人的。他胡编乱造时，也没想到这是真的。

独孤卓心念一动，问道：“你说这些功法设定，和游戏的人工智能系统有关系吗？”

“应该关系不大吧，”叶舟想了想道，“人工智能只是按照程序员输入的指令维护游戏，这肯定是游戏策划的恶趣味了。不过真的挺有意思的，噗……”

叶舟表面乖巧，在和独孤卓的私聊中却实在没忍住，笑出了一个尾音。

独孤卓看向叶舟，不由得怀疑这话的真实性。

“你俩干吗你看我我看你的，我的修炼功法有问题吗？”叶舰满脸怀疑，“我工作比较忙，上线时间不固定，本来以为自己升级速度会很慢，没想到自从捡到画轴，也不用做任务打怪了，等级升得可快了。”

叶舟掐了掐两侧脸颊，控制好表情，从独孤卓身后走出，关心地询问堂哥：“那修炼之后有什么变化吗？”

叶舰道：“本来我在永昼区好好执行任务呢，进入画轴修炼一次再出来，永昼区的百姓看到我就送我鸡蛋和蔬菜。”

叶舟：“怎么送的？扔着送的吗？”

叶舰道：“是的，不过我身手好，全接住了。永昼区的 NPC 不再给我发布任务，反而让我去永夜区。我就带着鸡蛋和蔬菜前往永夜区，永夜区这些食物稀缺，拿过去能卖很多银子。于是，我就往返于永昼区和永夜区，在永昼区得到鸡蛋和蔬菜，再去永夜区卖，赚了一小笔钱。”

独孤卓插话道：“一小笔是多少？”

叶舰道：“卖鸡蛋和蔬菜大概获得五六万两。后来我又在永夜区买了一些可以给逝者写信的冥纸及能够和死者对话的通灵蜡烛，回到永昼区发现价格确实抬了不少，卖了一万两银子。

“但是我没有都卖，我拿到朋来镇，价格果然提升了一点五倍。我听朋来镇的货郎说，不远处的九川城物价更高，我很想去九川城卖一下冥纸和通灵蜡烛，说不定可以卖更多钱。”

独孤卓和叶舟的眼睛越来越亮，他们在游戏中遇到不少玩家，大都是灵石很多，但银两欠缺。

而叶舟的堂哥，游戏升级的技巧没弄明白，自己练的是什么功夫也不清楚，却意外开启了发家致富的路线。

独孤卓立刻道："你不用过副本得到筑基丹，那样效率太低。我这里有筑基丹，就算已经升到二十级的人，服用我的筑基丹也能获得六万经验，五万两银子一颗卖你。"

他拿出筑基丹，想狠狠地坑叶舰一笔钱。

叶舟于心不忍，但想到这筑基丹是独孤卓炼制的，游戏又没有官方价格，独孤卓喜欢卖多少是他的自由。

谁知,看起来有点傻的叶舰听到价格后却摇摇头道:"不值这个价。"

"为什么？"独孤卓问道。

叶舰道："筑基丹是二十级副本可以获得的道具，我问过游戏商人，带过副本一百块钱，团购五人起，一个玩家二十块钱；困难模式一百五，团购五人起，一个玩家三十元。困难模式中商人多赚五十块，他说自己之所以要加钱，是因为必须买一个叫'明光符'的道具，价值四千两银子。

"我按照他的利润是百分之五十计算，就代表四千两银子等于二十五元人民币。已知带玩家过能得到筑基丹的副本一百块钱，四个二十五块钱，就是四个四千两银子，共计一万六千两。即使是以这个价格算，筑基丹也只值一万六千两。

"但价格还不能这么算，因为花一百元请人闯关，玩家还会得到三万多经验值、一千到两千两银子，以及三十到五十个灵石。

"假设副本中我没有获得任何值钱的道具和武器，单是这些保底收入，已经大概价值三十元钱，即五六千两银子，扣除这些，你的筑基丹应该仅能卖到一万元。"

独孤卓："……"

他在游戏中一向是百科全书般的存在，似乎无所不能，此时却因为几万两银子被叶舰说得哑口无言。

叶舟莫名心疼独孤卓，忙替他说话道："那可不一样，筑基丹市面上没有卖的，奇货可居，自然要抬价。"

叶舰严肃地道："小舟，'奇货可居'可不是这么用的。如果市面上根本没有筑基丹，仅独孤卓手中有，他就算卖十万两银子，我也会凑钱买。但游戏副本中可以获得筑基丹，那它的价值就要大打折扣。

“目前游戏内，银两其实是比筑基丹和经验更稀缺的东西。独孤卓想得到很多银两，那就必须拿出玩家在游戏中根本得不到，且对游戏通关升级极其有帮助的东西，才能逼得玩家去疯狂地赚取银两，以购买他的物品。”

独孤卓一直是修真者思路，很少烦心红尘俗世，对商贾交易没有什么概念，今日听叶舰一席话，倒是略有所得。

叶舰对独孤卓说：“我想买筑基丹，不过第一颗作为十九级升二十级的必需品，是可以卖到一万两的。但是第二颗，对我而言就不是必需品了，我会用五千两购买十颗，不知道你存货够不够？”

“哥，你还降价啊？”叶舟知道独孤卓是为了门派才辛苦赚钱，不愿意他少卖钱，干脆拉住叶舰的袖子说，“我不管，一万五千两一颗丹药，十一颗，你把钱给齐了。”

叶舰道：“小舟，你就这么胳膊肘往外拐吗？”

独孤卓面色不变道：“我按照你的价格卖给你十一颗筑基丹，但是，你要再付我十万两银子，购买关于你得到的画轴的秘密，以及你现在的身份和功法，还有未来会走上怎样的游戏道路的信息。”

提到功法，叶舰又变傻了，他问道：“我的功法有什么问题吗？就算有问题，也能在游戏官网查到攻略吧。”

“你可以现在就下线查或者打游戏客服电话，我在这里等着你。”独孤卓很有信心地说道。

这游戏公司官方从不出攻略，全靠玩家自己摸索，叶舰能查到才怪。

叶舰和独孤卓约定好下线调查，大约半个小时后，他上线道：“我目前没有十万两银子，你先卖我筑基丹，等我升到二十级后，去九川城把剩下的货物卖掉，再付钱买信息。”

独孤卓同意，两人银货两讫，叶舰连吃十一颗丹药，不仅筑基成功，还瞬间升到了二十六级。

他吃药的同时，独孤卓也给了叶舟一堆筑基丹，帮助叶舟一口气升到二十九级。

叶舰见独孤卓塞给堂弟那么多丹药，觉得以独孤卓爱财如命的性格，这怕不是要放高利贷让堂弟偿还了，连忙阻止道：“小舟，哥现在没这么多钱给你买丹药。”

叶舟道：“可是我和独孤卓是‘歃血为盟’的关系，我们之间不计较这点钱的，以后我在游戏里赚了钱和灵石，也都是要给他的。”

给独孤卓攒着建立门派。

叶舰：“……”他总觉得堂弟被人坑了。

来到朋来镇外，独孤卓道：“朋来镇到九川城要走一个小时，路上还有强盗。拜师学艺的玩家现在已经没这个困扰了，他们学会了各种遁术，可以躲避强盗并且提升速度，但你还没有拜师，需不需要我御剑飞行带你过去，三万两银子。”

“路上玩家这么多，我可以找别人带。”叶舰倔强地说。

谁知他问了不少玩家，这些玩家都说遁术只可以自己用，不能带人。

看来能够御剑带人的只有独孤卓。

叶舰气呼呼地来到独孤卓面前：“奇货可居？”

独孤卓欣然点头：“奇货可居。”

“但一个小时不值得我用三万两买，最多一万两，否则我就走过去。”叶舰咬牙道。

看在叶舟的面子上，独孤卓放过叶舰一次，只收了他一万两银子，就带他体验了一次御剑飞行。

飞行时，独孤卓与叶舟共乘一剑，由叶舟掌控。叶舰单独乘坐独孤卓的精钢剑，那把剑由独孤卓操纵。

路上叶舰从有些害怕到试探再到开心，最后张开双臂，在精钢剑上享受飞驰的感觉，他大呼这游戏值得充一个亿玩。

落地后，叶舰又从精明商人变回傻玩家，开心地说：“这次体验完全值一万两，过会儿我还要再买一次。”

独孤卓觉得叶舰此人性格有些分裂，不由得看向叶舟。

叶舟道：“我也没见过我哥这个样子，他平时是精英人士，我们家是家族企业，我未来的基金也都是他在打理。没想到他到游戏中竟然这么……单纯，或许是游戏里不愿意想太多复杂的事情，就释放天性了吧？”

听到“释放天性”四个字，独孤卓倒是凝视着叶舟，不由得想到夜舟。

或许他记忆中的夜舟长老所展现出的亦非本性，夜舟身上的束缚太多，也缺少一个释放天性的机会。

九川城是大城，叶舰在这里如鱼得水。他跑了几家店，把冥纸和通灵蜡烛卖出天价，不仅凑足独孤卓要的十万两，还剩下一笔，这笔钱他打算在九川城买些货物，回永夜区售卖。

不过在此之前，叶舰需要了解自己的心法。

他先给了独孤卓五万两，道："这是定金，剩下的钱我要视信息内容而定，看看它值不值十万两。"

独孤卓欣然同意，对叶舰伸出手来，道："画轴拿给我看。"

叶舰翻出画轴，独孤卓担心画轴是什么邪道法宝，会伤到路边不小心看到画轴的 NPC，所以他接过画轴后没有立刻打开，而是在九川城内找了个酒楼包间，这才谨慎地打开画轴。

叶舟凑过去看，见画卷中有无数古装俊男美女坐在湖边饮酒，他们衣衫轻薄但不裸露。

画上的人的确美，但叶舟又去看看独孤卓的侧脸，觉得画上人皆不及独孤卓。

独孤卓道："你可知这画中人正在做什么事情？"

"这……古代人在湖边郊游、野餐？"叶舰道，"我们公司团建也经常这么搞。"

叶舟轻轻戳戳叶舰的胳膊："堂哥，那个……这游戏有和谐机制，违规画面全部会被打上马赛克，你觉得你进入画里后，为什么会看到一团马赛克？"

叶舰："……"

独孤卓更是道："世人听说阴阳之术，就以为是邪道修者修炼，男女互补。而实际上，阴阳调和才是正理，只重一方就会造成阳气过剩或是阴气过剩的情况。"

"噗！"正喝茶的叶舟一口把水喷出去。

叶舰很少看修真或是武侠小说，对独孤卓所说的话一知半解，像"采补"等词语他是不太懂的。

但他可以从语境中猜出独孤卓的意思，他从容的笑容僵在脸上，艰难地问道："所以说，系统提示我修炼了一个人两个人是指……"

独孤卓沉重地点头：“自然是人数。”

叶舰没说话。

独孤卓示意叶舰伸出手，将指尖搭在叶舰腕间，注入一道真气在叶舰体内转了一圈后，点头道：“阴阳调和，没有出现孤阴或是孤阳的情况，修炼功法十分均衡。”

叶舰的表情闪过一丝尴尬，果断地转移话题：“先不提这件事，那永昼区 NPC 用鸡蛋砸我，是因为……”

独孤卓道：“自是因为你未到筑基期，不会收敛自己的气息，邪气不自觉外显，惹人生厌。你现已筑基，气息收敛，倒是能够伪装成正人君子了。”

叶舰猛地拍桌而起，道：“什么伪装成正人君子，我就是正人君子！我这么多年清清白白的，怎么一下子……变成邪道修炼者了？”

“修炼这等邪术倒也不是没好处，”独孤卓道，“你之所以有时间往返于永昼区和永夜区贩卖商品，自是因为邪道心法修炼起来简单，只要点几下画轴，修炼几人即可，省下了做任务打怪的时间，是非常有效率的。”

听到“效率”二字，叶舰倒是神奇地冷静下来了。

叶舟也怕堂哥受刺激过大直接气得不玩游戏了，安慰道：“堂哥，你想开点，这……其实也没什么事情发生，就是一堆马赛克而已。这游戏还有专门玩邪道的玩家，就是为了体验自己成为马赛克的感觉。你要实在接受不了……可以销号重玩，千万别一时冲动不玩游戏了。”

独孤卓为千万两银子努力的样子感动了叶舟，叶舟也不由得忧愁起这么多银子来，今天见到堂哥这钱生钱的手段，顿时觉得堂哥可以不要这个已经“脏”了的账号，但一定要加入他们门派，这是他们现在最缺的人才！

“让我冷静一下。”叶舰坐在酒桌前，拿起一坛酒，直接端起来喝。

这游戏喝酒不会真的醉，只会有种微醺的感觉，还挺适合借酒消愁的。

灌了两坛子酒后，叶舰听到独孤卓说：“筑基期前，你的容貌会显得格外油腻，但筑基期后，你的容貌会偏向俊美，会越来越像古籍中的风流名士。”

叶舰问道：“真的吗？”

独孤卓唤店小二取一面镜子来，小二很快搬来一面半身镜。游戏虽是古代设定，但既然是仙侠游戏，就不拘泥于古代铜镜模糊的设定了，店小二拿来的镜子是由修真者炼制的，不知是什么材质，非常清晰。

叶舰站在镜子前左看右看，发现身姿的确优美了些，阴柔但不娘，举手投足间都有种风流的感觉，是比之前好看许多。

等叶舰照够了，独孤卓命小二撤下镜子，为叶舰倒了杯酒，道：“就算修炼这个术，也有风流和下流的差别。”

“怎么解释？”叶舰深知自己已进入画轴修炼无数次，就算销号也无法抹杀做过的事。不对，他明明什么也没做过，倒不如听听独孤卓的解释。

“这画卷应是某个邪修留下的秘籍，画中美人也非真实存在，入内修炼不过是黄粱一梦，算不得下流。但你若是用此功法迷惑 NPC 或是玩家，就是下流了。”独孤卓道。

“我没有，我没有，我一直老老实实地在画轴中修炼……那还好。”叶舰连忙否认道。

独孤卓微微点头，叶舰也渐渐地接受了这游戏坑人的设定。

待叶舰情绪缓和后，独孤卓又道：“但你之后的门派选择也是个大问题，你已入邪道，人族正道门派玄天宗不会收你，若是拜入人族邪道门派血炎盟，他们倒是可以收你，只是日后你在那门派中修炼，可能会遇到更多马赛克，而且他们还会逼你去伤害 NPC 或者玩家，坏人名节、损人元气，以增加罪恶值。”

“那难道我只有重新练一个账号这条路了吗？”叶舰想起自己在镜子中的姿态，竟有点舍不得。

“倒也不必。”独孤卓道，“我与叶舟也不打算拜入门派，正筹备着开宗立派，你这种情况，倒也可以自创心法，做一个特立独行的邪道修士。旁的邪道作恶多端，罪恶值无数，你却是风流名士，从不做于心有愧之事。”

“建立门派听起来挺有意思的，”叶舰顺着独孤卓的话道，“可是自创心法，我又没看过修真小说，电视剧都少看，要怎么自创？”

“自是用你那套钱生钱的理论，想一套合适的修术。”独孤卓道，

“这画卷中的人虽是虚像，但一味索取，过了四十级便无法再助你修炼。若是可修炼反哺，日后卷中人得到足够的真元，甚至可以短暂地走出这幅画，成为你的攻击手段。”

叶舰：“……”

他一把拉过堂弟，在叶舟耳边道：“小舟，你不觉得这人洗脑的本事有点强吗？我竟然被他说动了！”

叶舟满脸质疑地看着叶舰，道：“你会心动，是不是因为独孤卓说这画里的美人可以走出来？我要是纸片人爱好者，看到画里的美人可以走出来，一定会坚持玩游戏的。”

“当然不是，我是那种人吗？！”叶舰抗议道，“还有你小点声，他会听到的。”

“你没开私聊，声音再小他也能听到。”叶舟压低声音道。

叶舰：“……”

既然独孤卓已经听到了，他也只能整理了下衣服，挺直腰板道：“我只是觉得重新修炼一个账号既没有效率，还会造成资源浪费，既然损失已经造成了，倒不如想着如何弥补。所以……那个建立门派有什么要求，怎样才能自创技能呢？”

也只有叶舰这种游戏新手才会提出这种问题，像叶舟等老玩家，比任何人都清楚自创一套心法有多难，完全不奢望能自创。

这大概就是无知者无畏吧。

独孤卓道：“我这里倒是有套阴阳术的功法，我将之刻在玉简中，你拿去研究一下，有什么不会的，可以问我……算了，我也不会。我可以为你解释一些关于修炼的难题，但具体还需要你和画中人交流才行。至于建立门派，其他事情你不必烦心，唯有这千万两银子，实在令我头疼。”

“一千万……虽然很多，但是看九川城的物价好像也不是不可能赚到，这款游戏通货膨胀很厉害，赚钱不难。”叶舰道。

“既然如此，那我们就说定了。我相信阁下是君子，又是叶舟敬佩的兄长，自然不会出尔反尔，对吧？”独孤卓问道。

叶舰伸出手道：“我知道你在用小舟做激将法，让我不要轻易放弃。不过没关系，你画的大饼我很满意，比我们公司人事经理还会给人洗脑，你挑起了我的兴趣和挑战欲，我愿意与你合作。”

独孤卓学着他握手，微笑道：“堂兄钱生钱的本事独孤卓望尘莫及，有你加入我们门派，想来过不了多久，我们就可以成功。对了，我这里有些丹药，堂兄——还是称呼你为远航兄吧——远航兄查看一下这些丹药的用法，如何售卖它们换来最多的银两，就全看远航兄你的了。”

他说罢就将丹药全部丢给叶舰，倒也不怕叶舰带着丹药逃走。

叶舰以为像筑基丹这种能够增长经验的丹药数量并不多，谁知独孤卓从储物腰带中掏出一瓶又一瓶，摆了整整一桌子。这人到底有多少丹药啊？

见独孤卓一口气给出这么多丹药，叶舰心中暗暗佩服他的魄力，却也不由得担心起自己的堂弟，以这人的洗脑功力，小舟岂不是要被吃得死死的？

自丹药被老和尚抽走百分之十，并告知独孤卓每颗丹药的用法后，玩家再点击丹药，就能够看到老和尚所描述的丹药效用。

例如叶舰手中两颗看起来一模一样的筑基丹，一颗品相是上品，服用后可获得经验六万，一颗是下品，服用后只有四万经验。

“筑基丹、补血丹、补气丹……这些丹药的品级都是优于市面上的，但并非无可替代，”叶舰分析道，“这些你不该拿来换取银两，而应该换灵石，甚至可以标价高一点。”

叶舟道：“堂哥，灵石是可以用钱换的，我早就打算充几万块的灵石用来建立门派了。”

叶舰恨铁不成钢地说：“用钱来堆资源是下下策，你们想要开宗立派，用钱的地方太多了，如果你一直充钱，这就是一个无底洞！”

“可是我也不缺钱……”想到面前这人才是自己基金的管理人，叶舟小心翼翼地说，“我不缺钱吧？”

叶舰弹了一下他的额头，道：“这不是缺不缺钱的事情，是游戏不能这么玩。而且，你如果在游戏中投入过多的金钱，二叔二婶是不是又会误会你玩物丧志，担心你玩游戏不顾身体了？”

叶舟还想说什么，独孤卓阻止他道：“我也没打算让叶舟充钱换灵石，我之所以缺银两，是觉得灵石比起银两好赚一点。”

叶舰分析道：“好不好赚是相对的，要知道，游戏中的玩家种类很多，有愿意为游戏一掷千金的，也有只想靠自己的努力提升游戏账号实力的，更有靠游戏赚钱的商人和工作室。你手中有丹药这么好的资源，完全可以把这些玩家分类，分而治之，才能实现效益最大化。”

独孤卓让店小二送来纸笔，飞快地记录起来。

叶舰说道：“像筑基丹、补血丹、补气丹、换颜丹这种升级、打副本都大有用处的丹药，在游戏还没有出现更好的丹药前，你就可以稍稍溢价一点把它们换成灵石，用来面向愿意充钱的玩家。

“你再开一个铺面，用灵石换银两，就算银两是游戏内的稀缺品，但因为灵石可以换成现实货币，自有靠游戏赚钱的商人愿意收银两换灵石。为了收到更多银两，你可以让一点利，高价用灵石收，自有缺钱的玩家会来卖银两。

“等换到灵石后，一部分自给自足玩游戏的玩家，说不定还会用这些灵石去换取你的溢价丹药。这样一来，你在交换银两时让利的灵石也能赚回来。”

叶舟听得目瞪口呆，道：“哥，你是赚钱永动机啊！”

独孤卓趁着叶舰停下来喝水的时间扫了眼刚才记录的内容，问道：“你没有提到驻颜丹。”

叶舰道：“这两种丹药面对的人群又要换一换，玩家手里才有多少银两？他们再去赚，也不会比得上真正有钱的NPC。九川城是个大城市，我们可以试试拿着驻颜丹向一些大户人家的内宅女眷售卖。”

独孤卓：“……”

叶舟：“……”

不愧是能把烂菜叶子和鸡蛋卖到永夜区的人，思路就是和正常人不一样！

一番商业培训后，叶舰看距离叶舟下线的时间还有一个小时，便叫来店小二结账，打算带着两个商业新手去逛繁华的九川城寻找商机。

离开酒楼前，三人狂吃筑基丹，硬是把等级吃到三十级。这一次作为门派成员，叶舰得到的筑基丹是免费的。

叶舰本打算让两人卡在二十九级，靠吃筑基丹攒够三十到四十级的全部经验。他想钻游戏空子，虽然三十级以上吃筑基丹不再获得经验，但二十九级总可以吧。

可惜游戏很严谨，就算是二十级吃筑基丹，一旦经验涨到足以升三十级后，再吃筑基丹就没有效果了。

叶舰只能作罢。

目前排行榜最高的是靠疯狂吸收人族精气升到三十一级的一梦逍遥，独孤卓等三人一下子冲到三十级，虽为排行榜第二，却是和三百多位玩家并列第二，并不怎么起眼，没有引起其他玩家的注意。

叶舰结账时多给了酒楼里的店小二一些小费，询问他九川城内的有钱人。

酒楼是最容易获取消息的场所，不要小看店小二，他们知道的事情多着呢，只是不肯说而已。

独孤卓之前也来找店小二打探过消息，却只得到一些无用的信息。

此时店小二收了银钱，自是知无不言言无不尽，立刻把城里有钱的几家大户的消息告诉了叶舰，并得意地声称他们这家酒楼是九川城刘府二夫人的陪嫁，他们酒楼掌柜能和二夫人的大管家说上话!

叶舰微微一笑，拿出两颗驻颜丹交给店小二，拜托他通过酒楼掌柜、大管家把这驻颜丹以一万两一颗的价格卖给二夫人，卖掉的银子会分他一成，另外再拿出一成来打点酒楼掌柜和大管家。

他嘱咐店小二，他手里还有驻颜丹，这是个长线生意，店小二可莫要为了贪钱抬高价格，若是叫他知道，以后就不找店小二做中间人了。

店小二连声应下，开心地拿着丹药卖钱去了。

叶舟小声说："这丹药不是永久性的，会不会卖得太贵？"

叶舰摇摇头道："这游戏通货膨胀得厉害，九川城的物价比朋来镇还高。咱们刚才那桌酒席就吃掉七百两银子，你算算这酒楼日流水有多少？而这还只是刘府二夫人的产业之一。她起码有千万两身家，卖一万两不高。

"她是刘府的主妇，肯定认识不少有钱人家的主妇，这些都是手里有钱的。等她用了驻颜丹后，尝到这丹药的好处，定会继续来买，这驻颜丹时效多少来着？"

独孤卓道："品相乘以时辰是持续时间，我炼制的驻颜丹品相是一百二。"

“一百二十个时辰，就是十天，时效刚刚好。”叶舰点头。

叶舟则担心地道：“突然失效，刘夫人会不会生气？”

“会生气，但是尝过一次美颜的滋味，她绝对会再买的。”叶舰露出了奸商的笑容。

独孤卓算了一下自己炼丹的成本和一炉成丹数，忽然觉得曾经仿佛天文数字般的千万两银子，好像没几日就能赚到手。

他难得主动地对叶舰道：“堂兄，加个游戏好友吧。”

之前觉得叶舟加叶舰好友就可以，现在独孤卓则是认为，这样的人才一定要结交。

叶舰向独孤卓发出好友申请，互加好友后，独孤卓在叶舰名字后面标注了“富豪”二字。

接下来叶舰带两人逛街，把独孤卓曾走过的地方又走了一遍，靠着有钱能使鬼推磨的小费攻势，得到了许多独孤卓根本没问到的消息。

比如玩家交够保证金后，就可以在九川城内租赁店铺营业。叶舰向独孤卓要了门派启动金，在黄金地段租下两家店铺，一家专门售卖丹药，一家银铺，专门收银两用的。

开店后，叶舰还负责地问：“这游戏安保如何？我们这两家店不会被抢吧？”

独孤卓却是笑了笑道：“被抢更好，我们就可以名正言顺地抢回来。”

本打算去雇两个打手的叶舰，看到独孤卓的笑容，决定省下这一笔钱。

另外，叶舰还从玉器店老板口中问出，再过两天九川城最大的典当行要拍卖一些宝贝，玩家和 NPC 都可以参加。不过每个参加者都要交一千块灵石做保证金，如果想要包厢，则需要花十万块灵石，不过包厢可容纳八人，这些人就不用再交灵石了。

叶舟对拍卖会很感兴趣，他想参加，一听时间却是晚上七点到九点，他根本没办法上线，只好低下头道：“交两个人的钱就够了，你们去吧，我去不了。”

他就算想偷偷上网，头盔也会被护工没收。

叶舰看到堂弟难过的表情，想了想道：“我可以再买一个头盔转移账号。”

叶舟眼睛一亮。

叶舰道："我可以送你一个新的游戏头盔，但是我会在游戏里监督你。像这种的偶然活动你可以上线，但平时绝对不行，也不能熬夜，知道吗？"

叶舟连连点头，谢过表哥后，不由自主地看向独孤卓道："我可以多跟你玩一段时间了。"

独孤卓温和地笑道："不能熬夜，我也一起监督你。"

达成共识后，叶舰大手笔地买下包厢，他说反正以后也不会缺钱，何必心疼这点灵石，他不想坐在楼下和别人一起挤板凳。

他们门派的钱财和灵石现在已经全部交给叶舰保管，叶舰说什么，独孤卓和叶舟听着就是了。

接下来的日子叶舟规律作息，表现乖巧，私下却"伙同"叶舰把游戏账号转移到新头盔上。他把新头盔藏在隐蔽的地方，这样一来，上线的时间又变得自由起来。

除了他们三人外，不少玩家也通过其他渠道和任务知道了这次拍卖会，有一部分玩家交了保证金，他们不图买到什么东西，只想见识一下修真世界的拍卖会。

拍卖会当天，由于心虚，叶舟下午没有上线，装作很困的样子，晚上提前吃了晚饭，早早地回房间休息，并吩咐人不要打扰他。

游戏头盔已经被护工收起来了，叶舟又向来乖巧不说谎，负责照顾他的人也没有怀疑，帮助他上床后就离开了。

下午六点半，叶舟像做贼一样乘坐轮椅来到房门前，第一次悄悄反锁了房门，这才放心地拿出游戏头盔上线。

他和独孤卓约定晚上六点五十上线，提前二十分钟上线的结果是，这一次独孤卓竟然没有在他下线的位置等待。

不过叶舟上线后立刻收到独孤卓的纸鹤传音："我在过三十级乱葬岗副本，预估错时间了，最多十分钟后就去找你。"

"没事，是我提前上线了，我不着急。"叶舟回复道。

和独孤卓一起过副本的叶舰，也立刻给叶舟发了纸鹤传音："千万别来，会吓到你，我现在非常后悔，十分后……啊！你别过来！"

听着叶舰的惨叫，叶舟偷偷地笑了下。

他一个人先走进拍卖行中，看到周围人来人往的玩家和NPC，忽然觉得有些不适应。

明明最初他是一个人玩游戏的，自从认识独孤卓后，就再也没一个人过，每次上线独孤卓都在等他。

叶舟来到三人的包厢，包厢内很豪华，桌子上还摆放了不少甜品。叶舟平时饮食是控糖控盐控油的健康餐，生活中比较克制，游戏里就格外喜欢吃甜点。

不过此时就他一个人，他觉得包厢有些空，连平日里爱吃的甜点都觉得索然无味。

叶舟索性离开包厢，从二楼护栏上往下看拍卖会场，见下面忙忙碌碌的。这个游戏做得很逼真，连事前准备看起来都像那么回事。

这时二楼包厢的客人陆续前来，除了他们几个玩家，大概没有玩家会花这么多灵石买包厢，其余包厢的客人基本都是NPC。

叶舟给NPC们让路，正要退回自己的包厢，却见一个一袭白衣，明明没有挡住脸却看不清面容的人飞上楼。

这人脸上好像有一团迷雾，叶舟怎么都看不到他的长相。

叶舟本不想惹事，却不知为何，总是忍不住看这人的脸。

那白衣人见叶舟盯着自己，停下脚步道："为何看我？"

"我不知道，不好意思。"叶舟连忙道歉，想收回视线，却完全做不到，白衣人深深地吸引着他。

白衣人上下打量叶舟一番，一个闪身来到叶舟面前，指尖在叶舟的额头上轻轻一点。

"嗯？"叶舟摸着额头满脸疑惑。

白衣人点过叶舟额头，就凭空消失了。

这时叶舟耳边传来系统提示：【叮，恭喜玩家叶舟触发游戏扮演模式，在未来的主线剧情中，你将扮演一名重要NPC，在需要这名NPC出场时，你就会变成他。若是在最终主线剧情中能够改变这名NPC的命运，玩家将获得传说中的创世神剑——素剑。】

"嗯？"叶舟揉着眉心，"这是什么模式？游戏的主线剧情和NPC怎么还能用玩家来代替？"

为什么会选中他，只是因为他遇到了刚才那个看不清脸的白衣人吗？之前他们遇到的第一个主线剧情是玄剑剑主的故事，而他扮演好这个 NPC，就会获得素剑，所以他是触发了主线剧情吗？

叶舟有些激动地问：“我要扮演的 NPC 是谁呀？”

他本是自言自语，没指望系统能够回答，谁知系统这一次竟然答道：“玩家要扮演的 NPC，是擎天剑派星垂峰长老，夜舟。”

不知为何，今日独孤卓总是心神不宁的。

或许是因为下午叶舟没上线，独孤卓不知做些什么好，有些无所事事，便在九川城的丹药商铺内看店铺账本。

下午五点时，灵芝娃娃邀请独孤卓去过九川城附近的乱葬岗副本，独孤卓婉拒了。晚上六点五十叶舟就会上线，他需要在六点半去拍卖会场前等待叶舟。一个半小时过副本倒是绰绰有余，不过独孤卓不想节外生枝，他告诉灵芝娃娃可以在晚上九点拍卖会结束后再去过副本。

灵芝娃娃人也在九川城，听到独孤卓这么说，干脆跑到店铺里求他。乱葬岗副本晚上七点前过还好，怪都很好打，要是九点以后再过，夜晚乱葬岗的怪物攻击力和防御力全部都会提升，根本没办法打。

独孤卓心冷如铁，就算此时有一个三岁娃娃抱着他的腿号啕大哭，他也不为所动。

偏偏此时叶舰也上线来巡视店铺，见到独孤卓脚下的胖娃娃，很快知道了这件事。

叶舰今日入画修炼的次数已经满了，距离拍卖会还有两个小时，他认为把这段时间浪费掉是非常没有效率的事情，便想要去过一次副本。

他虽然觉得靠过副本、打怪、做任务链获得经验是非常没效率的事情，但三十级到了，他已经没有高效升级的手段了，只能选择过副本。

对于这个能赚钱又是叶舟堂哥的人，独孤卓还是很重视的，想到还有两个小时，花一个半小时推一次副本再赶回来似乎也来得及，便答应了下来。

独孤卓过副本向来不需要人满，不过这次时间紧迫，多一个人便多一分力量，于是灵芝娃娃喊来了轻月 love、龙 @ 傲天和黑猫。

这几人不认识叶舰，相互加了好友后才知道叶舰是叶舟的亲戚，大家都是朋友。

轻月 love 是个标准的看脸党，叶舰升到三十级后愈发有魅力，轻月 love 便主动上前示好。

轻月 love 经过素女派修炼后，颜值又上升一个档次，之前只是娇俏小美女，现在却是肤如凝脂，面若桃李，一身红裙衬得她如一团火般明艳。加上素女派会着重培训言行举止的礼仪，轻月刻苦训练，不仅有颜值，更是有气质，向着她的大美人之路不断前进。

叶舰见到轻月 love 也十分热情，三言两语就看出轻月对颜值的在意，于是郑重其事地推荐起自己店里的驻颜丹。轻月 love 听到驻颜丹的效果十分心动，奈何身上没有那么多银两。素女派可是最烧钱的门派，胭脂水粉、首饰玉器全部要玩家自己买，轻月 love 的钱全部用来买胭脂水粉了。

“你可以赚钱啊！”叶舰一脸暴殄天物地说，“你这样的颜值和气质，怎么不想办法让 NPC 给你钱？”

轻月 love 顿时满脸警惕，对叶舰道：“你是不是想歪了？我不是那种会用媚术勾引 NPC 骗钱的玩家！”

她言下之意，就是有门派的弟子已经这么做了。

叶舰摇摇头道：“你误会了，我不是让你勾引男性 NPC，而是让你传授女性 NPC 一些让自己变得更漂亮的招数，用这个办法赚钱。”

轻月 love 眼睛一亮：“还可以这样？”

“不仅如此，”叶舰道，“你出入内宅比我容易，可以在各大城市，甚至各大门派的女眷中行动，推销我们的驻颜丹。到时我给你[illegible]成的提成，外加每月一颗驻颜丹的工资怎么样？”

轻月 love 详细问了下驻颜丹的效用，顿时激动地道：“好兄弟，这么好的丹药，都不需要内宅，光是素女派内部，我们师门长老就能买一大批，她们手里可有钱了。”

叶舰友好地对轻月 love 伸出手道：“欢迎你成为我们门派销售部的一员，你在我门派购买驻颜丹可享受八折优惠，筑基丹等战斗用丹药九折优惠。”

轻月 love 热情地回握叶舰的手，两人洽谈后，轻月 love 越想越觉得不对劲儿，为什么她玩个游戏还给自己找了份销售的工作？

独孤卓对叶舰推销和招揽人才的能力十分满意，并没有阻止轻月

love与叶舰的交好，这也就直接导致了这次副本的悲剧。

乱葬岗副本很好打，九川城虽然治安很好，却还是有很多无家可归及一些独居横死的人。这些人死后没人为他们买棺木收尸入殓，就会被九川城的士兵丢到乱葬岗中。长此以往，乱葬岗成了一个鬼窟。

玩家从九川城治安官处接下送一具尸首来乱葬岗的任务，抵达乱葬岗后，因为带着这具尸体NPC，就会被卷入鬼窟中。

他们先是和一群衣衫褴褛的鬼打一架，接着打无头鬼和艳鬼，最后的BOSS是个婴灵，虽然只是个未出生的孩子，却吸收了乱葬岗大部分阴气，功力很强。

一番打斗后，鬼窟被净化，所有怨魂前往幽都，副本就结束了。

这是个不值一提的常规副本，也没有所谓的困难模式，独孤卓曾为了幻心珠，特意选择晚上打副本，打过之后却没有困难模式首杀的提示。

看来这个困难模式和幻心珠，只有一些特殊副本内有，并不是那么容易得到的。

想到这一点，独孤卓更加心疼白虎掉的那十点好感度。他至今也不明白，白虎对他的好感度为什么会掉。

本来是一次简简单单的副本之旅，大家实力都不差，黑猫的佛修功法是鬼怪们的克星，灵芝娃娃又能治疗玩家，大家加快速度，最多一个小时就打过副本了。

问题就出在轻月love和叶舰身上，接下销售一职后，轻月love便与叶舰走在一起，学习赚NPC钱的技巧。两人从如何卖出驻颜丹聊到叶舰曾把烂菜叶和鸡蛋卖出高价的事，轻月love顺势询问叶舰为何会被砸鸡蛋，叶舰便说出了画轴的事情。

这下大家都来了兴趣，特别是对游戏彩蛋和美人图非常感兴趣，打过第一个BOSS无头鬼后就催促叶舰把美人图拿出来，让大家看看这神奇的道具。

距离下一个BOSS出场还有些时间，叶舰就大大方方地拿出画卷，但画轴刚一打开，轻月love就不见了。

众人：“……”

他们清楚地看到美人图中出现了一个与轻月love一模一样的女子，

一个玩家就这么被吸入画中了！

“这！这！这是怎么回事？”龙@傲天拿着画问道，“卓神，她为什么会进入画里？我们怎么没进去？她不会在里面被……”

一直默许叶舰招揽轻月 love 的独孤卓也没想到会发生这种事情，就在他仔细观察画卷，寻找救轻月 love 的方法时，乱葬岗副本第二个 BOSS 艳鬼来袭，但众人还没来得及动手，那艳鬼便也被吸入了画中。

众人：“……”

黑猫问：“这画该不是会把颜值高的玩家和 NPC 全吸到里面吧？”

灵芝娃娃道：“那为什么不吸我？”

叶舰道：“我觉得这个问题应该由独孤卓来问，而不是你这个胖娃娃。”

龙@傲天道：“吸进去的都是女性，难道这画只吸长得好看的女人或女鬼吗？”

几个玩家深知这只是个游戏，轻月 love 肯定不会有事，觉得突然发生这种事很有意思，连乱葬岗的 BOSS 都被吸进去了，这画也太有意思了。

龙@傲天还没心没肺地给轻月 love 发纸鹤传音：“你在哪儿呢？里面有没有好看的人？记得截图啊！”

系统却提示龙@傲天：【您的信息未能发送。】

“咦？信息为什么发不出去？怎么这游戏还有不在服务区的时候呢？哈哈哈哈哈！”龙@傲天大笑起来。

独孤卓的表情却越来越凝重，他看了眼正没心没肺笑着的龙@傲天，开口道：“轻月 love 给我发了信息。”

龙@傲天一脸疑问。

独孤卓点开消息记录，公放给大家听，只听轻月 love 喊道：“救命啊！有个长得非常不正经的男人在追我！”

龙@傲天道：“怎么你就能收到她的消息呢？难道卓神你和轻月的友好值比我高吗？不对啊，明明我更高一些。”

其余队友也纷纷给轻月 love 发信息，一律发不出去，只有独孤卓的纸鹤传音可以发出去。

“这画是怎么搞的？”叶舰毫无危机感地问。

独孤卓将手放在画面上，手掌被画卷吸入，他心中一沉。

这手掌入画的感觉，好像被吸入另外一个世界般……这画中的世界不是游戏，而是他原本的世界！

这就可以解释为何其他人无法给轻月 love 发信息，独孤卓却能收到轻月 love 的消息。因为这个游戏中，唯一一个既是异世界的人，又是游戏玩家的，只有独孤卓！

他既然可以与檀寂大师、焦炎等修真界的人对话，自然也可以跨越空间收到轻月 love 的求救信息。

轻月 love 这时又发来信息，独孤卓点开公放："来救我啊！我打不过这个人，他说自己是金丹期邪修，那岂不是四十级 BOSS？他竟然还没有马赛克，太伤眼睛了！"

"没有马赛克"这句话更坚定了独孤卓的猜测，轻月 love 只怕意外进入了修真界，却还毫无所觉地认为自己在游戏中。

独孤卓严肃地道："我进入画中救轻月，你们在外面守护这幅画，千万不要把画独自丢到副本中。"

独孤卓说罢直接跃入画中，他跳进去之后，龙 @ 傲天、黑猫和灵芝娃娃全部跟了进来。

独孤卓："不是让你们看守画卷吗？"

龙 @ 傲天道："有叶舰在外面守着呢，而且轻月不是说，遇到一个四十级 BOSS 吗？卓神你再厉害，也不可能一个人打败四十级 BOSS，我们来帮忙！"

黑猫和灵芝娃娃还跟着点头，灵芝娃娃更是说："我能复活队友！"

独孤卓："……"

你们知不知道自己到了一个怎样的世界？

独孤卓想将几个还当是在过副本的玩家推回游戏世界，但回头一看，之前的入口已经消失不见了。

他一眼扫过周围环境，发觉这里竟不是画中的湖畔边，而是个好似地下密室般的地方。

墙壁全部是用石头建成，屋顶很高，墙壁上嵌着可以发光的夜明珠，十分明亮，虽然四周没有窗户，却并没有憋闷的感觉，应该有出风口。

他们所到的房子极大，三十多米高，屋子中间是一个四四方方有些像祭坛一般的建筑，祭坛的四角柱子上雕刻着四个不同的野兽。独孤卓神念一扫，便看出那四个野兽正是上古四大凶兽，饕餮、混沌、梼杌、穷奇。

屋子的角落里丢着几具年轻男女的尸身，独孤卓过去查探，皆是本命元气已失。

“快去找轻月。”独孤卓严肃地说道。

如果他们再迟一步，恐怕轻月 love 凶多吉少。

这时，一道巨大的惊雷声从室外传来，众人循声而去，刚赶到屋子门前，就见一袭红衣的轻月 love 飞入屋中。

她身上没有多少伤，只是头顶的血条仅剩下百分之十，眼看着就要丧命！

灵芝娃娃见到轻月 love 受伤，开心地扑过去说：“终于有我的用武之地了！”

灵芝娃娃弹了下自己藕段般的胖胳膊，一块灵芝菌盖的虚影从他身上飘出，飞到轻月 love 身上，轻月 love 的血条立刻加了百分之十，又加百分之十……

这是胖嘟嘟的治疗招数“润物无声”，是持续性回血招数，能够每秒钟回血百分之十，持续十五秒。得到这个招数庇护的玩家，在时效内可以横冲直撞，哪怕经受秒杀级别的攻击，也会在死前的瞬间恢复百分之十的血量。

“谢谢！”得到治疗的轻月 love 脸色好了不少，却生气地说，“什么垃圾 BOSS，除了脸以外一无是处，恶心死了，我们齐心协力杀了他！”

她眼中毫无畏惧之色，显是完全不将那人放在眼里。

独孤卓见她无事，略微放下心来，却还是谨慎地问道：“灵芝，你那复活招数可以复活几个人？”

玩家们的招数可以在这个世界使用，这是眼下最好的消息了。

胖嘟嘟举着手指道：“我这次出门带了五个小灵芝，提前种好的灵芝复活技能没有冷却时间，但是非常消耗灵气，我全身上下的灵气只够复活一个人的。”

独孤卓随手丢出几瓶丹药，每个队友都得到了两瓶，一瓶补血丹，一瓶补气丹。

虽然大部分丹药都被拿到店铺售卖，不过独孤卓身上还是携带着一部分丹药，以备不时之需。既然胖嘟嘟的治疗招数可以在此处使用，那么他炼制的丹药应该也可以。

胖嘟嘟收下补气丹，忙丢给队友们一人一个小灵芝，还谨慎地嘱咐道："没用上的话，等打完要还我的。"

刚忙完这些，大门处就走来一个全身打着马赛克的人。从他马赛克的颜色来看，应该不是暴露打码，而是血腥打码。

"咦？刚才明明不打码的，现在怎么打了？是刚才尺度不够大吗？"轻月 love 疑惑地说。

那团马赛克恶狠狠地对轻月 love 道："区区一个筑基期的小丫头，用的是什么符咒把我伤成这样？"

别人眼里这是一团马赛克，独孤卓眼中却无屏蔽，他清楚地看到这人的一条胳膊都被雷劈飞了，但血肉正在飞快恢复。

"你用'那个'了？"龙 @ 傲天问道。

见轻月 love 点头，龙 @ 傲天捂住胸口，道："两百块钱买的一次性道具啊，就这么用了。"

轻月 love 气道："没办法啊，这个 BOSS 太恶心了，我实在忍不住了，就把你买的道具用了。"

"什么道具啊？"丝毫没有危机感的黑猫问道。

龙 @ 傲天心疼地说："玄天宗的天劫符，说是四十级金丹期一定会遇到天劫，这个符可以帮忙抵挡最后一道最厉害的天劫，原价五百块，我买的时候游戏搞活动，四折优惠……我倒不是心疼那两百块钱，我……我再想买这符咒就必须花五百了！"

"用得好。"独孤卓赞扬道，"区区五千灵石，过几日我给你补上就是。"

若不是轻月 love 身上有这符咒，现在只怕凶多吉少。

对面的邪修的身体已经痊愈，马赛克消失，露出真容。他生得倒是俊俏异常，面上却带着一股阴邪之气，让人看着就不舒服。

"奇怪了，怎么刚才没打码，现在就打码了呢？"轻月 love 疑惑地说道。

独孤卓也觉得今日发生的事情真是古怪极了，他看向那明显已经启动了的祭坛，厉声问道："你这邪魔外道，用这祭坛做了什么？"

"来了这么多人？"那邪修一双桃花眼扫过几人，凭空唤出一件紫色的袍子披在身上，腰带散散地扎着，露出大片胸膛，"我也奇怪这祭坛究竟做了什么，我明明试着召唤逆神魔君，怎么召唤出一个筑基期小丫头，还有你们这么一堆人，你们从哪儿来？"

灵芝娃娃快步爬到龙@傲天脚下，问道："逆神魔君是什么？"

龙@傲天道："我也不清楚，从来没听过这么个人，你说我们是不是遇到隐藏剧情了？要不先别打，套套情报再说。"

于是龙@傲天朗声道："你又是什么人？"

邪修眼波流转："我？我是伏神殿一名护法，奉殿主之命召唤一个有可能已经死了的修真界大人物。"

独孤卓冷冷地道："伏神殿是修真界最强的邪道组织，殿主据说是超越大乘期，却强行用禁忌之法留在人间的一名高手，殿内有两大长老和四大护法，两大长老是大乘期，四大护法个个是化神期巅峰，你区区一个金丹期邪修，算什么护法？"

"啊？卓神你知道伏神殿啊！"龙@傲天低声道，"游戏介绍里没有这个势力啊，你是什么时候获得的情报？"

独孤卓没回答，而是继续道："四大护法分别是血、阴、煞、欲，我看你也就是欲护法手下的一名小卒罢了，你们护法该不会是不知从哪里听来个召唤邪魔的方法，自己不敢尝试，让你来做个替死鬼吧？"

"生得这么好看，说话却这么不中听。"邪修轻拂鬓边的长发，面上带着丝怜惜，"我本打算留你一条命，让你好好享受些时日的，可惜，现在不得不杀了你。"

最后一个"你"字出口，他原本妩媚的眼神中忽然充满杀气，邪修不知从哪里抽出一条长鞭，长鞭表面满是倒刺，他劲力一吐，长鞭脱手，狠狠地向众人挥过来。

这人是金丹期修者，这一击就算没有用上全力，也足够重创眼前几个人。

灵芝娃娃见状忙使用土遁躲到地下，他是治疗玩家，在战场上注意保护好自己就行，只要他不死，队友们就还有希望。

黑猫则是临危不惧，抡着闪耀着佛光的禅杖迎着那条长鞭冲过去，一杖打在长鞭上。

佛修对邪修有先天压制，就算这邪修境界高出他们许多，黑猫这一下还是压住了长鞭，只是被反震的劲力打掉百分之五十的血而已。

“哎呀，被你抢先了，我还想秀秀我在门派里靠着抓蟾蜍学到的招数呢。”龙@傲天也提着一把大刀冲上来，手指飞快地在刀身上写了个“斩”字，只见那原本不过半米长的刀上忽然出现一道长达数十米的巨大刀影，重重地向那邪修斩下。

轻月love也不甘示弱，默念着什么咒术，手中散发出三道光圈，笼罩在龙@傲天、独孤卓、黑猫三人身上，但黑猫身上的光圈很快又消失了。

黑猫问道：“这什么玩意儿？”

轻月love哭笑不得地道：“这是我给你们施加的状态‘冲冠一怒为红颜’，能够根据我的颜值给你们增加攻击力和防御力，我颜值有多高，你们的攻防就会增加多少。这招数无视阵营和种族，所有人都可以用，唯独不能对无量寺的玩家施展，因为你们视美色为粪土，能够抵抗这一招！”

三人闲聊着也不忘打，黑猫率先压住长鞭，龙@傲天一招刀影算是开了战斗模式，那邪修头上竟也出现一个血条，显示被这招打掉百分之二的血。

龙@傲天道：“这人防御很高啊，我刚才那一招已经是攻击力最强的了，还有轻月的状态加成，竟然只打掉百分之二，这个怪得磨死才行，我们缺个肉盾（游戏中负责承担伤害、吸引敌人的角色，通常具备生命值高、防御力强等特点）啊！”

掉血的黑猫吞下一颗补血丹，瞬间满血，他怀念地说道：“现在排行榜第一的那个一梦逍遥，我和他组过队，他才是天下第一肉盾，怎么打都打不死，要是他在这里就好了。”

说话间，独孤卓的御剑加五行剑诀中的土剑也攻击到位，打掉邪修百分之三的血。

“哇，老大你比我的攻击力强啊！”龙@傲天鼓掌叫好。

轻月love却道：“卓神，你怎么也抵抗我的‘冲冠一怒为红颜’啊，我这个群体附加状态的招数，竟然只有傲天能用，这也太浪费技能了！”

聊天归聊天，几人手上攻击不停，轻月 love 更是施展对敌的招数“乱花渐欲迷人眼”。这招能够让对手一时意乱情迷，失去攻击目标，越是喜好美色的 BOSS，受这一招的影响越大。

邪修本想再施展大招攻击几人，中招之后瞬间觉得眼前一片模糊，有些慌乱地道：“你们是什么人？区区几个筑基期小辈，为何能够伤到我？”

“打的就是你！”龙 @ 傲天趁着邪修被控制，在刀身上写下一个“突”字，大刀出现一道尖锐的刀影，直接刺入邪修的胸膛。

邪修身上的衣服本是件法宝，防御力很强，方才傲天的“斩”字诀和独孤卓的剑就被衣服挡住一部分攻击力，并未造成太大伤害。可是他衣服没有穿整齐，胸口露着，自是被“突”字诀钻了空子，一刀穿透胸膛，被打掉百分之五的血。

“耶！”龙 @ 傲天开心道，“我打出了暴击！”

黑猫也不甘示弱，丢出佛珠捆住邪修，佛珠上的佛光让这邪修难以动弹，黑猫喊道：“趁着他不能反抗，快打！”

独孤卓：“……”

他看着一个金丹期邪修被几个配合默契的队友打吐血，刚好此时系统提示他，叶舟上线了。

独孤卓在攻击的时候抽空给叶舟回复一条信息：“我在过三十级乱葬岗副本，预估错时间了，最多十分钟后就去找你。”

“没事，是我提前上线了，我不着急。”他收到了叶舟的回复。

第十章　回游戏

诡异。

独孤卓只能用这两个字来形容眼前发生的事情。

任谁也没有想过，一个金丹期的修者会被几个筑基中期的修者打到无法还手的地步。面对几个对手，那邪修只能狂怒。

在修真界越级挑战也是存在的，但那大都建立在境界低的修者身上有各种高品级法宝基础上的，龙@傲天他们几个手头最强的法宝便是黑猫那根本无法发挥全部力量的禅杖和佛珠，还有轻月 love 已经用了的两百块的天劫符，而这些法宝，与邪修的法宝也完全没法比。

是的，那邪修已经使用了最强的法宝，是一幅十二天魔图，这幅图中绘有十二天魔，会幻化成修者心中最渴望的事物，唤醒修者的心魔，让他们走火入魔，而使用者此时就可以趁机偷袭修者。

可是，这幅图用在几个玩家身上会发生什么呢？

轻月 love 道：“哇！纸片人走出来啦！小哥哥们长得好好看啊，为什么这个 BOSS 放出的小怪都比 BOSS 好看啊！”

龙@傲天道：“为什么我看到的是一堆马赛克？不管了，打就完了，你别忘了给我加状态。”

黑猫道：“为什么你们会看到美男和马赛克？我看到我数学考了满分！天哪，为什么我玩个游戏还要看到数学考卷？撕掉这些试卷！”

灵芝娃娃道：“咦？你是数学吗？我是英语，我不行了，看到这些字母我就想吐！”

这十二天魔图威力极大，偏偏对这些玩家并不起效。

十二天魔图最大的效果是攻心，一般人看到这幅图就会升起警惕之心，越是害怕就越会被控制，反倒是几个玩家只当这是游戏，根本不会受到影响。

就算稍有迷惑，黑猫那诵经声也足以让几人清醒过来。

而且这十二天魔图若是用得狠了，还会出现马赛克，一群衣衫不整的美人和一群马赛克对比，差别实在太大，有谁会被马赛克挑动心魔呢？

最令那邪修头疼的是，几个玩家配合太默契了。

修真者是如何修炼的？是十年百年闭关修炼，鲜少争斗，若不是师门命令弟子必须历练红尘锤炼心境，大部分修真者会在道场内修炼百年而不见人。

而玩家是如何练级的呢？每天被升级经验催促着，上线就是打怪和过副本，为了经验，已经打过的副本无数次过，长得一模一样的小怪反复打，战斗的经验远超修真者。

修真者面对的大都是与自己境界差不多的修者，境界高出太多的根本生不出打斗的心思。

可玩家呢？各种小怪围殴、副本 BOSS，哪个 NPC 不比玩家强上数倍？为了对付这些怪物，玩家们反复推敲技能，磨炼配合技巧，衔接好每个间隙。技能的时间是以秒为单位计算的，稍有不慎就会因技能衔接不上使团队闯关失败。在这样的压力下，玩家们对自己的技能和冷却时间了解得非常透彻。

例如现在，轻月 love 的控制技能刚结束，灵芝娃娃就把邪修脚下的土地变成了沼泽，他知道这不能对邪修造成太大的伤害，但只要邪修被影响了数秒，就足够黑猫念佛经衔接下一个技能了。

还有最不平衡的是，玩家们打在邪修身上的伤是实打实的，那邪修疼得眼神都溃散了，可他们这几个玩家全部屏蔽了痛觉，疼痛对他们无法造成任何影响。

“你们……你们！”被众人打得没有任何还手之力的邪修怒吼，“好，好！没想到我试图召唤逆神魔君，竟召唤出了你们这几个资质极佳的小辈。”

邪修指着轻月 love：“你！天生魅惑之体，若是入我门下，保管百年内就能飞升。”

他又指向黑猫小和尚：“你！天授佛缘，正是吾门克星。”

“你！灵修化形，有起死回生之能，最是诡计多端，能与几个人族修真者并肩作战，也是奇了。”这是对灵芝娃娃说的。

“你！单灵根正道弟子，刀法基础极佳，心性又是如此坚定，我十二天魔图都无法撼动你的心志。”这里指龙@傲天。

“哈哈哈，我竟是一下子遇到这么多天纵奇才，真是奇了！”邪修苍凉地笑着。

“他呢？”轻月love忍不住指了指独孤卓，怎么邪修把所有人都提到了，却唯独没说到他们卓神呢？

邪修扫了眼独孤卓：“空有一张脸的剑修罢了，看起来平平无奇的样子，又怎么比得上你们几个天才。”

众人：“……”

行吧，毕竟只是个BOSS，又怎么知道他们卓神的厉害。

邪修双手按在胸口上，狂笑道：“我今日是要死了，可是能有你们几个天才陪葬倒也不错。想想我一条命换正道四位栋梁之材，值了！”

说罢他将十指插入胸膛，无数黑色的鲜血涌了出来。

打怪经验丰富的龙@傲天道：“就剩百分之五的血了，要狂化了，大家注意拉开距离的时候不要忘记攻击，他大招肯定需要读条，能打断就打断！”

狂化是指游戏中BOSS级别怪物临死前一定会有的爆发式攻击，此时玩家若是稍有不慎，很容易被BOSS团灭。

独孤卓混入玩家队伍，帮助他们攻击邪修，同时不忘刺探情报：“你召唤的逆神魔君究竟是什么人？为何会牵连我们？”

邪修一边用真元撑起那件紫色法衣抵挡众人的攻击，一边吐血道：“逆神魔君，自然就是那个欺师灭祖、弑父屠师、一剑斩断天柱的玄剑剑主，相传他已经堕入比九欲渊还要深的深渊中修炼，一旦现世，定会生灵涂炭。”

独孤卓：“……”

原来逆神魔君是指他吗？

龙@傲天激动地说：“玄剑！没想到这么一个小BOSS还和主线剧情有关吗！趁着他狂化之前快多问两句。”

黑猫反驳道：“玄剑剑主不就是小宝吗？小宝怎会做出那种事情？”

邪修没有再给他们闲聊的机会，他“嘿嘿”一笑，全身炸开，一颗金丹破体而出，眼看就要炸开。

这一下自爆金丹的威力太强了，众人定是不能抵挡这一击。独孤卓挡在众人身前，准备强行调动玄剑的力量，舍命护住几个玩家。

谁知黑猫的速度比独孤卓还快，立即化身为猫，打着滚地来到独孤卓面前，大声说道：“我就等这个机会呢，胖嘟嘟，记得给我补血，千万不能多补，如果我掉血掉成零，就立刻复活我，把我复活后的血量控制在百分之一到二！”

“好！”灵芝娃娃从地下冒出一个小圆脑袋。

黑猫迎头撞上正要爆炸的金丹，血量瞬间暴跌至零，整只猫身体僵硬，而灵芝娃娃也适时地催动黑猫身上那颗小灵芝，那颗灵芝化作一道生气没入黑猫眉心，让这只已经死去的猫又复活过来。

这个瞬间，黑猫的血量刚好到百分之二，他脖子上的那串佛珠泛出金光。

“怒目金刚”，玩家乌漆墨黑指定技能，当玩家血量降到百分之三以下，可召唤一名佛门金刚，攻击力无上限，可一招秒杀对方任何一个玩家。

这是黑猫舍弃了吸收人族精气的妖族天赋后，坛业寺老和尚送给他的技能。

他一直想试试这一招，苦于没有机会，这一次终于可以了！

一名全身闪着金光的和尚从天而降，照得房间内的众人睁不开眼睛。他看向那颗正在自爆的金丹和那邪修的残魂，随即对着金丹的方向击出一掌。

金光落在金丹上面，邪修的残魂只来得及说了一句：“请佛降世，区区一个小和尚，怎么能做到……”

话还没说完，他便在佛光中消亡了。

“阿弥陀佛。”和尚双掌合十，道一声佛号，看都没看众人一眼便消失，可以说非常酷了。

独孤卓单手接住虚弱的黑猫，灵芝娃娃顺势给黑猫施展一个“润物无声”，让他持续回血。

独孤卓手指贴在黑猫的脖子上，感受着他的心跳。玩家虽然可以复活，但这里是修真界，不知道黑猫会不会受到影响。

黑猫的心脏有力地跳动着，他张牙舞爪地从独孤卓手掌上跳下去，开心地说道：“太好了！我成功了！”

“好什么好啊？”龙@傲天满脸绝望地跑到邪修刚才的位置，确定真的找不到尸体了，难过地说，“你叫来的和尚一招把BOSS的尸体打没了，我们辛辛苦苦打这么久怪，BOSS身上什么好东西也没掉落啊！”

黑猫才不管龙@傲天气不气呢，他能用这一招撒手锏就够了，他是无敌的！

轻月love道：“奇怪，我们怎么还没被弹出副本？也没得到经验。”

独孤卓看了眼祭坛道：“说不定站在那上面就可以回去。”

如果没有猜错，应该是这邪修不知从哪里学到的召唤之法，用邪术召唤独孤卓。邪修的心法大概与叶舰的画有一定关联，叶舰的画卷打开的瞬间，轻月love的手碰到了画，就被吸入修真界中。那时她是真的来到修真界了，证据是邪修身上没有马赛克。

而当独孤卓也通过画卷来到这里后，修真界与游戏世界因为独孤卓的存在发生一定重合，马赛克重新出现，玩家们也开始立于不败之地。

现在消灭了这名邪修，独孤卓若是想要回到游戏中，应该能够开启通道带大家回去。

他站在祭坛中央，心里想着“我要回去”，手掌便没入祭坛内，两个世界的通道开启。

“跳！”独孤卓对几个玩家道。

抱怨着没得到经验也没得到道具，连一块灵石都没有的玩家们纷纷跳入独孤卓开启的通道中。这时，地上躺着的一具女尸身体中飘出一个艳鬼，正是乱葬岗副本中第二个BOSS。

她还没死？她竟然一直藏在这里？

独孤卓眼看着这艳鬼“嗖”地一下抢在众人前面进入通道中，也跳了进去。

一边躲小怪一边护着画的叶舰边跑边道：“怎么还不出来，再有二十分钟拍卖会就开始了！”

正念叨着，画卷中忽然伸出一只手，叶舰一喜，拉住那只手，却拽出来一只艳鬼。

叶舰："……"

艳鬼非常敬业，回到副本的第一时间就开始履行BOSS的职责，两三下就把叶舰打死了。

紧随其后走出画的众人："……"

轻月love指着艳鬼，道出众人心声："我们好歹也算是救你出画，就这么恩将仇报吗？打！"

唉，刚打了一场，现在又要打，当玩家真累！

虽然略觉疲惫，几人还是乘着"打了隐藏BOSS却连个经验都没得到"的斗志，一口气推了艳鬼和最后的婴灵BOSS。

被卷进画轴的轻月love还运气大爆发，摸怪的时候得到了一对尸骨银环，是三十级的武器，附带解除控制的效果。装备该武器，使用者不会被等级差在十级以内的对手控制，只要对方施展控制技能，使用者就会听到尖锐凄惨的婴儿哭泣声，从而立刻清醒过来。

这武器攻击效果一般，但会增加一定的速度和颜值，加上解除控制的效果，简直是金丹期以下最好的武器了。

"还算可以吧。"轻月love换上尸骨银环，"这个武器和我很搭配。"

其余人也得到了不少灵石和经验，叶舰就更奇怪了，他被艳鬼杀死后，收到了一条系统提示：【叮！恭喜玩家扬帆￥远航触发'重生有福'偶然事件，获得四象符，四象符可封印异空间入口，系统已自动为您关闭画卷中的副本入口。】

"啊？这算什么恭喜？"副本打过后，叶舰道，"我好不容易在画卷里发现一个有意思的副本，怎么就又被关闭了？你们都看到了那个邪修BOSS，就我没看到，好亏。"

"那个BOSS不看也罢，空有脸蛋的白痴罢了。"轻月love一脸难受地说。

龙@傲天等人也认可道："关了就关了吧，挺大个BOSS，连个经验都不给，抠门死了，没劲。"

几个玩家大概永远也不会知道在刚才的一个小时内，他们究竟遇到了什么。

独孤卓望着几个不知是心大还是运气好的玩家，微微松口气。他本打算毁了叶舰的画卷，免得再生事端，没想到系统自动用符咒封闭了两个世界的入口，想必身为系统人工智能的夜舟也不希望再出现这种事，暗中解决了这个隐患。

这件事让独孤卓产生了极大的危机感，他隐约觉得在另外一个世界，似乎还有什么阴谋在等着自己。

此次事件留下了无数疑点，譬如伏神殿为何要召唤独孤卓？他什么时候成了逆神魔君？艳鬼竟然一直藏在祭坛附近等待回游戏的机会，似乎过于聪明了些，不像是一个简单的NPC。可等众人回来后，艳鬼的智慧好像又消失了，变回副本BOSS，兢兢业业地与玩家战斗着。

独孤卓决定今夜就去坛业寺，炼丹的间隙中尝试召唤檀寂大师，请他帮忙打探一下关于伏神殿的事情。

不过当务之急还是要尽快赶到拍卖会与叶舟会合，一番战斗后，现在已经是六点五十五分，叶舟一个人在拍卖会等他们二十五分钟了，这令独孤卓有些心急。

轻月love几人把剩下的丹药还给独孤卓，独孤卓道："不必归还，你们留着用吧。"

"这很贵的，"龙@傲天道，"这个我在九川城的丹药铺里见过，一颗补血丹要五十块下品灵石，补气丹一百块下品灵石，贵是贵，不过效果真好。卓神你一口气买了这么多丹药，太有钱了。"

黑猫把丹药丢到独孤卓手上，满脸心疼地说："大家一起打本，你出钱和丹药已经很亏了，我……我用了三个补血丹、两个补气丹，一共三十五块钱，我一会儿给你三百五十块下品灵石。"

其他几人也默默算起该给独孤卓多少灵石。

独孤卓刚想说不必，叶舰却抢先道："不用，画轴是我的道具，你们被卷进去也是无妄之灾，丹药就送你们了，不用还，也不用给钱。那家丹药铺是我开的，成本价不高。"

"什么？"灵芝娃娃一把抱住叶舰的大腿，"我以为那家丹药铺是游戏公司自己开的，用来赚钱的，没想到竟然是你们的。远航大腿，你从哪儿弄来的丹药？"

叶舰十分受用地说："是独孤卓炼制出来的。"

"哦，原来还是卓神的。"灵芝娃娃瞬间抛弃叶舰，转而抱住了独孤卓的大腿。

独孤卓心急如焚，这几人却还在闲聊，他当即把灵芝娃娃扯下来丢到龙@傲天的怀里，自己御剑赶往拍卖会场。

叶舰道："哎，带上我啊，我没门派不会飞！"

"你们要去什么拍卖会？是那个入场费就要交一千块下品灵石的超级贵的拍卖会吗？"黑猫的眼中露出贫穷的神色。

叶舰道："咱们也是一起打副本的队友了，你们要不要去？"

"不去了吧，我没有那么多钱了。"龙@傲天沮丧地道。

其余几个玩家也不是很富有，虽然很想去，但还是克制地摇摇头。

叶舰道："是这样的，我在那里包了一个包厢，可以带八个人进去，现在有我、一叶扁舟、独孤卓三个人，加上你们四个也绰绰有余，你们不去，名额就浪费了。"

四人眼睛一亮，灵芝娃娃再度抱住叶舰的大腿："那还等什么，我这就土遁带你去会场，加快速度，马上七点了！"

其他人在进门派修炼过后，也都学会了飞行和门派传送，能够很迅速地赶到会场，但他们不能带人。

唯有灵芝娃娃的土遁和木遁是天赋技能，经过门派修炼后，完全可以带一两个人入土。

不过这个招数原本是一个攻击招数，可以把敌人拖入土中降低对方的速度并造成一定程度的伤害，现在却被灵芝娃娃用来带人。

可想而知，这一路上叶舰的体验感完全没有独孤卓带着飞的感觉好，在土里什么风景都看不到也就算了，他还一直在百分之二、百分之三地掉血。等抵达拍卖会场时，叶舰的血条已经只剩下百分之十五了，全身也灰扑扑的，差点被拍卖会场前的势利眼 NPC 给拦住不让进场。

"差评！"叶舰对灵芝娃娃怒气冲冲地说。

七点五十八分，众人终于在拍卖会场门前集合，在叶舰这个有包厢门票的人的带领下，一行人跟进包厢。

一进门，就见独孤卓站在门边，静静地看着坐在窗边的叶舟。

"怎么不过去坐？"叶舰凑上来道。

独孤卓还没有说话，一直看着窗外的叶舟却转过来冷冷地扫了叶舰一眼，冷漠又淡然地说：“安静，本座不喜吵闹。”

“小舟你……”

叶舰刚要问叶舟怎么了，独孤卓便一把将他按在门口的地板上，用威胁的语气道：“坐，闭嘴！”

这一刻独孤卓的眼神不善，叶舰的直觉告诉他，不要惹这个时候的独孤卓，于是不敢再发问，乖乖地坐在地上。其余几个跟来的玩家也随着叶舰排排坐，还乖巧地捂住自己的嘴，并进入龟息状态，生怕自己发出喘气声。

包厢内瞬间安静下来，叶舟把视线重新转移到楼下，他的手臂随意地搭在窗边，原本总是紧紧束住的衣袖不知什么时候散开了，纯白的衣袖露在窗外，时不时被会场内流动的风吹动。

他的长发此刻也有些松散，几绺黑发轻轻地飘到窗外，不知此刻正在楼下向上看的人，见到这微动的衣衫和长发下若隐若现的脸，会产生怎样的遐思。

叶舟正专注地看着拍卖会场中的一个人，独孤卓走上前，用最轻的声音问：“在看什么？”

或许是因为独孤卓的声音非常小，也或许是因为独孤卓压低的声音很好听，这一次叶舟没有让他闭嘴，而是抬起手指，微微点了下楼下的一个人，道：“连昊空。”

包厢内除了窗户能够看到楼下拍卖会现场，中间更有一个小型的阵法，可以实况转播会场内的情况。

几个不敢说话的玩家伸长了脖子看向窗外，又对着室内大桌上的全息实况投影，终于找到了叶舟指的人。

轻月love拼命对几个队友眨眼睛，无声地发文字信息：是他，是他！那个带走小宝的、擎天剑派的人！

黑猫也飞快地发文字信息：小宝呢？怎么只有他一个？

龙@傲天：扁舟怎么知道这个NPC叫连昊空的？NPC又不显示姓名ID。

叶舰，灵芝娃娃：连昊空是谁？小宝又是谁？

由于主线剧情已更新，因此没有做过之前主线剧情的叶舰与灵芝娃娃并不知道小宝的事情，这件事情用文字解释起来太慢，轻月 love 就悄悄地解除了组队，然后五个坐在地上“没人权”的玩家重新组成一个队伍，轻月 love 发队伍私聊把这件事的来龙去脉为新队员讲了一遍。

还没等叶舰和灵芝娃娃发表评论，几人就听见叶舟道：“我对新的玄剑剑主没有兴趣，不必讲得那么详细。”

他们明明发的是队内语音，完全没有带上叶舟和独孤卓，叶舟是怎么听到他们队内语音的？

独孤卓也皱紧眉头，他一直能够听到其他玩家的队内语音，这大概是因为在修真界内，境界过高的修者，是可以听到低等级修者之间传音入密的内容的，但境界起码要超过大乘期才行，叶舟才三十级，是如何做到的？

叶舰又不死心地在队内道：“我堂弟嘴上说不感兴趣，但是轻月讲故事的时候，他可一点也没嫌弃我们吵，硬是等轻月讲完了之后才说不感兴趣！”

“哦，是这样的吗？”轻月 love 非常八卦地问。

“对，他从小就是这样，喜欢什么都不说出口，喜欢装成高冷小王子。倒是在游戏里还挺懂事的，没有口是心非。”叶舰道。

是这样的吗？独孤卓不由得看向叶舟。

将叶舰等人的队内语音听得一清二楚的叶舟站起来，对着叶舰等人一扫衣袖，一股大力将几人从包厢门推出去……

五人一路撞坏楼梯护栏，从二楼直接跌至一楼大厅。

时间回到十几分钟前，叶舟刚刚从系统处接到“扮演 NPC 夜舟”的任务，他躲回包厢中自言自语道：“这个夜舟是谁？我连性格都不知道要怎么扮演？能不能告诉队友们这件事？”

系统没有回答他，反倒提示道：【经系统扫描，主线剧情的重要人物连旲空即将在十分钟后到达拍卖会场，请玩家做好准备。】

“咦？接受了‘扮演 NPC’的任务后，你会帮我提示主线剧情人物吗？这也太好了吧，只要我任务没失败，就可以一直比别的玩家先遇到主线任务，对吗？”叶舟有些开心地问道。

【是的。】系统回答道。

“太好了！”

这样一来，主线任务肯定是他们的，别人抢不走。

“但是容貌呢？”叶舟问。

系统：【鲜少有人见过夜舟长老的真面目，玩家接下“扮演NPC”的任务后，容貌也会自然而然贴近夜舟，不必担心。】

“可是夜舟很强吧？擎天剑派的长老……他该不会是满级NPC吧？”叶舟问道。

系统：【夜舟等级一百二十级。】

叶舟道：“不是吧，游戏满级才一百级，大乘期，一百二十级是什么概念？我怎么才能伪装出拥有那么强的实力？”

系统：【使用任务道具“两仪印”，即可在短时间内将实力提升至一百二十级。】

系统刚提示完毕，叶舟就在储物腰带中找到了“两仪印”。

这是一个黑白两色相间的圆柱形印章，触感有点像玉质，印出的是太极的图形，叶舟拿到“两仪印”后，系统便自动弹出了关于两仪印的简介。

【两仪印：主线任务道具，仅限玩家一叶扁舟使用，可在短时间内将玩家实力提升至一百二十级。使用方法，必须在不被人看到的情况下，在掌心留下太极印章，即可发挥两仪印的力量。备注：仅限主线任务中使用，副本、打怪、与其他玩家PK（挑战）均不能使用。】

“这还好，至少有实力保障，可是为什么是我触发了这个任务呢？会不会是因为我完成了第一阶段的主线任务，又恰好在这个时候遇到了新的主线任务，系统就自动选择我了？”叶舟猜测道。

他把玩了一会儿两仪印，忽然又收到一条系统消息。

叶舟点开一看，见是关于夜舟的一些简介。

【夜舟：为人冷漠高傲，不易近人。由于素剑认主需要主人不沾半点邪念，夜舟自幼受师门教诲，学会压抑欲念，万事不留心。】

看到这段话时，叶舟忽然觉得自己能够扮演好夜舟这个角色。

他脑海中莫名浮现出一个身影，那人一袭白衣，负手站在高高的山峰上，仰头看向漫天繁星。

【星垂峰，相传是距离星星最近的山峰，夜舟独自一人住在星垂峰上，不沾尘埃。】系统是这样形容星垂峰的。

叶舟莫名觉得，这个夜舟一定很寂寞，也一定学会了如何欺骗自己。

人不可能完全没有欲望，要不是骗自己不去想不去看不去听，又如何能做到“不沾尘埃”呢？

在这个瞬间，叶舟觉得自己理解夜舟。

【连昊空已经快到会场，他的神念可以覆盖整个拍卖会场。连昊空法力高强，能够听到玩家们传音入密，在任务目标的出现范围内，请玩家一叶扁舟不要暴露身份。】

系统做出提示后就消失了。

“喂？你别走啊！我扮演夜舟是要做什么呢？我该怎么行动呢？我要对连昊空做什么呢？”叶舟不断询问系统，却没有回应。

这游戏就这点不好，上次做小宝任务时也是这样，要不是独孤卓聪明，他们根本不可能完成任务。

叶舟有点想念独孤卓，拍卖会快开始了独孤卓还没到来，他想给独孤卓发信息商量这件事，却忽然感受到一股凌厉的剑气进入他的感知范围内！

无须系统提醒，叶舟就知道这股剑气属于连昊空。

叶舟忙坐在窗边，本能地散开衣服袖子和一绺头发，仅露出半张脸，让楼下的连昊空能够注意到自己。

刚摆好姿势，独孤卓飞一般地进入包厢，风尘仆仆地说：“过副本遇到了点意外，你等得着急了吧，下次不会……”

“吵。”叶舟淡淡地道，余光扫了独孤卓一眼。

独孤卓顿时安静下来，似乎意识到了什么。

“叶舟？”独孤卓问道。

叶舟微微侧过脸，轻轻地对独孤卓眨了一下眼睛，希望他能收到自己的暗示。

谁知这时，堂哥叶舰带着几个小伙伴来到包厢，看见叶舟就要冲过去打招呼。

叶舟内心苦不堪言，巴不得领悟“心灵感应”技能，让几个好友听到他的心声。

可惜连昊空已经在会场内，根据系统的要求，任务开始后就不能向好友解释了，他什么也做不了，更不敢发队内语音，只能冷冷地扮演着夜舟。

而堂兄他们几个不安分的家伙，竟然还坐在地上说闲话，更是提起了连昊空。连昊空与夜舟是同一门派的，继续任由几人私聊下去，系统肯定会判定他任务失败。

叶舟没有办法，只好把两仪印攥在手心中，轻轻印了一下，在瞬间获得极为强大的力量。

他一招将几人推出包厢，还顺手封印了他们私聊的能力，让这几人只能在当前频道上说话，不能私下讨论连昊空了。

将几人丢出去后，叶舟随手一挥，包厢门关闭，只剩下他和独孤卓。

这一番折腾，连昊空的视线已经落在他们的包厢窗口处，叶舟便淡淡地说了一句："为何有宵小之徒误入？"

说话时，他又对独孤卓眨了两下眼睛，希望心细如发、聪明绝顶的独孤卓能够看到他的小动作。

果然独孤卓适时道："他们有眼无珠，走错包厢了。"

"你呢？"叶舟没有正眼看独孤卓，淡淡地道。

他表面镇定，心中却在想，独孤卓啊独孤卓，麻烦想个理由，别逼我把你再丢出去了！

"晚辈被人追杀，正躲避仇家，扰前辈清净，实在得罪。"独孤卓道。

竟然真的领会了他的意思，独孤卓真是太棒了！叶舟落在地上的脚轻轻点了三下，暗示独孤卓"做得好"，却不知道独孤卓能不能听懂就是了。

独孤卓垂下头道："晚辈这就离开。"

别走别走，千万别走！

见独孤卓转身要走，叶舟绷着脸道："你不吵。"

独孤卓停下脚步，面露喜色道："前辈的意思是……"

叶舟继续透过窗子看着台下的人们，道："再说话就吵了。"

"多谢前辈收留。"独孤卓小声地谢了一声。

太好了，总算是留住一个。叶舟观察着楼下的连昊空和刚才被他丢下楼的朋友们，拍卖会的主办方这时来到叶舰等人面前，要求他们赔偿护栏的钱。

叶舰气道：“又不是我主动出手的！”

他生完气又想到，叶舟和独孤卓的钱基本都交给他保管，就算拍卖会的人找叶舟赔又怎么样？不还是要他出钱。

于是，叶舰只好付了一万块下品灵石的赔偿金，赔钱后抬腿要上楼，又被拍卖会人员拦住了：“这位少侠，二楼是包厢，你们不能入内。”

“包厢是我花钱包的！”叶舰气道。

“抱歉，包厢门已经全部关闭，拍卖会马上就要开始，除非楼上的客人邀请，否则你们不能上二楼。另外，如果要在一楼落座，请几位出示请柬。”拍卖会人员道。

叶舰道：“你等我一分钟。”

他打开好友聊天界面，想给叶舟发信息，问他到底怎么了，谁知好友界面竟然变成灰色了，无法发送消息！

轻月 love 等凑热闹的人可怜巴巴地站在叶舰身后，小声道：“怎么了？是扁舟不喜欢我们蹭包厢吗？”

“要不我们还是走吧。”黑猫低声道。

叶舰忙道：“肯定不是排斥你们，没看他连我都扔下来了吗？”

“那就是你说话得罪他了。”龙 @ 傲天道。

这时拍卖会人员道：“几位少侠请出示请柬，否则就要离场。”

轻月 love 等人出不起高昂的入场费，叶舰见没有回到二楼的希望，只好替几位队友交了入场费。他们得到了请柬，每人领到一个号牌，坐在拍卖会一楼最后面的木椅子上，离前面的连昊空很远。

连昊空注意到骚乱，用神念扫了几人一下，见只是几个筑基期的小辈，就不再注意了。

之前带走小宝时，连昊空是见过轻月 love、龙 @ 傲天和黑猫的。但那时三人还没筑基，筑基后，随着等级的提升，三人的容貌已经有了不小的改变，尤其是轻月 love 和黑猫，变化太大了。

至于龙 @ 傲天，他本就生得毫无特色，丢到人群中根本找不到，连昊空只怕早就忘记他的长相了。

叶舟在二楼的视野好，将一切尽收眼底，这才微微松口气。

这时独孤卓已经一点一点蹭到叶舟身边，手掌向下一垂，用宽大的袖子挡住叶舟留在室内的一只手。借着袖子的掩饰，独孤卓在叶舟的掌心写道：叶舟？

是叶子的“叶”。

把触觉调成百分之七十真是太好了，否则他不会知道独孤卓在写什么。叶舟不敢有太大动作，只是轻轻地在独孤卓的手心点了两次，示意是自己。

独孤卓一进门就认出这是叶舟，叶舟与夜舟是同一人，态度和语气不过是表象，本质是不变的，更何况叶舟还提示性地向他眨了那么多次眼睛。

独孤卓最初不知叶舟身上发生了什么事情，不敢轻举妄动，但当连昊空出现时，他心中便略有猜测。

而当叶舟使用远超本身实力的招数，将叶舰等人推出包厢时，独孤卓顿时有了答案。

他配合着表演一番后，确定连昊空的神念已经不再注意包厢，这才凑过来不动声色地在叶舟掌心上写字。

确定叶舟身份后，独孤卓又写道：系统任务？

叶舟连忙挠了独孤卓三下，仿佛在说“对对对”。

两人感动于终于同对方联系上时，面前猛然弹出一条消息——

【小喇叭】杨帆￥远航：独孤卓，一叶扁舟，你们是不要我们了吗？就这么无情地把我丢下楼吗？

发消息的人是叶舰，他用的是全服小喇叭。

小喇叭是游戏开服后新推出的对话道具，需要用灵石购买，一百块灵石才能发一次，所以小喇叭的消息是绝对不能屏蔽的。

玩家可以把小喇叭设置为不会自动弹出，但只要打开消息卷轴，小喇叭肯定会自动弹出。

而如果玩家使用小喇叭专门喊了另外一个玩家，那么该玩家就算把小喇叭收入消息卷轴内，面前一样会弹出对话框。

十块钱才能发一条消息，这是有钱人的胜利，即使叶舟有一百二十级的实力，也无法封印小喇叭的功能，叶舰终于成功地把他的想法传达给叶舟了。

但同样，其他所有玩家也看到了这条来自扬帆￥远航的消息。

游戏中的玩家瞬间炸锅，在世界频道上聊了起来——

【一叶扁舟，独孤卓，这两个名字好熟悉。】

【主线任务首杀，二十级副本困难模式两人首杀，前段时间他们两个一直霸榜，能不熟悉吗？】

【这段时间倒是安分了不少，等级排行榜第一也换了人，我还想着系统公告终于清静了，没想到还能用这种方式上公告。】

【听这个杨帆￥远航的意思是，一叶扁舟和独孤卓甩了他二人组队去了？谁知道他们在哪里，我有点想去看热闹了！】

【我不确定是不是他们，刚才我面前确实有几个玩家被丢下楼了。】

【在哪里？】

【拍卖会场，抬头能看到坐在窗边的人的侧脸，这是一叶扁舟吗？侧脸真有气质啊！】

【应该是独孤卓吧，我听游戏商人说，他之前和独孤卓交易过，他说独孤卓是个把属性点全部点在颜值上的奇男子。】

此时拍卖会正式开始，一位穿着鹅黄色裙子的美丽女子缓缓走上台，手中托盘内放着一块紫色的灵石。这是拍卖会的第一件宝贝——一块仙品灵石。

拍卖会的主持者是个英俊的男性修者，他一身玄色衣衫，为拍卖会的参与者介绍这块仙品灵石，说它不是人间的物品，是某个仙境的灵石，里面蕴藏着仙气，境界高的修者利用仙品灵石修炼能够更容易与天地沟通，从而突破境界。

他在热情地介绍拍卖品，可一楼会场内起码有一半的参与者没理会他，而是抬起头，看向叶舟所在的包厢窗户，有些人还站起来踮起脚，伸长了脖子，努力尝试能不能看清包厢里的叶舟和独孤卓。

叶舟：“……”

很好，他堂哥成功地用一条小喇叭让他一眼分辨出这会场内谁是玩家谁是 NPC，也是非常有效率的方法了。

面对这样的情况，独孤卓的思绪飞快运转着，他必须要弄清楚究竟发生了什么事情。

眼前这人的确是叶舟没错，但他似乎受制于任务或是其他东西，不得不做出现在这样子，而且看起来十分需要旁人的配合。

独孤卓的当务之急是必须猜到叶舟究竟哪些事情可以做、哪些事情不可以做，这样才能更好地帮助叶舟。

之前他认为，叶舟之所以没有通过私聊的方式告诉大家真相，是因为连昊空可能具有能够听到玩家队内语音的实力，但仔细想想，似乎不是这样。

在看到连昊空时，叶舟必须轻轻地点出对方的身份，证明自己是认识这个人的，可那时在一楼会场内的连昊空并没有什么反应，证明连昊空没发现人在二楼的叶舟。

队内语音属于传音入密，即使是大乘期修者想要听到别人的队内语音，也必须得凝神静气专心去听才行。会场内人声嘈杂，连昊空若不是刻意去注意某个人，是不可能注意到他们这个包厢的。

叶舰等人刚进包厢的时候，叶舟是一副无所谓的态度，只要他们安静，就可以留在包厢内。

偏偏几人要发队内语音，为叶舰讲述第一段主线剧情，这时叶舟是能够听到队内语音的，想必是系统为他开放的权限。

叶舟并没有在几人讲述第一段主线剧情时就把他们丢出去，还适时地说出自己对这件事的观点，代表这时连昊空是没有注意到他们这里，并且没有听到几人的队内语音。

既然如此，叶舟又为什么要在没人监听的情况下，做出不同寻常的反应，还要把叶舰等人推出包厢呢？

这只能证明一件事，叶舟防备的不仅仅是连昊空，还有一些无形的束缚。

而这束缚又是什么呢？

为了试探限制住叶舟的是什么，独孤卓大胆靠近，用指尖在叶舟掌心写字。他确定写字是不可能被连昊空发现的，但叶舟依旧没敢写字回应，只能小心地轻点他的掌心。

至此，独孤卓得出结论，叶舟防备的不是任何玩家或者 NPC，而是他自己。

叶舟在眼下这个时候，必须按照某种行为模式行动，不能做出与这个行为模式不符的举动。所以，叶舰等人当着他的面说叶舟的坏话，只要叶舟听到，就必须把人扔出包厢。

但是刚才叶舰发小喇叭，全游戏的玩家都在讨论叶舟的事情，他却能装出一副什么都没听到的样子，明明心中很慌，表面却镇定地坐在窗边分毫未动。这代表现在这种行为模式下的叶舟，按理说应该是看不到小喇叭的，就像楼下那些没有抬头的 NPC 一样。

原来如此。

至此，独孤卓已经完全猜到，叶舟的任务大概是扮演某个功力高强的 NPC，绝对不能表现出与这个 NPC 行为不一致的样子，监视他的不是某个人，而是这个任务本身。

他就算想要帮助叶舟，就要伪装并协助叶舟扮演下去。

至于叶舟扮演的是谁……

独孤卓苦笑了一下，从叶舟的姿态和语气上，以及那句“对新的玄剑剑主不感兴趣”的话，他已经猜到叶舟的扮演对象是谁了。

独孤卓本不打算让叶舟接触到有关玄素二剑的剧情，他不希望叶舟想起前生的一切，只想帮助叶舟找回魂魄，恢复健康即可。

可惜事与愿违，叶舟好像必须参与主线剧情一样，游戏始终在推着他们向前走。

难道叶舟注定要想起那段过去吗？独孤卓深深地看了叶舟一眼，起身道：“前辈，请容晚辈大胆猜测，前辈是否‘掩盖身份’来到此处，且不愿意‘暴露身份’？”

独孤卓完全猜到他的任务了！叶舟心中狂喜，很想连连点头，表面上却道：“本座不喜自作聪明之人。”

说话时，叶舟疯狂向独孤卓发送脑电波，听到了吗？我在夸你聪明，这代表你猜对了！

独孤卓也顺势道：“晚辈的仇家似乎不敢在人多的场合动手，多谢前辈相助。晚辈这就离开包厢，绝不会碍着前辈的‘眼’。”

要走了吗？叶舟用余光看着独孤卓。

他又听到独孤卓说：“前辈似乎有些为难的事情，晚辈这就下去‘协助’前辈解决。”

说完他对叶舟眨了下眼，便离开了包厢。

叶舟微微松了口气，没有人在包厢内，他一个人倒也不用这么端着姿势，端坐着有点累。

他心中略有担心，不知道独孤卓到底猜到什么程度，能不能既探索主线剧情的发展，弄清楚连昊空的来意，又能帮助他扮演好夜舟呢？

“靠你了！”叶舟在心里暗暗给独孤卓打气。

一楼会场中，几个队友见这众人抬头的样子顿时心虚，拉住叶舰不让他再发小喇叭了。

叶舰也只是因为被从小就是乖宝宝的堂弟推下楼，觉得十分没面子，在游戏里发个喇叭质问一下而已。但他很快发现，这个办法不错，能够在瞬间识别这拍卖会场中哪个是玩家、哪个是NPC。

他甚至看到站在台上端着仙品灵石的美女也忍不住微微抬起头，这竟也是个玩家！

连昊空没有抬头，只是微微挑了下眉，对周围的人为何抬头表示不解。这个表情也是一闪即逝，他专注地看着拍卖会场，似乎在等待什么拍卖品的出现。

玩家们抬头看不到什么东西，便又被拍卖会的新奇介绍给吸引了，专心去看拍卖品了。就算买不起，这也是个了解游戏里顶级道具、装备、法宝、武器等物品的机会，增长见识嘛。

第一件仙品灵石价格昂贵，大部分玩家拍不起，而且仙品灵石对化神期以上的修者效果显著，但等级低的修者使用仙品灵石就是个灾难，他们的身体根本承受不起那庞大的仙气，那力量会瞬间摧毁他们的丹田，让他们成为废人。

仙品灵石起价十万下品灵石，一些有钱的玩家本打算叫价，但听到这个效果后也暂时按下心思，先不买了，等哪天到了八十级再说吧。

独孤卓在包厢门后躲了一会儿，先记住了会场中哪个是玩家、哪个是NPC，等玩家们的注意力全被拍卖品吸引走后，才悄无声息地下楼。

二楼与一楼的入口不同，独孤卓从二楼出口离开拍卖会场，又戴上斗笠从一楼花一千块下品灵石买票入场，坐在叶舰等人旁边。

“你……”叶舰认出身边的人是独孤卓，刚要说话，就被独孤卓点了下穴位，顿时不能发声了。

叶舰：“……”

怎么一个两个都封他说话的能力，还能不能愉快地玩耍了？

独孤卓从储物法宝中取出纸笔，在上面写道：一叶扁舟触发了主线任务，具体情况我也不是很清楚，但我们要配合他。

这张字条传递给每个人，众人这才释然。

怎么配合？叶舰在纸上写道。

独孤卓补上一句：不要影响叶舟的行动，他做什么，我们顺从就是。还有，盯住连昊空，确定目前主线剧情的时间线。

众人明白他的意思，游戏的剧情时间和玩家们在游戏里度过的时间未必一致。他们目前已经在游戏中玩了一个多月，但主线剧情的时间可能才刚过去几分钟，或者已经过去数年，甚至有可能在第一段剧情发生之前。

见独孤卓收起那张传话的纸，轻月 love 想起了什么，她也取出纸笔写道：连昊空的衣服和主线剧情那天是一样的。

独孤卓：那是顶级法衣，不换衣服很正常。

轻月 love 摇摇头，写道：不不不，你仔细看他的里衣，我注意到他刚才露出一截白色里衣的衣袖，上面好像有块污渍。我在想，这污渍会不会是叫花鸡的油？

浣衣女在给小宝带上叫花鸡时，连昊空的确用手推了一下表示婉拒，那个时候蹭上油污是有可能的。

修真者身着法衣是很正常的事情，可是大部分修者也没有富裕到连里衣都是法衣的程度，至多是用上好的布料缝制，每日用净身诀清理一下灰尘即可。

如果连昊空袖口上真的有油污，那就代表连昊空的时间线应该是刚刚接了小宝回来，还没来得及使用净身诀清理灰尘。

但这不合理，因为连昊空如果直接从烛龙镇带小宝回擎天剑派，在见师门长辈前，正殿门外的阵法就足以为他清理尘埃，那块油污早就会自然消失。

除非连昊空离开烛龙镇后，并未立刻带小宝回擎天剑派，而是去了什么地方，又做了什么事情。

独孤卓回忆了下当年发生的事情，但那时他太小了，又刚刚昏迷醒来，经受丧母之痛，心神受创，一直浑浑噩噩的，根本不知时日。

去往擎天剑派的路上，独孤卓更是一路沉睡，连昊空说当天就抵达擎天剑派，那他便认为是当天就到了。

至于连昊空是如何向师门禀报的，独孤卓就不清楚了。

难道这期间，当真发生了什么事不成？

叶舰在字条上写道：得找人好好观察一下连昊空。

独孤卓刚看到这行字，就见叶舰又发了条小喇叭。

【小喇叭】杨帆￥远航：拍卖会上端着拍卖品的美女，能帮我看下十六号座位上的人内衣袖口上有没有油污吗？一千块灵石，谢谢。

独孤卓："……"

他不自觉地揉揉太阳穴，这位堂哥的思维过于活跃了些。

然而这当真不失为一个好办法，此刻那块仙品灵石刚好被某个NPC拍下，主持者道："我们拍卖会第一件拍卖品由二十三号客人以三十万下品灵石的价格拍下。恭喜二十三号客人，等拍卖会结束后，您可选择后台领取拍卖品，或是由我们商行送到您府……哎哎哎？你干什么？你回来！"

主持者正为第一个成交的客人介绍领取方式，却见他身后拿着仙品灵石的女子"嗖"地一下飞到客人中间，直奔十六号客人的位置而去。

"你回来，就算你要将灵石直接给客人，也该给二十三号客人，不是十六号！"主持者喊道。

那美女却像是没听到一般跑到连昊空面前，把托盘往前一推："客人，您的仙品灵石。"

连昊空推了一下托盘："不是我的。"

美女干脆把托盘放在连昊空推拒的手上，同时飞快地摸了把连昊空的衣袖，对着那白色的里衣袖子就是"咔嚓""咔嚓"截图。

"给错了，给错了！"会场的安保人员终于跑上来，一把将美女和灵石全部抢回来。主持者满怀歉意地对连昊空道："抱歉，抱歉！"

连昊空皱眉道："贵商行可真是如传闻一般'安全'啊。"

"是我们雇来的修者忽然发疯。我们也没想到玄天宗的弟子竟是这般不懂规矩，我们会马上教训她的。"主持者连忙道。

他在台上既要安抚受到惊扰的连昊空，又要去安抚差点丢失拍卖品的二十三号客人，忙得不可开交。

另一边的叶舰却收到了那个美女的账单小喇叭。

【小喇叭】余额不足：我被拍卖会开除了，扣了我一天工资，一百块灵石，还被人打死掉了一级，这些你都要赔，拍卖会门外见。

叶舰忙不迭地离开会场，跑出去待了一会儿，也不知用多少钱解决了这件事，回来后对众人比画一个“OK”的手势，把那张截图打开给大家看。

只见截图上显示，连昊空左手腕露出的衣袖上，当真有块油污。

轻月 love 激动得在纸上“唰唰”写字：果然是主线剧情，我们运气太好了。但是连昊空为什么会在这里？小宝呢？

小宝想必现在不知晕倒在何处，独孤卓想了下，写道：静观其变，看连昊空要拍下什么物品。

弄清楚这一点才是重中之重。

几人安分下来，静静地围观拍卖会。

拍卖会上的商品很多，比如有传说中的化障丹，服用后，可以无视心境突破境界。例如之前十九到二十级，玩家无论积攒多少经验，境界不到都不可能升到二十级。日后三十九到四十级，五十九到六十级，七十九到八十级，九十九到一百级，几个档都会遇到这个困难，而且据说从四十级开始还会有天劫和心魔劫，如果有了化障丹，就可以跨越这些个障碍。

但很明显，这丹药依旧是高等级服用比较有效，低等级的玩家用不上，还不如把钱留着。

还有什么灵芝仙草、妖族妖丹、千年僵尸等对异种族玩家来说不太友好，但对修真们大有用处的东西，也都被拍出了高价。

一直到拍卖会下半场，晚上八点多的时候，主持人拿出了一个宝光环绕、一看就不是凡品的秤，连昊空始终未动的身体忽然坐直了。

就是这个！连昊空来拍卖会的目的就是这东西。

几人顿时竖起耳朵，生怕漏听了一个字。

主持者介绍道：“这件拍卖品不是正道之物，而是邪物。”

场下顿时一片哗然，有 NPC 问道：“既然是邪物，又为何会出现在拍卖会上？贵商行不是自称光明正大，与邪道没有半点关系吗？”

主持者道：“贵客莫急，邪物也看要如何使用。此物名为‘偷天’，是上古凶兽的一块尸骨，被某个不识货的工匠制成了这杆秤，一直流于人世间，直到前些日子才被我们商行回收。

“凡是经手过这杆秤的主人，或是一夜暴富，得到自己不该有的运气，或是横祸不断，全家死于非命。

“我们商行了解过这杆秤的所有故事后才发现，此秤可交换人与人的气运。例如某人未来是帝王之命，使用这杆秤与对方交换物品，就可窃取他的帝王之命。

“人间帝王乃是天授之命、龙脉之运，这都可窃取，足见此物之可怕。

“我们商行可以确定，此物虽有邪气，却并非邪道所炼制，而是自然出现的。

“此物法力高强，我们商行留不住这等宝物，不管哪位客人买走它、用它做什么，货物售出，本商行概不负责。

“起拍价一百万块下品灵石。”

主持者话音刚落，连昊空就举起了牌子，低声道：“两百万。”

独孤卓看向连昊空，这人是正道大派的长老，竟然会选择拍下这等邪物，他要拿这杆偷天秤去偷谁的气运？

黑猫义愤填膺地写道：他买这个干吗？难道是嫉妒小宝玄剑剑主的气运，想要偷小宝的气运吗？

他的字迹既不好看又不成熟，看起来像个毛躁的年轻人。

独孤卓对几名关心小宝的队友轻轻摇头，用口型无声地道：不可能。

盗取玄剑剑主气运？连昊空若真有这胆子，怕是不知道怎么死的。

且不提历代神剑剑主那强悍到可以驾驭神剑的气运，就算是他没有那么强的气运，玄剑剑主那天煞孤星的命运又有什么窃取的必要。

有些东西不是偷过来就能承受住的。

连昊空是化神期巅峰修者，距离大乘期只有一步之遥，并非不知天高地厚的年轻修者，不可能不知道这件事。

既然如此，他在回门派的中途丢下小宝，来这里拍下偷天秤究竟是为什么？

独孤卓正百思不得其解，就听到主持者道：“二百二十万，二百五十号贵客出二百二十万块灵石！”

二百五十号？独孤卓低头看了眼自己的号码，他入场的时间比较晚，是二百五十三号，二百五十号应该是他前面几位……

他前面几位不就是叶舰、轻月 love、龙 @ 傲天、黑猫和灵芝五人中的一个？

独孤卓猛地看向叶舰，只见他非常熟练地举起牌子叫了一次价。

坐在叶舰身边的龙 @ 傲天与黑猫连忙按下他的号码牌，顾不得会被连昊空听到，咬牙小声道：“要是真的拍到了怎么办？”

“拍到了就买下来啊，”叶舰道，“这可是神器，就算这次用不上，以后我们打怪的时候，遇到实力远超出我们的怪，直接用上偷天秤，把一个快死的队友气运和 BOSS 互换，BOSS 岂不是一招就倒。就算和其他玩家 PK，打不过的时候也可以上偷天秤，分分钟扭转局势！”

您可真是个鬼才！众人心中同时想道。

“那可是二百二十万，二百二十万！”龙 @ 傲天激动地强调道。

“二百二十万怎么了？这种能够百分百反败为胜的神器，等我多挑战几个玩家，把它打出名气来，转手就能卖三百万。”叶舰道。

市面上最烧金的几款游戏，百万级别的神器都存在，这款全息游戏各方面都做得这么好，爆火是迟早的事，绝对能卖上价，而且就算卖不出去，叶舰也不觉得二百二十万很贵。

出手阔绰的叶舰将众人都说服了，但同时他也吸引了连昊空的注意力，他回头看了眼几个后排的玩家，认出他们就是刚才从楼上滚下来的几人。

连昊空举起号码牌，开价三百万灵石，颇有势在必得的意思。

叶舰还要举牌子，被独孤卓按住。独孤卓摇摇头示意他不要冲动。

独孤卓隐约觉得，这次主线剧情的重点不是得到偷天秤，而是弄清楚偷天秤要给谁使用。

他抬头看了看二楼包厢，见叶舟不仅是衣角露出来，整条手臂都搭在窗外，似乎对这次拍卖很感兴趣。

独孤卓猛然想到一件事，如果是系统要求叶舟假扮夜舟，是不是代表拍卖会这一幕是曾经发生过的？

连昊空来买偷天秤，夜舟长老在二楼静静地看着，他在看什么呢？他为什么要来看这次拍卖会？

连昊空出三百万灵石后，一时没人叫价，主持者刚要拍板，就见叶舟所在的包厢窗户上伸出一只骨节分明的手，那只手随意地丢下一块木牌，准确地砸在主持者的头上。

主持者激动地道："二楼六号包厢的贵客出价六百万！"

连昊空直接站起来，抬头看向二楼包厢，强大的剑气涌向包厢。然而那只手却是轻轻一拍，就打散了连昊空的剑气。

"是你？"连昊空显然认出这人的身份，有些恼怒地道，"长老，我来买偷天秤还不是因为你一直不同意？事到如今，你连这个也要与我抢吗？长老，你莫非是想叛出擎天剑派吗？"

包厢内的人没有说话。

楼下，玩家们开始围观起这一场世纪大戏，听到"擎天剑派"四个字，有经验的玩家都意识到他们有可能碰到主线剧情了，激动地疯狂拍照发视频，世界频道上也乱成一团。

【拍卖会，我记得之前一叶扁舟和独孤卓也在那里吧？他们不会又碰到主线剧情了吧？怎么什么好事都是他们的？】

【人家完成了第一段主线剧情，可能有第二段的线索，遇到也不稀奇吧。】

【我不管，这破游戏主线剧情只能过一次，独孤卓他们完成第一段剧情后，就再没人知道那段剧情是什么样子了。我这次一定不能错过剑冢系列的主线剧情！】

【所以要怎么参与主线剧情呢？】

【首先，你得有钱，不能低于六十万。他们好像在抢一个神器，出价到六百万灵石了。】

【楼上过时了，十六号贵客刚开价八百万了。】

高昂的价格让世界频道沉默了，只剩几个在现场的玩家实况转播。

轻月 love 等人齐刷刷地看向叶舰，灵芝娃娃小声问道："你们家有六十万这么多吗？"

"一百万了。"龙 @ 傲天愈发卑微，"扁舟刚才开出一千万灵石的高价，现场观众已经开始鼓掌了。"

一直以富裕著称的叶舰也沉默了下，说道："钱倒是有的。"

就是这波钱花出去，叶舟可能要从此告别游戏了，他二叔二婶一定会觉得他玩物丧志不顾身体，非要气得断了他的游戏。

众人都在关注这场世纪拍卖的结果，唯有独孤卓抬头看着二楼，心中想着方才两人的对话。

没想到这偷天秤竟不是连昊空私下买的，擎天剑派和夜舟都知道这件事，而夜舟显然是反对擎天剑派即将做的事情。

连昊空继续叫价：“两万块灵石。”

主持者为难道：“这位贵客，两万块灵石，我是不是听错了？”

怎么还有降价的呢？而且偷天秤的起拍价就超过了两万了啊！

连昊空道：“你没听错，我说的是两万块灵石，上品灵石。”

全场 NPC 哗然，玩家们倒是议论纷纷。

他们只知道一百块下品灵石才能兑换一块中品灵石，之前一块仙品灵石的起拍价就要十万下品灵石，那夹在中间的上品灵石，一块怕不是得抵得上成千上万的下品灵石了。最可怕的是，这东西有价无市，市面上根本没有这么多上品灵石。

这下叶舟还没有叫价，主持者便火速拍板道：“两万块上品灵石，二楼的贵客，如果您开的价不是上品灵石的话，就算是您出三千万、四千万、五千万下品灵石，我们也会选择卖给十六号贵客的，毕竟上品灵石和下品灵石的价值不能按照数量计算。”

楼上的叶舟久久地沉默下去，叶舰此时也没有能力支持堂弟，因为他们根本买不到上品灵石。

连昊空拍到了偷天秤，龙@傲天等人在下面又是可惜又觉得庆幸。这么多钱，他们真的出不起。

就这样一直等到拍卖会结束，连昊空跟随工作人员去后台取偷天秤，独孤卓等人想跟上，却被工作人员阻止了。

“怎么办？”黑猫道，“他一定要伤害小宝，我们怎么才能阻止他？”

独孤卓却是灵机一动，抬头道：“叶舟接了系统任务，系统一定会提示他一些信息，我们去问他。”

“他会不会还把我们丢下楼？”叶舰心有余悸地问道。

独孤卓道：“自然是有办法的，我们不能揭露他的身份，必须给他一个合理的理由帮助我们。”

说罢，独孤卓拿出几颗换颜丹，递给队友们。

叶舰道：“换颜丹。我记得这是在战斗时能够变成敌人模样的道具，可以潜入敌方使怪物攻击错乱，只有十几秒的效果。”

“那是在战斗中，平时使用的话和驻颜丹一样，品相乘以时辰，我炼制的换颜丹品相一百二，可以改变容貌十天。”独孤卓道，“想和叶舟接触，我们就不能是我们，而是其他人。”

说罢，他吃下丹药，变成了一个与浣衣女有些相似的男人。

其余人也吃下换颜丹，各自换了容貌，跟着独孤卓飞奔到二楼。

二楼的房间已经空了，但独孤卓和叶舟有“歃血为盟”的联系在，能够随时感应到叶舟的下落，带着众人从二楼一路追过去。

九川城内有阵法限制，不允许御剑飞行，这个规定不仅对玩家管用，NPC 同样受到限制。

因此，连昊空和叶舟跑得都不快。在一家客栈后院，独孤卓等人终于追上了叶舟。

“你们是何人？”月光下，叶舟冷漠地说道，眼神十分陌生。

不过，他还是轻轻地对独孤卓眨了一下眼睛，告诉独孤卓，我通过“歃血为盟”认出你啦！

叶舟摆出前生的性格，私下里却还不断暗示独孤卓他的真实性格，这让独孤卓有些割裂感，总是忍不住产生前生夜舟也是这个性格，只是他没有发现的幻觉。

“我们是小宝的家人，我是小宝的大舅。”独孤卓轻咳一声道，“小宝要被那位仙长带到门派，我们想去门派看看小宝过得怎么样，要是对他好，我们就放心了。”

叶舰顺着独孤卓给自己排的辈分往下说：“我是小宝二舅。”

龙 @ 傲天道：“三舅。”

轻月 love 道：“小姨。”

黑猫虽然改变了容貌，但还是一身僧衣，他抓了抓头发，说道：“自幼身体不好，养在寺庙里的小宝表哥。”

灵芝娃娃抱住叶舰的大腿道：“我是他表弟……不对，我是表妹！”

差点把性别给忘了，他内心悲伤。

第十一章　上擎天

独孤卓见叶舟的衣袖微微颤动，如果是前生，独孤卓可能会认为这是风吹动的，或者是夜舟的真气所致。

而此时，出于对叶舟的了解，独孤卓确定，叶舟是在用力忍笑。

叶舟清楚他们不是小宝的家人，可是戏必须配合着演下去。

毕竟叶舟现在是某个特殊的NPC，主线剧情的NPC对于玩家的分辨能力是很低的，他们队伍中的一部分人确实完成了第一阶段的主线剧情，和小宝有过接触，伪装成小宝家人并不难。

叶舟勉强压住笑意，淡淡地道：“随我来，或许赶得及。”

他直接飘到客栈的某个房间内，小宝的“一家人”连忙跟上。他们走进房间后，却发现里面空无一人，只见房内地面上摆着几块灵石。

独孤卓感受了下室内的灵气道：“传送走了。”

叶舟也道：“跑得倒是快。”

独孤卓逼自己把叶舟当成重要NPC，问：“仙长，他们去哪里了？”

叶舟道：“自是回擎天剑派了。”

叶舰配合道：“我们是一定要见到小宝的，我们想去擎天剑派看看。”

叶舟道：“凡人要去擎天剑派，需要到九川城找门派介绍人。”

说完他随手挥出几块灵石，运转真元，便消失在众人面前。

而几个玩家的任务卷轴中也出现了“找门派介绍人询问擎天剑派的位置和进入擎天剑派的方法”的任务，独孤卓等人头顶更是出现了称号，分别是小宝的大舅、小宝的二舅、小宝的三舅、小宝的小姨、小宝的和尚表哥和小宝的表妹。

众人：“……”

系统竟真的把他们随口说的关系弄成了称号，还将之挂在了头顶！

“这是什么？”独孤卓问道，他在游戏中还没见过这种情况。

龙@傲天解释道：“是称谓，以前键盘网游时代，做特殊任务或者杀死一些比较特殊的野怪后会得到称谓，一个玩家可以有很多称谓，寻常的时候可以选择不显示称谓，也可以挑一个喜欢的一直顶着，但执行特殊任务时，称谓是换不下来的。看来一直到主线任务结束，我都只能是小宝的三舅了。”

黑猫也道：“我刚才试着变回原形，发现没办法变成猫了，大概小宝的表哥不能是一只猫吧。”

轻月love道：“换颜丹时效的倒计时停止了，我没办法放弃使用换颜丹的效果，看来在完成任务前，我们要一直保持这个变身状态。”

灵芝娃娃当即后悔道：“我怎么就不能变成一个个高腿长的成年人？这样起码可以长几天个子啊！”

他现在是一个梳着两个羊角辫、身着大红棉袄的四五岁女娃娃，不比之前的样子好到哪儿去。

众人都在讨论称谓和容貌的事情，叶舰却道：“主线任务的事情先放到一边，小舟呢？小舟去哪儿呢？”

现在已经是九点钟，叶舟该下线了，总不能为了完成一个主线任务不休息了吧？

独孤卓也很担心叶舟，便撺掇叶舰下线去看望现实中的叶舟：“他下线了，你要不去联络一下？”

“好的，我这就下线看他，顺便问问他那边有没有主线剧情的线索，你们等我一会儿。”叶舰说完便下线了。

大概过了二十分钟，叶舰重新上线，说：“小舟没事，他说剧情时间线不会动，等什么时候我们赶到擎天剑派了，时间线才会动。”

“这游戏还挺贴心的，那扁舟知不知道连昊空拿偷天秤要做什么？”龙@傲天问道。

叶舰道：“他也不清楚，之前在拍卖会上的话也是系统提示他才这么说的，看来剧情要靠我们一点点摸索了。”

“他目前在游戏上是什么状态？”独孤卓问道。

“好像是在一个叫星什么峰的地方，他可以在那个地图上自由行动，但是剧情不结束他就不能恢复玩家身份。”叶舰道，“他说那个山峰就他一个人，又高又冷的，让咱们赶快来擎天剑派。”

叶舰还道：“对了，他下线后我们的私聊功能应该重新开启了，大家看看功能都好了吗？”

众人查看自己的聊天界面，确定私聊功能已经完全恢复。

独孤卓道：“叶舟明天上午九点上线，我们这就去做任务吧，争取今晚做完，明天去擎天剑派。”

龙@傲天道：“OK，我明天休息，今晚可以熬夜。”

轻月love道：“我的黑眼圈……不过我不想顶着这张大众脸在游戏里乱晃，我们尽快搞定这个任务吧。”

黑猫道：“不能变成猫让我很焦虑，我也赞成今晚速战速决。”

灵芝娃娃道：“明天周末，我也休息。”

叶舰道：“我明天中午有个跨国会议……”

众人齐刷刷地看向叶舰，叶舰忙道：“但是为了让我堂弟尽快从这种状态中解除出来，我偶尔一晚上不睡觉没关系的。”

队友们这才满意地点头。

叶舰擦了把汗，刚才面对队友们的视线，他忽然觉得自己好像产生了一种极强烈的荣辱感，仿佛今晚不能解决这个任务，就辜负了队友们的期待。

为了能更加高效地执行任务，叶舰把队长给了独孤卓。独孤卓是队伍中公认的最强的人，把队长给他，关键时候由他来做决定是最好的。

独孤卓带着队友一路施展轻功，飞快地赶到门派介绍人处。

九川城不像朋来镇那样有宵禁，这是一个能够容纳多种族的大城市，所有NPC都是二十四小时工作的，非常敬业。

独孤卓等人来到九川城城门口附近的酒楼，门派介绍人就在那里。

一般玩家找门派介绍人，要么是找他介绍如何进入门派的，要么是有了门派找他带玩家去门派传送点的，门派介绍人不会对玩家说些多余的事情。

而面对脑袋上有称号的小宝家人小队，门派介绍人的态度却变了，他摸了摸长须，不耐烦地对独孤卓等人道：“哪里来的穷酸鬼，还拖家带口的，给我赶出去！”

厨房里顿时跑出一堆膀大腰圆的厨子，手中拿着菜刀、擀面杖、铁锅等工具，冲向小宝家人小队。

“这……是要打吗？”轻月 love 问道。

独孤卓摇摇头道：“他们都是不到炼气期的 NPC，应该不能打。”

“要不，给点钱试试？”叶舰道，“你看，他刚才说了‘穷酸’两个字，显然是嫌弃我们穷。”

独孤卓点头同意，叶舰当即从储物腰带中掏出一堆碎银子丢向那群大汉。那群 NPC 看到银子，果断丢下自己手中的工具，开始捡银子。

门派介绍人的眼睛也亮了下，但他还是说：“你们这事不是有钱就能办的。”

独孤卓道：“你知道我们要问什么？”

门派介绍人道：“看你们的样子就知道，今天连仙长刚过来找我，让我帮他找个安静的客栈安顿一个孩子，我见你们和那孩子生得很像，是他的家人吧？”

独孤卓道：“正是，我们担心小宝，想去擎天剑派探望他，看一眼就走，不知您能否通融一下呢？”

叶舰适时地拿出一些灵石和一千两银票塞到门派介绍人手上。他不知道门派介绍人喜欢哪种货币，总之都先给了再说。

门派介绍人收下灵石和银子，表情就缓和了许多，他低声道：“这事不是我不帮你们，是擎天剑派乃是修真界最大的门派，门规森严。其他门派广收门徒，我这里到处都是各门派的传送点，但是擎天剑派在我这儿就没有传送点，我没办法送你们进去。”

独孤卓道：“但连仙长有事还是会找你，这代表你与擎天剑派是有联系的。”

“唉，还不是些杂事。擎天剑派终归是有些低辈弟子的，他们还未辟谷，得吃五谷杂粮，得穿棉衣抗寒。擎天剑派执事堂的弟子定时会拜托我购买些生活必需品，但也不是由我送上去，而是交给他们门派的弟子。”门派介绍人道。

独孤卓道：“那这次由我们去购买如何？您只要帮我们引荐就好。”

门派介绍人道：“这个嘛……倒也不是不可以，刚好擎天剑派最近有件大事要发生，正吩咐我购买一些东西呢。喏，这是清单，你们对着清单上的东西买，买够了装到这个储物手镯中，齐了就来找我。”

收下清单后，龙@傲天有气无力地说：“果然主线剧情逃不开寻物任务，我看看这都要买什么，买一对一米高的火烛，去刺绣店买绣品，去布店买什么冰蚕丝的纱帘……这是谁要办什么结拜大典吗？修真界结拜要准备这么多东西吗？”

结拜？独孤卓看着清单上的东西，陷入深深的疑惑中。

如果是现在买结拜所需的物品，那么刚好是他拜入擎天剑派时有什么同门结拜。可事实上，在他的记忆中，他刚到擎天剑派时，根本无人办结拜大典。

“结拜真不容易啊，这上面的清单简直看花了我的眼睛。”叶舰揉了揉眼道，“要不我们分头去买这些东西吧。”

灵芝娃娃犹豫地看了眼叶舰，最终还是戳破了他的幻想：“这些东西都不是能买到的，需要打出来。

“你看这对火烛，要求是用赤岩山上的石蜡制成。赤岩山位于九川城东郊，上面全是红色的石头怪，是二十五到三十五级的练级场所，打掉一百个石头怪，才有可能掉一块石蜡，而制成这对一米高的火烛，起码要二十块石蜡，也就是两千个石头怪。”

黑猫也道：“这绣品要求的布料，是用朱羽鸟的羽毛织成的。朱羽鸟在九川城南郊的山林上，打死一只鸟可以得到一片羽毛，这个绣品有四件……全加起来，你觉得需要多少片羽毛？”

龙@傲天道：“金蚕丝的纱帘，金蚕倒是不用打，但金蚕全部被九川城北郊的绝念真人圈养着，想要得到金蚕丝，就必须帮绝念真人打树妖，想凑齐制造一整个纱帘的金蚕丝……太难了。”

轻月love道：“我们六个人，就算打吐血，要凑齐这单子上的东西，也起码要打一个星期。”

叶舰倒是没那么绝望，他略微想了想道：“六个人需要打一个星期，那四十二人不就只需要打一天，八十四个人只用打半天不就行了。”

他立刻发小喇叭——

【小喇叭】扬帆￥远航：满世界收二十块石蜡，三百灵石一块，满了就不收了，速来！

众人：“……”

非常好，相当有效率了。

独孤卓更是点开自己的联系列表，翻出一梦逍遥和绝世神将等人，发送消息：收朱羽鸟的羽毛和金蚕丝，用明光符和醒神符交换。

一梦逍遥：五片羽毛换一张醒神符，不能还价！

绝世神将：我不要明光符了，两个金蚕丝换一颗筑基丹。

独孤卓：成交。

与叶舰相处久了，独孤卓也渐渐染上了叶舰的习性。

数量比较大，需要用时间来打的物品就交给玩家们去打，他们花钱收。剩下一对玉蟾蜍和一对活的大雁，数量不多，且要求比较高，就由六人自己去打。

一行人效率极高，在凌晨一点前，凑齐了所有材料。

他们把材料拿去给门派介绍人看，介绍人一一清点后道：“你们真厉害，这么快就把东西凑齐了，这样一来，擎天剑派一定会很开心的，说不定还会给我们点赏赐，我这就带你们去见那些仙长。”

门派介绍人带着小宝家人小队来到九川城的一个大宅院，这是擎天剑派的私产。擎天剑派在每个城市都有这么几个宅院，弟子们下山办事可以作为暂时的落脚地点。

敲开门后，一个男子趾高气扬地对门派介绍人道：“这么快就来了？找到我们要的东西了吗？”

门派介绍人道：“都找齐了，这就给仙长您点验。”

他回头示意拿着储物手镯的独孤卓上前，独孤卓看着那男子的脸，一下愣住了。

他认得这人，这人叫梁丘山，是他父亲独孤岳的亲传大弟子。因崇拜独孤岳，梁丘山还特意改了名字，让自己看起来更像独孤岳的儿子。

独孤岳门下大小事务全部由梁丘山处理，这次购买结拜物品如果是梁丘山来办，那就代表，要结拜的人是独孤岳吗？

结拜、偷天秤……独孤卓心中浮现了一个猜测，却完全不敢向那个方向思考，他忙打消自己的念头，专注思索如何前往擎天剑派。

“是谁和谁要结拜啊？”轻月 love 完全不惧怕擎天剑派弟子的威势，问道。

“这也轮得到你们问？”梁丘山不耐地道。

轻月 love 转头道：“他好没礼貌，我们门派的人才不会这样。她们都是温柔的小姐姐，态度可好了。我一下子对擎天剑派没好感了。”

叶舰道：“好感不好感的不重要，重要的是，他好像没有带我们去擎天剑派的意思。”

说完，叶舰暗中戳了戳门派介绍人，示意他“该你了”。

介绍人立刻道：“仙长，这次筹备物品这几人也出了力。他们是擎天剑派某个新弟子的亲属，由于惦记那个孩子，想见见他。”

梁丘山扫了眼众人道：“哪个弟子的？告诉我姓名，我转告执事堂，让这名弟子下山相见就是。”

门派介绍人道：“说是叫小宝，是连仙长今日才带上山的。”

“小宝……没听过这个名字，连仙长……连师叔？”梁丘山恍悟，看向独孤卓道，“你们要找的是不是连师叔刚从烛龙镇带回来的男孩？”

“正是。”独孤卓道。

梁丘山冷笑一下：“这人你们就别见了，他既上山修炼，就必须亲缘断尽，你们就当他死了吧，无须挂念。”

灵芝娃娃道：“他变脸好快啊，刚才还说可以帮忙转达，现在就变成亲缘断尽了。”

黑猫道：“我算是知道了，这个游戏的主线剧情就是‘总有刁民想害小宝’。”

轻月 love 道：“那怎么才能去擎天剑派？难道我们要跪下来求他，他又想出一堆寻物任务刁难我们吗？”

龙 @ 傲天道：“卓神，他不给见，我们怎么办？”

独孤卓深知，以梁丘山的性格，的确会刁难他们一番后带他们上擎天剑派见独孤岳，不过不是为他们好，而是母亲总归与独孤岳有一段姻缘，梁丘山不敢怠慢母亲的亲人，只能交给独孤岳决定。

这倒是能完成任务，但独孤卓并不喜欢这种方式，他有另外的方法。

独孤卓简洁地道：“打！”

说罢他一把将门派介绍人推到一旁道：“你快些走！”

门派介绍人当即逃走，而独孤卓则带着家人小队挤进宅子内。

“这院子中定然有能够抵达擎天剑派的传送阵，干掉他们，再扒了衣服假扮他们，就可以抵达擎天剑派。”独孤卓道。

龙@傲天嘟囔道：“这可是擎天剑派的高手，我们能不能打赢？唉，没关系，打不赢也就是个死，复活之后又是一条好汉。”

众人坚定地跟着独孤卓来到院子里，独孤卓一剑斩向梁丘山。

梁丘山是金丹期高手，但他们之前也不是没有对付过金丹期的邪修，并非没有胜算，而且独孤卓比任何人都了解擎天剑派的招数，也比任何人都清楚梁丘山的弱点。

院子内并不只有梁丘山一个人，另有五名弟子，皆是独孤岳门下，不过只有梁丘山是金丹期，其余皆是筑基期。

轻月 love 退后半步，二话不说施展“冲冠一怒为红颜”，为队友们增加 BUFF（增益系的各种魔法）。虽然独孤卓、黑猫和灵芝娃娃对她的技能免疫，但还有龙@傲天和叶舰能用。

独孤卓道：“灵芝、黑猫、远航兄，你们去对付后面那五个，他们是筑基期的修者，等级在二十五到三十级之间，你们三人对付五个，绰绰有余。”

三人听令，灵芝钻到地下，黑猫和叶舰想要绕过梁丘山，却听梁丘山道：“何方妖孽，休想过我这一关，布剑阵！”

梁丘山一剑拦住黑猫和叶舰，后面的五个弟子则是纷纷祭出各自的宝剑，按照北斗方位站好。

独孤卓立刻道：“灵芝！”

躲在地下的灵芝娃娃顿时冒出脑袋，抓了一个擎天剑派弟子的腿就往土里拽，拽进去一条腿就立刻跑，他不需要做什么，只要不让几名弟子站稳，破坏他们的阵型就可以。

同等级的人根本不可能抓到钻进土里的灵芝娃娃，他一个人与几个擎天剑派弟子玩起打地鼠来。

另一边黑猫和叶舰被梁丘山一剑拦住，这一剑威力可不小，瞬间打掉二人百分之七十的血量，黑猫顿时道：“不行，他太厉害了，没有肉盾没法打！”

“无妨，你们吃补血药拖延时间，我来破他的招数。”独孤卓道。

只见独孤卓手掌握住长剑，将鲜血涂抹在剑身上。

这把剑已经不是二十级时的那把精钢剑，等级达到三十级后，独孤卓在打怪时得到一把三十级的宝剑，攻击力比精钢剑有了很大的提升。当然，这也不过是把普通的灵剑罢了。

但一旦染上独孤卓的鲜血，这把剑就会变得不同。

玄素二剑乃是天下灵剑的始祖，剑威之下，万剑臣服。

一个金丹期修者带着五个筑基期修者六对六，这样的对手，若是旁人独孤卓不敢如此轻举妄动，可换成梁丘山等擎天剑派弟子，独孤卓却有绝对的把握。

他站在队伍后面，手中长剑被鲜血染红，不断嗡鸣作响。

轻月 love 见他不知道在忙什么，忙施展对敌的控制技能“倾国倾城”，哪怕能控制敌人几秒钟都好，以给队友治疗的机会。

“倾国倾城”之下，梁丘山后方五位筑基期的剑修顿时被控制，提不起战意了。梁丘山却丝毫不受影响，冷笑道：“雕虫小技。”

金丹期剑修的心志何等坚定，怎会被一个筑基期修者魅惑到。

梁丘山手指一转，飞舞在空中的长剑直接向轻月 love 刺去。

轻月 love 的速度没有那么快，眼看长剑袭来却来不及闪避。就在那把剑即将将轻月 love 一剑穿心时，龙 @ 傲天将大刀一横，在刀身上迅速写下一个“护”字，挡在了轻月 love 面前。

剑尖重重地撞在刀身上，“护”字被长剑直接穿透，龙 @ 傲天口喷黑色鲜血，向后倒了下去。

这一剑，竟是将龙 @ 傲天这个三十级的玩家直接秒杀！

“这个 BOSS 也太厉害了吧！”黑猫震惊道，“我开‘怒目金刚’能不能打赢他？”

“你暂时开不了！”灵芝娃娃道，“我的补血技能全部在冷却期，没办法保证你的血量在百分之三之下还能不死。”

叶舰没学什么技能，只会拿着扇子扇来扇去，根本算不上战斗力。他见龙 @ 傲天被秒杀，梁丘山竟还不依不饶地控制长剑攻击轻月 love，他手头也没什么法宝，干脆直接把画卷扔了过去。独孤卓说这画卷够他修炼到四十级，那应该能抵挡住四十级的攻击吧？

画卷展开，拦在轻月 love 前面，梁丘山那柄将龙 @ 傲天穿心的剑竟是无法刺穿画卷。

“这是什么邪物？你们绝非小宝家人，是哪里来的妖物，竟敢打玄剑剑主的主意？”梁丘山大喝道。

他召回灵剑，长剑在手，默念剑诀，将剑尖对准地面上一点，口中轻叱：“金！”

既然有遁术，就有缚术。梁丘山施展的正是金缚术，能够将泥土化为钢铁般坚硬。在地下穿行的灵芝娃娃顿时被卡住，动弹不得，甚至没办法赶过去复活龙 @ 傲天。

暂时解决掉地下那个窜来窜去的对手，梁丘山闪身来到几个被“倾国倾城”控制的弟子面前，举着巴掌从五位弟子面前飞过，同时给了五人一巴掌，将被控制的他们唤醒。

“布阵！”梁丘山道。

五个弟子训练有素，被梁丘山打醒后立刻依照平时训练的剑阵站好位置，五把长剑簇拥着梁丘山的剑，以雷霆之威攻向叶舰的画卷。

梁丘山当时一眼便看出这画卷不是凡品，于是暂时不管其他玩家，打算集中六人的力量先破坏这画卷再说。

叶舰感受到这六把剑联手的力量，瞬间心里一凉，直觉告诉他，这画可能要废了。

就在六把剑即将碰到画卷的瞬间，一把长剑忽然冲天而起，直接插入六剑之中，破坏了六把剑的阵型。

是独孤卓的剑！他的剑身上有一条像血丝般的红色纹路，立于空中，剑身轻轻颤动，发出“嗡——”的一声悠长剑吟。

其余六把剑原本在剑主的控制下以剑尖对血纹剑，这一声剑吟后，六把剑竟是不受控制地垂下剑尖，像是在俯首称臣。

梁丘山顿时看向独孤卓：“他不过是一名筑基期剑修，怎么会有这等力量？”

“师兄，阵法！”一名弟子提醒道。

九川城内由于有阵法，玩家和 NPC 不能在城内斗法，即使强如连昊空，也不可能在九川城内飞行。而众人之所以可以在这座宅院中战斗，并非主线剧情的特殊照顾，而是这宅院中有擎天剑派的阵法守护。

有这阵法在，弟子们即可在院子内切磋训练，也是为了方便下山历练的弟子。

而此刻，独孤卓正站在阵法中心。他指尖轻挑，那把血纹剑一扫，将六把剑打落在地后飞回他手中。独孤卓手持长剑，用力刺入阵法中心的灵石上。庞大的真元以独孤卓为中心向四方扩散而去，几名擎天剑派弟子被这力量击中，齐齐口喷鲜血向后倒去，全部昏死过去。

唯有梁丘山法力高强，只是受了点内伤，还能够行动。

梁丘山道："你……为何懂得擎天剑派的剑法？为何知晓擎天剑派阵法中心所在？为何能化阵法的力量为己用？你究竟是何人？"

独孤卓没有说话，长剑吸收了阵法的力量，以他目前的实力，要控制这么庞大的力量也很难。他施展御剑诀，血纹剑缓缓升起，发出凌厉的剑气袭向梁丘山。

梁丘山运足全部真元抵挡，可他那把剑却再次在血纹剑下低头，他无法用全力对抗独孤卓。

没了灵剑保护，梁丘山只能脱下外衣。这是一件防御的法衣，他将全部真元注入法衣中，试图抵挡独孤卓的攻击。

他深知法衣是无法抵挡这等威能的，他怕是会被血纹剑一剑穿破丹田，废除功力。

他只是在等一个契机。

在血纹剑穿透法衣的瞬间，梁丘山静静地闭上眼睛，掌心握住一枚玉符。他会在临死前捏碎这块玉符，这样玉符中的信息就会传递回门派，让门派中的人知道是谁杀了他。

可就在此时，血纹剑竟是没有刺向他的丹田，而是一剑穿透他的手腕。

梁丘山的手掌不受控制地打开，那枚没有被捏碎的玉符掉落下去，被一只手接住了。

是独孤卓。

他拿着那枚玉符道："我知道你定会求救，怎能给你这机会。"

独孤卓握住血纹剑，将剑中的灵气吸入体内，化为掌力，一掌击中梁丘山的丹田。

梁丘山只觉得一道与他的真元同源的力量注入体内，压制住他丹田内的金丹，让他昏死过去。

电光石火间，六名擎天剑派弟子全部晕了过去，短时间内不会醒来。

梁丘山倒下，金缚术解除，灵芝娃娃飞快地来到龙@傲天身边，控制小灵芝生长，复活龙 @ 傲天。

龙 @ 傲天一个鲤鱼打挺蹦起来，刚要冲上去战斗，却见六个对手已经全部躺下去了。

“你太厉害了吧。”叶舰收起画卷，惊讶地看着独孤卓。

独孤卓道：“只是误打误撞，知道他们门派阵法的破解方法而已。”

“我看你那把剑好像挺厉害的，是不是重新打造过？三十级的武器不可能这么强。”龙 @ 傲天问道。

“是打造过。”独孤卓道。

他弯下腰搜索梁丘山身上的储物法宝，黑猫连忙阻止：“你别‘摸怪’，你的运气不……”

话还没说完，就见独孤卓从梁丘山的储物法宝中拿出一朵莲花。

“这是十世高僧诵过经的莲花，对佛修有好处。”独孤卓把莲花丢给黑猫。

他又掏了掏，找到一把长刀，丢给了傲天：“比你的刀好多了。”

所谓“摸怪”，就是看 BOSS 今日忘记把哪件宝物塞进储物法宝中便可拿走。而独孤卓现在是用擎天剑派的心法直接打开梁丘山的储物法宝，从里面挑东西分给众人。

他给了灵芝娃娃一块对灵修有极大好处的灵玉。

没有适合轻月 love 和叶舰的东西，独孤卓便给他们一人分了块上品灵石，就算他们不会用灵石修炼，拿去卖钱也不错。

梁丘山的储物法宝中还有不少好东西，独孤卓只取了适合队友的，其余的分毫没动。

他自己则是拿了一个面具——可以伪装成任何人。

独孤卓现在是小宝的大舅，无法再服用换颜丹，刚好用上这面具。他戴上面具后捏了捏，脸就变成了梁丘山的样子。同时，他头上“小宝的大舅”的字样也变透明了。

家人小队也动手扒了几名擎天剑派弟子的衣服穿在身上，又一人戴上一个斗笠，头上的称谓也被掩藏住了。

独孤卓带着众人找到宅院内传送回擎天剑派的传送阵法，将大家直接传送到擎天剑派的山门内。

各门派的传送阵法只能用本门心法开启，换作旁人定然无法如此顺利地来到擎天剑派。可独孤卓不同，他修炼的心法正是最正宗的擎天剑派心法。

抵达山门后，系统提示众人任务已经完成，并给出下一阶段的任务“打探连昊空购买偷天秤的目的”。

此时已是凌晨三点，大家困得不行，纷纷下线回去睡觉，等待明天上午九点与叶舟会合。

唯有独孤卓一人站在擎天剑派的山门前，望着这个他已经多年没有回来的门派，心情十分复杂。

由于用了梁丘山的相貌，独孤卓在门派中行走并无阻碍。

他心中也丝毫没有假扮他人的慌乱，坦然地进入执事堂，熟练地出示弟子们下山时会在执事堂领取的令符，与执事堂弟子核实身份。

剩余队友的令符也在他手上，今夜一并核实后，明日独孤卓直接接他们入山门即可。

与执事堂弟子确认身份后，独孤卓熟门熟路地来到前往各长老山门的传送阵前，看向星垂峰的方向。

擎天剑派门规森严，没有执事堂和长老的号令，不允许随意出入其他山峰。

在擎天剑派，外门弟子被执事堂安置在刚进山门后的一座小山峰上，由一些接下教导任务的金丹期内门弟子传授他们引气入体的心法。这些外门弟子是没有师传的，他们被统一记在执事堂门下，每月领取修炼用的灵石和食物，也有在山上种田自给自足的。

外门弟子成功筑基后，就有一次拜入某个长老门下的机会。每隔十年，擎天剑派会举办门派大比，其中的佼佼者就会成为内门弟子，长老们偶尔出关后也会挑选一些合眼缘的弟子收入门下。

当然，也有一些天赋异禀的弟子，才入门就被长老们看中成为亲传弟子，这些人就是天之骄子。

独孤卓身为独孤岳的亲生子，本该是天之骄子之一。但当年他上山后，独孤岳仅是用余光扫了他一眼便道：“我教不好他。”

说罢独孤岳甩袖离去，把颤巍巍地向他伸出手的独孤卓推走，并留下“独孤浊”三个字的字条，示意这便是小宝的名字。

独孤岳甩手不管，其他人没资格把小宝记为内门弟子，刚要将他安置在外门，夜舟突然出现在擎天剑派主峰上，代独孤岳将独孤卓记在独孤岳的踏岳峰名下，还随手将“独孤浊”写成“独孤卓”。

“梁师兄，那里是星垂峰的传送阵，踏岳峰在这里。”执事堂弟子见独孤卓站在星垂峰的阵法前纹丝不动，忍不住提醒道。

“抱歉，我在想一些事情。”独孤卓随口解释道。

那弟子却道：“我懂，梁师兄想的是日后该如何称呼夜舟长老吧？踏岳峰的弟子确实要为这事头疼一阵了。”

独孤卓冷冷地道：“自然还是夜舟长老。”

执事堂弟子感受到他的怒意，顿时不敢说话。

独孤卓眸色深深地看了眼星垂峰的方向，然后走进踏岳峰的传送阵，来到了他曾经待过一段时日的地方。

夜舟为独孤卓记下名字后便再也没有理会他，而独孤岳也闭关修炼了。独孤卓在踏岳峰的日子，就是以内门弟子的名义在梁丘山的教导下度过的。

他是独孤岳俗世亲生子的身份在门派中不是秘密，踏岳峰的人都清楚。他们一开始对独孤卓是敬而远之的，梁丘山则是暗中嫉妒独孤卓。

这些人倒没有刻意地排挤或是欺凌独孤卓，只是没人管他。梁丘山丢给他一本心法，让他自己修炼。可没人知道，独孤卓是不识字的。

那时他经历了丧母之痛，来到山门后因不识字无法修炼心法，好不容易对父亲伸出手却被无视，心中充满戾气。

待到第一次门派大比时，众人才发现，这独孤卓竟是毫无真气，而且身体也瘦弱得不成样子。

内门弟子多辟谷，鲜少从执事堂领取食物，门派中有的也不过是水果等食物。没有人管独孤卓，他无人可问、无人可找，靠啃水果度日，时不时还要去山里挖一下野菜根吃。那段日子，独孤卓甚至有些记不起来他是如何活下去的。

说到底，踏岳峰的弟子也没有什么大错，规则令书和修炼心法都塞给他了，想要领食物自己去执事堂和外门弟子一起吃饭便是。只是没人知道独孤卓不识字，而踏岳峰的人也不关心他就是了。

幸好门派大比来得早，否则独孤卓怕是早就饿死了。

当独孤卓被人查出不识字且没有修炼后，夜舟便随手将独孤卓这个瘦成猴子的小孩带到星垂峰上。这一去，独孤卓便再也没有回到踏岳峰。

过去多少年了？一百年、两百年……重新站在踏岳峰的土地上，独孤卓的心情十分平静。

每个曾经对他敬而远之的弟子见到“梁丘山”，均是热情地叫一声“梁师兄”，想来他们对梁丘山十分敬重。

独孤卓来到梁丘山平日起居的房间，打算在这里休息一下，等到明日叶舟上线，尽快完成任务离开就是。

谁知他刚进门，就收到了独孤岳传讯：“丘山，来我这里一下。”

独孤卓收到传讯，心下颇为复杂。

他来到踏岳峰的正殿中，独孤岳修炼的道场便是这正殿。他一进门，就见独孤岳背对而立，抬头望着正殿上擎天剑派祖师的雕像。

独孤卓走过去，拱手道：“师父。”

独孤岳转身，相貌与独孤卓有五分相似，只是独孤卓的眼神深邃，总是藏着无数感情，而独孤岳的眼神空远，似乎万事不留心。

最可笑的是，身为独孤卓的父母，浣衣女已被生活磋磨得苍老憔悴，独孤岳的容貌却永远留在十八岁，与浣衣女宛若两个世界的人。

当年看到这样的独孤岳，独孤卓很难将他视作自己的父亲，仰头确认了好半天，才敢小心翼翼地伸出手，却被拂开了。

从此，独孤卓再未对父亲伸出过手。

此刻，独孤岳站在他面前道：“丘山，你替我走一趟星垂峰，转告夜舟长老，两个都不要选。”

“两个”是指什么？独孤卓没有问，而是垂下头道：“是。”

独孤岳又道：“近日我要压制玄剑的煞气，你告诉门下弟子，平时见我要保持起码三尺的距离。”

独孤卓抬起头，看到独孤岳眉宇中竟是有一丝黑气。

年幼时的他看不出独孤岳的状态，此时早已修炼成修真界第一人的他，自然一眼便看出独孤岳现在濒临走火入魔的险境。

独孤岳……莫非无法压制玄剑？

素剑剑主是擎天剑派从小培养的，且素剑剑气温和，只要心中光明磊落，就不会被素剑反噬。

但玄剑不同，玄剑吸收天下浊气，玄剑剑主必须有极强的功力压制煞气才行。

独孤卓当年得到玄剑后，也感受到了庞大的煞气，不过他并未为煞气所苦，很快就将之压制，却不想独孤岳制服煞气竟是如此吃力。

“师父很不舒服吗？”独孤卓刻意上前一步，人生第二次伸手去抓独孤岳的衣袖。

“滚开！”独孤岳呵斥一声，甩袖挥开他的手。即使只是衣袖相接，一道阴冷的真气还是从手臂涌入独孤卓体内，独孤卓消耗了不少经验才化解这道真气。

独孤岳的煞气反噬竟这般严重，所以当年，独孤岳拂开他是因为……

独孤卓收回思绪，当年的事情，此刻再提及已经毫无意义。

“你没有被煞气伤到吧？”独孤岳问道。

“没有。”独孤卓缓缓摇头。

“那便好，这段时日不要靠近为师。”独孤岳又强调了一遍，“还有，为师另有一事要交托于你。”

“师父请吩咐。”

独孤岳似乎难以启齿，沉默了一会儿才道：“为师有个俗世间的血亲，已由连师弟带回山门，你随我去看他一眼吧。”

独孤卓微怔。当年，父亲曾看望过他吗？

“是。”他愣了片刻后，回答道。

有师门长辈带领，内门弟子便可前往其他山门。

独孤岳带着独孤卓直接御剑来到擎天剑派的主峰。连昊空回到门派后没有直接去找独孤岳，而是依照师门的吩咐把小宝带到主峰，由师门长老决定由谁来照顾小宝，再将小宝送到那个人的山峰上。

小宝被暂时安置在偏殿旁的卧房中，擎天剑派的掌门和长老在议事厅商议要事，独孤岳师徒进入卧房中，看到了熟睡的小宝。

被净身诀清洗干净的小宝静静地睡着，相貌上已经有了一点成年独孤卓的轮廓，与独孤岳更是十分相似，两人的亲缘关系一眼便能看出来。

独孤岳静静地看着熟睡的小宝，眼神有些陌生，过了好一会儿，他才缓缓伸出手，在离小宝额头还有三尺的位置停下来，又慢慢收回手。

“罢了，”独孤岳道，“这孩子日后就交由你引他入道了，他日后肩负重任，基础心法一定要夯实。若是基础不牢，就会像我这样吃苦。你一定要亲自教导他，炼气期内绝不能让他出半点差错，明白吗？”

“是。”独孤卓应下。

“去吧，把我的话转达给夜舟长老，叫他也来主峰吧。”独孤岳道。

独孤卓走出卧房，回头一看，独孤岳竟还待在卧房中没出来，也不知他对着熟睡的小宝在想什么。

所以当年，独孤岳会推开他，是因为煞气缠身不能接触，免得他受伤吗？而且独孤岳也曾关心过他，特别嘱咐过梁丘山，却因梁丘山的嫉妒，才让他刚上山时吃了那么多苦吗？

独孤卓拿着独孤岳的令符，向星垂峰飞去，路上山风吹拂他的面庞，他的心也像这山顶的风般无比冰冷。

事到如今，知道当年发生的事情又如何呢？难道还能回到过去与独孤岳来一场温情满满的父子相认吗？

就算知道独孤岳对他并非无情，而是有苦衷的，那又如何呢？难道还能改变他弑父的事实吗？

事实就是，独孤岳是死在独孤卓手上的，不仅如此，独孤卓还吸收了父亲的全部功力，借助独孤岳的功力成功压制了玄剑的煞气。

当年他依照独孤岳的遗愿，火化了独孤岳的尸身，在回到擎天剑派的路上，将骨灰撒到世间每个角落。

这是他的命数，就算游戏能把他带回过去，这一切也不能改变。

独孤卓来到星垂峰，此刻叶舟还没有上线，星垂峰上空无一人。独孤卓站在夜舟常站立的峰顶上，静静地向下看。

一片雾霭，看不清这人间。

峰顶很冷，即使独孤卓此刻的功力已经足以御寒，却还是感觉到了刺骨的冰冷。也不知这样站了多久，久到系统提示叶舟已经上线了，独孤卓才缓缓从山峰上走下来。

叶舟上线后第一件事就是打开地图寻找独孤卓的位置，他今早起来打开手机，就看到堂哥凌晨三点多发来的信息，告诉他“前往擎天剑派”的任务已经完成，今天可以与他会合了。

叶舟很开心，忙不迭地吃了早饭，八点半就央求护工把游戏头盔给他，提前半小时上了线。

好友位置显示独孤卓就在身边，叶舟心中一喜，刚要按照地图导航去找独孤卓，就被一个熟悉的声音叫住。

“别回头，也别说话。”独孤卓的声音在叶舟身后响起。

叶舟顿时乖乖地停下来。

随后，独孤卓低眉顺眼地拱手道：“夜舟长老，师父让我转达您一句话，让您两个都不要选。”

叶舟转过身来满脸惊讶，他的心跳快得要从口中蹦出来了，却不得不重新进入扮演夜舟长老的状态。他用力掐了一下自己的手臂，深吸一口气，才微微侧身道：“用不着他多管闲事，本座自有打算。”

这一侧身，叶舟才发现身后的人根本就不是独孤卓的长相，而是脑袋上顶着“梁丘山”三个大字的 NPC。

但他刚才分明听到了独孤卓的声音，这是独孤卓不知完成什么任务假扮的吧？叶舟猜测。

“另外，长老们请夜舟长老前往主峰。”独孤卓道。

“本座知道了。”叶舟淡淡道。

星垂峰有通往主峰的传送阵，叶舟直接从传送阵到主峰，独孤卓则是收到了队友们的集合信息，只能前往执事堂，领几个不知道路的队友去主峰。

独孤卓整理了下心情，与几人组好队，确定大家武器、道具、丹药全部带齐，这才拿出独孤岳的令符，告诉执事堂的弟子他要去主峰。

有长老令符，执事堂弟子自然放行，独孤卓领着几个队友来到主峰。

他一路畅通无阻，以独孤岳弟子的身份进入议事厅，才一进门就见叶舟和独孤岳站在掌门面前，两人中间堆着他们之前收集的结拜器物和连昊空买来的偷天秤。

擎天剑派掌门对两人道：“创世双剑为了发挥出双剑合璧最大的效力，历代剑主皆是一起修行，你二人终究是不肯吗？”

叶舟万万没想到，第二天再上线，面对的是这样的主线剧情。

他非常想发私聊，但自从进了擎天剑派后，他们的私聊界面和世界界面就全部被封住不能使用，几个队友你看我我看你，内心都憋得很。

议事厅内，只听掌门道：“玄素二剑剑主，必须要做到心意相通，让它们发挥应有的作用，否则人间将乱。”

夜舟简洁地道：“不肯。”

独孤岳也道：“不肯。”

掌门道：“既然如此，就只能用第二个法子了。”

这长须老道掌门手掌一抬，之前连昊空花重金买来的偷天秤便飘浮在二人面前。掌门道：“既然你二人都不愿意，就只能用这个方法了。由夜舟将偷天秤收入体内，时时刻刻窃取独孤岳的气运，也就是玄剑煞气，至少可以为他分担一些煞气之苦。夜舟，你看独孤岳现在这样子，只怕活不到下一任玄剑剑主成长起来了。”

独孤卓心头大震，当年的真相，竟是如此吗?

是以他刚上星垂峰时，认为是独孤岳将他交给了夜舟代为管教，一开始待夜舟态度极差。幸好夜舟当时封住了他的嘴，让他不能言语，否则那时还未识字开蒙的他，不知会说出多少难听的话。

直到在星垂峰待久了，学了很多道理，独孤卓才渐渐明白，夜舟与他父亲绝非一起修行的道友，世上没有这样百年也不见一面的道友。

只是，夜舟却因玄剑而不得不与独孤岳有无数牵连，世人提到夜舟时，总是会提一句独孤岳。

那时妄念渐生的独孤卓，做梦都想从独孤岳手中夺取玄剑，成为玄剑剑主。

这样一来，他的名字就能与夜舟一起被世人记住。

只是独孤卓没想到，夜舟与独孤岳当初虽未一起修行，却被人用这样的方式维持着两把剑的联系。

看到这里，独孤卓摸了下储物腰带，那里面装着玄素两把断剑。

即使被人称为逆神魔君，独孤卓也从不后悔毁掉了这两把剑。

“不必，”独孤岳的声音将独孤卓从回忆带回现实，“无须使用偷天秤，我可以压制煞气。”

“可是玄素二剑剑气若是不融合，下三天根基不稳啊！”掌门皱眉道，“不管你们用什么方法，必须设法让双剑融合！”

掌门说完，也不顾二人是否愿意，直接隔空取了独孤岳一滴心血，将其融入偷天秤中。同时他燃香跪在祖师爷的牌位前，一副叶舟不同意他就无颜面见祖师的样子，想要逼叶舟同意。

叶舟看着掌门的样子，脑海中隐隐浮现出一幅画面——他跪在祖师的牌位面前，抽了独孤岳的心头血后收服偷天秤，将这邪物收入体内，便于时时刻刻窃取玄剑气运，从此玄素二剑的剑气全部由他承受。

那时的他内心是不愿的，但多年来的门派教诲和身为素剑剑主的职责，让他接受了一个相对没那么排斥的方法。

事情发展到现在，小队听到了系统提示，他们已经完成了“打探连昊空购买偷天秤的目的”这个任务，同时，系统发布了下一阶段的任务——阻止夜舟使用偷天秤。

【小喇叭】扬帆￥远航：我也想阻止他用偷天秤啊，但是对面四个化神期以上的高手，我区区三十级玩家，这仗根本没办法打好吗？

【小喇叭】轻月 love：看故事看入迷了，太狗血了！

【小喇叭】乌漆墨黑：所以小宝该怎么办呢？小宝好不容易来到擎天剑派找到失散多年的父亲，人家却不要他？

【小喇叭】胖嘟嘟：大门派太乱了。

【小喇叭】龙 @ 傲天：卓神，我们接下来该怎么办？卓神你要干什么？卓神？！

世界频道的玩家知道他们是在做主线任务，全程都在紧张地盯着小喇叭上的内容，看见龙 @ 傲天的话，顿时脑洞大开，纷纷猜测独孤卓这一次要怎么过主线任务。

在掌门与独孤岳、叶舟二人争执时，处在独孤岳身后的独孤卓，在谁也没有防备他的情况下，抬起头对叶舟无声地说：“帮我。”

叶舟接到的任务是改变夜舟最后的悲惨命运，他知道这个时候既不能选择跟独孤岳一起修行，也不能选择偷天秤，那该怎么办呢？

无措时，他刚好看到了独孤卓的口型，心下顿时镇定下来。

叶舟将两仪印紧紧地捏在手里，在掌心印下太极鱼的图案，凝聚所有力量，等待配合独孤卓。

这个时候，是不是违反夜舟长老的人设，对叶舟来说已经无所谓了，他决定完全相信独孤卓！

见叶舟给了自己一个坚定的眼神，原本安静地站着的独孤卓忽然一个闪身，冲到独孤岳与叶舟中间，一把拿起偷天秤，冲出议事厅。

“拦住他！”掌门连忙道。

室内有连昊空、独孤岳、掌门和夜舟四位高手，独孤卓一个三十级的玩家根本不可能逃脱。

但就在连昊空御剑要攻击独孤卓时，一股庞大的力量拦住连昊空与掌门，并且为独孤卓打开了议事厅的大门，正是叶舟。

“师弟，你要做什么？”掌门不可思议地说，“独孤长老，快阻止夜舟长老！”

下三天最高境界便是大乘期，可夜舟身上有神剑的力量，境界早就超出大乘期，掌门和连昊空联手也不是他的对手。能够阻止他的，唯有玄剑之主独孤岳。

可独孤岳阳奉阴违，之前建议叶舟两个都不要选的就是他，此时他见叶舟出手，自然要协助叶舟，竟是帮助叶舟拦住了掌门。

小宝家人小队顿时兴奋起来，他们不知道独孤卓要做什么，只能盲目地跟着独孤卓冲出议事厅,看到独孤卓飞快地冲进了一个偏殿卧房中。

“小宝！”黑猫见到房间中的孩子立刻道。

独孤卓与小宝本是一人，他把手按在小宝身上，他这副身躯就慢慢消失，与小宝融为一体。

同时，他试图将偷天秤融入体内，试图偷取独孤岳的煞气。

只要他偷了独孤岳的煞气，独孤岳就不必为煞气所困，他也算是偿了独孤岳的生恩。只要他拥有玄剑的煞气，就可以名正言顺地拜入叶舟门下，求叶舟帮他清除煞气。

以筑基期的实力收服偷天秤还是太难了，独孤卓喷出一口鲜血，偷天秤不服地颤动着。

好在这时叶舟赶到，看到盘膝坐在床上的独孤卓，二话不说，将一道庞大的劲力注入独孤卓体内，助他收服偷天秤。

在他的帮助下，独孤卓成功收服偷天秤，变成了一个与小宝一模一样的十岁小孩，头上还顶着“小宝”二字。

小宝的家人们：“……”

小宝他大舅变成小宝自己了。

这时，掌门等人赶到，这长胡子老头看到小宝时，顿时捶胸顿足地说："你竟把这任玄剑剑主的剑气偷到了下一任剑主身上，这孩子还没有修炼，根本无法承受这样的煞气，你是打算时刻将他带在身边，随时帮他化解煞气吗？你……莫不是要与这孩子一起修行？"

由于独孤卓假扮的梁丘山消失，几个NPC自然地忘记了方才的事情是梁丘山做的，将这一切全部记在叶舟头上。

小宝家人小队看戏般地看着气急败坏的掌门。

和这孩子一起修行？叶舟不由得看向小宝，看到小宝那与独孤卓十分相似的容颜，他的心中不由得想到，与独孤卓一起修行其实挺好的。

他这样想着，随口便道："这孩子由我养大，一切合我心意，与他一起修行有何不可？"

小宝家人小队又呆呆地看向叶舟。

"这……"两任剑主的气运全部凝聚在一人身上，掌门一时竟不知该说什么好。

独孤岳走进卧房内，他虽然助叶舟取走偷天秤，却没想到叶舟竟是用在了他儿子身上。

"夜舟长老，你这么做是不是对这孩子太不公平了？"独孤岳皱眉道，"况且目前玄剑还在我这里，并未传给他……"

这时小宝睁开眼睛，看着叶舟道："我同意。"

独孤岳："……"

小宝家人小队的视线又齐刷刷地落在独孤卓身上，没想到你是这样的独孤卓！

叶舟想到不必和独孤岳绑在一起，顿时松了一口气。

他对众人道："木已成舟，你们就算反对，也没有其他办法了。"

偷天秤乃是上古神器，一旦开始源源不断地盗取独孤岳的气运就不会停下来。迟早有一日，玄剑会完全属于小宝，这时再让叶舟与独孤岳强行修炼也没有用了。

倒不如……倒不如从现在开始，就让叶舟教养小宝，培养二人默契，也省得叶舟到时再反对。

谁知这时，一名独孤岳门下的弟子掀开头上斗笠，露出"小宝的二舅"称谓，冲到叶舟与独孤卓面前，大声道："我！不！同！意！"他才不要让自己身患重病的堂弟莫名其妙地养一个孩子呢。

掌门看到叶舰脑袋上“小宝的二舅”几个字后，顿时恍惚了下，玩家头上的称谓似乎能够对NPC的认知造成一定影响，掌门、独孤岳和随后赶来的连昊空立刻将叶舰认成小宝母亲的亲属了。

见叶舰暴露身份，家人小队也不再藏着掖着，干脆全部摘下斗笠，于是“小宝的三舅”“小宝的小姨”“小宝的和尚表哥”“小宝的表妹”全部出现。

饶是“小宝”自己，看到这么多亲戚，也要当场眼晕一下。

玩家们在游戏内是自由的，可以畅所欲言，坦率地表达自己的观点。

轻月love直接冲到独孤岳面前，拿出七大姑八大姨的气势道：“你既然是擎天剑派的大人物，为什么不回去接原配妻子？你知道浣衣女为了保住你的孩子，这些年有多苦吗？”

听到轻月love的话，独孤卓也不由自主地看向独孤岳。

他可以理解独孤岳对自己的冷漠是因为煞气反噬不能接近，也可以理解为将儿子交给信任的弟子后可以放心，可是母亲呢？大婚之日新郎没来，母亲被送到庄子过着冷清的日子。一个大家闺秀未婚先孕，独自抚养孩子，被人歧视，整整十年，就算是修真者，也该有时间来探望一下的，独孤岳可曾有过？

“我……有苦衷。”在“小宝的小姨”也就是“浣衣女妹妹”面前，独孤岳的话语并没有多少底气。

轻月love指向连昊空，道：“好，你有苦衷是吧，那我问你，浣衣女的玉符是谁给的？为什么这玉符一碎，就能叫来你的师弟？”

连昊空忙道：“是师门委托我交给浣衣女的，她的儿子是天定的玄剑剑主，迟早要来到擎天剑派。给他留这么多年的时间，是助他了断红尘俗世，等他偿还母亲的生恩，浣衣女愿意将孩子交托给擎天剑派时，自然就会唤我去接他。”

轻月love道：“行，你是外人我不怪你，那你呢？独孤岳，你师弟知道的事情，你可别告诉我你不知道？”

独孤岳堂堂一百二十级修者，竟被轻月love逼得倒退两步，他避开轻月love的视线道：“我知道这件事，只是我身为玄剑剑主，必须心无尘垢才可压制煞气，稍有差池便会被煞气所惑，是以必须……”

“必须个屁！”轻月love又逼近一步，“你有苦衷，你是不得已，但是你没长嘴吗？你自己不能和浣衣女见面，你不会委托别人帮你解释一下吗？她苦苦守候了十年，你连个答案都不能给她吗？还有，小宝是你儿子，你一句斩断尘缘就走了，抚养费不给一下吗？”

独孤岳被轻月love骂得不断后退，最终靠在墙上，退无可退。

“我跟你说，老娘看过的狗血小说太多了，别拿‘我有苦衷’这种话糊弄我，敢情全世界就你有苦衷，别人都得体谅你？苦衷是你的，苦是别人受对吧？说清楚、分手、给孩子抚养费，这三点，你哪儿做到了？这些碍到你修炼了吗？”

轻月love一次性骂了个爽，掐腰道：“老娘可算逮到这个负心汉了，有苦衷，去你的有苦衷，你让人家怀孕的时候怎么不说自己有苦衷？”

场面一度十分混乱，这时掌门不得不站出来说：“这位……小宝的小姨，这件事我可以解释。”

轻月love道：“说！你有十个理由，我能骂回去十一个！”

掌门叹息一声道：“十一年前，也就是独孤岳与小宝母亲成婚前夜，独孤岳之前的师父……也就是上一任玄剑剑主除魔时中了煞气。先代素剑剑主由于功力太强，早已飞升，夜舟还未完全收服素剑，无法为玄剑剑主化解怨气。

“玄剑剑主自知命不久矣，便在凡世间寻找下一任的剑主，正巧遇到了即将成婚的独孤岳。

“依照命数，独孤岳应当是再过五年，‘战死沙场’后被我们所救，自此拜入擎天剑派，而他的妻儿也会因为他的军功衣食无忧。

“怎奈变数来得太快，先代剑主只能提前找到独孤岳，将他强行带到山上，将一身功力和玄剑传给他。

“而这个过程中，独孤岳因为神魂难以承受玄剑的威力失去一魄，在擎天剑派闭关修炼三年，才算彻底收服玄剑。

“这之后……他便无法与妻儿再续前缘了，与其去探望妻儿再生烦恼，倒不如就此放下。”

“好一个就此放下，你自己是放下了，也不管人家浣衣女和小宝过得怎么样。”轻月love真心实意地为游戏角色生气。

独孤卓见有人替他和母亲骂独孤岳和擎天剑派的长辈，心中有说不出的快意。

其实眼前这些人和事早已过去，根本不可能改变，轻月 love 怒骂的也不过是一些游戏 NPC 罢了。

可是时隔多年，能回到当初那个无助的时候，有人帮他说句话，帮他改变一下曾经发生的事，对他而言已经是莫大的幸事了。

更何况，这一次叶舟陪在他身边。

独孤卓不由得看向叶舟，发觉叶舟也在看他。

叶舟听到轻月 love 替不能暴露身份的他，以小宝家人的身份骂擎天剑派的人，不由得看向小宝，又是替他心疼又是欣喜有人帮他出头。

对上独孤卓的双眼后，叶舟才意识到这是独孤卓，而非小宝。刚才在无意间，他竟是将小宝和独孤卓视作一个人。

叶舟忙移开视线，不让独孤卓看到他眼中的同情。

独孤卓忽然想起从前，他看向夜舟的时候，夜舟总是侧着脸，很少直视他。

轻月 love 的战斗力惊人，把擎天剑派从上到下骂了个遍后，趾高气扬地说："但是吧，你们有件事我还是同意的，小宝交给叶舟抚养，我觉得还是挺好的。"

"等等！我还没同意呢！"叶舰正听轻月 love 骂得爽，跟着连连点头来着，怎么到抚养这事她就突然叛变了呢？

"又不是真的抚养。"龙 @ 傲天拉过叶舰劝道。

"什么意思？"叶舰有些不明白。

黑猫解释："是这样的，他们两个只是体验游戏角色，帮助游戏角色在某个时间段做出选择，从而达到完成剧情任务的目的。任务结束，扁舟还是扁舟，独孤卓也不再是小宝，他们该怎么玩游戏就怎么玩。夜舟长老抚养小宝，关独孤卓和一叶扁舟什么事，对不？"

"这个……好像是这么个道理。"叶舰摸着下巴道。

叶舰被歪理说服，擎天剑派被骂傻的 NPC 也苏醒过来，掌门轻咳一声道："那……这算不算作你们已经同意擎天剑派的决定了？"

掌门刚提问，小宝家人小队面前就弹出一个系统对话框：【是否同意擎天剑派的决定？】

轻月 love、龙 @ 傲天、黑猫、灵芝娃娃皆选择"是"，他们中有的在暗中看戏，有的则是只为完成主线剧情获得奖励；唯有叶舰选择

“否”，他无论如何都不会同意这种狗血的剧情。

可惜，这是个多数决选项，人数多的一方胜利。

叶舰的孤军奋战无效，掌门收到众人的投票结果后满意地点头道：“既然大家都认可，此事便这么决定了。几位是小宝的家人，千辛万苦来到擎天剑派探望他，也不能让诸位贵客就此空手离开。”

掌门拍了拍手掌，每个玩家面前都出现了一个奖励。

轻月 love 的是一套仙气飘飘的衣服，能够提升百分之二十的速度和百分之十的防御，且是六十级以下都可穿的衣服，堪称目前游戏第一神器了。

龙 @ 傲天的则是一次重新锻造武器的机会，擎天剑派乃是修真界第一剑派，门派内不乏炼器师，龙 @ 傲天若是将来得了什么好武器，交给擎天剑派重新锻造，绝对是零失败率，且能够锻造出一把上好的神器。

黑猫得到一颗舍利子，佩戴舍利子能够增强佛修各方面的实力，并且可以为他抵挡一次致命伤害。

灵芝娃娃则是得到一件童装，还有两个用来绑羊角辫的发圈，能够提升他的治疗水平及入土后的逃跑速度。

叶舰得到一盏幻象灯，能够助他将画中人召唤到游戏中，不过这只是幻象，无法攻击或者防御，也无法碰触，其实就是全息投影。

独孤卓和叶舟，明面上无。

但系统给了他们一张传送图，只要打开地图就可以直接传送到星垂峰，在星垂峰上修炼、炼丹、画符、御剑飞行等全部不受任何限制。

叶舟看到只有自己和独孤卓得到了这地图，便悄悄地把传送图藏进储物法宝中，并不打算告诉其他人。

掌门发了奖励后，系统公告再次在全服务器中响起：“玩家夜舟长老、小宝、小宝的二舅、小宝的三舅、小宝的小姨、小宝的和尚表哥、小宝的表妹七位玩家完成主线任务二——偷天。完成第二段主线剧情，解锁四十级副本妖灵虎牙，解锁擎天剑派地图。今夜零点到五点游戏关服维护。维护后，门派大比玩法开启，几大门派开放斗法区，玩家可在斗法区内切磋，斗法区内死亡不会掉经验和物品，每周斗法排行榜第一的玩家或者玩家队伍可获得特殊称谓及系统奖励。”

第十二章　记忆碎

这个公告让游戏的世界频道顿时炸开了锅。

【小宝的二舅、三舅、小姨……这是什么小宝的套餐吗？】

【怎么回事，不是扬帆￥远航一直在过主线剧情吗？怎么被小宝家族给抢先了？】

【我去游戏排行榜上翻了，翻了几万个玩家也没看到小宝一家人，眼睛快看瞎了。】

【所以主线剧情到底是什么情况？】

【小喇叭】包打听：@扬帆￥远航，剧情到底怎么样，你倒是说话啊？你们是怎么被小宝家族截和的？

【小喇叭】扬帆￥远航：累了，不想说话。

玩家们只当扬帆￥远航队被小宝家族队抢了第二段主线剧情后有挫败感，不想理会大家，纷纷呼唤小宝一家人，只可惜没人回答。

当事人并不是很想让人知道他们就是小宝家人小队，在得到了掌门送的奖励后，他们被邀请参加了小宝的入门仪式。

其实没有什么仪式，只是独孤岳给小宝取了个名字，登记在擎天剑派的名册上，从此小宝便是擎天剑派星垂峰门下的弟子了。

不过小宝并不是夜舟的弟子，他会由独孤岳收入门下，但寄养在星垂峰。

总之，这关系乱极了。

“他的名字早就取好了，叫独孤浊。”掌门道，“浊是清浊的浊，此名与玄剑比较搭配，能够助玄剑吸引煞气。”

观礼的众人道：“幸好不是‘卓’字，否则他们真要以为这个游戏是在按照玩家的名字给NPC取名。”

叶舟听到这个名字，心中没由来得不舒服，在名册上写字的时候，他手指一动，将“浊”字写成了“卓”。

掌门看着叶舟道：“‘卓’字意为卓越，与玄剑不合，会……”

叶舟道：“夜舟，静夜孤舟，似乎与素剑也不是很搭配，他是我门下的人，取什么名字由我来定。”

说罢，他运足真元写下最后一笔，将名册放在祖师牌位前。

独孤岳也道：“从此，你便叫独孤卓。”

“独孤卓”的名字出现，他头顶的“小宝”二字就消失了，而家人队头上的称谓也不见了，换颜丹的效果没有到时间就消失了，队友们露出自己的游戏相貌。

“几位贵客观礼结束，我这就送你们下山。”称谓刚消失，一名执事堂的弟子就公事公办地“请”几个玩家离开。

“我们下山？”叶舰指着叶舟和独孤卓，“他们呢？”

“夜舟长老自然是要带新弟子回山门，各位请随我到传送阵。”执事堂弟子没有感情地说。

“那怎么能行，大家一起上山的！”叶舰道。

执事堂弟子道：“我送各位少侠一程吧。”

说罢他挥了挥手，几人便直接被传送到了九川城内。

“这游戏是故意的吗？”叶舰问道。

灵芝娃娃拦住他：“怎么会呢，应该还有其他后续收尾任务，毕竟他们是假扮 NPC，跟我们的奖励可能不一样。”

龙 @ 傲天道：“让我看看除了武器、装备道具之外，还给了什么，每人一块上品灵石、一块可以炼制五十级武器的材料、一万两银子和十五万经验？这么多经验。”

黑猫翻了翻系统信息道：“我们每完成一个任务就会获得五万经验，进入擎天剑派算一个，找到偷天秤的用法算一个，阻止叶舟使用偷天秤也算一个，共十五万经验。我可以升到三十二级了，这次主线剧情经验真多！”

轻月 love 道：“可惜是一次性的，我们运气好遇到两次，下次主线剧情还不知道会被谁撞上。”

叶舰没心情研究他刚得到的幻象灯有什么用处，离开擎天剑派后，他的私聊界面就恢复了，他在努力给叶舟发信息，问叶舟在做什么，问叶舟什么时候回来。

叶舟没有理会叶舰，他正带着独孤卓飞向星垂峰。路上的风很大，独孤卓现在年纪又小，按理叶舟应该把独孤卓护着。

但是夜舟的人设高冷，他只能随意地将独孤卓丢在剑上，向星垂峰疾驰而去。

这次独孤卓没有像之前那样倔强地惨白着脸，而是上前一步，抬手抓住叶舟的腰带。

他才十岁，身材矮小，身高只到叶舟背心，他轻轻地侧身，将头靠在叶舟后背上，安心地闭上眼睛。

刹那间，时光像是回到了数百年前，他好像从来也没有将夜舟视作独孤岳的修行伙伴，也从来没对夜舟展露过敌意。他刚上山就被夜舟定下，带到星垂峰，自此相伴数十年。

若前生真是这样该多好。

踏上星垂峰的那一刻，独孤卓看到一缕残魂从星垂峰中飞出，没入叶舟的眉心，这缕残魂比第一个任务包含的魂魄还要多，竟是有百分之五之多。这样一来，算上那百分之十的神力，叶舟的魂魄已经恢复百分之六十了。

得到残魂的瞬间，叶舟也收到系统提示【扮演任务暂时结束，两仪印暂时被封印，玩家可以做回自己，等待下一次主线剧情再开启扮演任务。】

“结束啦！不用再板着脸啦！”落地后叶舟开心地在星垂峰上蹦跶了两下，说道，“这星垂峰的灵气真充沛啊，比客栈、拜日教副本，还有坛业寺强太多了！感觉在这里打坐，一个小时可以涨五千到一万经验！”

独孤卓笑道：“到不了五千经验，不过大概能有三千。”

话一出口竟是童音，独孤卓这才发现自己并未变回成年的样子。

叶舟转头看向独孤卓，见他瘦小的样子，心中不知为何忽然痒痒的。不过最终克制住了这种想法，借着宽大衣袍的掩饰，牢牢捏紧拳头，轻咳一声道：“你该不会要一直如此吧？”

独孤卓道："不会吧，是不是因为我要假扮小宝，所以上山后年纪很小，等离开擎天剑派就会恢复吧。"

他的声音很清脆，是独属于男童的声音。叶舟听到他说话后，拳头捏得更紧了，表情也紧绷道："是吗？那你在山上要委屈些时日了。"

听到他的话，独孤卓不由得抬眼，眼中满是疑惑："你扮演夜舟不是已经结束了吗？怎么还这样说话？"

叶舟被这样一双眼睛看着，不由自主地别开脸，背过身微微抬起头道："哪有，我平时就是这样。"

叶舟平时根本不会这么说话，他很坦率，也不会端着架子，比前生更加平易近人。

独孤卓忽然又想到，自己上山后，每次吃饭夜舟都会无声无息地出现，盯着他看。

那时的独孤卓会放下碗筷，道："我知道吃多了，这就不吃了！"

夜舟则是冷冷地道："你不吃饱，哪有体力陪我试剑？"

独孤卓听到就会赌气般地端起碗吃饭，到星垂峰没几天，他身上很快就有了点肉，原本凹陷下去的脸颊也渐渐圆润起来。

叶舟的私聊提示音不断响起，他趁着独孤卓没注意悄悄看了眼，见是叶舰发来的信息，只看了第一条"你不会真的要养他……"，叶舟就果断关闭信息提示音，只当没听到。

仅有十岁的独孤卓还是成年后的严肃模样，神态动作都是一板一眼的，这样子在成年人身上显得威严，但放到孩子身上，就有种反差感，叶舟在心里偷偷称呼这个样子的独孤卓为独孤小宝。

他对独孤小宝道："我们一起逛逛星垂峰吧，以后这就是我们的地盘了呢。"

独孤小宝嘴角微微翘起，不过似乎又想到了自己现在还有颗门牙没长好，便又沉静地敛起笑容，点点头道："日后倒也不用去坛业寺炼丹了，那老和尚总是会收我百分之十的丹药当香火钱。"

"炼丹……夜舟是大长老，星垂峰上应该有丹房吧？去找找！"叶舟兴奋地拉着独孤小宝去逛星垂峰。

星垂峰是历代素剑剑主居住的地方，房屋皆是用上好的修真材料建造，即使再过千万年也不会被风霜腐蚀。这里没有围墙，数十座房屋有序地坐落在山顶平缓之处。

两人先是进入了最大的屋子，这里是星垂峰的正殿，大殿内空荡荡的，甚至有些阴冷。殿前除了历代素剑剑主的画像，就只有一炷似乎永远也不会燃尽的香。

“好像有点空旷。”叶舟转了一圈后道，“这里没意思，我们去别的房间看看。”

没意思吗？独孤卓扫了眼正殿，他记得夜舟除了重要的日子会祭拜一下历代祖师外，很少来这个房间。

唯有一次，门派大比那一晚，独孤卓被邪修打伤，夜舟将其带回星垂峰，静静地注视了独孤卓一整夜，见独孤卓伤势好了些，整个人就消失了。

那时独孤卓隐约觉得，夜舟离开时的背影有些落寞。独孤卓强撑着身体爬起来，在星垂峰上寻找夜舟，最终见他安静地跪在正殿中央，仰头看着历代祖师的画像，整整跪了三天。

当时，夜舟在想什么呢？

独孤小宝问：“如果是你，什么时候会来到这里跪拜呢？”

叶舟回头看了眼正殿，试着将自己想象成那位夜舟长老，立刻得出了答案：“于心有愧的时候吧，就是很想要一样东西，虽然这样东西和家长的要求是相悖的，但自己还是想要，这个时候大概就会偷偷来这里，和各位长辈说说心里话。”

独孤小宝怔怔地看着叶舟。

叶舟以为他不懂，就又解释道：“比如我晚上很想上线和你一起玩，但是我父母和医生都不同意。于是我偷偷藏了游戏头盔，在游戏中和你玩了一个通宵，结果第二天就后悔了。因为这种心情，如果有这样一个大殿，我可能会跪在列祖列宗面前，告诉他们，我做错了，但是我还想，哈哈哈！”

叶舟本能地不喜欢这个正殿，带着独孤小宝向外跑，却不想独孤小宝个子不高，力气却极大，一把将叶舟拽过来。

叶舟被拽住，回身弯腰看过去，长发散落在独孤小宝脸侧。

“怎么了？”叶舟问道。

他语气轻快，眼神清澈坦率，眉宇间没有前生的阴郁与克制。前生夜舟的白衣是冰雪，今生叶舟的白衣却似棉花糖，让人看着就觉得惬意。

“没事，我们去看其他房间吧。”独孤小宝道。

叶舟闻言向其他房间走，独孤小宝却是忍不住回头，看着那有些阴冷的正殿。

逃离这里，真的很好。

正殿周围的房子全部是偏殿，里面摆设差不多，都是桌椅和置物架一类的家具，屋子里很干净，但也没有人气。

叶舟在这里逛了一圈就觉得无趣，直接跑到后方的偏殿。这里有夜舟起居的地方，也有夜舟专门修炼的闭关用的房间。

卧房只有一张床、一卷草席和一个硬硬的瓷枕，叶舟铺开草席躺了上去，摸摸脖子道：“枕头好硬，这能睡好吗？”

独孤小宝道：“修真者不需要睡眠，大多是打坐调息，静息一个时辰比睡足四个时辰的效果还好。”

“可是，偶尔也有想要躺下休息的时候吧？”叶舟道，“总觉得不能这样时刻警惕着，丝毫放松的时间都没有吧。”

独孤小宝指尖扫过那卷简陋的草席，想起他的房间。他刚到星垂峰时，夜舟命执事堂弟子送来行李，执事堂不敢怠慢，送来一床极好的被褥，唯有瓷枕过于硬了。夜舟直接将瓷枕丢出去后，执事堂弟子忙送来一个软软的荞麦枕。

当晚独孤卓躺在泛着檀香气息的床铺中满心愤怒，他不仅没有体会到夜舟的关心和照顾，心中竟只想着，此后落在夜舟手中，他怕是要被磋磨致死。

“我那时……错过太多了。”独孤小宝长叹道。

叶舟没听到他的话，而是指着卧房道：“我们要不要买点新的被褥，软一点的，这样到星垂峰修炼时，偶尔还可以休息一下。虽然游戏里休息没什么用，但是卧房布置得温馨一点，心理上会更安定些。”

“好，一起改造星垂峰，以你舒适为主。”独孤小宝道。

“那不行，还要你喜欢。”叶舟道，“不过我们将来肯定是要自立门派的，这里是擎天剑派的地盘，不算是我们的家，现在投入太多会不会浪费？”

独孤小宝道：“星垂峰是你的，就算外面有了其他道场，难道还不许有个别院吗？”

“意思是别墅不嫌多呗，这个说法我喜欢。”叶舟眉毛轻扬，拿出纸和笔记下要买什么东西。

“这个房间是你的，我记得你喜欢深蓝色、黑色等一些比较端庄大气的颜色，但是被子用黑色太压抑了，换个湖蓝色的怎么样？”

“弄个厨房吧，万一想在星垂峰上体验野炊的感觉呢？”

“还有，修炼的房间要弄几个适合瘫在上面的软垫子……”

“外面要有晒太阳的躺椅和吊床……”

叶舟每到一个房间，心中就会不由自主地生出添置什么东西的想法，他甚至不用去细思就能做出决定，好像这些事情他已经想过千百遍，却从来没实施过一样。

“这里有好多丹炉！”来到炼丹房，叶舟看着偌大的丹房内摆着十几个丹炉。

会有这么多丹炉是因为独孤卓一直瞎折腾丹炉，炸了好多个，只能一次次去执事堂领取。夜舟嫌弃来来回回的人太吵闹，便用大法力一次性搬了许多上来，还告诉独孤卓，这些丹炉若还能全部被炸光，那他日后就不要再炼丹了。

此后独孤卓便收敛了许多，很快学会炼丹，也不再炸毁丹炉了。剩下的那些丹炉，就一直摆在丹房内。

满意地看过丹房，两人又来到书房，书房内有纸笔和玉简，墨汁都是新研磨出来的。

叶舟见一张纸平铺在桌面上，不由得走上前提起笔，在纸上写了个“卓”字。他没练过毛笔字，这个字却写得意外的好看，一笔一画中藏着锋芒。

“这游戏还带自动提升书法的技能吗？”叶舟道，“你过来写一下看看。”

独孤小宝坐在椅子上，接过叶舟手上的笔。按理说，独孤卓的字非常好看，可此时他却有些控制不住这孩童的身体，只写出了一个歪歪扭扭的“舟”字。

“你写的这都看不出来是我的名字了，来，我带着你写。”

叶舟说罢，便帮他稳住笔，见“舟”字上面还有很大一片位置，便将宣纸向下移动，在空白处写下个工整的“孤”字。

叶舟写字时每一笔都那么认真，只是低头时长发会不受控制地落下，散在独孤小宝的后颈上，让他微微发痒。

“孤”字相当端正，与下方的“舟”字合成“孤舟”二字。

叶舟只是随手写了独孤卓的游戏名字，却没想到他与独孤卓的名字合起来倒是有一丝孤寂的感觉。

独孤小宝见他神情略显悲伤，顿时提笔把“孤”字的偏旁部首“子”去掉，剩下“瓜舟”二字，倒是有些可爱了。

一张纸被涂得乱七八糟，叶舟却十分喜欢，干脆塞到储物腰带中。

“这里真好。”叶舟跳到一棵不知道多少年的老树上，坐在树干上，深吸了一口空气，“空气清新，景色宜人，玩家也少。”

独孤小宝还记得之前叶舟告诉叶舰，说星垂峰只有他一个人，又高又冷，十分没意思，叫人快来陪他。

他试着也跳上树，蹦了两下却发现自己体内没有半点功力，看来只要保持小宝的样子，他就会失去功力。

叶舟见他跳不上来，飞身下去一把将人抱上了树。

两人并肩坐在树干上，看着太阳渐渐升到天空中央。

“已过午时三刻。”独孤小宝望着日头道。

午时三刻是十一点四十五，叶舟十二点下线，快到下线时间了。

“那下午去买东西布置星垂峰，然后……今天就在这上面修炼吧，晚上我可以挂机修炼，这样经验就能增长得快一点，至少不会被其他人落下。”叶舟道。

之前在客栈里空间太小，叶舟不想把身体留在客栈挂机。而星垂峰环境非常好，房间又是一人一间，他觉得可以挂机。

“好。”独孤小宝温声应道。

“那我下线了？”叶舟道。

“好。”独孤小宝道。

叶舟才一下线，就见保姆站在面前，有些不好意思地说：“叶舰先生打了十几个电话，嘱咐你下线后一定要给他回电话。”

叶舟拿起手机，看见上面有无数个未接来电和语音留言，留言一排排密密麻麻的，每一个都有未读标志。叶舟看到这些小红点，不由得嫌弃地撇撇嘴。

叶舟离开游戏后，独孤卓望着星垂峰上蔚蓝的天空，想着叶舟对星垂峰感观的变化。

从“又高又冷，一个人没意思”，到“这里景色宜人，玩家也少”，这期间发生了什么，才让叶舟的想法产生了翻天覆地的变化呢？

中午叶舟和叶舰吵了一架，当然并没有激烈地争吵，叶舰也不敢让叶舟太生气，只是劝他不要太把游戏的事情当真。

“没有当真，游戏而已。”叶舟坐直了身体，固执地回复。

叶舰很担心，反复强调叶舟快点回九川城，他中午开完跨国会议后，会来和叶舟一起过副本，争取尽快升到四十级，去闯妖灵虎牙副本。

叶舟下午还不是很想和堂哥一起过副本，他下午有很多计划：买东西，布置星垂峰。他觉得这些事情比升级重要，他很想这么做。

“下午我三点半开完会就立刻上线，到时候我们去过三十级副本，听到了吗？”叶舰见叶舟没有回答，又重复了一遍。

“到时候再说吧。”叶舟很敷衍地回答道。

说完他挂断电话，向后仰躺在床上，内心对叶舰的话充满抗拒。

这时保姆和护工走进来，保姆把饭菜放在桌子上，护工上前去抱叶舟，让他可以坐在椅子上。

叶舟闻到饭菜香味，也觉得肚子饿了，他摸摸肚子，在护工的帮助下顺势坐起来道：“今天做了什么好吃的？”

护工每日照顾叶舟，很熟悉扶起叶舟需要多少力量，今天却意外地发现很省力。

“小舟，你先别吃饭，我再帮你躺下，我们再起来一次。”护工道。

“为什么？”叶舟心中疑惑，不过还是乖乖地任由护工放倒自己。

距离床还有五公分时，护工大胆地放开了手，他放开手叶舟会因为重力自然地落下去，这个距离不高，床又足够软，叶舟不会受伤。

护工松手后，叶舟本该因为失去支撑，从而非常无力地因重力作用重重地落在床上，可此时的叶舟却非常自然地像普通人躺下一般柔和地躺在床上。

护工又扶起叶舟，这一次他只扶到一半就不再用力。按理说，护工不施力，叶舟就该瘫在他的手臂上不能动。谁知他没有用力，只是虚扶一把，叶舟却自然而然地坐了起来。

护工："……"

"怎么了？"叶舟还没意识到自己腰背能够用力，拿起筷子看着护工异样的眼神。

"给医生打电话！"护工果断地说道。

家庭医生很快赶到，为叶舟做了一系列测试，确定他腰部以上忽然可以用力了。

以前的叶舟只有双手能够自由活动，余下位置全部没有感觉。

他平时自己活动时，会乘坐全自动的轮椅，把半个身体绑在轮椅上，手调节轮椅上的各种按钮，由轮椅辅助着他躺下或者坐直。

而现在，就在中午和叶舰吵架时，叶舟完全没有意识到本该躺在床上的自己，几次坐直身体，又数次躺回去，全部是自己用力，没有机械辅助，没有别人帮忙。

这一系列动作无比自然，叶舟就好像没有瘫痪过一般，天生就能靠自己的力量坐直，他完全没有不适感，这才毫无所觉。

"他的身体为什么突然恢复得这么快？"叶舟的父亲满脸喜色，眼中充满期待。

医生摇摇头道："我也不清楚，按理说他的病应该无药可医，能够保持现状，不继续恶化下去就很好了。可是最近，他明明没有接受任何特殊治疗，却先是忽然恢复食欲，现在腰部以上又有了知觉……你们有使用什么新药吗？"

"没有，"叶舟的父亲道，"一直是保守治疗。"

医生道："这就奇怪了，他的病不是身体上的。根据各方面的检测结果，证明他的骨骼、肌肉、神经等都没有病理性的变化，是大脑失去了对身体的掌控，关于行、坐、卧、站这些指令，普通人天生就会，这是生物本能，但他好像失去了这种本能，大脑不会对身体发出这些指令，而现在又在慢慢恢复……他最近难道做了什么会刺激大脑的事情吗？"

叶舟的父亲看看向来乖巧的儿子道："他每天生活很规律，唯一的变化就是玩了一款新的全息游戏。"

医生看向叶舟："你在全息游戏里做了什么吗？"

叶舟迷茫地道："也没什么，就是和所有玩家一样，连接大脑，在游戏里自由奔跑、跳跃。我现实中行动不便，能在游戏里玩很开心。"

他说这话时，有些期待地看着父亲，希望父亲能够同意他继续玩游戏，要是能把每天的游戏时间延长一点就好了。

叶舟的父亲脑洞大开地道："他的大脑失去了对于行、立、坐、卧等动作的控制，这是本能，别人也没办法教他。那会不会，他在游戏中跑跑跳跳的，这些动作引导他恢复了本能呢？"

医生严谨地道："目前没有科学依据证明全息投影技术可以协助人恢复肢体功能，这种神经连接技术也早就用在医学上了，也没能唤醒一些沉睡多年的患者，这……属于个例。"

叶舟忙顺着父亲的猜测道："那我增加一些玩游戏的时间，有没有可能逐渐恢复呢？"

医生道："玩太久会让你出现梦魇的情况，晚上十点必须入睡了。"

"那玩到晚上十点呢？"叶舟拽了下父亲的衣服，抬眼看他。

叶父道："晚上六点下线后，休息一个小时，七点上线，可以玩到九点半，十点必须入睡。可以先试验一个星期，如果再做噩梦，晚上这两个半小时还是不能玩。"

"谢谢！"叶舟抱了下父亲的胳膊，开心地说。

叶父也嘱咐医生不要把叶舟的身体状况对外说出去。

家庭医生和客户是有保密协议的，自然不能随便公开雇主的身体状况，所以医生非常有职业操守地同意了。

得到许可的叶舟中午飞快地逼自己入睡，下午上线后，看到独孤小宝还在原地等他，开心地冲上前乐道："我以后晚上七点到九点半可以光明正大地上线了！我可以和大家一起练级、打副本了！"

独孤小宝被抱起来，表情僵硬了下，他尽可能冷静地说："为什么突然延长时间了？是你的身体变好了吗？"

叶舟没有告诉独孤小宝他身体的具体情况，一直只说自己身体不好，此刻虽然欣喜若狂，却还是注意隐藏身体情况，简单地说：“是的！我最近吃得好睡得香，我爸允许我多玩一会儿啦！”

独孤小宝轻轻笑了下，他知道随着魂魄的逐渐恢复，叶舟也会越来越健康，他迟早能够从轮椅上站起来，自由地行走、奔跑。

独孤小宝背过手，像个小大人一般道：“我们下山去买东西吧。”

“哦。”叶舟看到独孤小宝原本歪七扭八的发髻此刻梳得整整齐齐的，一根发丝都没有散下来，不由得道，“你什么时候偷偷梳的头发？”

“当然是你下线这段时间。”把发型梳成大人模样的独孤小宝一板一眼地道。

叶舟暗笑了下，带着独孤小宝来到星垂峰的传送阵。

第二段主线剧情结束后，星垂峰就有了新的传送阵，可以直接到九川城，仿佛就是系统为他们两个准备的。

抵达九川城后，独孤小宝身量长高，又变成成年独孤卓的样子。

叶舟略显遗憾地看看独孤卓的脸：“下山就变回来了啊……”

独孤卓却是松了口气，清清嗓子，见能够发出正常的成年人声音，便道：“我觉得以游戏的时间流速，独孤小宝的样子应该也维持不了太久，很快就会长大的。”

他记得自己上了星垂峰后，吃得好穿得暖，很快就抽条长高了起来，声音也进入变声期，嗓音越发沙哑低沉。

那段时间里，夜舟每次看到独孤卓，都会不由自主地皱眉，独孤卓只当夜舟讨厌他。

现在再看叶舟的表情，与当初夜舟看到少年期的他一样。

如此看来，夜舟根本不是厌恶他，而是在遗憾吧，遗憾他长得太快了，仿佛闭关出来，孩童就变成了少年。

独孤卓捏捏眉心，觉得自己前生对夜舟似乎有很深的误解。若不是来到这个游戏世界，这误解大概一生都无法解开吧。

独孤卓别过脸道：“大不了，我们每日上午都在星垂峰修炼好了，上午队友们很少上线，我们找不到人组队过副本，还不如留在星垂峰多看看风景。”

“好！”叶舟立刻应下来。

他们先去两个铺子上支取了一些银两和灵石，购物清单中有些需要用灵石购买，有些则是必须用银两，有叶舰帮他们赚钱，他们完全不缺钱。

独孤卓看了眼账上数百万的银两，又看了眼增长速度放缓的灵石。

越来越多的玩家到了三十级，三十级后筑基丹不起效用，销量便下降了不少。

“看来日后炼丹时，要少炼制些筑基丹，再增加一种三十级以上可以提升功力的丹药。”独孤卓道。

“有那种药吗？”叶舟问道。

独孤卓道：“自然是有的，只不过靠丹药修炼得来的功力，心境不稳，很难度过金丹期的天劫和心魔劫，这是针对修真者而言的，不知玩家是否有这个问题。”

“打怪打得少，不熟悉技能，天劫的时候容易被劈死吧。”叶舟道。

“也有道理。”独孤卓道，“待我到金丹期，亲自尝试一下这游戏内的天劫和心魔劫，再决定是否炼制新丹药。”

提了钱后，叶舟除了购买清单上的物品，还买了很多肉，似乎是打算给独孤小宝开小灶，让孩子迅速胖起来。

独孤卓想提醒叶舟，游戏里胖瘦不是吃饭能吃出来的。但想到游戏系统极有可能是叶舟的一部分残魂，而系统可以适当调整 NPC 的各项参数，那叶舟希望小宝长胖，系统会不会帮忙调整数据呢？

应该……不会吧？

怀着这样的疑问，独孤卓与叶舟就这样开启了上午在星垂峰自己开火做饭、下午晚上和伙伴们打怪升级的日子。

大概半个月后，等小伙伴们全部达到三十九级时，人在星垂峰的独孤小宝对着镜子捏了把自己的脸，真的胖了一圈！

“终于三十九级了！”上午九点，叶舟躺在星垂峰的躺椅上晒太阳，他迎着阳光眯着眼，打开个人信息界面，把等级升到三十九级。

脸圆了一圈的独孤小宝走过来，用有些肉感的手帮他挡住山顶有些刺眼的眼光。叶舟半坐起身来，侧着身说：“不用挡光，帮本座把轻纱拿来就好。”

独孤小宝闻言迈着小短腿跑到卧房中，从床上拿起一条白纱，这是叶舟从遮光的窗帘上剪下来的。

他慢吞吞地跑到叶舟身边，递上白纱，叶舟蒙上眼睛道：“这游戏要是有墨镜就好了。”

他沐浴在阳光下，回想这半个月的生活，简直就是神仙日子。

这些日子他上午在星垂峰上布置，还找灵芝娃娃买了不少多肉植物，养在山峰上和各个房间中美化环境。之前阴冷的正殿内摆了好多盆景植物，看起来也生机勃勃的。

独孤小宝还帮着叶舟想了个阵法，挡住过于寒冷的山风，让星垂峰顶温暖如春，这样植物可以健康成长。

由于他的改造，星垂峰还出现了蝴蝶、蜜蜂等虫子，这是游戏制造出来的昆虫，看起来仙气飘飘。叶舟手指一伸，就会有一只蝴蝶落在他指尖上轻轻扇动翅膀。

上午过后，下午和晚上两人就和大家一起练级，下线前把账号放到星垂峰挂机，兢兢业业地累积经验。昨晚叶舟距离三十九级所需要的经验还差一点点，挂机一晚，今天上线就升到三十九级了。

在一旁的独孤小宝也陪着叶舟默默地点击升级，一同升到三十九级，同时成为排行榜第一的玩家。

不过如今等级排行榜第一并不稀罕，游戏里满大街都是三十九级的玩家，这么长时间竟无一人升到四十级。

原因是四十级需要引发天劫和心魔劫，但目前系统根本没有出如何引发天劫的攻略，玩家们只能不断攒经验。

此时游戏中的玩家分成了以下几类：

一类是生活玩家，这类玩家熟悉游戏后，发现这游戏是可以买房子装扮小家的。游戏在更新后，除了开放比斗场外，还开放了生活模式，不少不在意等级，但是很喜欢烹饪、种植、手工的玩家涌入游戏中，悠闲地过着日子。

叶舰在其中又发现了商机，与灵芝娃娃胖嘟嘟合伙开了一家盆栽店，生意还不错。

不过最近叶舰说，这种只要是灵修就可以种植培养的盆栽店很快就会有人模仿开店，人一多就不赚钱了，现在不过是赚第一个吃螃蟹的钱，等过段时间，他就以“不玩游戏弃号清仓”为由把店盘出去，还能小赚一笔兑店的费用。

一类是比斗场玩家，由于比斗场死亡不掉经验，也不掉金钱物品，每周获胜次数最高的玩家还能得到系统的大礼包，且这个游戏的技能特效非常好看，体验感还强烈，吸引了一群玩家每天泡在比斗场上。他们中很多人还开放了痛觉系统，就为了体验全息仙侠的真实感。

另有一类就是拼命寻找突破四十级机会的玩家，他们在游戏里像无头苍蝇一般乱转，见到哪个 NPC 行为诡异就上前聊天，私下建群商议如何升级，也是非常有事业心的玩家了。

龙 @ 傲天、黑猫、一梦逍遥、白衣飘飘和提头来见就是升级类的玩家，通过他们的努力，独孤卓清楚地知道了这游戏每个副本的状况。

为了攒幻心珠，独孤卓这段日子也熬夜过了不少副本的困难模式，攒了五颗幻心珠。不过由于他这次学会了通关时用斗笠隐藏姓名，已经很久没有出现在游戏公告上了。

加之第二次主线剧情被小宝一家人抢走，游戏中健忘的玩家们几乎快要忘记独孤卓这个曾经霸占游戏公告的人，也很少有人吵着要举报独孤卓了。

很多玩家拼命在游戏中花钱花时间，就是为了在游戏中出名，获得成就感，像独孤卓这样明明可以出名却又隐藏身份的人太少了，这让龙 @ 傲天等人很奇怪。

他们不知道的是，独孤卓也曾有过年少轻狂的时候，在修真界做了不少大事，渴望扬名立万，希望夜舟因他而骄傲。可惜到最后，他的确是声名远扬，却是遗臭万年的那种。

独孤卓清楚，他这个 BUG 之所以可以在游戏中自由行动，是系统在背后努力的结果，但他若是被举报的次数太多，游戏公司一定会重视，届时引来游戏公司的人员，不仅他自己保不住，只怕系统也会受到影响。

因此，独孤卓更希望自己能够低调一些。

积攒的五颗幻心珠独孤卓一直没有使用，他不敢保证再次使用后白虎的好感度不会掉，所以一直收藏着幻心珠，等待妖灵虎牙副本时开启一次性使用。

妖灵虎牙是四十级副本，有等级限制，队伍内的玩家最低等级不能低于三十九级，这也是独孤卓一直等到今天还没有挑战妖灵虎牙副本的原因。

早在十天前，一梦逍遥就率先升到三十九级，他带着几个一起升级的小伙伴去闯妖灵虎牙副本，一分钟后全军覆灭地回来了。

接下来十天，他们每天都要过一次妖灵虎牙副本，每天都扛不过BOSS的第一招“虎啸”就没了。

一梦逍遥曾经找独孤卓和轻月love、龙@傲天讨论过这一招，发现这竟是个无解的群攻。

妖灵虎牙副本位于九川城和更新后新开放的北宁城中间，北宁城是座被群山环绕的大城，两座城之间也全是山峰，妖灵虎牙副本就藏在一处很广阔的山脉中。

北宁城有个修真者专门用来发布任务和领取任务的听雨阁，玩家前往听雨阁领取除虎妖任务，就会得到妖灵虎牙副本的地图。

《九重天》的地图都有传送功能，得到地图后，玩家就会被传送到虎啸山。山脚下有个白胡子老头，自称是附近村庄的村长。他说村子深受虎妖所苦，村子的孩子陆续失踪，他不得已发布任务，求少侠们帮忙找回孩子。

在白胡子老头的指引下，玩家进入虎啸山，才走进去两步就会撞上一头足有三米高的白虎。白虎见到玩家们，直接一招群攻“虎啸”，玩家们瞬间被清空血条，传送回北宁城，无一例外。

妖灵虎牙副本一天可以过一次，一梦逍遥连续过了十天，死了十次。因为死亡，他前前后后掉了有七十万经验、两千两银子、三百块下品灵石和一个他最喜欢的发饰“招魂铃”，损失异常惨重。

其余玩家一见妖灵虎牙副本这么难，纷纷认定这就是升到四十级的关键副本，前仆后继地冲到副本中，又毫无例外地一分钟死出来。

游戏论坛上已经出现“过妖灵虎牙副本时，如何保证自己的损失最小”这种热帖了，发帖人千叮咛万嘱咐所有玩家，过副本的时候一定要把所有钱和灵石全部存起来，再买一条空的储物腰带戴着，千万别带装满物品的储物腰带，那头老虎能把你的腰带整个拽走，特别凶残。最重要的是，玩家刚到三十九级就一定要去过副本，绝对不能攒经验，否则攒得越多掉得越多。

独孤小宝才升上三十九级，就立刻收到一梦逍遥的纸鹤传音：“卓神，我看到你到三十九级了！你到底什么时候去过妖灵虎牙副本，请一定要带上我！呜呜呜，我跟那头老虎势不两立！”

纸鹤传音2：“到底为什么会一招死，我试了无数种方法，拉开距离、从另外一条路上山、购买道具封闭听觉、买猫科动物喜欢的猫薄荷，通通没有用！”

纸鹤传音3：“我给客服打了电话，说这个游戏的副本难度设计得有问题，客服一直说没有，还说这个副本绝对能够通过，但我就是过不去啊！”

叶舟在一旁听着一梦逍遥的话，不免有些同情，问道：“我们去过副本不会也这样吧？”

“不会的。”独孤小宝摆出成年独孤卓的表情，胸有成竹地说。

叶舟看他的样子，不由得戳了下他的脸。

独孤小宝这些日子已经被叶舟戳习惯了。

“他缠了你这么久，你打算什么时候去过妖灵虎牙副本？”叶舟为转移话题道。

独孤小宝道：“今天下午吧，你下午有三个小时的时间可以玩游戏，时间比晚上充足一点。而且晚上涉及妖魔鬼怪的副本难度会增加，下午是最合适的时间。”

本册完

番外　错位之黑猫

《九重天》是时下最火爆的全息网游，拥有超十亿的用户。即使市面上陆续出现不少全息网游，依旧无法撼动《九重天》的地位。

在《九重天》的玩家中，流传着这样一个传说——如果你运气足够好，就有可能进入《九重天》的隐藏副本。

相传那个副本内的NPC全部是活的，像一个真正的修真世界。

玩家一旦进入这个副本，等离开后记忆力、精神力和专注力都会得到极大提升，短时间内甚至可以做到过目不忘。

玩家们为了进入隐藏副本，经常在游戏中游荡，却鲜少有人找到。

“假的。”黑猫站在无量寺正殿屋顶上，无聊地舔了舔爪子，道。这些天来，他为了再次进入修真界，尝试了很多办法。比如每天在无量寺中乱跑、用爪子挠烛台，还到处招惹是非，引得一群玩家来无量寺揍他。可眼看着他快要被其他玩家打成猪头，无量寺的师兄们也没有出手帮忙！

他跑遍了整个游戏，却始终没有找到那个世界的踪迹。

今天大家聚餐，他见独孤卓和叶舟谈笑风生的样子，嫉妒地抱住叶舟怀里的虎斑猫，一顿乱揉，回家时却发现虎斑猫的铃铛不知什么时候掉到了他的衣兜里，被他不小心带回了家。

“改天把铃铛还回去，我还能抢一只猫的玩具吗？”黑猫懒洋洋地翘了翘尾巴，在屋顶沉沉地睡去。

也不知道在游戏里睡了多久，黑猫睁开眼，弓起身子，伸了个懒腰，却发现自己的爪子变成了白色，还是虎斑纹！

黑猫惊叫一声，却发现自己口中发出的不是猫叫或者人类的语言，而是一声震天的虎啸。

“吼！”伴随着吼声，他还听到铃铛晃动的声音。

黑猫抬起爪子摸了摸脖子，摸到一个铃铛，和白天叶舟送给虎斑猫的一模一样！

“我变成叶舟的虎斑猫了？”黑猫惊道。

“不对，不是虎斑猫，是白虎！”他看着自己厚厚的爪子，道。

“我变成白虎了？”黑猫摸着铃铛道，“是因为我不小心带走了虎斑猫的铃铛吗？”

他试着控制身体，黑猫毕竟是妖修，又常年保持猫形，很快便适应了白虎的身体。

他在空中飞了一会，发现这里正是虎啸山。

黑猫嫌弃白虎的身体太大了，当他这么想时，身体竟自然缩小，从白虎变成白猫的大小。

“可惜是白色的，还带斑纹。”黑猫不是很喜欢这个颜色。

黑猫多好啊，全身没有半点杂色，多帅气。

黑猫在虎啸山巡视了一圈，突然想到自己可以去无量寺找和尚。《九重天》的游戏地图据说是系统按照修真界建的，两界分离后地图略有改动，但黑猫还记得原本的路线。

想到白虎在修真界的实力完全可以横着走，黑猫便兴奋地驾云飞向无量寺。

白虎瞬息万里，不到一刻钟，黑猫便抵达无量寺外围。

他还是第一次见到无量寺的全貌，那不是一个小寺庙，而是由数十座庙宇共同组成的庞大建筑群，整个寺庙被佛光笼罩，十分气派。

黑猫远远地看着这样的无量寺，缩了缩爪子。

这里可是真正的修真界，无量寺内是修道有成的佛修，他一个小小的猫妖，怎么能擅闯如此恢宏的佛寺呢？

他收了云，在寺庙外落下，在门外来回踱步。

“算了，在外面看一眼就好，也算来过了。”黑猫安慰自己。

就在这时，寺庙正门被人推开，一个露着半个膀子、手持禅杖的和尚走了出来，对方一眼便看到了在门边徘徊的黑猫。

他目光如电，黑猫被他看到，吓得立刻转身要逃。

“呔！站住！”和尚大声喊道，“师弟莫跑！”

听到“师弟”二字，黑猫回头看着那和尚，小心地叫道：“大师兄？”

“是我！”大师兄弯腰把黑猫抱了起来，熟练地挠了挠他的下巴，道，“师弟怎的变成白毛了，我差点没认出来。”

黑猫被他挠得发出舒服的“呼噜”声，他问道：“你怎么看出来是我的？”

“方丈今早告诉我们，有故人不远万里前来探望。几个师兄弟轮流在门外转悠呢，生怕等不到你。”大师兄解释道。

“方丈？他知道我要来吗？”黑猫开心地翘起了尾巴。

“有缘自然会来。”大师兄抱着黑猫走进寺庙，带着他进了后院。

偏殿内，坐着个慈眉善目的老和尚，黑猫一见到对方便认了出来。他从师兄怀中跳下去，冲到老和尚怀里，大声道：“师父！”

老和尚抬起手，轻轻为黑猫顺毛，柔声问：“在那边可好？”

“那能不好吗？”黑猫说，“我上大学了。”

“学业是否顺利？在学校有没有交到新朋友？”老和尚又问。

“世界不同，跟你说了你也不懂。”黑猫傲娇地说。

不过他很快便向老和尚讲述起大学里的故事，一群膀大腰圆的师兄们围坐在方丈身边，半懂不懂地听着黑猫的话，时不时伸出手摸摸他的尾巴。

“很好。”老和尚慈祥地说，“你也走上了自己的路。”

“就是有时候会想念你们，只是偶尔而已。”黑猫小声道。

“有缘自会相见，你这不就来了？”老和尚双手合十道。

“是啊，没想到真的还能再见。”黑猫幸福地趴在老和尚膝盖上，听着周围熟悉的诵经声，慢慢睡着。

他不怕一醒来就回到现实世界，因为他隐隐有种感觉，只要白虎也想念那个世界的人，他们就可以交换，以后他能经常来师门探望师父和师兄们。

“真好啊，喵……”黑猫满足地说。

图书在版编目（CIP）数据

来到游戏做主角 / 青色羽翼著 . -- 武汉 : 长江出版社 , 2025. 7. -- ISBN 978-7-5492-9913-3
Ⅰ . I247.5
中国国家版本馆 CIP 数据核字第 2024KC3227 号

来到游戏做主角　青色羽翼　著

LAI DAO YOU XI ZUO ZHU JUE

出　　版　长江出版社
（武汉市解放大道 1863 号）
选题策划　辫　子
市场发行　长江出版社发行部
网　　址　http://www.cjpress.cn
责任编辑　陈　辉
封面设计　等　等
印　　刷　长沙鸿发印务实业有限公司
版　　次　2025 年 7 月第 1 版
印　　次　2025 年 7 月第 1 次印刷
开　　本　880mm×1230mm　1/32
印　　张　10.5
字　　数　320 千字
书　　号　ISBN 978-7-5492-9913-3
定　　价　54.80 元

电话：027-82926557（总编室）　027-82926806（市场营销部）